U0016826

夏志清夏濟安書信集

卷一

（1947–1950）

王洞 主編

季進 編注

目 次

祖母

夏濟安（1955年）

夏志清與五位同學合影（1942年）
前排左起：吳新民、丁念莊、陸文淵
後排左起：王楚良、夏志清、張心滄

夏志清獲學士學位
（1942年）

夏濟安與陳世驤（1960年）

夏氏兄弟與父母和妹妹合影（1947年）

童芷苓（1948年）

宋奇伉儷（1960年）

夏志清與李田意合影（1955年）

Liu Ts'un-yan

柳存仁（雨生）（1966年）

張琨伉儷（1961年）

袁可嘉、趙隆勷、施松卿、汪曾祺（1948年）

張君秋（1949年）

趙燕俠（1948年）

夏志清夫婦與袁可嘉伉儷（1983年）
左起：袁可嘉、夏志清、王洞、袁太太

夏志清與王德威（2004年）

夏志清九十大壽留影（2010年）

夏志清夫婦（2013年，世界日報記者許振輝攝影）

夏氏兄弟書信手稿

夏氏兄弟書信手稿

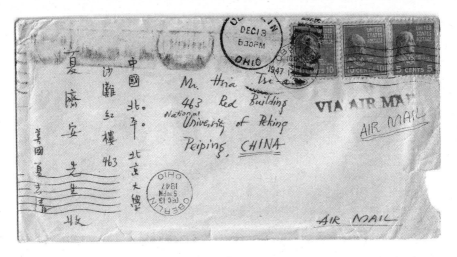

中國北平。北京大學
沙灘紅樓463
夏濟安先生

美國夏志清

收

Mr. Hsia Tsi-an
463 Red Building
National University of Peking
Peiping, CHINA

VIA AIR MAIL
AIR MAIL

AIR MAIL

中國。上海長寧路兆豐別墅107弄

夏濟安先生收

上海夏志清

VIA AIR MAIL

Mr. Hsia Tsi-an
107 Lane 712 Changning Road
Shanghai, CHINA

美國
夏志清先生收

Mr. Hsia Chih-tsing
c/o Prof John Crowe Ranson
VIA AIR MAIL
Kenyon College
Gambier, Ohio
U.S.A.

前言

王洞

　　志清晚年的願望是發表張愛玲給他的信件及他與長兄濟安的通信。2009年2月5日深夜，志清喝了一碗奶油雞湯，雞湯從鼻子裡流出，我就陪他去附近的協和醫院（St. Luke's Hospital）急診室。從我家到醫院，只需過一條馬路，所以我們是走去的，以為很快即可回家。等到清晨七點，志清口乾肚餓，叫我回家給他拿熱水和香蕉。不料等我回到醫院，他床前圍了一群醫生，正在手忙腳亂地把一個很大的管子往他嘴裡塞，讓他用機器呼吸。原來護士給他吃了優格（yogurt），掉進了肺裡，即刻不能呼吸。這管子上頭有一個大球，放在嘴裡很痛苦，放久了可使病人失聲，後來就在他脖子上開了一個小口，插上通氣管，志清即不能說話。有一陣病危，他向我交代後事，用筆寫下保存張愛玲及哥哥信件的地方，希望莊信正來替他完成心願。信正是濟安的高足，也是張愛玲最信賴的朋友，自是最合適的人選。志清經過六個月的奮鬥，居然取下了通氣管，能吃能喝地回到家裡，可是不良於行，精力大不如前，《張愛玲給我的信件》只得在他監督下由我完成，於2012年《聯合文學》出版。2013年志清進出醫院頻繁，他每日念叨著要整理哥哥的信，我去醫院、療養院看他、陪他吃飯，替他刷牙，不等我離開，他已經睡著了，沒有機會讓他讀信。不幸在2013年12月29日傍晚，志清在睡夢中安詳地走了，出版志清與濟安的通信之重任就落在我的肩上。

　　濟安早在1965年2月23日因腦溢血病逝於柏克萊（Berkeley），

志清帶回濟安所有的遺物，包括他們的通信、郵簡及明信片。濟安自1947年10月4日起給他的信有352封，珍藏在一個綠色的鐵盒子裡，放在他書桌底下，預備隨時翻閱。他給濟安的信則分散在四個長方形紙製的文件盒子裡，放在我們的儲藏室，也有260封，共有612封。如要全部發表，需輸入電腦，外加注釋，是一件耗費時日的大工程，如選一部分發表將失去連貫性。我選擇了前者，若要信正把寶貴的時間花在打字上，實在難以啟齒。我沒有找信正，預備自己做，7月間買了一台蘋果電腦，想利用它的聽寫功能把信念進去。沒想到這蘋果智慧不足，聽不懂我的普通話，也不能理解信文的遣詞用語。我只好改用鍵盤操作，先把信文輸入，再加上「按語」，如此費時兩週，才做完10封信，按這樣的進度，估計得花上五年的功夫，才能做完這些信件，太慢了。我就請王德威教授給我介紹一位可靠的學生打字，把信文輸入電腦。德威盛讚蘇州大學文學院的水準，推薦由季進教授領導，參與信件的編注。

　　2004年季教授曾訪問過志清，事後寫了一篇名「對優美作品的發現與批評──夏志清訪談錄」登在《當代作家評論》雜誌上。志清看了很喜歡，對這位來自家鄉的年輕學者倍加讚許。德威將這篇專訪收錄於《中國現代小說的史與學》（聯經出版公司，2010）。志清大去後，季教授也應《明報》邀約，寫了一篇「高山仰止　景行行止──懷念夏志清先生」的悼文，對志清的著述有獨到的見解。2008年季教授曾請德威和我到蘇州、鎮江、無錫遊玩，共處三日，我和季進也變得很熟了。我寫信給季進，請他幫忙，他一口答應，承擔起編注的重任。

　　德威計畫在2015年4月為志清在中研院舉辦一個學術研討會，希望在會前先出版一部分書信，我就選了前121封信，由志清乘船離滬來美至濟安離港赴台。在這段時間，國共內戰，蔣介石領導的國民政府退守台灣，毛澤東成立了人民政府。多數知識分子及人民

嚮往共產政權，濟安卻堅決反共，毅然離開北平飛上海，乘船至廣州，落腳香港。濟安在信裡，時常報導政局戰況，對留在上海的父母的生活倍加關注，時常想念滯留在北大的同事。濟安非常喜歡香港，但人地生疏，言語不通，阮囊羞澀，也常常向志清訴苦，對在港的親朋好友之困境及所謂來自上海的「白華」，時有詳盡的描述。

濟安從小有理想，有抱負，廣交遊，有外交長才。志清卻是一個隨遇而安，只知讀書的好學生，他除了同班同學外，沒有朋友。譬如宋奇先生（1919-1996）即濟安在光華大學的同學。宋奇來訪，總是看見志清安靜地讀書，偶遇濟安外出，即同志清聊天，抗戰末期，濟安去了內地後，宋奇仍常來看志清，談論文學，借書給志清。志清在上海初會錢鍾書也是在宋奇家裡。他寫《中國現代小說史》時，宋奇寄給他許多書，特別推薦張愛玲與錢鍾書，對《小說史》的形成，有很大的貢獻。宋奇是中國戲劇先驅宋春舫（1892-1938）的哲嗣，家道殷實，相形之下，夏家太窮了，所以在濟安與志清的筆下，常說他們家窮。其實他們家境小康，不能算窮。

他們的父親夏大棟先生，因早年喪父，輟學經商，娶何韻芝為妻，育有子女六人：濟安居長，大志清五歲，三個弟弟夭折，六妹玉瑛，比志清小十四歲，與濟安相差十九歲。父親長年在外經商，濟安就負起管教妹妹的責任。玉瑛對大哥有幾分敬畏，對二哥卻是友愛與依賴。特別是父親與濟安到了內地以後，家中只剩下母親、志清與玉瑛。志清對幼妹，非常愛護。他母親不識字，生活全靠父親接濟，父親的匯款，不能按時收到，他們不得不省吃儉用，與滬江的同學相比之下，也是窮。

濟安中小學讀的都是名校，有些同學，後來都成為名人。志清讀的都是普通學校。他初進滬江時，覺得自己的英文口語比不上來自教會學校的同學，但他的造句卻得到老師的讚賞，大二時他就是公認的好學生了。他們班上最有成就的就是他和張心滄（1923-

2004）。張心滄也是系出名門，父親是吳佩孚的幕僚張其鍠（1877-1927），母親聶其德是曾國藩的外孫女，有顯赫的家世。志清同班要好的同學，除了心滄，還有陸文淵、吳新民及心滄當時的女友、後來的妻子丁念莊。他們都來自富有的家庭，難怪志清篇篇文章說自己窮了。

志清大學畢業後，考取了海關，在外灘江海關工作了一年，抗戰勝利後，隨父執去台灣航務局任職。濟安從昆明回到上海，覺得志清做公務員沒有前途，安排志清去北大做助教。1946年9月兄弟二人攜手北上，到了北大不足半年，志清報考李氏獎金（Li Foundation），寫了一篇討論英國詩人布萊克（Blake, 1757-1827）的文章，很得著名文評家燕卜蓀（Empson, 1906-1984）欣賞，獲得文科獎金，引起了「公憤」。西語系落選的講員助教，聯袂向校長胡適抗議，謂此獎金只應頒給北大和聯大的畢業生，怎麼可以給一個教會學校出身的夏志清？胡適秉公處理，仍然把李氏獎金頒給夏志清，志清得以負笈美國。胡適似乎對教會學校有偏見，召見志清時，一聽志清是滬江畢業，臉色即刻沉下來，不鼓勵志清申請名校。當時奧柏林學院（Oberlin College）的真立夫（Jelliffe）教授正在北大客座，志清就申請了奧柏林，也申請了墾吟學院（Kenyon College）。這兩所學校，以大學部（undergraduate）著稱，都不適合志清。蒙「新批評」學派的領袖藍蓀（Ransom, 1888-1974）賞識，寫信給Brooks（1906-1994）推薦志清去耶魯就讀。志清何其有幸，得到「新批評」學派三位健將的青睞。

志清一生跟「窮」脫不了關係，因為他從1950年起就接濟上海的家，一直到1987年，從沒有機會儲蓄。在滬江，在耶魯，沒有餘錢約會（date）女孩子，只好用功讀書，唯一的娛樂是看美國電影，其實他看電影，也是當一門學問來研究的。沒有女友，既省錢又省心，能夠專心讀書，在耶魯三年半，即獲得英文系的博士，

之後請得洛克菲勒基金（Rockefeller Foundation），寫了《中國現代小說史》，為自己奠定了學術地位，也為現代文學在美國大學裡開闢了一席之地。

濟安為弟弟的成就很感驕傲，常對人說：「你們到紐約找我弟弟，他會請你們吃飯。」我1961-1963年在柏克萊讀書，我和朋友在一個小飯館，巧遇濟安，他就對我們說過這話。我當時不信夏志清真會請哥哥的學生吃飯。直到我和志清結婚，才知此話不假，濟安的朋友學生，志清都盡心招待。濟安維護弟弟，也是不遺餘力。1963年春天，我去斯坦福大學東亞系參加一個小型的討論會，聽濟安滔滔不絕地發言，原來他在駁斥普實克（Průšek, 1906-1980）對《小說史》的批評，為志清辯護。他給我的印象是說話很快，有些口吃，不修邊幅，是個平易近人的好老師。他的學生劉紹銘曾對我說跟濟安師有說不完的話，與志清卻無話可談。志清說話更快，而且前言不接後語，與其說些讓人聽不懂的話，不如說些即興妙語，使大家開懷大笑，私下也很少談學問，指導學生，就是改他們的文章，叫他們去看書。話說1967年9月我來哥大工作，暫時被安排在我老闆丁愛博（Albert Dien）教授的辦公室，翌日進來的不是丁教授而是久聞大名的夏志清教授。夏志清，長臉屬國字型，身高中等，衣著整潔，舉動快捷，有些緊張（nervous）的樣子，乍看長相舉止一點也不像夏濟安。細看他們的照片，二人都是濃眉，大眼，直鼻，薄唇，來自他們的父母。志清臉長，像父親，濟安臉圓，像母親。

濟安與志清，雖個性不同，但興趣相投，他們都喜好文學，愛看電影，聽京戲。濟安交遊廣，童芷苓，張君秋，都是他的朋友。兄弟二人在信裡，除了談論時政家事外，就講文學，評電影，品京劇，也月旦人物，更多的時候是談女人與婚姻。1947年，濟安已年過三十，尚未娶親，是他們父母的一樁心事。濟安感情豐富，每交

女友，即迫不及待地趕緊寫信給弟弟，志清必為之打氣，濟安每次失戀，志清必訴說自己失戀的往事安慰哥哥。二人對婚姻的看法也各有不同，濟安奉行一夫一妻制，一生只結一次婚，如不能跟心愛的女子結婚，寧肯獨身。志清卻把結婚，看作人生不可或缺的經驗。如找不到理想的女子，也要結婚，結了婚，私下還可以有想另一女人的權利。正因為濟安把婚姻看得太神聖，終生未娶。我讀濟安的日記，知道他內心很痛苦，他的日記是不願意給別人看的，志清不顧濟安的隱私，在1975年發表了《夏濟安日記》（時報文化出版）。志清覺得濟安記下了抗戰末期的政局、物價，是真實的史料，暗戀李彥，對愛情的專一，更難能可貴。現在基於同樣的理由，志清要發表他與濟安的通信。記得2010年，在志清九十歲的宴會上，主桌上有些貴賓，當年是中學生，都看過《夏濟安日記》，對濟安的情操，讚口不絕。

　　志清1982年以前不寫日記，往往以寫信代替日記。他寫過幾篇散文，講他童年與求學的經過，在「耶魯三年半」裡（見《聯合文學》第212期，2002年6月），即提到計畫發表兄弟二人的通信，從而有助於研究文學的學者對夏氏兄弟學術的瞭解。若在世，今年濟安九十九歲，志清九十四歲，他們平輩的朋友大半作古，學生也是古稀耄耋，其中不乏大學者，名作家，為求真起見，不改信中的人名。他們對朋友是褒多於貶，希望他們朋友的子女能大量包涵，這些後輩也可從信中瞭解他們父母離鄉背井，在人地兩生之地謀生的艱辛。

　　濟安的信，有的是從右至左，由上而下直書；有的是從左至右橫書，格式不一，字大，容易辨認，夾雜的英文也不多。志清的信都是從右至左，由上而下直書。志清為了省紙，常常不分段，他最早的兩封信，已在1988年分別發表於《聯合文學》（2月7-8日）和《香港文學》（5月），篇名「四十年前的兩封信」，採用的是「散

文」體。分段後，加上「按語」，介紹人名時往往加上自己的意見。現在收入《夏志清夏濟安書信集——第一卷》，由季進教授重新作注。

這些信，大部分有信封，可是年久，郵戳模糊，信封破損，按這些信封找出信的年代，着實花了我不少時間。因為他們的信，照中國人的習慣，只寫日期沒有年代。志清初抵美國，非常節省，用的是劣紙，信紙多有裂痕，字寫得雖清秀，但太小。夾雜的英文又多，一字不誤地解讀他的舊信，實屬不易。為避免錯誤，有時我得去圖書館，我三十年不進圖書館，現在重做研究，別有一番滋味。濟安的信雖然字大，也有看不清的地方，他曾潛心研究橋牌，為了辨認第九十二封信裡的英文字，我特地上網，只花了一塊錢，就買到了橋牌高手Culbertson（1891-1955）的 *Contract Bridge Complete —The Golden book of Bidding and Play*（Philadelphia. Chicago, The John C. Winston Company, 1936），找出 "Self Teacher" 這個準則。這本書封面金底紅邊，黑字仍然亮麗。書身寬4¾寸，長7寸，厚1½寸，握在手裡，感觸良多。一本絕版的老書，竟不值一張地鐵的車票，在紐約乘一趟地鐵，還得花上兩二元五角錢呢！

我1967年到哥大工作，與志清相識，1969年結婚，對他的家庭，求學的經過，都是從文章裡看來的。他的朋友學生倒是見過不少，留在上海的親戚一個也不認識。信中所提到的親戚，全賴六妹玉瑛指認。感謝季進率領蘇州大學的同學，用最短的時間，排除萬難，把這些字跡模糊的舊信正確地輸入電腦，並且做了七百多條簡要的注解，保證了《書信集》第一卷的如期出版，真是功德無量。我忝為主編，其實是王德威策劃，季進編注。萬事俱備，只欠東風，沒有聯經出版公司發行人林載爵先生的支持，這《書信集》無從問世。志清在天樂觀其願望之實現，對德威、季進、金倫也是非常感激的。我在此代表志清向王德威教授、季進教授、蘇州大學的

同學、胡金倫總編輯、聯經出版公司的同仁及六妹玉瑛致以衷心的
謝意。

夏夫人（右二）與王德威（左一）、奚密（右一）、季進（左二）於錢鍾書故居前合影。

編注說明

季進

　　從1947年底至1965年初，夏志清先生與長兄夏濟安先生之間魚雁往返，說家常、談感情、論文學、品電影、議時政，推心置腹，無話不談，內容相當豐富。精心保存下來的600多封書信，成為透視那一代知識分子學思歷程極為珍貴的文獻。夏先生晚年的一大願望就是整理發表他與長兄的通信，可惜生前只整理發表過兩封書信。夏先生逝世後，夏師母王洞女士承擔起了夏氏兄弟書信整理出版的重任。600多封書信的整理，絕對是一項巨大的工程。雖然夏師母精神矍鑠，但畢竟年事已高，不宜從事如此繁重的工作，因此王德威教授命我協助夏師母共襄盛舉。我當然深感榮幸，義不容辭。

　　經過與夏師母、王德威反覆討論，不斷調整，我們確定了書信編輯整理的基本體例：

　　一是書信的排序基本按照時間先後排列，但考慮到書信內容的連貫性，為方便閱讀，有時會把回信提前。少量未署日期的書信，則根據郵戳和書信內容加以判斷。

　　二是這些書信原本只是家書，並未想到發表，難免有別字或欠通的地方，凡是這些地方都用方括號注出正確的字。但個別字出現得特別頻繁，就直接改正了，比如「化費」、「化時間」等，就直接改為「花費」、「花時間」等，不再另行說明。凡是遺漏的字，則用圓括號補齊，比如：圖（書）館。凡是錯別字，則用方括號改

正，例如：比較優［悠］閑。信中提及的書名和電影名，中文的統一加上書名號，英文的統一改為斜體。

三是書信中有一些書寫習慣，如果完全照錄，可能不符合現在的文字規範，如「的」、「地」、「得」等語助詞常常混用，類似的情況就直接改正。書信中喜歡用大量的分號或括弧，如果影響文句的表達或不符合現有規範，則根據文意，略作調整，刪去括弧或修改標點符號。但是也有一些書寫習慣盡量保留了，比如夏志清常用「隻」代替「個」、「門」或「齣」，還喜歡用「衹」，不用「只」，這些都保留了原貌。

四是在書信的空白處補充的內容，如果不能準確插入正文相應位置，就加上［又及］置於書信的末尾，但是信末原有的附加內容，則保留原樣，不加［又及］的字樣。

五是書信中數量眾多的人名、電影名、篇名書名等都盡可能利用各種資料、百科全書、人名辭典、網路工具等加以簡要的注釋。有些眾所周知的名人，如莎士比亞、胡適等未再出注。其中前十封信的注釋，是在夏師母注釋的基礎上加以修改補充的。

六是書信中夾雜了大量的英文單詞，考慮到書信集的讀者主要還是研究者和有一定文化水準的讀者，所以基本保持原貌，除少數英文單詞以圓括號注出中文意思外，絕大多數都未作翻譯。

書信整理的流程是，由夏師母掃描原件，考訂書信日期，排出目錄順序，由學生進行初步的錄入，然後我對照原稿一字一句地進行複核修改，解決各種疑難問題，整理出初稿。夏師母再對初稿進行全面的審閱，並解決我也無法解決的問題。在此基礎上，再進行相關的注釋工作，完成後再提交夏師母審閱補充，從而最終完成整理工作。書信整理的工作量十分巨大，超乎想像。夏濟安先生的字比較好認，但夏志清先生的中英文字體都比較特別，又寫得很小，有的字跡已經模糊或者字跡夾在摺疊處，往往很難辨識。有時為了

辨識某個字、某個人名、某個英文單詞，或者為了注出某個人名、某個篇名，往往需要耗時耗力，查閱大量的資料，披沙揀金，才能有豁然開朗的發現。遺憾的是，注釋內容面廣量大，十分龐雜，還是有少數地方未能準確出注，只能留待他日。由於時間倉促，水平有限，現有的整理與注釋，錯誤一定在所難免，誠懇期待能得到方家的指正，以便更好地完成其餘各卷的整理。第一卷初稿完成後，我趁到香港開會的機會，請李歐梵老師審閱書信中涉及老電影的部分（他跟夏先生一樣，對當年的老電影了然於心，如數家珍）。歐梵老師竟然花了三天時間，手不釋卷地通讀了全稿，不僅高度評價書信集的價值，還留下了幾十處批注，幫我解決了一些老電影方面的問題，指出了少數英文辨識的錯誤，謹此特別致謝。參與第一卷初稿錄入的研究生有姚婧、王宇林、王愛萍、朱媛君、張立冰、周立棟、居婷婷等人，特別是姚婧和王宇林付出了很大的心血，在此一併致謝。

2015 年春節

1. 夏志清致夏濟安（1947年11月21日）

濟安哥：

　　上船已有十天，在上海拘束了數月，在船上同各色人種交際，又恢復了我的gaiety和abandon。12日上午上船，父親、母親、玉瑛送行，離別時玉瑛所表現感情的intensity遠勝我去台灣，北平之行，使我非常難過。可是我的mind是soon distracted。她一時心靈的空虛還難填滿①。

　　船十六日上午抵橫濱，都市中點綴着山林，加着深港的綠水，在［有］mist的早晨是很美麗的。居然有不少美國籍的日本人上船。碼頭上立着黑色瘦縮的男人，和服和洋服的女人。離日本後天氣漸熱，四五天來只穿襯衫就夠了，晚上蓋一件浴衣。今天二十一日，明天上午就可到火奴魯魯（Honolulu, Hawaii），十數個留學生要結伴遊覽。

　　Meigs②一路平穩沒有一些暈船的感覺，舒服遠勝去年北平之行，從沒有極度的搖動。三等艙雖都是兩層床，可是平日都在decõ上，或者lounge內，lounge內常演B級電影，如 *Tangiers*（Maria Montez）和較好的 *Dorian Gray*③。睡在我上層的物理系學生，去加

---

① 玉瑛是夏志清的妹妹，小他十四歲。濟安最長，常與父母衝突；志清，老二，最乖；中間三個弟弟都夭折，玉瑛最小，排行第六，故稱六妹，最受寵。抗戰時，父親與濟安去了內地，兄妹二人感情很深。夏志清1945年10月首次離家去台灣，次年9月與濟安北上赴平，玉瑛都哭，這次哭得特別傷心。夏志清也是別情依依，但很快就被出國的興奮及船上的見聞吸引去了（soon distracted）。

② 梅格號（Meigs）遠洋客輪，全名General Meigs，為紀念南北戰爭的英雄梅格將軍（General Montgomery Cunningham Meigs）而命名。

③ *Tangier*（《坦吉爾》，1946），打鬥歌舞片，根據王爾德（Oscar Wilder）同名小

州大學。每次看了，都覺得情節不能明瞭，英文程度不如他的還有，在床上看些英語週刊，高中讀本似的讀物。王玉書①的那個朋友到Pittsburgh一家Seminary（神學院）讀神學，也不會和外國人講話。都是自費考取的，他們所費的一年不過二三千萬元，確實便宜。

　　頭等艙內有錢端升②教授赴哈佛教半年「中國政府」，他很不贊成讀小學校，我去美後也要更變計劃，最多在Oberlin和Kenyon讀半年，小學校生活雖或舒服一些，可是我未出國已感到洗不淨的羞恥。Empson③曾往芝加哥大學去過一陣，不知可否請他寫封介紹信，說明我的興趣和李氏獎金考選的事實。［此信］由你寄Oberlin College c/o R.A. Jelliffe（真立夫轉），我收到後同滬江成績單［一併

說改編，喬治‧瓦格納（George Waggner）導演，瑪麗亞‧夢丹（Maria Montez）、羅伯特‧裴及（Robert Paige）主演，環球影業（Universal Pictures）發行。*Dorian Gray*（《道林‧格雷的畫像》，1945），全名*A Picture of Dorian Gray*，驚悚片，據王爾德同名小說改編，阿爾伯特‧列文（Albert Levin）導演，喬治‧山德士（George Sanders）、唐娜‧里德（Donna Reed）主演，米高梅公司（Metro-Goldwyn-Mayer）發行。

① 王玉書，夏志清滬江同班同學。

② 錢端升（1900-1990），字壽朋，上海曹行鄉人，著名法學家，哈佛大學博士，歷任清華大學、中央大學、西南聯大、哈佛大學教授，北京大學法學院長，著有《中國憲法》、《中國的政府與政治》等著作。

③ Empson（William Empson燕卜蓀，1906-1984），夏濟安信裡稱燕卜生，英國詩人、文學批評家，代表作有《朦朧的七種類型》（*Seven Types of Ambiguity*）等，是「新批評」派的代表人物。第二次世界大戰時曾任教西南聯大，戰後又回北大任教，也是李氏獎金主考人之一。夏志清脫穎而出，獲得文科獎金，因為奧柏林的教授真立夫（Robert A. Jelliffe）正在北大客座，又因為心儀著名詩人兼文評家藍蓀（John Crowe Ransom），所以夏志清申請了奧柏林學院與墾吟學院。兩所學院都以大學部著稱，而非研究院，所以夏志清頗感不滿，想轉學其他學校。

寄] 芝加哥大學申請，可趕得上二月開學。Carver（卡乃夫）那裏可託他接洽Yale，或者直接由Empson介紹適宜的大學。

　　同船有一位St. John's 1944年畢業生，名叫何飛，是朱章甦①的同學，據說朱對他頗有情感，畢業時他第一名，朱第二名。他的談吐，程度，完全undergraduate，把大學裏的compositions都放在箱子內，給我看了幾份，到美國去研究fiction，祇讀過一個Joseph Conrad②；說話時莎士比[亞]常同麥卡萊並列，問他讀過Eliot③否，則謂好像讀過一篇*Essay on Love*和其他on general topics的essays，弄着了一所小學校，後聽說其中黑人極多，頗為沮喪。我上船後三天內看完了兩部小說*Passage to India, Great Gatsby*，都是上乘小說，style可代表近代英美的最上乘。Fitzgerald的興趣很像Balzac④，可是技巧用字又大有進步。又再讀*Wings of the Dove*⑤不適合船上讀，可是並沒有其他worth-while的小說。

　　船上有猶太人、菲律賓人、廣東臺山美籍華僑、日本人，那些臺山人effeminate（柔弱）已極，英語不懂，同他們的wives纏在一

---

① 朱章甦，當年北大西語系助教。

② Joseph Conrad（康拉德，1857-1924），原籍波蘭，英國作家，被譽為現代主義的先驅，代表作有《黑暗的心》（*Heart of Darkness*）、《吉姆爺》（*Lord Jim*）等。

③ T.S. Eliot（艾略特，1888-1965），詩人、評論家和劇作家。1922年的長詩《荒原》（*The Waste Land*）被譽為西方現代主義詩歌的開山之作。代表作有詩歌《四個四重奏》（*Four Quartets*）、《聖林》（*The Sacred Wood*）、《大教堂中的謀殺》（*Murder in the Cathedra*）等，1948年獲得諾貝爾文學獎。

④ *Passage to India*（《印度之旅》）是英國作家佛斯特（E.M. Forster, 1879-1970）的代表作；*Great Gatsby*（《大亨小傳》）是美國作家費茲傑羅（Fitzgerald, 1896-1940）的代表作。巴爾札克（Balzac, 1799-1850）是19世紀法國著名現實主義作家，代表作有《人間喜劇》等。

⑤ *Wings of the Dove*（《鴿之翼》）是美國作家亨利‧詹姆斯（Henry James, 1843-1916）的代表作。

起，不介意的love-making。大部份都在美國，抽去當兵，勝利後
准許家眷出國的。猶太人有理髮師，裁縫不一，我最愛還是菲律賓
的男孩，白的牙齒，棕的膚色，早熟的風姿，的確美麗，一成年，
皮膚顯得粗而boorish了。比較最討厭的是黑種西班牙人，可是久
看也慣。我英語會講，懂得多，到處可敷衍，頗有superiority的感
覺。昨天International Night，船上有國際性表演；中國學生唱了兩
支中國歌，一位出國考察的中學校長表演魔術，不懂廣東語，是椿
憾事，船上廣東女子都不能approach；日本女子也比所想像的
dignified的多；船上伙食還好，除天陰外，有太陽的日子精神都很
好。

　　程一康①那裏已打電話通知了他。十一日未上船，同父母玉瑛
看*Anchors Aweigh*②。近況如何？念念，拉丁進步如何？錢學熙③前
問好；李珩④前本想按你的囑咐，買張post card送她，也算謝臨走
送行的盛意，一想還是免了吧。今冬擬返家否？念念，即祝
　康〔健〕

　　　　　　　　　　　　　　　　　　　弟　志清　上
　　　　　　　　　　　　　　　十一，二十一，一九四七

---

① 程一康，聖約翰大學畢業，夏志清在海關時的同事。

② *Anchors Aweigh*（《翠鳳艷曲》），彩色歌舞片，喬治・西德尼（George Sidney）
　導演，辛那屈（Frank Sinatra）、金・凱利（Gene Kelly）及凱薩琳・葛黎森
　（Kathryn Grayson）主演，米高梅公司出品。

③ 錢學熙（1906-1978），江蘇無錫人，沒有上過大學，醉心英國文學，曾任教西
　南聯大。1944年升任北大外文系教授，是夏濟安在光華大學的同事。文革時，
　下放到江西的幹校勞動，患精神分裂症，逝世於無錫。

④ 李珩是夏濟安的學生，也是李彥的好友，對夏濟安苦戀李彥（見《夏濟安日
　記》）深表同情，常去找他。

2. 夏濟安致夏志清（1947年12月4日）

志清弟：

火奴魯魯所發一信，收到已多日，連日稍忙，無暇作覆，燕卜生教授介紹信茲附上，希望發生作用。據他說，芝大（University of Chicago）他只認識一位英人 David Daiches[1]其人頗「dull」，他不喜之，惟芝大則確為一好學校云。這半年我勸你暫留Kenyon，該校於明夏將舉辦一暑期講習會，可稱「群英大會」，發請帖18封，請愛略特等名批評家講學。燕卜生也曾收到，渠希望如能供給來回飛機票，則他頗願一來。有機會能和這輩第一流腦筋切磋一堂，實是難得好事，你真可稱為「不虛此行」。

昨晚六點半鍾莉芳[2]坐自行車與一軍用卡車相撞，她從車上摔下來，頭未破，然受震蕩。學校裏訓導處當時已找不到人，大半之事由我出頭代辦交涉，弄到半夜兩時才睡，傷勢可說毫無危險。今晨我已把事情交給訓導長賀麟[3]了，因此現在覺得很疲乏，不能多寫。

送上照片兩張，係樓邦彥[4]所攝，背景即為錢學熙及樓所居之宿舍。我的騎車技術比鍾莉芳高明，想不致出漏子也。昨天同趙全

---

[1] David Daiches（戴啟思，1912-2005），蘇格蘭文學史家，文學批評家，著作等身，曾任教於愛丁堡、芝加哥、劍橋、印第安那等大學。

[2] 鍾莉芳是夏濟安的學生，後嫁印度人許魯嘉。

[3] 賀麟（1902-1992），四川金堂人，哲學家，翻譯有黑格爾《精神現象學》、《小邏輯》等，著有《文化與人生》等，是現代新儒家的代表人物之一。

[4] 樓邦彥（1912-1974），浙江鄞縣人，憲法學家、政治學家，曾留學英國，曾任西南聯大、武漢大學、北京大學教授。

章①在什刹海溜冰，他是第三次我是第一次，我的肌肉控制尚佳，只跌了一兩回小跤。初學有此成績，可稱不易，今冬想把溜冰學會。

　　王肖瑄（李珩的朋友）上星期日結婚。我現在還沒有任何commitment，江南大學之事也並未完全決定。下星期當寄上長信一封。專此　敬祝

　　旅安

兄　濟安
十二月四日

---

① 趙全章，當年北大西語系助教，住在夏濟安隔壁。

3. 夏志清致夏濟安（1947年12月1日）

濟安哥：

　　船二十七號夜到舊金山，約十一時過金門大橋，月光皎潔在晨曦和月光下的大城總是美麗的：船過橋時的景象和二十三日傍晚高處看火奴魯魯城和銀灰色的海是旅途兩個最remarkable sights。二十八日上岸（immigration手續在船上辦妥），待兩件大行李提出驗關完畢，已下午一時，乘taxi至Sacramento St.中華青年會住下，兩人房，九角一天，比較便宜。兩星期船上的辛苦，下船後理應闊一下，可是同船一行人都是打經濟算盤的，並且在美國，一角有一角的用處，一元有一元的用處，自然不肯浪費。晚上到Market St.（舊金山最大［的］街，商店，影院都集中於此）St. Francis戲院看 *Unconquered*①，算是Road Show，$1.20，戲院派頭並不及大光明，Program（說明書）都沒有，不能留個紀念，片前還加演卡通、短片及英［國］公主結婚新聞。

　　二十九日星期六到Santa Fe火車公司接洽買票，我在上海已有Pullman的order $108，可是Pullman每日三餐非常貴族化，非我所能應付，改買三等coach。coach也舒服，假如乘客不多的話，晚上也可和衣而臥，refund六十七元美金，是意外的收穫。買了一架Royal Deluxe手提打字機，九十二元，同樣的安德伍德（Underwood）要120元；美國second hand東西不多，而打字機demand［極大］，買了也合算。我買打字機，是受了St. John's英文系何飛的影響，他

---

① *Unconquered*（《血戰保山河》，1947），古裝西部片，西席‧狄密爾、賈利‧古柏、寶蓮‧高黛（Paulette Goddard）主演，派拉蒙公司（Paramount Pictures）發行。

花了十八元買了桿金筆尖 Sheaffer（比51號好），有兩三位同船都添了新西裝，cut 還不錯，五十元一套，在紐約買可便宜二十元。

舊金山的 color，並不怎樣 bold，男女的衣服都很整潔，看不到奇裝豔服。西裝單排雙排都是闊邊，上海 dandified（花花公子式的）長而狹的單排西裝看不到；女人的衣服也不像上海旗袍的花色奪人，上海的 style 比較小派，但卻自成一格。當天下午把行李送到行李房。青年會近 Grand Avenue，Grand Avenue 同 Market St. 相接，是 China Town 的中心。唐人街並沒有塌中國人的台，而是舊金山的一個 essential unit，華人所開的店面，菜館，古玩，night club 和附近西式店鋪並無不調和之感，只便利西人吃中國菜的機會。

舊金山的 night life 看不到，表面上所能看到的，都很 sober，汽車、講話、打電話聲音都很輕，電車、公共汽車永遠清着，不像上海的 boisterous（喧嘩）所表現［的］，和電影中的水手［恰］相反。大國的造成還靠 earnest work 和 family 制度。美國人已在開始購 X'mas 禮物了。

同日下午在 White House 買了送玉瑛一件 jacket（紅色 wool）$15，兩件淡黃 sweaters $75，給父親四根羊毛領帶 $4，母親一條 14K 金錶練 $4，郵寄家中。東西買的並不是最合算的，應該買些 nylon 東西，可是還實用。父親的領帶 design 較老式，新式的 design $1.50，還有一種絲和 nylon 交織的領帶非常鮮豔而挺，可以洗而不縐，也只 $1.50，到東部後一定買些 ties 和其他 gadgets（小玩意兒）送你。

同船有貴州清華中學校長唐寶鑫[1]，生的和王金鍾差不多，和王是同學，在上海時他去看潘家洵[2]，潘告訴了他許多我所不曉得

---

[1] 唐寶鑫（1915-?），曾任貴陽私立清華中學校長，1947年赴美留學，1950年回國，加入中國民主建國會。1964年調往天津師範大學任教，1988年退休。

[2] 王金鍾，生平不詳。潘家洵（1896-1989），江蘇蘇州人，翻譯家，譯有《易卜

Li Foundation考試的內幕。他去加大，到Berkeley後，他說湯先生①極想看我。星期天就乘火車25¢到Berkeley，約三十分鐘，他很關懷北大的情形：問我石俊，Murderer, Shibrurka（許魯嘉）②怎麼樣，問你的TB怎麼樣了，他不知道謝文通③已脫離北大。他聽見Empson已被清華搶去，非常懊喪。告訴他王岷源和張祥保④的好事，他很高興。我離北大太早，所講的都是你信上記憶所得；也問及錢學熙，他似乎已聽到錢有走動的消息，錢學熙不妨多和他信札來往，以示聯絡。

湯住University Hotel, 2057 University Ave., Berkeley，同中國學生一樣住月租30元的小旅館，滿頭銀髮，很慈祥的樣子。加大東方系還有一位陳世驤⑤。提起Frankel⑥，是他的朋友，也和我一同談

---

① 湯用彤（1893-1964），字錫予，祖籍湖北黃梅，哲學家，哈佛大學碩士，曾任北京大學副校長，著有《漢魏兩晉南北朝佛教史》、《魏晉玄學論稿》等。

② 石俊、「謀殺者」和許魯嘉都是湯的學生。「謀殺者」是夏氏兄弟私下給同事起的外號。許魯嘉是印度人，由印度政府派來跟隨湯用彤學習儒家思想，任北京大學西語系研究助理，後與鍾莉芳結婚。

③ 謝文通，生平不詳。

④ 王岷源（1912-2000），英語教育專家，1930年考入清華大學外國語文學系，1942年獲耶魯大學M.A.學位，1947年返國。他與張祥保（張元濟先生的姪孫女）1948年結婚，胡適為證婚人。夫婦倆一直任教於北京大學。

⑤ 陳世驤（1912-1971），字子龍，號石湘，河北灤縣人，生於北平。1935年畢業於北京大學，1941年赴美深造，1945年起任教於加州大學柏克萊分校東亞系，曾任東亞系主任，創辦了東亞研究中心。代表作有《論中國抒情傳統》、《原興：兼論中國文學特質》、《論時：屈賦發微》等，英譯過《中國現代詩選》（與Harold Acton合作）、《文賦》等。

⑥ Frankel（傅漢思，Hans Frankel, 1916-2003），德裔猶太人，1942年獲加大羅曼斯文學博士，1947-1949年在北大任教，課餘濟安教他中文，他教濟安拉丁文。

話，長長的頭髮，不知他實力如何。他說加大（英文系）年輕人中 Josephine Miles 和 Mark Shorer① 是最有希望的兩個，其他老人無甚特殊。他贊成讀 Kenyon。加州大學 Berkeley 有兩萬學生，全校共四萬學生，人數大得驚人，中國學生因功課嚴，分數緊，很吃苦頭。Empson 芝加哥大學的 application 若沒有寫，可不必寫，寫好了，仍舊寄來，作明年之用，這一年半載我預備讀 Kenyon。

上岸後走路很多，nerves 較 steady，血壓可較正常，船上缺乏運動，常服三溴片和血壓平。舊金山氣候極好，現在夾大衣可穿可不穿的 season，舊金山築在山上，下坡上坡，相當費力。建築物都相仿，增加市街美麗不少。每餐約一元，中餐西餐沒甚上下，在舊金山沒有 homesick 之感，初到台灣，確身臨異鄉也。晚上看了兩張 Howard Hughes［的］巨片：*Scarface, Hell's Angels*，《傷面人》中放槍多，後無來者②。Paul Muni, Raft③ 都很 impressive。《地獄天使》中的 Jean Harlow④ 很 sexy，可惜出場太少，以前的影片技巧較笨

1949年與才女張充和結婚返美，在加大做研究，後去史丹佛大學做助理教授，1961年任教耶魯東方系，直到退休。

① Josephine Miles（麥爾斯，1911-1985），美國詩人及文學評論家，加大第一位得終身職的女教授。Mark Shorer（休勒，1908-1977），美國文學批評家，哈佛大學畢業，威斯康辛大學博士，夏志清在北大時看過他的《布雷克》（*William Blake: The Politics & Vision*），曾與之通信。

② Howard Hughes（霍華德·休斯，1905-1976），美國大富翁，喜歡開飛機，投資電影，*Scarface* 和 *Hell's Angels* 均為其監製。兩片由天王導演霍華·霍克斯（Howard Hawks）導演，《傷面人》（*Scarface*, 1932）由保羅·茂尼·喬治·賴富脫主演，聯美公司（United Artists）發行。《地獄天使》（*Hell's Angels*, 1930）由詹姆士·霍爾（James Hall）、珍·哈羅主演，聯美公司發行。

③ Paul Muni（保羅·茂尼，1895-1967），美國舞臺劇及電影演員，1936年因《萬古流芳》（*The Story of Louis Pasteur*, 1935）獲奧斯卡最佳男演員獎。Raft（George Raft 喬治·賴福脫，1901-1980），美國演員、舞蹈演員。

④ Jean Harlow（珍·哈羅，1911-1937），美國電影女演員，1930年代之性感尤物。

重，可是more sadistic，近來影片太mild了。

　　二十二日上岸火奴魯魯，海水懶洋洋地綠。我乘taxi繞城走了一圈，風景沒有臺北好，地方太小，too westernized, too hygienic（太西方化，太潔淨），我不太喜歡，沒有東方神秘、passionate的感覺；city life的色情成分看來也不strong。夏威夷大學馮友蘭在教書，在碼頭上看見妖道和錢端升握手道歡，事後知道他是妖道①。船上最後三天留學生大開會議，錢端升發言最多，為人too aggressive，令人討厭。

　　近況想好，念念，我預備明後天乘火車，再談。

志清

十二月一日

---

① 馮友蘭（1895-1990），河南省唐河人，哲學家，哥倫比亞大學博士，著有《中國哲學史》、《中國哲學簡史》、《貞元六書》等。馮當時蓄有一大把黑鬍子，而俄國末代沙皇的皇后娘娘所信賴的禍國「妖道」拉斯波丁（Rasputin）也蓄有一大把黑鬍子，可能因此有此戲稱。

4. 夏濟安致夏志清（1947年12月17日）

志清弟：

　　舊金山來信才到，讀後殊為興奮。燕卜生的介紹信已掛號寄 Jelliffe 轉，沒有注明給芝大，你如有意進別的大學，也可利用之敲門。先在 Kenyon 讀一個時期，此意甚善，將來究竟進甚麼大學，慢慢的調查接洽可也。

　　江南大學之事，尚未決定。錢學熙自己對於北大頗有些戀戀——他的升正教授的必然性，北大教授招牌之可以傲視鄉里，他的想少管閒事，完成其自信可以教育西方人的批評著作，凡此都使他除非創〔闖〕下大禍不能一下子決定脫離。袁可嘉①是頂熱心的一個，他說只要有副教授做（錢已答應這不成問題），他一個人都願意去。我現在也不覺得江大有甚麼誘惑，除非冒鋌而走險之心理，或者會去試一試。其實江大決不會造成甚麼事業，錢學熙的 monomaniac "Up-creatism" ②將難為西洋人接受，而他的胸襟因其自信過甚而難以開展。他的批評因他對文學無真心欣賞而不能真有見地，結果他如有著作，恐也難以站得住。袁可嘉學力不夠，而欺世盜名之心甚切，好作詩論，而對於詩歌的興趣甚狹，假如其興趣是真，他的著作更難有價值。因錢學熙尚可自騙自地認為是受高尚理想所激動，而他則毫無理想，就是大言不慚地談「新」詩、「新」批評而已。他們都是臉皮厚的人，我這個嫩臉皮的人恐怕和他們難

---

① 袁可嘉（1921-2008），浙江慈溪人，詩人、翻譯家與學者，代表作有《九葉集》（合著）、《西方現代派文學概論》、《現代派論英美詩論》、《論新詩現代化》等。

② Creatism 英文無此字，可能是筆誤，應做 criticism，錢學熙堅持自己的「向上」哲學，當時在北大講授文學批評。

以久處。我如進江南，也不過是去混一陣，另圖大舉而已。現在還想不到有甚麼大舉的時候，我想在北大暫住一下也不妨，反正你可以相信得過我不會拿北大或任何地方作終老之想的。

（上面這一段，隔了幾天，才續寫。）父親最近來信說「聞北大某女生與爾交情尚篤。不知能進一步否？爾母頗以爾之婚事為念，倘有成功之望，則家中可為爾佈置新房也。」我的回信是說，在我沒有出國之前，婚姻問題暫不考慮。這會使二老（尤其母親）失望，但這是我現在唯一可能的答覆，無話可說，我很有些話好說，但是怕make commitment，有些話還是不便說。

先說你所關心的李珩吧，physically她對我有吸引力，這點是事實，因此我反而存了戒懼之心，不管這是為了做先生的矜持，或是為了亞當夏娃給我們種下的sin的觀念。你常說我太intellectual，其實這是self-defense：［若］不使我的興趣轉移到學問方面去，我怕會沒有話可說，事情弄得更尷尬。我避免同她在一起tête-à-tête（面對面），同座如有別人，你知道我便可at ease得多。她的手我都沒摸過，因為我知道太清楚；這一摸所involve的consequence, responsibilities（牽涉的後果與責任）。我們間若是停留在這intellectual階段，當然談不到甚麼愛情。我既然尚未決心要結婚，我想還是讓事情停留在那裡較妥。再往前走一步，事情可能就要超出我的控制。

事實上她也有她的缺點，年紀已有24歲（陰曆）。Bloom將過，很快就要進入中年。有時候不打扮，她看上去已很老，心直口快，性烈氣盛，與人難以相處得好（她至今不肯forgive許魯嘉與鍾莉芳），可以做個好妻子，但決不會成為一個好媳婦。我除非能經濟上完全自立（我的收入應該≥父親目前的收入），否則我不敢介紹這樣一個人進我們的家。還有她的TB，她的苦頭還沒吃夠，她還不知道如何休養。最近瞞着她舅母溜冰，結果溫度大增，現在已

不敢碰了。然而仍舊差不多每晚盜汗。陪她養病，這樣一個burden 我也怕擔當不起。

我現在同她的關係，對於她的健康恐怕最有利。她是容易動情 而且精神容易沮喪，我所表現的則是一個stead，sober mind，我可 以cheer她up，可以使她樂觀，或達觀。我待她一點都不romantic， 只是表示關切、忠誠、同情而已，她病中恐怕也需要這樣一個人。 她對我也不會存多少幻想（你的估計有時是錯誤的），因為最近一 年來，我從沒同她講過李彥，而我既有海盟山誓在先，像她那樣一 個愛讀sentimental novels的女學生，總不免把我當做一個小說書中 的大情人來尊敬我或憐憫我，只要我能保持這non-committal態度， 我相信我不會激動她的心，當然更不會破碎之了。

同每一個女人一樣，她也有虛榮［心］。不論夏先生對她有否 愛情，至少他對她獨具青睞，則是事實——就這一點，她已經可以 傲視儕輩。不過你不肯聽我話寄些東西給她，她難免有點失望。有 一天她來，恰巧看見桌子上你的舊金山信，她便一個人不聲不響的 撕你的郵票，我便用剪刀把它剪了下來。我裝做以為她的興趣只是 集郵的，同時也剪了兩枚鄭之驤①信上的英國郵票給她，再問她英 國郵票同美國郵票那個好看？她把英美的郵票都拿走了。我想如果 有甚麼風景明信片，賀年片，畫報之類，你可以寄些給她，至少讓 她好在同學面前炫耀一下：外國有人常寄東西給她！如果你不聽我 話，我覺得你真比我還要殘酷！這樣決不會trouble her heart，想也 無損你的名譽地位，何樂而不為？

當周其勳②邀我去廣州的時候，我說我有點捨不得李珩——這

---

① 鄭之驤，夏濟安光華同學，當時在英國留學。1949年後主要從事西方哲學著作 的翻譯，譯有《批判的實在論論文集》等。
② 周其勳，夏濟安光華的老師，曾任教於中山大學、復旦大學、廣西大學等，譯

話頂多只有一半真理，我至少還捨不得一個人。此人你也有點猜想得到，但想不到我會這樣serious——就是董華奇①。你在上海的時候，我寄給你的信中連這個名字都不大出現，因為我怕給父母知道了，從中撮弄，反而誤事。

你說我對李珩太intellectual，那麼我相信我對董華奇，則足夠是一個animal。惟其因為她年紀太小，所以一開頭我就沒有甚麼戒備。她假如再大幾歲，我們就沒法子會有現在這點的intimacy，我見她後，精神很舒服，毫不感inhibition（壓抑）之苦。我同她已經擁抱接吻了不知多少次，而且我也不以此為羞。以前我還教教她英文，現在連這點英文都不教，師道尊嚴完全取消，去了便在地毯上翻筋斗或者紮後［好］眼睛捉迷藏——這是兩性間根本追逐的象徵。我的幼年少年生活過得太枯燥，在她那裡我多少可以得到一些補償。應該是我幼年時候的伴侶，上帝偏偏現在才給我。看她grow up，再同她結婚，我想我一生也不會有比這再大的快樂了。

同她結婚，唯一使你覺得不滿的，恐怕是我得等好些年。但我能等，反正已經等了這些年，再等幾年也無妨，索性等我社會地位十分穩固，而她正在妙齡的時候，我可deserve the greatest happiness。在我現在這樣，或最近幾年內，無財無勢，同任何人結婚都不會快活。洋房汽車是幸福家庭生活的必須條件。

同她結婚，父親母親將要都認為是外交上一大勝利，而華奇也必成為一個賢德主婦。董嬸嬸事實上也好幾次流露想把半子之靠寄託在我身上之意，我只裝不懂。她既不信任董先生，她的大兒子又

有《拜倫》、《英國文學史綱》、《英國小說發展史》等。當時要去廣州中山大學，邀夏濟安同去。

① 董華奇，夏濟安暗戀的對象，年僅十三，就讀匯文中學，夏濟安父親老闆董漢槎的侄女。

是匹不羈之馬，她自己體弱多病，她家裡的確需要像我這樣一個人。她同董先生都已經年逾半百，都想看見兒女早日成家，將來如果華奇嫁給我，他們一定覺得很放心的。還有她那小兒子也要有個靠得住的人照料，才不致受人欺侮。

所以我以為這頭親事是很有成功的可能的。我所怕的還是怕對不起董華奇，我的年紀到底太大一點，她應該有嫁一個young husband的權利，我不應該利用她年幼無知，使她父母代她訂婚約（訂了在法律上也無效）。我說過我要看她grow up，不斷的woo，然後win her，使她自動地願意接受一個比他大二十歲的丈夫，假如她不願意，那麼我也沒有辦法了。

不過她如果嫁了別人，我要覺得痛苦的。即使現在她如果對別的男人（不論年齡）稍微親熱一點，我都會覺得jealousy。——然而李珩如果別有男朋友，或者甚至和別人結婚，我一定覺得relieved。兩人成敗之事定矣。

我的心事如果讓父母知道了，很快的也許會演出訂婚的一幕，但我忍耐着，第一，我說過我不應該不尊重華奇本人的選擇權（即使現在她都可能堅決地反對）。第二，這消息傳出去不免影響李珩的健康。反正現在訂婚不訂婚與事實無補，結婚總得在若干年之後，我想還是不訂婚的好。你若原諒我的苦衷，請不要告訴父母為要。

我在北平，周旋於雙美之間，也自有其樂趣。你說北大的生活不死不活，我想我如果回到上海，這生活才真正的「死」了。母親如此急切地要為我完婚，我只要同任何一個未婚女子有點來往，她都想促成好事，結果恐又恢復我的和尚生活，落得我一個女朋友都沒有。在北平她管不着，我尚可暫時享受一點irresponsibility（無責任）之樂，回到上海，sense of responsibility（責任感）將束縛得我一點不能動作。你老是勸我到江南大學去，不知道到了江南，同父

母常在一起，我的生活將變得大不自然。江南薪水即使比國立大學大一倍，但以上海生活程度之高，我也決不敢拿這些錢來養一個老婆。進了江南大學，不過是虛偽地同錢學熙研究文學批評，然後再僕僕風塵地常常跑到上海去買書聽戲而已，這種生活未必有意義。

　　總而言之我把結婚看得太重要，因此不敢馬馬虎虎去結個婚完事。你常說你知道 how to live，你所謂 life 就是指 promiscuous sexual relations（混亂的男女關係）吧？我是個 monogamist（堅持一夫一妻制的人），只想求一個幸福的婚姻生活（*Odyssey* 是一切 ethical man 的經典，Ulysses 的故事實際就是一隻 homing pigeon 故事，這是人性的根本處，比之 Jason 之金羊毛及文藝復興時代大航海家更近人性，雖然沒有那樣「浪漫」），成立一個家，這是人的責任①。我並不是不在考慮結婚，事實上我把一切男女關係都歸結到婚姻關係。找一個可以睡覺的女人容易，找一個妻子則不易。而且要婚姻生活幸福，非但要妻子好，丈夫好，還得滿足種種別的條件，這是做人的苦悶處，如果像貓狗一樣，春來覓伴，萍水相逢，轉眼陌頭，事情變簡單得多了，但是人有更多的責任。

　　前晚去看了譚富英的《打棍出箱》加梁小鸞的《春秋配》都很滿意。《打棍出箱》一戲，多譚派特殊動作，唱工也不少，是很重頭的戲，要看動作多者，像《奇冤報》除毒發身亡那一段外，此外

---

① 《奧德賽》（*Odyssey*）是古希臘荷馬的史詩，敘述英雄奧德修斯經歷了特洛伊十年之戰，凱旋歸國，歷經風險，十年後抵以色佳（Ithaca），打敗情敵，與妻復婚。正如通訊鴿（homing pigeon），長途飛行，飛回老巢。伊阿宋（Jason）也是希臘神話裡的英雄，他率領五十位豪傑，乘船阿爾戈（Argo）號，在美迪亞（Medea）的幫助下，取得金羊毛，並用計害死篡位的叔叔伯利阿斯（Pelias）。後來他遺棄了美迪亞，欲另娶，失去了女神赫拉（Hera）的保護，被阿爾戈船腐朽的桅杆壓死，這是其對妻子不忠的下場。

毫無動作，便難滿意①。上海的京戲界情形：(1)中國②：馬連良③、張君秋④、葉盛蘭⑤、袁世海⑥、馬富祿⑦、黃之慶⑧、江世玉⑨問世早，陣容浩大無比，價十二萬。(2)天蟾：蓋叫天⑩、葉盛章⑪with一無名坤伶，價七萬。(3)黃金：麒麟童⑫、李玉茹⑬（已向CNAC登記，黑市美鈔達二十萬一元）。

　　寒假回家否未定，主要的是經濟原因，飛機票一張五百多萬，最近發行了十萬大鈔後，飛機票到我放假時恐怕還要漲。我薪水才兩百多萬，試問能如何走得？我很想回家走一趟，在家裡過年。北平的電影僵局沒有解決，好久沒有看電影了，也有點上癮。

---

① 譚富英（1906-1977），老生演員，祖籍湖北武昌，出於北京，譚鑫培之孫，譚小培之子。「四大鬚生」之一。梁小鸞（1918-2001），青衣演員，河北新安人，久居北京。

② 中國：指建於1929年的中國大戲院；天蟾：指天蟾舞臺，有新老之分。

③ 馬連良（1901-1966），老生演員，字溫如。北京人。「四大鬚生」之一。

④ 張君秋（1920-1997），青衣演員，原名滕家鳴，字玉隱。江蘇丹徒人，「四小名旦」之一。他也是夏濟安的朋友，曾訪問哥大。

⑤ 葉盛蘭（1914-1978），小生演員，原名瑞章，字芝茹。安徽人，生於北京。出生於梨園世家。葉派藝術創始人。

⑥ 袁世海（1916-2002），架子花臉演員，原名瑞麟。北京人。「袁派」藝術創始人。

⑦ 馬富祿（1900-1969），丑行演員，名漢臣，字壽如。祖籍河南扶風，生於北京。

⑧ 黃之慶，生平不詳。

⑨ 江世玉（1918-1994），小生演員。北京人。名旦江順仙次子。

⑩ 蓋叫天（1888-1971），武生演員，原名張英傑，河北高陽人。

⑪ 葉盛章（1912-1966），丑行演員，字耀如。安徽太湖人，生於北京。出生於梨園世家。被譽為當時武丑第一人。

⑫ 周信芳（1895-1975），老生演員，原名周士楚，字信芳，藝名麒麟童。生於江蘇清江浦（今淮陰市）。

⑬ 李玉茹（1923-2008），青衣演員，原名雪瑩。北京人。著名劇作家曹禺夫人。

今天我開始學溜冰，當然不容易溜好，但也並不難。普通對於溜冰的印象，都從宋雅·海妮（Sonia Henie）①電影中得來，宋雅自己溜得特別好，這是別人難得企及的。還有鐵龍·鮑華（Tyrone Power）②，唐阿曼契③之流，特別不中用，一進冰場，便跌得狗吃屎，爬都爬不起。我初進冰場之時，自以為也將大跌一跤了，結果發現腳步還容易控制。趙全章也在學，他溜的次數比我多，技術已經很不差。

拉丁我讀得不算用功，拉丁文字乾淨，字簡意賅，我很歡喜讀（我們的課本是Hettizh & Maitland的 *Latin Fundamentals*）。

你要送gadgets給我，謝謝，我的領帶已經有不少，要送還是請送sweater（色以灰色，青色等文靜之色為上）吧。其實我什麼都不缺，你經濟不一定很寬裕，能省之處還是節省的好。專此即頌

Merry Christmas Happy New Year！

濟安
十二月十七日

---

① 宋雅·海妮（Sonia Henie, 1912-1969），出生在挪威，1928、1934、1936年連獲冬季奧運三屆金牌，後到好萊塢拍電影。與泰隆·鮑華（濟安譯做鐵龍·鮑華）合演《薄冰》（*Thin Ice*），泰隆學溜冰，常跌得四腳朝天，令人捧腹。

② 泰隆·鮑華（Tyrone Power, 1914-1958），美國電影及舞臺演員，擅長扮演風流瀟灑情深意重的角色，代表作有《碧血黃沙》（*Blood and Sand*, 1941）、《黑天鵝》（*The Black Swan*, 1942）和《常勝將軍》（*Captain from Castile*, 1947）。

③ 唐阿曼契，生平不詳。

5. 夏志清致夏濟安（1947年12月12日）

濟安哥：

　　十二月二日離舊金山後還沒有寫信給你，因為行綜［蹤］不定。前天（十日）晨乘公共汽車這由Oberlin至Gambier訪Ransom①。Ransom是一個genuinely kind old man（born 1888），真心待我，請我吃了午飯，他一直盼望我來，並告訴我消息，Empson今夏已決定來Kenyon，不知此消息在北平已傳出否？今夏Kenyon預備設立Summer School of English廣羅批評人才，Empson，Brooks②，Winters③，Tate④，Harry Levin⑤，Trilling⑥都答應來，屆時確是一樁

---

① 藍蓀（John Crowe Ransom, 1888-1974），美國批評家、詩人，「新批評」派的領軍人物，代表作有《新批評》、《詩歌：本體論筆記》等。

② Brooks（Cleanth Brooks勃羅克斯，1906-1994），美國批評家，耶魯英文系教授，「新批評」派的領軍人物，代表作有《精緻的甕》（*The Well Wrought Urn*）、《現代詩與傳統》（*Modern Poetry and Tradition*）等，曾創辦《南方評論》（*The Southern Review*）。

③ Winters（Yvor Winters溫特斯，1900-1968），美國詩人、文學批評家，代表作有《詩集》（*Collected Poems*, 1952）、《批評的功用》（*The Function of Criticism: Problems and Exercises*, 1957）、《論現代詩人》（*On Modern Poets: Stevens, Eliot, Ransom, Crane, Hopkins, Frost*, 1959）等。

④ Tate（Allen Tate艾倫・泰特，1899-1979），美國詩人、散文家、批評家，是藍蓀的學生，曾主持*The Sewanee Review*。代表作有《詩集》（*Collected Poems*, 1970）、《論詩的局限》（*On the Limits of Poetry: Selected Essays, 1928-1948*, 1948）、《四十年文選》（*Essays of Four Decades*, 1969）等。

⑤ Harry Levin（哈利・列文，1912-1994），美國文學批評家、比較文學家，1933年畢業於哈佛，終身任教於哈佛大學。代表作有《象徵主義與小說》（*Symbolism and Fiction*, 1956）、《黑暗的力量》（*The Power of Blackness: Hawthorne, Poe, Melville*, 1958）、《折射：比較文學論文集》（*Refractions: Essays in Comparative Literature*, 1966）等。

⑥ Lionel Trilling（屈林，1905-1975），美國批評家，「紐約知識分子」群體的核心

盛舉。我已決定去Kenyon，聖誕假期一月五日後正式搬入，現在還住在Oberlin一個物理教授 Carl Howe的家裡。

二日晨乘Santa Fe火車出發，同車有兩位St. John's外科醫生，一位姓夏的蘇州小姐和另一位較蒼老的，一位C.T.姓傅。那位姓夏的長得很高，到紐約主讀經濟，護照上已二十六歲，同 St. John's醫生和姓傅的很熱絡，在船上多合淘打bridge。我不感興趣，看書時候多，反同他們生疏。車廂還舒適，祇是大玻璃窗不能開，沒有新鮮空氣進來，不徹底的air condition加上不需要的暖氣，使人不舒服。一天以後，氣候漸漸降低，始漸漸習慣。一路風雪把玻璃窗蓋得模糊，沒有景物可看，事實上西部黃色的平原丘山，落葉樹和黃草，沒有甚麼可看。兩天兩夜走過了Arizona, New Mexico, Kansas, Missouri，晚上六時到了芝加哥，中間停過的大站，祇有Kansas City可看，還有一條寬大的密西西比河。車上吃牛奶、山名治、橘子，到 Pullman dinning car吃一頓，很不舒服。Santa Fe火車及其車站旅館都是Fred Harvey Service，一向僱用女招待，頗有盛名。米高梅攝一張 *Harvey Girls* ①（Judy Garland ②主演）即取材於此，可是此tradition已漸衰落，車上的waiters都是黑人和白男人。

在芝加哥車站，排隊買票人中見Fred MacMurray ③買［戴］着

人物，任教於哥倫比亞大學。代表作有《自由的想像》（*The liberal imagination*, 1950）、《超越文化》（*Beyond Culture: Essays on Literature and Learning*, 1965）、《誠與真》（*Sincerity and Authenticity*, 1972）等。

① *The Harvey Girls*（《哈維姑娘》，1946），音樂劇，據亞當斯（Samuel Hopkins Adams）同名小說改編，喬治‧西德尼導演，裘蒂‧嘉蘭主演，米高梅發行。

② Judy Garland（裘蒂‧嘉蘭，一譯裘蒂‧加蘭，1922-1969），美國女演員和歌手，代表影片有《亂雲飛渡》（*Till the Clouds Roll By*, 1946）、《花開蝶滿枝》（*Easter Parade*, 1948）等。

③ Fred MacMurray（麥茂萊，1908-1991），美國演員，參演過近百部電影，以參演貝尼‧懷爾德（Billy Wilder）導演電影《雙重賠償》（*Double Indemnity*, 1944）

呢帽，下巴很青。我說Are you Fred MacMurray? 他尷尬地點頭，引起我旁邊的女客的注意，她同我攀談，He is a wonderful actor though。改乘 New York Central 至 Cleveland，十一時開車就利用閑着的三小時在大街［上］逛，可惜天下雨，鞋底都濕，最主要的街是 State Street。福斯大本營 Rialto 在映 *Amber*①，派拉蒙 Chicago 在映 *Golden Earrings*②。另外有 Mary Martin 上演 *Annie Get Your Gun*③，Lunt 夫婦上演話劇，較舊金山 highbrow。翌晨七時半底 Cleveland，夜間被四位老女客講話［吵醒］，尖而難聽，不斷夾着 I said，he said，不易入睡。Cleveland 到 Oberlin 的火車下午 5:30 才開（事實上可以乘 bus），下車後想找旅館休息一下，大旅館太貴，小旅館客滿，結果在最 dingy 的 boarding house（借宿公寓）花了二元美金買了些休息。Cleveland 給我的印象不好，太 bleak（蕭瑟），高廈太多而不繁華，沒有太陽，花了我一小時的光陰找旅館。下午理髮（service 不像中國那樣道地，沒有吹風，shampoo 要加錢）上車。

碰到一位 Oberlin 的學生，替我找了 Oberlin Inn，服侍極周到，原來飯堂中的 waiter 都是學生。Oberlin 的 motto 是 learning & labor，學生都擔承些工作，Jelliffe 帶去的兩位楊小姐每天在糖果店服務兩小時。Oberlin 是以美國的一家男女同學的大學著名（同滬江一樣），

而知名。

① *Amber*（*Forever Amber*《永遠的琥珀》，1947），古裝劇情片，玲達·丹奈爾（Linda Darnell）、康奈爾·魏爾德（Cornel Wilde）主演，福斯（20th Century Fox）發行。

② *Golden Earrings*（《金耳環》，1947），間諜片，米切爾·萊森（Mitchell Leisen）導演，雷·米蘭德（Ray Milland）、瑪琳·黛德麗（Marlene Dietrich）主演，派拉蒙發行。

③ Mary Martin（瑪麗·瑪丁，1913-1990），美國歌舞紅星，以主演《南太平洋》（*South Pacific*, 1949）走紅。《飛燕金槍》（*Annie Get Your Gun*, 1947）是百老匯頗為賣座的舞臺劇。

此外他的 conservatory（音樂學校）也著名：Girls & music 空氣相當
feminine，到美後從沒有看見過這許多紅白分明秀麗的女人，相當
有 enchantment。Oberlin 共兩千學生，男女各半。Oberlin 在中國設
一家陝西中學和銘賢學院。在 Graduate House 一同吃飯的，除了兩
位楊外，一位陝西中學的校長，一位銘賢派出的留學生。星期六晨
見真立夫，他 take for granted 我要在 Oberlin 研究，替我找了房子，
在物理教授 Howe 夫婦家租一間，有床褥、沙發、柏、椅、櫥，週
租五元。同 Jelliffe 講話，兩方都有些 embarrassing，星期一晚上到
他家去，多了一位太太，談話比較自然。他告訴我他的兩箱東西
（書籍，茶具）才運到 New York，要運費八十餘元，太貴，他不預
備去 claim，祇可惜了不少 lectures。Oberlin 性質完全和滬江相仿。

　　星期二去聽他的課，第一課 Shakespeare，上來一個 quiz 問
Henry V 為什麼 reject Falstaff。一刻鐘後，來一下 *Henry IV* part II 角
色分析，籠籠統統，學生忙着記筆記。第二課 Chaucer①，上課問問
講講，criticism 一字不提，實行 delineate obscurantism。第三課批評
十七世紀的教授 Bongiorno 講 Henick，讀了一小時 Rose Macauley 的
小說（about Henick）算是 background。上 Empson 的 seminar 尚且
無聊，上了三堂，祇好實行許魯嘉的 pitying amusement 來維持我的
尊嚴。Oberlin courses graduate 和 undergraduate 不分，所謂 graduate
students，除了二楊，還有二三位，其中一位來自阿根廷。兩位楊
小姐，一位是 Miriam Yang，來自清華，教書有年，可是書讀得意
外的少，中央大學畢業，莎劇祇讀過四隻 [齣]。現在 Jelliffe 每星期
三齣，相當地忙，她感到 Jelliffe 的空虛，但近代批評一字不知（祇

---

① Chaucer（Geoffrey Chaucer 喬叟，1343-1400），英國文學之父，中世紀最偉大的
　英國詩人，第一個被埋葬於威斯敏斯特大教堂詩人角的詩人。最著名的作品是
　《坎特伯雷故事集》（*The Canterbury Tales*）。

知道S. Review of Lit.）。她問我這樣一個問題：「你弄poetry的，怎麼也弄criticism」，山東人。另外一位是Grace Yang，大約偽北大1946畢業，常來沙灘聽課，貴州人，帶些貴州人的girlishness，人很小，沒有胸部，很年輕的樣子，下眼皮凸出，表示很努力讀Shakespeare，不太講英文，因為還不諳講英文，她沒有甚麼discontent，功課已夠忙。Jelliffe都祇許她們念Shake和Milton①兩個courses，而MA除論文外還需要24學分，拿到degree還相當費時日。另外一位undergraduate任毓書，北大的junior，矮小，程度更劣。Mrs.袁已去Stanford教中文，MA論文尚未做好。清華的楊，問我是不是湯的nephew，李氏獎金給了我不少notoriety。

　　星期三乘bus去Gambier，Kenyon並沒有如Jelliffe說的那樣近，換了兩次公共汽車，再乘cab到Gambier已十二時半，車夫認識Ransom，開到門口。Ransom講話很鬆，很客氣，他帶我去吃飯，飯後就到他的辦公室，碰到英文教授Coffin和新從法國回來的副編輯Blain Rice（哲學教授）。Ransom這次Summer School of English大幹一番，一切有名的critics（including Eliot & Richards）②都有［會］來Kenyon住一星期。Summer School預備收八九十［個］學生，男女兼收，所讀courses算是graduate credits。Ransom介紹給一位Kenyon最brilliant學生Tom Sonthard，念classic系，Greek & Latin，可是英文文學極通，講話時運用vocabulary極大，以前沒有

---

① Milton（John Milton彌爾頓，1608-1674），17世紀英國偉大詩人、思想家。以三部宏偉詩篇《失樂園》（*Paradise Lost*）、《復樂園》（*Paradise Regained*）、《力士參孫》（*Samson Agonistes*）著名，對後世影響深遠。

② Richards（I.A. Richards理查茲，1893-1979），英國評論家、修辭學家，曾在中國清華大學（1929-1930）任教。「新批評」理論創始人之一，代表作有《批評原理》（*Principles of Literary Criticism*）、《意義的意義》（*The Meaning of Meaning*）、《科學與詩》（*Science and Poetry*）等。

碰見過。大約是Auden①一類「才子」人物。他的哥哥在中國，也
是Kenyon的高材生，有China Letter［Robert Foxx］發表於*Kenyon
Review* Winter Issue 1947，寫一手極好的impressionistic prose。
Kenyon空氣和Oberlin不同，建築都是中世紀式，大石階，彩玻
璃，模仿牛津劍橋的Colleges，沒有女生，六百個男生，intelligent
的有，muscular的也有，相貌各奇各色，不像Oberlin那樣uniformly
neat。More dirt, more dust, more dissipation，一部分學生晚上就去吃
酒，七時上Ransom的Poetic Analysis一課，學生都不斷的抽煙，那
天晚上我喝了兩杯啤酒，［抽］不少煙，不易入睡。學生程度好的
也有，可是免不了affectation和arrogance。學生的paper把一首短詩
要寫五六頁至十頁的分析，都是瞎寫，不負責任的瞎批評。一學生
批評Donne②的"Go & Catch a Falling Star"，說Donne不懂metre，
說這詩bewitching & lovely（迷人和可愛），很是可笑。

　　昨天從 Gambier回來，預備一月五日正式搬入。目下有許多批
評書要看，Ransom對於theory很有興趣，目下在Review寫 "Poetry:
The Formal Analysis, The Final Analysis"，還未寫完。他的批評最主
要兩個terms就是structure和texture, describe himself as an ontological
critic（自稱為本體論的批評家）。訪Empson 時，可問他甚麼時候來
美，說我很高興見他。（寫信寄184 Forest St. c/o Mrs Howe或c/o
Ransom, Kenyon College即可。）

　　十幾天來的辛苦，和最近甜多於鹹的diet，相信會undo上海三

---

① Auden（W.H. Auden奧登，1907-1973），出生於英國，後來成為美國公民。詩
　人、散文家、文學批評家，代表作有《詩集》（*Poems*, 1930）、《戰地紀行》
　（*Journey to a War*, 1939）、《焦慮的年代》（*The Age of Anxiety: A Baroque
　Eclogue*, 1947）等。

② Donne（John Donne約翰・鄧恩，1572-1631），英國詩人，玄學派詩的代表人
　物，代表作有詩集《歌與短歌》（*Songs and Sonnets*）等。

月的營養；希望血壓可跟着正常。下星期預備去紐約並至 New Jersey 訪 Carver。今天收到十二月六日父親的信，家中都好。希望能在最近看到你的信，不知道你的行動已有一月了。Gambier 連電影院都沒有，一個 average sensual man 又要有半年的苦修。再談，祝

　　康健

　　錢學熙、李珩等想好。

弟 志清 上

十二月十二日

6. 夏濟安致夏志清（1948年1月5日）

志清弟：

你去美後，我曾發出兩信，都由Jelliffe轉，想都收到。寒假我決定回去，大約一月十五日以後走，三月一日前返平。在留滬期內，北平信件有人轉寄，當不致遺失。

江南大學之事，錢學熙本人或將不就。因渠在北大的確尚穩固。功課也輕鬆，自可以耐心等兩三年，完成他的著作，等送出洋，升正教授。我對於江南大學，無甚好感，但對北大則惡感甚深。半年後很想脫離，但不一定會去江南大學。江南大學如錢當主任，他有一套辦英文系的計劃，會把我累得很忙。如別人當主任，則諸事聯絡，更感困難；再則許思園①其人聽說成見深，脾氣大，拘泥小節，自負不凡，很為難弄，我怕同他相處不下。我現在對於辦教育的興趣甚小，頂好有一個空閒的差使（北大夠忙的了！）生活安定，好讓我從事創作。寒假時在上海當去好好地籌劃一下。

上信講的一些我最近對女人的心理，我現在還認為不結婚則已，要結婚還是同董華奇頂好。但我不結婚的念頭仍然很強，我如果回到南邊去做事，無非想求更高度的austerity（苦行）而已。我不相信離開了北平，我會有興趣去再交女朋友。如不存心結婚，交女朋友突然造成騎虎難下之形勢而已。李珩那裡我已經有點怕難以收拾，她的健康或者因為認識我而變得更壞。但是事情勉強不得，但願她不存甚麼幻想。北平的生活過得有些膩，所以寒假想回去，

---

① 許思園（1907-1974），江蘇無錫人，1937年得庚子賠款獎金到倫敦、巴黎留學，次年得巴黎大學博士。1947任江南大學哲學研究所所長。著有《人性與人之使命》（英文）、《相對論駁義》（法文）等。據說《圍城》裡的褚慎明即以之為原型。

暑假後想換個差使。北平現在沒有甚麼捨不得的東西。

　　你所認為萎［委］靡不振生活的代表者徐世詔和王達津①都已經結婚了。徐世詔在暑假結的婚，以前我想也說起過。王達津忽然於上星期也結婚，事前我從沒有看見過他同任何女子有甚麼來往；新娘是個小學教員，認識了沒有幾個月。趙隆勷②的喜期想也不遠，可是王岷源和張祥保卻好事多磨，前一兩個月潘家洵③總是說「快哉，快哉」，現在他也認為他們的可能性不過百分之六七十。大致是張祥保在拖延，她為人恐比較calculating，而且我懷疑她incapable of passion，或者她還是在待價而沽吧。苦的是王岷源（他們還是常常同出同進，日子一久如不更進一層，可能反而玩疲了）。

　　童芷苓④的哥哥童遐齡結婚，我送了二十萬塊錢禮，吃了一頓喜酒。芷苓留滬未來，來賓不多，值得一提的僅電影明星董淑敏、金玉齡、白光⑤、李綺蓮⑥四人。李綺蓮是個老醜的廣東女人，戴黑眼鏡（才開單眼皮！）；白光眼睛彎得如照片所示，惟臉黃得可怕；

---

① 徐世詔當時在西語系教英文。王達津先在北大文科研究所，後任講師，1952年到南開大學任教授，兼古籍整理副所長。

② 趙隆勷（1917-？），翻譯家，譯有《毛姆傳》、《舊地重遊》、《陽光普照大地》等。

③ 潘家洵（1896-1989），江蘇蘇州人，翻譯家，曾任教於北京大學、西南聯大，1954年起任中國社會科學院研究員，譯有《易卜生戲劇集》等。

④ 童芷苓（1922-1995），花旦女演員。原名芷齡。原籍江西南昌，生於天津。長兄童遐苓（即童遐齡）工老生，嫂李多芬工老旦，二兄童壽苓工小生，妹童葆苓工旦角，小弟童祥苓工老生。

⑤ 白楊（1921-1999），原名史永芬，河北涿縣人，孤島時期的影星、歌星，抗戰後在上海拍攝《大地回春》、《柳浪聞鶯》、《人盡可夫》、《一代妖姬》等影片。1949年去香港，後定居馬來西亞吉隆坡。

⑥ 李綺蓮（1914-1950），原名李楚卿，廣東人，活躍於1930-1950年代的粵劇豔旦及電影演員，曾參演《昨日之歌》、《生命線》、《風流寡婦》、《花香襯馬蹄》等影片。

金玉齡還嫩，才高中畢業，惟她所表演的一段紅娘唱得大 [太] 不佳，否則我倒要去聽聽她的戲了；董淑敏公認是當天頂美麗的一位女客，自稱二十歲，態度據某小報所描寫為「嬌羞覥靦」，程某①（他的書屋已改稱麗芷廬了）頗有追求之意，也作文捧之。

Empson只要Kenyon肯出飛機票錢，他就肯來。他的兩個孩子在中國小學校念書，中文說得很好。他教「大四作文」和「莎士比亞」大受歡迎，惟「近代詩」一般人尚嫌太深，他的 *Seven Types* 有新版出書，承他借我一閱，看後我對他的學問與智力均大為佩服。Brooks 確不如他。

北方局勢同以前差不多，只要蘇聯不加入戰爭，北平暫時可無淪陷之險。不過物價日漲，生活日苦而已。還有一點，民眾對戰事的樂觀心，（為打通津浦路）亦日漸消失了，別的再談，專祝

新年快樂

兄 夏濟安

一月五日

---

① 程某，即程綏楚（1916-1997），字靖宇，湖南衡陽人，生於北平。畢業於西南聯大史學系，曾任教於南開大學。1950年移居香港，1951年合作創辦香港崇基書院。著有《新文學家回憶錄——儒林清話》（1977）、編有《胡適博士紀念集刊》（1962）等。

7. 夏濟安致夏志清（1948年1月24日）

志清弟：

　　我於一月二十日飛［南］京轉滬，行前接到你一月十日的信，在家裡又看到你十二月二十日並一月十四日的信，一併作覆。你在美國讀書地方未定，心當然一時定不下來，但是多走幾個地方也好，Kenyon如空氣太沉悶，應該換掉。我的生活，絕沒有你想像的那樣的「快樂」和「興奮」。同董華奇戀愛，實在也是種asceticism（禁慾主義）；我得等候多少年才可享受得到戀愛的consummation。我對於北平的生活，也感到厭倦，否則我不會嚷着寒假要回家，明知家裡也沒有甚麼快樂，但更換一下環境也是一種刺激。我現在是被「求自由」和「求束縛」的兩種相反的力量拉扯着，我相信我情願受束縛。我所以不敢現在就declare，至要的還是怕輿論。你比較知道我深切，而且在北平也好好的觀察我幾個月，尚且會有surprise，假如別人知道了我的intention，不知將起任何反應？很可能的猜想是我貪董家的有錢，或者是父親的一種strategy，作為他業務上的方便，不知道我倒純粹的為了「男女之愛」。我所以要等我自己有了地位之後，等華奇長到可以追求的年齡的時候，才敢declare，這樣才能把這種事情的政治色彩沖淡。我已經說過我相當的jealous，當然希望能早日訂婚，但為了不使我所認為神聖純潔的事情，顯得ridiculous或mean，暫時只好忍耐。

　　我承認我相當indulgent，但她的父親、母親、哥哥待她都相當兇。她倒不是一個spoilt child，至少比起玉瑛來，她一向的是少受放縱，性格上是比較能屈能伸。她能給我幸福，但我們的幸福總得要結婚之後才會開始。我能夠等，只要董、夏兩家關係不斷，我們分別了幾年，仍舊可以隨時碰着，不像別的女朋友，同家裡沒有關

係的，一斷從此就會斷絕的。

家裡的情形，大致同以前差不多。母親還是一貫的精力充沛和迷信的樂觀。派頭愈來愈大，我晚上一個人在客堂裡開了電燈聽無線電，她從來不說一句話，電費的支出她已經不大在乎了。過年各處送來不少禮物，每受［收］一次都使她高興一次。父親比以前「好說話」，因此她似乎更「任性」（我想到在她手下做媳婦的困難）。父親的眼光真和善，人比以前略顯憔悴（皮膚很鬆），每天晚上回家總很吃力了。銀行業務很發達，但累得他很忙。思想還是儒家，孔孟大道理，還常常在嘴上流出來，我想根據這些道理，做生意還會做得好嗎？他的身體既然日衰，時代的變化與他的思想既然日益脫節，我想他再要make fortune，亦不大可能了。可恨我們還站不起來接替他，讓他在家裡休養。玉瑛很長，但除臉色黃以外，身體並不顯得特別瘦。眼皮略胖，但不仔細看，看不出。已經是雙眼皮，所以眼睛想不再去動它。臉上除了聰明外，顯不出有character，這是我替她擔憂的地方。英文書讀得深得很，她似乎跟不上，我不去逼。她讀書，在學校上一天課（尚未考完），已經很累，家裡是應該玩玩了。祖母躲在三層樓上一天到晚做生活，飯亦不在一處吃，所以不大見面，但顯得還清健。

我在上海經濟很困難，不好意思問父親要錢，所以躲在家裡的時候多。明天要去看日戲，馬連良、張君秋、葉盛蘭的《御碑亭》。附上股票一張，是陳文貴①所有，該公司已關門，但可發還股票若干，你且設法討來，討來後款暫存你處。還有父親的朋友楊君託你買梵啞鈴弦線三套，一定要bed-o-Ray牌子，買來後放在信封裡寄來，款請暫墊（不會很貴）。母親吩咐你(1)少吃藥；(2)被頭裡是洋毛毯，洗濯時當心不要遺失。陰曆初一為陽曆二月十日，

---

① 陳文貴，夏濟安父親的朋友。

別的再談，專頌

　　冬安

濟安

於一月二十四日

　　〔又及〕鄭之驤、胡世楨①日內可抵滬。我約於二月底返平。上次寄來給父母、玉瑛的禮物已收到，父親去納稅了兩百三十七萬餘元，所費不貲。所以叫你以後少寄些東西來，大家省省。我的東西已託趙全章代辦，尚未收到。

---

8. 夏濟安致夏志清（1948年2月9日）

志清弟：

　　二月三日來信收到，悉已准入耶魯大學。聞之甚為欣慰。將來在一般留學生之前，亦可抬得起頭，望好好攻讀，得一 Ph. D. 後回國。你得 Ransom 氏賞識，將來在英美學術界不難出頭。關於 Donne 的論文，R 氏可允在 *KR* 上發表否？如能發表，則一下子就可以嚇嚇北大的人了，也算出一口氣。

　　來滬已逾兩週，再住兩週又將首途北上。上海生活，雖有甚麼缺點，但北大生活愈想愈厭惡。我自己已決定下學年必進江南大學，剩下的工作就是要去說服錢學熙。江南大學未必有前途，我根本沒有想在那邊久做。要我 settle down 捧一隻飯碗，當在中國恢復和平和我結婚之後。最近幾年總是浪蕩。家裡房屋擴大後，住住很舒服，可以使心思稍微集中些。一筆優厚的薪水現在認為也很需要，就是獨身，也得要錢多才舒服。江南大學的薪水可以容許我到上海來闊一闊，不致像北平那樣老在鬧經濟恐慌。

　　在上海看掉本 *Crime & Punishment*（《罪與罰》），現在讀《卡氏兄弟》。陶氏的小說組織很緊湊，值得效法。似乎太 serious 一點，令人覺得胸襟不夠開展。對於人生的認識，不及莎翁。無論如何，看了他又提起我寫小說的興趣。我回北平後，當好好的從事寫作。我自己的東西亦將很 serious：悲天憫人之心切，亦是我沒有辦法的事。

　　在上海看過三次京戲，馬連良、張君秋之《御碑亭》，言慧珠①、

① 言慧珠（1919-1966），青衣女演員。原名言茲萊，北京人。文武昆亂兼長。夫俞振飛工小生。

紀玉良①、高盛麟②之《戲迷家庭》，言、紀之《盤絲洞》、《盜魂鈴》，結果都不大滿意。馬的票價差不多每兩星期自動調整一次，現在已賣得很高，但嗓子不佳（聽說最近特別不佳），唱得不過癮，雖有做工，總難討好。張君秋則你也知道，有唱而無做，亦是一半好。言慧珠於年關前幾個星期沒有貼過一次正經梅派青衣戲，只貼這三齣：《戲迷》、《盤絲》、《大劈棺》（前面加《打漁殺家》），《紡棉花》亦預告過，後來聽說乃師梅博士反對，才沒有漏演。言姝嗓子細，唱得不佳，做真正梅派戲，未必能做好。做那種滑頭戲，一臉苦笑的討好觀眾，亦可憐之至。中國下期還是馬連良，天蟾改聘蓋叫天、葉盛章（with 紀玉良，高盛麟，雲燕銘③），戲想可有精神些，我預備北返之前多看幾次蓋葉之戲。以後京戲將少看，因為京戲劇存人亡，可看之戲實在太少，我的興趣自然漸趨減低（老生還是譚富英好）。

　　年關前父親很忙，但精神尚佳，請勿念。偶然尚有餘力打牌，足見並非一直打哈欠也。徐逸民醫師最近送他美國新出 Rutin "Squibb"，一種為治血壓高特效藥（小顆藥片）。你將來逢節逢時，要送家裡東西，不要買別的，只要買 Rutin "Squibb"，寄來最合實用。母親與祖母中間仍維持着多齟齬的和好關係，祖母每月只有伯母送來的十萬元零用，實在可憐之至（請數數我信封上的郵票！）。玉瑛已放假，英文考 58 分，年初四還要補考。她們讀的那一本「循序讀本第四冊」給她讀實在太深一點。她自己很知道用功，請你放心，將來英文程度必可跟上。鄭之驤已返國，胡④進中

---

① 紀玉良（1917-2002），老生演員。

② 高盛麟（1915-1989），武生演員。原名仲麟，祖籍山西榆次，生於北京。幼從父高慶奎學戲，後入富連成科班。

③ 雲燕銘（1926-2010），旦角演員。原名鉅薰，廣東人。

④ 即胡世楨。

央研究院，鄭頗受張芝聯①虐待，光華只給了他一個副教授做，他半年後亦進江南。他說香港、上海的女人都不漂亮，關於上海我亦有同感，至少女人的服裝都太不漂亮了（以前還要漂亮點）。再談，即祝

　　年安

濟安

於二月九日，即大除夕

　　[又及] Yale 有中國教授羅常培②，乃音韻專家，錢學熙之好友，北大之紅[人]，可往聯絡。另有英文系留學生李賦寧氏③，清華畢業，班公朋友，與我也熟，有事可找他幫忙。

---

① 張芝聯（1918-2008），浙江鄞縣人，歷史學家，主編《法國通史》，著有《從〈通鑑〉到人權研究》、《中國面向世界》、《法國史論集》等。

② 羅常培（1899-1958），字莘田，號恬庵，北京人。語言學家、語言教育家，代表作有《漢語音韻學導論》等，對當代中國語言學及音韻學研究影響深遠。

③ 李賦寧（1917-2004），陝西蒲城人，1946年在耶魯大學研究院英語系學習，1948年獲碩士學位。1950年回國後，先後任清華大學、北京大學教授，代表作有《英語史》、《李賦寧論英語學習和西方文學》、《蜜與蠟：西方文學閱讀心得》等。

9. 夏志清致夏濟安（1948年2月12日）

濟安哥：

　　來New Haven已三天了，今天下午找到了房子，搬進，可以寫幾封信。星期日二月八日四時乘了Ransom的車到Mt. Vernon，Kenyon上星期已大考完畢，Gambier學生大半回家，Bexley Hall祇留四五人，臨走不留痕跡，減了不少麻煩。五時上車，六時到Columbus（Ohio S. Univ.的所在地），乘Pennsylvania Railroad，晨八時許抵紐約，十時乘N.Y.［到］N.H.［的］車，十二時抵New Haven。在Columbus至紐約的車上，碰到一位父親在南京傳教（missionary）的兒子，Mr. McCullan，樣子寒酸得可以，同Ransom教授的兒子是朋友，攀談了一陣。

　　New Haven是個相當像樣的city，公共汽車、電車，來往很密，火車站上人很頤融，一半是Yale學生趕回來上課，因為十日Yale第二term開始了。飯後乘電車至Hall of Graduate Studies見Associate Dean Simpson註了冊。校內已無空room，祇好在火車站附近小旅館暫住。

　　在美國已有幾次帶了疲乏的身體，一隻手拿了打字機，一隻手提了皮箱走路（上火車，下火車etc.），腹中空虛無力地走路。New Haven冷得可以，Gambier的雪在這裏都是堅硬的冰，我身上穿的衣服不多，馬夾、西裝、大衣、雨衣，旅館內省油，非常的冷，勉強加了一件sweater和羊毛衫，仍舊感到冷，祇有到菜館、電影院坐坐減掉寒氣。晚上看了Ty Power的 *Captain from Castile* ①，加演哥

---

① *Captain from Castile*（《常勝將軍》）是大亨霍華‧休斯，為了捧其愛妻珍‧皮特斯（Jean Peters）投資推出的彩色歷史冒險片。亨利‧金導演，泰隆‧鮑華、皮特斯主演，福斯出品。

倫比亞小型歌舞片 *Mary Lou*①。主演的是 Joan Barton②，樣子很像
《白晝夫妻》（*Day Time Wife*）③時代的 Linda Darnell④，眼睛亮晶
晶，水汪汪，很是可愛。晚上穿了羊毛衫，蓋了大衣而睡，第二晚
穿了 sweater 而睡。當天下午見了李 Fu Ning，你和錢學熙曾提起過
的人，果然惡劣……［此處有一行字原稿不清］，不肯幫忙，不高
興的樣子。還有一位，矮小異常，吳志謙，比較有熱誠，大約你也
知道他的來歷，Li 鑽在 language，old English 裏面。Yale 比較守
舊，出來的人，沒有甚麼人才。

　　翌晨（十日，元旦）見了 Brooks，見了 Director of Graduate
Studies，Dr. Robert Menner，他代我計劃這學期弄拉丁、法文，選
兩門課。我大約預備選 Poetic Tradition of Renaissance 和 17th
Century Literature 或 English Drama；Brooks 在 Yale 沒有勢力，開了
一門二十世紀文學，下午聽了他一堂（Yale 都是 Seminar，先生學
生圍坐長桌，每星期兩小時聚一次），Brooks 臉較黃，風度、說話
很像周班侯⑤。開始講 T.S. Eliot，assigned 參考書有 Matthi⑥, *Axel's*

---

① *Mary Lou*（《瑪麗‧露》，1948），音樂劇，亞瑟‧德雷弗斯（Arthur Dreifuss）
　　導演，瓊‧巴頓主演。
② 瓊‧巴頓（Joan Barton, 1925-1976），美國女演員，以出演《天使與魔鬼》
　　（*Angel and the Badman*, 1946）知名。
③《白晝夫妻》（*Day-Time Wife*, 1939），喜劇，葛列格里‧萊托夫（Gregory
　　Ratoff）導演，泰隆‧鮑華、琳達‧達尼爾、沃倫‧威廉（Warren William）主
　　演，福斯發行。
④ Linda Darnell（琳達‧達尼爾，一譯玲達‧丹奈爾，1923-1965），美國女演員。
　　1939年出演第一部電影，在出演《除卻巫山不是雲》後嶄露頭角，而《紅杏出
　　牆》（*Unfaithfully Yours*, 1948）等片讓其備受好評。
⑤ 周班侯，夏濟安中學同學。
⑥ Matthi（Matthiessen 麥西生，1902-1950），美國文學批評家、政治評論家，哈佛
　　大學教授，後因思想左傾及性向，跳樓自殺。著有《美國文藝復興》（*American
　　Renaissance*）等。

Castle①, Eliot's *Selected Essays*②等。我不預備再花功夫在現代文學上，每星期預備旁聽，不預備選課（Yale每個course都是一年制，上半年講了海明威，Faulkner③，Yeats④，這學期預備講Eliot, Joyce⑤, Auden）。Ransom認為Yale的好人是René Wellek⑥, Brooks, Pottle⑦；Wellek是比較文學的主任，選他的課非通法德文不可；Pottle教十八，十九世紀，下學期預備選他。Yale對MA不感興趣，所以我也是Ph. D.的candidate，非通過三門，德，法，拉丁的

---

① *Axel's Castle*（《阿克瑟爾的城堡》），艾德蒙・威爾遜（Edmund Wilson, 1895-1972）的論文集，該書分析了法國象徵主義的發展及其影響。

② 艾略特的《文選》（*Selected Essays: 1917-1932*），收集了作者1917年後寫的批評文章，有〈傳統與個人才能〉（"Tradition and the Individual Talent"）和〈批評的功能〉（"The Function of Criticism"）等名篇。

③ Faulkner（William Faulkner威廉・福克納，1897-1962），美國文學史上最具影響力的作家之一，意識流文學的代表人物，1949年諾貝爾文學獎得主，代表作有《喧嘩與騷動》（*The Sound and the Fury*）、《我彌留之際》（*As I Lay Dying*）、《去吧，摩西》（*Go Down, Moses*）等。

④ Yeats（William Butler Yeats葉慈，1865-1939），愛爾蘭詩人，1923年諾貝爾文學獎得主。

⑤ Joyce（James Joyce詹姆斯・喬哀斯，1882-1941），愛爾蘭作家、詩人，意識流文學的代表人物，著有《都柏林人》（*Dubliners*）、《一個青年藝術家的肖像》（*A Portrait of the Artist as a Yong Man*）、《尤利西斯》（*Ulysses*）、《芬尼根的守靈夜》（*Finnegans Wake*）等。

⑥ René Wellek（威勒克，1903-1995），美國比較文學家、文學評論家，生於維也納，1939年移居美國。長期任教於耶魯大學，是美國比較文學的奠基者。與沃倫合著有《文學理論》（*Theory of Literature*），個人力作為多卷本巨著《近代批評史》（*A History of Modern Criticism*），其中夏志清的三位恩人，燕卜蓀、藍蓀、勃魯克斯都有專章論述。

⑦ Pottle（Frederick A. Pottle, 1897-1987），美國學者，英國18世紀傳記作家鮑斯威爾（James Boswell）研究專家，編輯並出版鮑氏信札，著有《詹姆士・鮑斯威爾》（*James Boswell, The Earlier Years*, 1740-1769）。

考試（讀過四門graduate course即是MA了），這學期和這暑期衹有拼命讀language，以期三年得到degree。Kenyon School of English恐怕不能回去；Kenyon School講poetry的有Ransom, Empson, Brooks, Austin Warren[1], Matthiessen, novel的有Tate, Richards, Chase[2], drama, Eric Bentley[3]，大可一聽，現在說不定。Brooks, Tate, R.P. Warren都是Ransom的學生，Ransom可稱是南方的領袖了。

今天我找了半天房子，到了一家Mrs. Tilson，認識張芝聯，她曾來過中國，也有兩個中國房客。我的房太小，一隻床以外，沒有東西可置。房租極廉，一月$16，可是地點太遠，出腳不便。下午找到一家Catherine O'Brien，一位77歲的old maid，房間還寬敞，每週$5.00。除了老太婆喜歡講話外，其他沒有甚麼麻煩，已經搬進；房間很暖和，寫字檯，兩口櫥，住在二樓，底層和三樓都被租出（夫妻倆），將來再找更好的房屋。地址是c/o Mrs. Catherine O'Brien, 168 Mansfield Street, New Haven, Connecticut，離學校尚近；美國不斷地下雪，在Kenyon四週天天雪白，New Haven路上相當難走。

明後天預備聽課，星期六正式選定課，學費$250（Kenyon $250, Oberlin $150, Kenyon小大學中算是最貴族了）。今天年初二，元旦，大年夜家中想熱鬧，玉瑛妹想好，一定很快樂。陳文貴的股票在

---

[1] Austin Warren（奧斯丁・沃倫，1899-1986），美國文學批評家、英文教授，與韋勒克合著《文學理論》。

[2] Chase（Richard Chase, 1914-1962），美國學者，著有《美國小說及其傳統》（*The American novel and its Traditon*）、《艾米麗・狄金森》（*Emily Dickinson*）等。

[3] Eric Bentley（艾瑞克・本特利，1916-?），美國劇作家、批評家、翻譯家和編輯。著有《作為思想者的劇作家》（*The Playwright as Thinker: A Study of Drama in Modern Times*）、《一個世紀的英雄崇拜》（*A Century of Hero Worship*）等。

Gambier時已由銀行代為打聽，結果是該公司早已改組，老股票不值錢（見附函），一千元值三元六角，五百元僅值一元八角，不知陳文貴要不要這兩元美金，不然我也懶得去追回了。violin弦線各事定當後再辦不誤。這幾天有許多手續表格要填。Yale建築很美觀很massive，氣派同小大學不同，而且很一致，圖書館極大，尚未explore。這次來Yale，雖然作風守舊，我並不regret，在大地方可保持我的anonymity & independence（無名與獨立），對我個性較適宜。Miss O'Brien九時許已入睡，晚上可靜靜地讀書。

近況如何，好久未接信，甚念。有何計劃，希望最近接到你的信。上海新近演些甚麼影片？父母親大人想好。除了最近冷了兩天外，其他一切如常，望家中勿念；即請

年安

弟 志清 上 匆匆
二月十二日晚

鄭之驤、胡世楨已返滬否，念念。

Ransom每天忙着讀投稿來的short story，*K.R.*每期有一篇short story並不特出。如有寫好的短篇小說，不妨寄來，寄給Ransom看，你取的希望很大也。

10. 夏濟安致夏志清（1948年2月21日）

志清弟：

　　近日想已搬入耶魯，生活可漸趨正常。我今晚搭秋瑾輪北上，再南來至少在半年之後。此次南來，可說是做一個試驗，對北方有無留戀？南方生活能否適應？試驗結果是我認為我可以離開北方了。新年裏到無錫去過一次，江南大學看過後給我的印象不甚佳。新造的房子四幢：一所大約及紅樓一半大的大樓，兩座學生宿舍，一座學生飯廳，地方似乎不大。單身先生可以住在梅園，但我想起鄉居生活總覺得有點可怕，把先生學生放在鄉下，用意似乎讓他們少接觸物質引誘，可以專心研究。事實上不過增加他們的無聊，讀書更提不起精神，一天到晚多半想的是如何 kill time。尤其是學生年青［輕］力壯，精神無處用容易起風潮，更容易想出些游［遊］藝活動來瞎消遣，先生住的近，常常躲不開，給他們拉進去一塊鬧。此外有一部份更是整天找人聊天，多數人都是等着領薪水後進城：身在鄉村，心在都市。我以前在呈貢住過，如果到江南大學來，這種經驗會重複。人生本是無聊，在鄉村則體會益切，鄉村風景之美是給久住都市的人在旅行時欣賞的，久住鄉村的人往往並不覺得。所以我看過江南大學之後，很不想去，但北大生活既然亦乏味，不妨換換試試。在無錫有幾個 moments，我太懷念北京地方氣象之宏大，無錫是個俗氣的 upstart 小城，街道還不如蘇州整齊，人可比蘇州來得擠。我還沒有說煞，這半年內如有別的更好的機會，我可能不去江大，大致北大是脫離定的了。鄭之驤在光華教兩班［此處有一英文字，原稿不清］，還在中學兼課，因光華錢少，非兼不可。他暑後進江大可說已成定局。江大待遇其實並不好，我本月份在北大可拿的六百萬，在江大則可有千二百萬，但同是榮家所辦的紗廠

待遇可以好得多。紗廠是用薪水乘生活指數的，上海生活指數約近十萬倍，如果薪水三百元，便有三千萬了。上海有好些機關都是乘生活指數發薪的，有些私立中學教員專任月薪亦可在二千萬元以上。

《卡氏兄弟》讀完大為佩服，是我生平所讀之最好小說也。《罪與罰》為一神經質 brooding 青年之故事，並不十分了不起，《卡氏兄弟》則於「貪嗔癡」描寫發揮淋漓盡致，終不離人生之真，確是傑作。陶氏角色都非常 articulate（能說會道），故事差不多都在對白中進行，很不容易。陶氏 intellect 之高與感情之深刻豐富確超出一般小說家，而可與莎翁媲美。三兄弟中，我頂喜歡 Dmitri，他是真 noble，Alexey 純是好人，不大有趣，Ivan 我不大瞭解。陶氏對於 Ivan 似乎尚未能把握得住，Ivan 與 Dmitri 之間的對白太少，我認為是美中不足，他們兩個如果一對一的多說幾句話，小說可以更緊張。我以十六萬元錢買了一部翻版的 *War & Peace*，預備帶到船上看。

在上海看了七次京戲，八次電影，認為京戲已無看頭，到北京後要少看了。電影亦沒有看到甚麼好的（陰曆新年五家頭輪都映五彩歌舞片），但碰到好片子的機會比碰到好京戲的多，還是多看電影的好。別的抵平後再談。即頌

　　春安

　　　　　　　　　　　　　　　　　　　　兄　濟安　上

　　　　　　　　　　　　　　　　　　　　二，二十一

　　[又及] 父親精神很好，我見後很欣慰。玉瑛已開學，我附上你近影數幀。

11. 夏志清致夏濟安（1948年3月6日）

濟安哥：

　　二月九日、二十一日來信，都沒有作覆，實在太忙，抽不出空。想已安抵北平。來 Yale 已有四星期，選了兩門課 Charles Prouty: English Drama-1642, Louis Martz: Poetic Tradition of the Renaissance ①，都非常忙，加以中途插入，有許多應看的參考書未看，法文也是少半年，兩星期內總算把發音弄清楚，不久或可趕上補習班的 reading。旁聽的 Brooks 的二十世紀文學，討論 Eliot 的 poetry，這 course 輕鬆異常，Eliot 的作品和批評他的書加起來沒有多少。Brooks 為人和善，assignments 不多，所以學生特別多。Renaissance 這門課較麻煩，因為所讀的 poetry 都要到圖（書）館去看，閉了口讀詩，已經 cover *Venus & Adonis* ②, Marlowe & Chapman: *Hero & Leander* ③; Drayton ④: *Endymion & Phoebe, The Man in the Moon*; George Sandys: Translation of Ovid's *Metamorphosis*（讀幾

---

① Charles Prouty（查理斯・普羅迪，1909-1974），專治莎士比亞時代及其前後的戲劇。Louis Martz（路易斯・馬茲，1913-2001），耶魯大學英文教授，主編耶魯版《摩爾全集》（*Yale Edition of the Complete Works of St. Thomas More*）。

② *Venus & Adonis*（《維納斯和阿多羅斯》），莎士比亞詩歌，寫於 1592-1593 年間，情節係根據奧維德（Ovid）的《變形記》（*Metamorphoses*）部分段落寫就。

③ Marlowe（Christopher Marlowe 克里斯多夫・馬婁，1564-1593），文藝復興時期英國劇作家和詩人，翻譯過羅馬詩人奧維德的愛情詩，著有戲劇《帖木兒》（*Tamburlaine*）。Chapman（George Chapman 喬治・查普曼，1559-1634），英國劇作家、翻譯家、詩人，馬婁好友，因翻譯荷馬史詩而知名。*Hero & Leander*（《希羅與裡安德》），馬婁未完成作品，後由查普曼完成，來源於希臘神話中希羅與里安德的故事。

④ Drayton（Michael Drayton 邁克爾・德萊頓），文藝復興時期英國詩人。

books）①，England's *Helicon*（第150首），接着要讀Sidney：*Arcadia*②等等pastoral poetry。每兩星期寫一篇paper，前天寫了一篇十頁paper，夜三時入睡，這隻course算是難的。Prouty劍橋出身，在Bono, F.L. Lucas③那裡讀Elizabeth Drama，本人man of the world的樣子，着重scholarship，四星期內從亨利六世起至亨利五世止的history讀完，莎翁的romantic comedies也研究完畢；text用不到細讀，多看研究性的參考書，如Tillgard: *Shakespeare History Plays*等等④；接着要研究Revenge Tragedy: *Hamlet*, Chapman的*Bussy D'Ambios*等⑤。Jacobean drama重要的我都已讀過，以後反而輕鬆些，要寫一term paper；Prouty以為我Jacobean drama既然很熟，反而要我研究早年Elizabeth drama, tentative subject, George Peele⑥。

---

① George Sandys（喬治・桑茲，1577-1644），英國旅行家、詩人。桑茲於1621年出版了奧維德《變形記》的部分英譯，至1626年完成。奧維德（Ovid，西元前43年-西元17/18年）的《變形記》（*Metamorphoses*）原係拉丁文敘事長詩，由15卷組成，其故事取材於創世紀至凱撒（Julius Caesar）之間的歷史。

② Sidney（Philip Sidney菲力浦・西德尼，1554-1586），英國詩人，代表作有《為詩辯護》（*The Defence of Poesy*）、《阿卡迪亞》（*The Countess of Pembroke's Arcadia*）等。《阿卡迪亞》完成於16世紀末期，有新舊兩個版本。

③ Bono，不詳。F.L. Lucas（盧卡斯，1894-1967），英國文學評論家、詩人、小說家，曾於劍橋大學國王學院任教。

④ Tillgard（Eustace Mandeville Wetenhall Tillyard蒂爾亞德，1889-1962），英國古典學者，曾在劍橋大學任教，代表作為《伊莉莎白時代的世界圖景》（*The Elizabethan World Picture*）。*Shakespeare's History Plays*（《莎士比亞歷史劇》）一書考察了莎士比亞將傳統資源與大眾戲劇史結合起來的方式。

⑤ *The Tragedy of Bussy D'Ambois*，是喬治・查普曼1603-1607年寫就的雅各賓時代舞臺劇，其風格介於悲劇與當代歷史劇之間，被認為是查普曼最好的戲劇。

⑥ George Peele（喬治・皮爾，1556-1596），英國文藝復興時期「大學才子派」詩人和劇作家，據稱與莎士比亞合作創作戲劇《泰特斯・安特洛尼克斯》（*Titus Andronicus*），代表作有《巴黎的傳訊》（*The Arraignment of Paris*）、《城堡之戰》（*The Battle of Alacazar*）等。

　　前幾星期還有一事很忙：預備德文。我在Oberlin，Kenyon忙着看modern criticism，德文又擱了好久，直等到Yale接洽有面目時，開始溫習。我答應Menner（研究院英文主任）三星期後考德文，所以每逢星期六、日讀德文，圖書館內借了一本德文莎翁時代戲劇史讀。這星期二已考過，翻譯兩頁德文，一篇關於一位theologian（神學家）的傳，一篇莎翁的criticism，關定兩小時，一小時半就給我譯完，及格pass，算了了一椿心事，從此德文算是丟開。Menner教old English, Middle English，很注重德文，初來的人總是擅法文而德文不佳，美國學生也是如此，我的case較unusual。Menner代我［訂］的計劃：這學期讀兩門（算一隻year course），補習法文；下半年讀三隻course，在Yale College選一隻拉丁，四隻year course得到MA。MA只要德法二者取一，加初級拉丁，我德文及格，MA的degree是很平穩可得了。Ph. D.要德、法、拉三門都通，另有requirements，至少關於old English要讀兩門，相當頑固而strict。假如有餘力讀Ph. D.我不預備在Yale念，Philology所花功夫太多。四星期來，讀了很多書，逢到未聽見的name，未聽見的好書，這種經驗已好幾年沒有了。雖然要看的書太多，又多略讀，把本人的critical judgment抹煞，可是我認為很有益處，雖然把整個material digest，是在回國後的幾年（正像初畢業後的兩三年，把滬江所讀的全部消化一樣）。我懷疑為什麼一般留學生程度如此惡劣，在大學校出來的應該很competent，應該書名知道得極多，至少足夠同錢鍾書攀談。

　　同系的中國人有李賦寧、吳志謙。李賦寧對language相當有天才，在國內時法文很好，到Yale後德文、拉丁也弄了一下，兩年中盡讀old English、Modern English，加了一隻Pottle的*Age of Wordsworth*，讀的course都是準備Ph. D.的，可是得到degree還須兩年，所以今夏要回國了。預備在清華offer Old English和History of English Language，對於文學則無根底。中國的教授中，他最佩服吳宓①。回國後準備結婚。另一位吳，身材矮小，發音奇劣，是武漢送出的，那年他出洋時別的教授把［都］保舉他，獨朱光潛②反對，保舉徐世詔，所以對朱很有grudge。他的樂趣似乎是回國後開courses，他讀的倒是literature course，今夏也要回國。Harvard英文系晚近沒有中國人，芝加哥有周鈺［玨］良③，哥倫比亞人較多。Yale上課都是seminar，圍坐長桌，一星期meet一次，二小時，所以上課消耗的時間不多。常常到rare book room去讀原本的poetry，十六、十七世紀的書，原來book owner的簽名的ink卻已淡了。Yale有Elizabeth Club，珍藏本極多，室外掛了一張五彩奪目真正伊利莎白女皇的畫像。

　　Kenyon送來了Kenyon School的bulletin，我很想暑期休息一下，多讀一些法文，可是不好意思，大概為［會］是要去，預備讀Brooks's Milton; Ransom和Empson的courses在一個時間，兩者取一。回國後多anecdote的資料，大critics卻［都］已會過了。一百元的學費或者也過［可］免去。Ransom為人很好，肯把自己的功夫花在學生身上，他的記憶力平平，scholarship也夠不上Yale的水準，對於verse和metric的研究卻特有心得。Brooks講Eliot也有不明瞭

---

① 吳宓（1894-1978），字雨僧，陝西涇陽縣人，學者，曾任教於東南大學、清華大學、西南聯大、西南師大等校，參與創辦清華大學國學研究院，主編《學衡》雜誌。代表作有《吳宓詩集》、《文學與人生》、《吳宓日記》等。

② 朱光潛（1897-1986），安徽桐城人，美學家、翻譯家，中國現代美學的奠基人和開拓者之一。代表作有《詩論》、《西方美學史》等，翻譯了克羅齊《美學原理》、柏拉圖《文藝對話集》、黑格爾《美學》等重要哲學、美學著作。

③ 周玨良（1916-1992），學者、翻譯家，1947年留學美國芝加哥大學，1949年回國任北京外國語學院英文系教授，著有《周玨良文集》，主編有《英國文學史》、《英國文學名篇選注》等。

的地方，Ransom講Hopkins①也有不明瞭的地方，弄modern poetry
中國人不比外國人有任何disadvantage也（to encourage 袁可嘉）。
還有錢學熙的專門看批評書實在不好算研究學問，假如真的寫東
西，非得要有實學不可。

決定脫離北大，甚好；沒有更好的機會，還是勸錢學熙同進江
南大學。北大的教授，學問如此惡劣，受他們委屈，犯勿着，我相
信江大英文系可以辦得很好。離上海近，小學時旅行無錫，給我印
象很好。讀《卡氏兄弟》與我同感，甚喜，陶斯托夫斯基卻為世界
第一小說家，我想寫短篇小說後寄給Ransom是個好辦法。［此處塗
去一行］翻翻去年名著 *Sexual Behavior of the Human Male*②，十八歲
至二十歲結婚的，每星期intercourse有數十次之多，以後遞次減
少，遲一年結婚，就放棄一年nature給與的privilege；早婚的快樂
我們是不會有了，可是不應當拖延得太遲。我的立場你一定會責
備，在國外一無同女人接觸，對sex觀點愈來愈naturalization。在
Kenyon時思路空閒時也會去到sex一方面去，來Yale後，功課太
忙，passion全被annihilate（消磨）了。

每天吃飯在Graduate Hall，九元一星期，同ignorant老太婆住
在一起，有時相當討厭，可是還算便利。自從我送她一些東西後，
每晨總預備些咖啡，可以減少我breakfast的困難。住所到校約一刻
鐘，Yale建築都很高大，一律style很是美觀，同小大學不同。中國
學生（每天吃飯時見面）都非常的瘦，我還沒有瘦，可是慢慢地也

---

① Hopkins（Gerard Manley Hopkins霍普金斯，1844-1889），英國詩人，著有《詩
　集》（*Poems*），死後獲得盛名。霍普金斯對晦澀句和複合隱喻的運用啟發了喬
　治·赫伯特（George Herbert）和其他玄學派詩人。

② *Sexual Behavior of the Human Male*（《人類男性的性行為》，美國學者阿爾弗雷
　德·金賽（Alfred Charles Kinsey）著，連同另一書《人類女性的性行為》
　（*Sexual Behavior of the Human Female*），產生了巨大的影響。

會瘦下去。Yale的什麼書只要order，我買書花錢不少，二年的訓練將incapacitate（不適合）我到政商，prospect只有教書，回國後有什麼change難說。

電影看了一張adult entertainment *Road to Rio* ①，昨晚看了張 *Adam had 4 Sons* ②，褒曼的舊片，其中Susan Hayward ③很淫蕩。羅常培見過一次，實在沒有功夫交際。飲橘汁，抽香煙，喝咖啡，有時吃糖，各種方法，所以不感疲勞。晚上十二時至一時入睡，早晨八點半即起身了，對Yale Scholarship的訓練，沒有任何regret。一路想風平浪靜，上次信中的照片很給我一些surge of emotion，祝好，即請

　　春安

　　　　　　　　　　　　　　　　　　　　　弟 志清 頓首
　　　　　　　　　　　　　　　　　　　　　三月六日

---

① *Road to Rio*（《里約之路》，1947），喜劇電影，諾曼・Z・麥克李歐（Norman Z. McLeod）導演，平・克勞斯貝（Bing Crosby）、鮑伯・霍普（Bob Hope）、多蘿西・拉馬（Dorothy Lamour）主演，派拉蒙影業出品。

② *Adam had 4 Sons*（*Adam Had Four Sons*，《亞當有四子》，1941），浪漫劇情電影，葛列格里・萊托夫導演，英格麗・褒曼、沃納・巴克斯特（Warner Baxter）、蘇珊・霍華德主演，哥倫比亞影業發行。

③ Susan Hayward（蘇珊・霍華德，1917-1975），美國女演員，1958年因出演《我要活下去》（*I Want to Live!*）而獲斯卡最佳女演員獎。

12. 夏濟安致夏志清（1948年2月29日）

志清弟：

　　離滬前發出一信，想已收到。我於廿二日離滬，二十四晚抵津，在津宿國民飯店，當夜即去看童芷苓之《紅娘》。第二天在天津逛了一天，晚與麗芷慶主同看童之《戲迷傳》，第三天返平。童本人亦見過兩回，童在台下很和氣可以使人舒服，時裝登臺似乎沒有言慧珠美（戲裝誰美就很難說）。慶主過分巴結（童在天津唱一個月，恰巧逢到他寒假），常在她房中（旅館）坐數小時不走，沒有什麼話談，恭維的話已經重複了不知多少遍。他想出來的話題，別人未必接嘴。我那天在童芷苓房中看見慶主乾擱一旁之呆態，不禁替他可憐。

　　在北平我現住董家，董嬸嬸的媳婦在天津快要生產，她帶了兒女上天津去幫忙，我在替她看門。這裡地方很寬大清靜，有兩個傭人侍候，茶飯不要操心，住得很舒服，只是明天上課後，早晨要騎車走一趟，稍感不便。我住了幾天，等嬸嬸從天津回來，就要搬回北大。在上海母親叫我認董嬸嬸為乾媽，此意正中下懷，我現在已與董家結為乾親（此事似與漢老無關），將來關係自可更密切一步。一月分別，我仍舊覺得華奇最為可愛，不過此事非得耐心等候不可，成功不成問題，就是時間問題而已。北大新聘的女助教施松卿[1]（袁可嘉在昆明時曾經瘋狂地追求過），昨晚（恰巧停電）來463號訪我，談了一兩個鐘頭，到十點鐘後我才騎車來董家睡。這位施女士福建人，是個很大方的女子，比李麗棠[2]文雅，很懂得如

---

[1] 施松卿（1918-1998），畢業於西南聯大外文系，作家汪曾祺夫人。

[2] 李麗棠，北京大學文學院西方語文學系1946年底助教。

何慷慨地讚美同他說話的男子，閱世恐怕已很深，聽趙全章說她沒有什麼同性朋友，固慣與男子往來者也。昨天我們所談的大體是婚姻問題，她亦很感歎於北大生活之枯燥，並且用了「違反生物學要求」等坦白的字眼。她自己事實上已經和一個聯大同學（此人現在滬）訂婚，她昨天勸我：「夏濟安，趕快找，找到了我們來幫你成功。」她的熱心可感，事實上，她當然不知道，我的處境並不如她所想像那樣的壞。不過昨天在停電之夜，四周無人（趙全章不在家，趙隆勤與其女友下鄉去秘密結婚），同一個女子大談婚姻大事，這在我是生平第一遭，無怪我相當excited。她可以成為一個很好的朋友。像李珩、鍾莉芳她們，都不知道如何應付男子，她們想不出什麼話談，要討好男子亦不知如何討好法，同她們維持友誼，如果不靠打牌，就很困難了（父親有許多朋友，都是憑打牌來維持關係的）。這學期我同李珩的往來還要減少——我已經在作下臺之打算，同許魯嘉則差不多已經絕交。

北平確實已無可留戀。北方時局日非，今天報載營口失陷（陳晉三不知道怎麼樣了？），東北將不能守，平津將要受到可怕的壓力。我暑假後決計南回（董嬙嬙那時恐怕亦會走的）。江南大學可能會進，假如沒有更好的機會。我同錢學熙面談結果，他已決計不去江南。據我所見所聞來判斷，江南大學沒有什麼前途。許思園同楊蔭渭①現在大不和，楊君別的德性我們不大清楚，但他的「與人無忤」這點我們都可相信得過，許君偏把他恨如切骨，許君為人之難弄可想而知。錢學熙以為如果沒有許思園他亦［也］許還肯去，有了許思園，他同他恐怕亦難相處得好。關於時局，他以為臨要逃難時再說，如果不逃難，他還是安心留在北大（朱光潛聽說他要

---

① 楊蔭渭，曾與其兄楊蔭鴻共同翻譯了威爾・杜蘭（Will Durant）的《西方哲學史話》（*The Story of Philosophy*）。

走，態度就變壞，他雖誠惶誠恐地想法要向朱解說，一時恐怕難以辯明）。我反正預備漂泊，到江南大學去混一年再說，亦無不可。

你送我的聖誕禮物已收到，謝謝（付捐八十萬元）。四條領帶都很漂亮（美貨領帶陰曆年前在上海就要賣五十幾萬元，現在至少當值六十萬元以上一條），領針亦很好，皮帶是好牌子，但海關上人不相信它值三元五角，因為看起來並無特別之處。你進 Yale 以後，錢想必花得更多，錢可省則省，禮物一年送一回已夠，不必多送。別的再談，專祝

春安

兄 濟安 上
二月二十九日

13. 夏濟安致夏志清（1948年3月5日）

志清弟：

　　Yale發出的第一封信，已經由家裡轉來。我曾寫過兩三封信託Ransom轉交，想可絡〔陸〕續收到。

　　在上海糊裡糊塗地過日子，北平來了，多了一些空閒，突然覺得心中苦悶不小。尤其前兩三天，我替董家看門，只有樓下兩個傭人，沒有人談天，空時我就看 *War and Peace*。在這樣沉靜的環境中，加以「觸景生情」，我一度很苦悶。即使今天回到學校裡來住了，心裡總覺得有些空虛，左右都不是，吃力而午睡睡不着，情形同我在昆明害相思病時有些相仿。我對於董華奇的passion有增無已，或者可以說，以前並無passion，而寒假後則有。以前想seek her company，一起遊戲等等固尚是埃甸園中人也，現在似乎想avoid her company，而不看見她又得上癮，很是難過，看見了她，我的self-consciousness已增加，只想逃避。事實上，北平只有她能夠給我快樂，別人我更不想見，見了個個我都覺討厭。她待我倒始終如一，從來沒有怎樣好，也沒有怎樣壞（我們間並沒有《卡氏兄弟》中Liza 對Alyosha那一段，將來也不像會有）。她不會像我以前那樣的bold，也從沒有像我現在那樣的self-consciousness，但總是很tantalizing。我對於將來覺得很uncertain，對於現在覺得有些ashamed（ashamed of my person也），別的女人對於我現在可說毫無興趣，只引起厭惡。為董華奇則要等好些年，而我又有些impatient。我的passion只可對你說，別人全不能瞭解，而我的passion的對象恐怕最不能瞭解：她不是以為我在開玩笑，就將以為我在占她便宜（嘴上爭勝）。我現在很想立刻離開北平，既然別人只引起我厭惡，唯一能給我快樂的人，又給我如許痛苦；只有換個新的環境，或者

可使我神經恢復正常。北平一下子還走不開，我現在又更進一步的寄名於董嬙嬙，這半年不知還有些甚麼發展也。虧得我已經有了李彥的一段經驗，否則照我現在這點irritable mood（急躁的情緒），我對她不知要發了多少回脾氣，現在當然是百般忍耐，萬種溫柔了。

我現在是懶得穿西裝，懶得看戲，拉丁這學期亦不預備去聽了，這種心境或者有利於創作，你叫我試寫短篇小說，日內即將動筆，大約要兩個月才寫得成一篇。

上面兩段寫於dejection（沮喪）中，現在平靜了一想，情形並不很嚴重。我這個人有時也喜歡自作多情，找些問題來torment自己，陶斯道用laceration（苦惱）一字，殆即指此。一個人假如seriously的生活，苦悶總免不掉。現在我的苦悶大部還是關於sex，而不涉ambition，你聽見了想高興。

你或者又要說我是怕reality。事實上我是想求reality而不可得。我的心願頂好是同董華奇立刻結婚，這當然是辦不到的事，而且我不願意談起這件事，省得投一個重量在她稚弱的心靈上。讓她糊裡糊塗輕輕鬆鬆的過日子吧，我能負擔我自己的不快樂。

講些別的：時局很壞，不可能好轉，錢學熙還可能於暑假後去［無］錫。上海的電影院形勢又成國光與南［京］美［琪］對峙之局，國光靠福斯、派拉蒙為主（有時映國片或英片），南美靠華納、環球、哥倫比亞為主，它們的說明書樣式不同，雙方在新聞報上所登的廣告地位和樣式也不同，此事在你在滬時已是如此，你恐沒有留意。大光明要重映《彩虹島》①與《野風》②，《戰地鐘

---

① 《彩虹島》（*Rainbow Island*, 1917），喜劇默片，比利·吉爾伯特（Billy Gilbert）導演，哈羅德·勞埃德（Harold Lloyd）主演。

② 《野風》（*Reap the Wild Wind*, 1942），據塞爾瑪（Thelma Strabel）1940年發表於《週六晚郵報》（*The Saturday Evening Post*）同名小說改編。西席·狄密爾導演，米蘭德、約翰·韋恩主演，派拉蒙影業發行。

聲》①已預告，但是這兩天正在天津隆重獻映。雷電華屬於大上海與金門（或者還有卡爾登）。新年諸片中以Roxy的 *Fiesta* ②（Esther Williams③）為最盛（先是三院聯合映，現在Roxy還在一家映），國泰映派的 *Happy-Go-Lucky* ④（Mary Martin），大光明映福斯的 *Where do we go from here?* ⑤（麥茂萊，瓊蘭斯莉⑥），南京映哥倫比亞的 *Down to Earth* ⑦（Rita Hayworth⑧），美琪映華納的一張五彩歌舞片（Dennis Morgan⑨），這五家都是五彩歌舞片，成績都不大美滿，看戲沒有選擇，亦是苦事（四家都已換片）。上海的京戲快將沒落，黃金已改演電影（國片首輪），京派戲院只剩中國、天蟾兩家，這兩家亦因開支大，約角沒有把握（能有號召力的京劇名伶全國沒有

---

① 《戰地鐘聲》（*For Whom the Bell Tolls*, 1943），根據海明威（Ernest Hemingway）的同名小說改編，山姆・伍德（Sam Wood）導演，古柏、英格麗・褒曼主演，派拉蒙影業出品。

② *Fiesta*（《紅袖傾城》，1947），彩色音樂劇電影，理查・托普（Richard Thorpe）導演，埃斯特・威廉斯等主演，米高梅發行。

③ Esther Williams（埃斯特・威廉斯，1921-2013），美國女演員，少年時曾是游泳冠軍。代表作有《出水芙蓉》（*Bathing Beauty*）。

④ *Happy-Go-Lucky*（《無憂無慮》，1943），音樂喜劇電影，柯帝士・伯恩哈特（Curtis Bernhardt）導演，瑪麗・馬丁、迪克・鮑威爾（Dick Powell）等主演，派拉蒙影業出品。

⑤ *Where Do We Go from Here?*（《由此往何處？》，1945），彩色音樂喜劇電影，葛列格里・萊托夫導演，麥茂萊、瓊蘭斯莉等主演，福斯出品。

⑥ 瓊・蘭斯莉（Joan Leslie, 1925- ），美國電影、電視演員、舞蹈演員，出演《夜困摩天嶺》（*High Sierra*）、《約克軍曹》（*Sergeant York*）等電影。

⑦ *Down to Earth*（《在雲端》，1947），音樂喜劇電影，亞歷山大・霍爾（Alexander Hall）導演，麗泰・海華絲（Rita Hayworth）、蘭瑞・派克（Larry Parks）主演。

⑧ Rita Hayworth（麗泰・海華絲，1918-1987），美國女演員、舞蹈演員，1940年代頗有名聲。

⑨ Dennis Morgan（鄧尼斯・摩根，1908-1994），美國演員、歌手。

幾人），如果灰心一下，京劇在上海就要像話劇一樣沒有地盤了。

家裡情形都很好，年初一拜年的人來了不少，阿二於一天中即收入小費在三百萬元以上（她的工資每月頂多五十萬元而已）。年底送節盤的絡繹不絕，開發腳力恐怕達數百萬元。這都是一年勝似一年的盛況，你在國外聽了想亦必高興。上海比我上次暑假時繁榮，沒有人在愁購買力降低，市面蕭條等，大家好像都很有辦法的樣子。在普遍的景氣中，憶中自然亦不差。父親很忙，白天在銀行裡很少有空，晚上差不多每晚有應酬，虧得他精神還好，不覺得疲倦。父親愈是在家裡休養，精神愈壞，他適宜於一個忙碌的生活。母親還是替自己的「大氣」得意。祖母理智清楚如舊，精神亦好，她碰着鄭之驤，問起他的「小囝囝」，哥哥嫂嫂等事頭頭是道，使得他大為佩服。他覺得同樣一個老人像蔣竹莊①即顯得老巧昏庸了。玉瑛身體不壞，氣色略顯紅潤，寒假中買了一副羽毛球（廿萬）在衖堂裡拍。讀書成績中等。在家裡沒有人陪她玩，常覺寂寞，有我在家便好多了。她認為無線電節目沒有一樣好聽的，以前的李阿毛、沙不器故事現在都沒有了，現在她（晚飯時）固定的聽劉天韻②、謝毓菁③彈詞《落金扇》。別的再談。專祝

康健

兄 濟安 頓首

三月五日

〔又及〕胡世楨定三月十四日結婚，請父親證婚。

---

① 蔣竹莊，即蔣維喬（1873-1958），字竹莊，著名教育家、哲學家、佛學家，著有《中國佛教史》等。

② 劉天韻（1907-1965），著名蘇州彈詞演員，原籍山東，藝名十齡童。

③ 謝毓菁（1924-2011），原名偉良，上海人，彈詞演員，師從劉天韻。

14. 夏濟安致夏志清（1948年3月18日）

志清弟：

以前有一封信，曾經給你surprise；上次一信恐怕給你一些alarm。現在我可以告訴你，我恢復了我的自由和空虛。沒有一個女人現在佔據着我的心。我說起過我的前幾天的irritability，有一天我對董華奇生很大的氣，因為我的涵養功夫好，面子上簡直一些沒有表現出來。回家路上，我還感謝上帝救我於迷妄之中，我當時還決定以後見了她除hem and haw外，不再加別的理會。情形好像很嚴重。但下次見面之時，她當然還是叫我「大哥」，我不能不理她（我的心理過程，她恐怕絲毫不知）。此後又見過好幾次。現在我敢說我的passion已經die off，我們見面時還是同以前差不多熱絡，心裡我已經對她indifferent。我已恢復自己控制，我不怕她了。在她長成到及笄年華之前，我假如沒有找到更好的女人，我可能仍舊向她求婚。我對她雖然已無passion，這點intimacy還是可寶貴的。你知道我不容易同別人intimate，同女人更難，天下人中，我見了頂無拘無束的第一是你，第二就得推董華奇了（玉瑛前我不知不覺地還有些大哥架子，她無形中也有點怕我），我想單憑intimacy一項，亦可以造成幸福的婚姻。（華奇別的virtues：她的vitality不大，vitality大的女人我有些怕的；她的意志堅定，capable of「節烈」可以使我放心。）

我寄名給董嬸嬸的因果，亦可一談。在上海母親談起寄名之事，我想目前不能訂婚，先做乾兄妹亦好，但如何決定，我要回到北平看看後再說。到北平一下火車我就到董家，當夜住在他們那裡，留我住夜（我事實上也怕回紅樓去，沒有氣力做打掃、招呼鄰居之事），似乎華奇比嬸嬸還要起勁。第二天早晨我已醒來，忽然

華奇輕輕的推開門探頭一望，見我已醒，對我一笑。這一笑使我決定了寄名。

寄名沒有什麼儀式，不過對嬸嬸磕過一個頭。磕頭對於我，沒有如對於你那樣的困難，因為我以前學靜坐時，磕過很多頭。再則這個頭，嬸嬸也回磕的。後來嬸嬸送我見面禮西裝料子一塊，冬季用青色條子（同你以前一身雙排扣的相仿），時值在一千二百萬元以上，我已持去定做了一身雙排扣西裝。寫到這裡，我想起你以前曾答應華奇在美國買洋娃娃，如果手頭有餘款，請買一個寄給我。洋娃娃不必大，可是得要會活動，她所希望的是躺下去眼睛會閉上並且「哇」的叫一聲的，如果美國洋娃娃還有別的更新的tricks，更好。你若想起這洋娃娃的受主，可能是你未來的嫂嫂，你一定會把它當作一件正經［事］來幹。寄且請早，因為美國到北平航運周折很多，下半年我大致又將不在北平（此事可不必告訴家裡，洋娃娃在我想不會很貴）。

東北大致已不能守，華北禍患，迫在眉睫。錢學熙亦已動逃難之念，北大且流傳南遷杭州之謠（我看遷校不可能，將來頂多逃出幾個巨頭在南方和清華等成立聯大而已）。江南大學楊蔭渭與許思園之間，大有誤會，錢學熙認為即使到南邊去亦不能進江大，因為是非太多，怕左右為人難，再則主持非人，學校恐難維持久遠。他又同我說起進廣州中山大學之事了，我暫時決定，坐觀其變，大致北大是脫離定的了，除非北大南遷。董嬸嬸則因怕去上海受氣——她同董先生的關係始終不好，再則丟不了北平的房產和比較優［悠］閑的生活，再加對於菩薩的信仰，她堅主不逃。我雖然勸她，但真的勸動她把房子賣了，到上海去受罪，這個責任我擔當不起。她如果不逃，亦是劫數使然，我做不得主。她說過或者讓華奇逃，她同小弟留在北平，我想天下頂能保護女兒的還是母親，華奇如和大太太住在一起，恐怕不能稱心，我主張如不能母女一塊逃，

母女頂好仍在一起。

三月六日信已收到，你如此用功，大是可喜。人生美事，不能全備，能得其一，已足自慰。你雖不能照你理想那樣的早日結婚，能夠好好把學問弄好，亦是椿好事。只有我在北大的生活，實在毫無光彩，什麼事情都沒有做像，真是芳華虛度也。你屢次勸我結婚，我十分感激，問題是跟誰？再叫我拼命追求，我是絕不幹的了，我對於scandal的怕懼，大於怕死，更不必說大於我對於結婚的需求。我在北大始終不能at ease，地位低固然是一個原因，李彥那一段「虧心事」也永遠使我內心惶恐。愛情至上主義者或者以為我失戀後必有很大的悲哀，其實悲哀並沒有（一度或許有過），磨不掉的是丟卻自己的尊嚴竟換到這樣一個結果的mortification（屈辱）。李彥之事使我坍台，因此我亦恨一切知道我這一段故事的人。假如再叫我靦顏追求，成功固好，失敗了我恐怕活不下去（而我那種太不肯犧牲自尊人的追求，其失敗也無疑），你要知道羞愧使人不能活之可能勝於傷心。我對於董華奇雖然也曾算在追求，但她年紀太小，別人不會疑心我在追求，使我膽子大得多。接受別人的介紹女朋友，我也認為好像是自己想軋女朋友而軋不着，所以等人來介紹，是丟臉之事；再則介紹的人實際是來做媒的，我既不存心於現在結婚，一定會使介紹人與被介紹人都失望；我對於婚姻看得過份重視，將使我同那個被介紹人之間的關係很尷尬。除非於介紹時一見傾情，否則我不會像顧啟源①那樣「軋軋看」。如果看一看不滿意（這個可能很大），就把人家回掉，這將hurt多少人！我將來結婚將採這兩種方式中之一種：（一）我已經有了錢，可以自己搭人家，準備結婚，那時我將請別人介紹，看中一個滿意的，立刻結婚，不管軋到怎樣程度；（二）和一個不是人家做媒而已經

---

① 顧啟源，生平不詳。

intimate的女朋友，possible choice：董華奇。

李珩對我已經完了。她非但不夠漂亮，而且像一般女子一樣，不知道如何把握男子。至少有一段時期，她很可能把握住我，她可是糊裡糊塗地把那機會錯過了。我在寒假返滬前，雖然已經決定不要她了，但認為這個人還值得來往，可是她無意中做錯一件事（就她個性來說是並不錯），使得我決定這個人實在要不得，她的fate就此sealed。那天她同她的表妹約好在北大見面，約的時候沒有說好在哪裡，她在自己房裡等她表妹，而表妹以為是約在我房裡，於是便來看我。我們兩人就玩起紙牌來了，約有半個鐘頭之後，李珩大約等得實在不耐煩了，趕來找我（那時我們也等她很焦急，我同她表妹無限制的玩牌，也覺得窘而無趣）。我把門一開，她看見她表妹坐在那裡，便大喝一聲：「你這個傢伙！」這一聲嗓子之響，大約四面鄰居一齊震動，不但趙全章、趙隆勷而已。你想她這句話是在我門口嚷出來的，別人將都以為什麼潑婆娘匆匆趕來罵我「什麼傢伙？」我那時覺得窘得不得了。她進房以後，還高聲的罵了她表妹幾聲：「你這個傢伙怎麼躲在這裡，等得我好苦呀！」她的表妹的聲音很低，她的一切話好像都變成在罵我。後來她的氣慢慢平下去，可是已經使我夠受的了。她這一次生氣使我覺得她大不可愛，現在已決定同她疏遠。為避免hurt她起見，每兩星期仍去看她一次。（我自滬返平後，第一次見面，她就該知道事情不妙了。她舅母問我：「是不是今天來的？」我說：「前天來的。」可憐的是她會不知道什麼事改變了我的態度。）

小說還沒有動筆。題材已經有一個，日內大致可開始。英國文化協會舉辦了一個Blake①的書畫展覽會，Empson講Blake，一共講

---

① Blake（William Blake威廉・布萊克，1757-1827），英國畫家、詩人，代表作有《天真之歌》（*Songs of Innocence*）、《經驗之歌》（*Songs of Experience*）等。

了一個鐘頭，關於Blake的三刻鐘，選談Blake詩一刻鐘。三刻鐘
裡毫無新見，我只記得有一點：Empson發現Blake畫裡男人都沒有
生殖器的，米琪盎吉羅他以為也是如此，什麼原因他似乎沒說明。
他講Blake就eccentric，mystic，evolutionary三方面講，並不專
門，可是Los，Urizen這些名詞對錢學熙也很陌生，一般聽眾大致
更聽得莫名其妙也。別的再談。即頌

　　學安

濟安　頓首

三月十八日

15. 夏志清致夏濟安（1948年4月9日）

濟安哥：

　　三月十八日來信收到已兩星期，沒有作覆，可是着實想念你。一個人在情感中生活，有時一定很苦悶。在 delicate human relations 中一步步小心地走，生活有它的 ecstasy，也有它難受的 tension。不知近來和董華奇的關係立在什麼 understanding 上，intimacy 想一定保持得很好。不要讓 self-consciousness 或「控制」來 obtrude。我的生活與你完全不同，一無情感的牽掛，生活上沒有 crisis，沒有發展，近十數天你的 reticence 使我很關懷。

　　上星期三開始的春假行將結束，每個人都很忙。未放春假前 will 漸漸鬆懈下來，明知功課不允許有一天的放鬆，可是仍舊去了紐約兩天（上星期三四）。回 New Haven 後，fatigue 和 disappointment 已把雜念全部殺掉，恢復緊張的讀書。火車來回五元，第一個晚上到紐約附近 Newark 看 burlesque（滑稽戲）。票價最好座位一元四角，非常惡劣。burlesque 有三種 ingredients：舞臺所雇用的 show girls、滑稽和 strip tease。滑稽性質和江笑笑王無能相仿，非常低級。雇用的二十名女子多不美麗，且夠不上健美，多半是棕色頭髮高鼻的女子，想來多是猶太種，美國生活有辦法，操下等職業的女子不多。strip tease 女郎和滑稽明星每週更換，可是仍十分單調。那晚的 star 是 Scarlett Kelly，另外有兩位脫衣女郎，每人表演兩次：舉凡脫衣六次。在 unnatural 紫色 spot light 下，並不引起多大刺激。且一舉一動非常 violent，引不起 aesthetic pleasure。我所愛的還是齊格飛式①和夜總會內供人 contemplate（注視）的美麗女

---

① 海蒂‧拉瑪曾主演過《齊格飛女郎》，齊格飛式即為此類女子。

郎。美國taste極crude，黃色刊物僅有畫報和murder雜誌。沒有上
海小報那種decadent refinement（頹廢的文雅）。戲院內女看客也有
不少。當晚借宿Newark旅館，星期四上午返紐約，天氣不好，在
最大百貨公司Macy買了一個洋娃娃。新奇的洋娃娃不多，有一種
裸體的男孩doll，可浮在水面上，可吹肥皂泡泡，要十三元，男孩
表情相當naughty，董華奇不會喜歡。我買了個身穿粉紅裙，身體
俯仰會叫的女娃娃，$9，較我理想為貴。此娃沒有什麼特別，可是
四肢和一部分身體都是"angle-skin"（粉珊瑚）製的，皮色粉紅，摸
上去「肉支支」和肥胖的嬰孩相仿，有彈性。想華奇一定喜歡，相
較下來，doll的臉部較硬。"angle-skin"較一般木頭、橡皮、
celluloid不同，是此娃唯一的distinction。我歡喜絨的動物（熊、兔
etc.）二三元可以買一隻，可是董華奇不一定會喜歡，所以照你的
assignment買了，已掛號寄出，可在暑假前收到。value declaration
我填了五元，想中國海關一定相信，可減少你的支出（我購買東
西，缺乏決斷，當時我很想以同樣代價買西洋式女子服裝）。去紐
約前寄給父親兩瓶Rutin，共十二元（在紐約想到你代買的 *Time*，
忘記了number，New Haven沒有舊雜誌鋪，當函 *Time* 雜誌公司。
來美後已寫了不知多少business letters: Li Foundation[1]，Yale，陳文
貴的股票，此次向Kenyon School報名）。下午街上走，很無聊，
Radio City Music Hall買票要排長隊，晚上在Center Theater看宋雅
海妮主辦的"Icetime of 1948"[2]，倒很悅目賞心；按照Strauss或
Tchaikovsky音樂的溜冰表演確實很美麗，服飾鮮豔，宋雅海妮本

---

[1] Li Foundation：李氏基金會，創辦於1944年，主要致力於美、華之間的學術交
　　流。

[2] Icetime of 1948（「1948年的冰上時刻」），1940年代由宋雅海妮主辦的關於「冰
　　上表演」的系列節目之一，同系列的其他節目還有Stars on Ice, Hats off to Ice,
　　Hoddy Mr. Ice等。

人不表演，可是她的showmanship不錯。當夜乘十一時半車返New
Haven，除了疲乏外，一無收穫。

　　這星期來整天在圖書館準備Peele paper。講Peele的書，除了
一本法文（by Cheffaud①，1903）外，英文的一本也沒有。根據
Cambridge bibliography全是零星essays。四天來二十餘篇大小文章
已看掉，已入"Research"之門，Yale的圖書館已摸得很熟。二十世
紀來的研究Peele成績能夠幾天來全看到，只有大圖書館有些方
便。今天上午把Holinshed②關於Edward一世傳看掉，看的是1577
Folio edition。下星期要寫一篇批評Herrick: *Corinna's Going
A-Maying*要超過& assimilating Brooks' essay in *Well Wrought Urn*③，
並要由我在課堂recite，一定要大tax我的ingenuity。一直到學期結
束，一天忙似一天。一般中國學生到國外讀philology，比較可以少
寫paper，少看書，享受智力相等的利益。

　　李珩舉止粗魯，鑄成大錯。她已大三，再找男友恐已困難。美
國的女人我definitely prefer blonde。Brunette頭髮沒有光彩，比較
homely。報載蔣主席放棄競選，而胡適有做總統希望，我閱了很有
surprised。北平近況想好，Empson見面時，告訴他很高興今夏在
Kenyon能見他。錢學熙近況如何？批評書想必看得很多，他預備
進江大否？袁可嘉預備進江大否？施女士常有來往否？她已達到中
國女子少有的「文明」階段。兩星期來常在中國菜館吃飯，Yale伙

---

① P.H. Cheffaud的書名為*George Peele*（1558-1596?），巴黎F. Alcan 1913年初版。
　　信中所說出版時間有誤。

② Holinshed（Raphael Holinshed拉斐爾・霍林斯赫德，1529-1580），英格蘭編年史
　　家，代表作《英格蘭、蘇格蘭和愛爾蘭編年史》，通常稱為霍林斯赫德的編年
　　史，是威廉・莎士比亞許多劇本的主要參考書。

③ *Well Wrought Urn*（《精緻的甕》），是布魯克斯最為知名的文學理論著作，也是
　　美國「新批評」理論的經典之作。

食暫停。Yale伙食常吃大塊羊肉，初以為牛肉何其如此腥氣，只有大量灑pepper減少其臭。近況想好，Kenyon小說不妨慢慢地寫。課卷想必很忙，今春有沒有郊外之遊？我身體很好，再談　即請
　　春安

　　　　　　　　　　　　　　　　　　　　弟　志清　上

　　　　　　　　　　　　　　　　　　　　四月九日

16. 夏濟安致夏志清（1948年4月26日）

志清弟：

上信並照片多張想已收到。四月九日來信業已收到，知道你為洋娃娃花了不少錢，心中頗不安。復課以後，童芷苓那裡已少來往。我有每天的routine，不能花很多功夫在她那裡。她的電影已開拍，每天工作常常十二小時，不容易找着她。那天我到中電三廠參觀她拍片（片名《粉墨箏笆》①，她演的一個編大辮的賣香煙女郎），覺得做電影演員是樁很辛苦很無聊的工作。每一個鏡頭（普通只說一句到五句話）先得練很多次，然後再拍（一句同樣的話說好多次，我就受不了），拍好了（導演就cut！）燈光攝影機等就大搬動，演員呆坐在一旁，或同旁邊的人說說笑笑，再練［習］及拍下一個鏡頭。芷苓animal spirits足，連說很有趣，我覺得嘸趣得很。（陰曆新年在上海。她曾演過高爾基原作師陀②改編的《夜店》③，故事很像《大馬戲團》④，她演的便是那個殘酷女性。）我想即使去參觀好萊塢，除了可以看見一些大明星並偉大的建築、新奇的佈景外，拍片工作本身亦是很無聊的。

童芷苓對於好萊塢電影很陌生，陶拉摩的《美人魚》⑤最近在

---

① 《粉墨箏笆》，根據劉雲若1948年社會言情小說《粉墨箏琶》改編。

② 師陀（1910-1986），河南杞縣人，作家，代表作有《谷》、《結婚》等。

③ 《夜店》，又名《底層》，是俄羅斯小說家高爾基（Gorky）1902年創作，描寫處於社會底層的流浪漢們的淒慘、絕望和無可救藥。

④ 《大馬戲團》，1928年由查理斯·卓別林自導自演的一部喜劇。

⑤ 《美人魚》（*Miranda*, 1948），英國喜劇電影，阿納金（Ken Annakin）導演，格萊尼斯·約翰斯（Glynis Johns）、格里菲斯·鍾斯（Griffith Jones）等主演。此片並非陶拉摩（Dorothy Lamour）主演。

北平才看。有一天報上登柯柏爾①主演的《火線英雌》，她以為就是《亂世佳人》②的男主角，想去一看，我說是Claudette Colbert，她又不想看了。她最崇拜的明星似乎還是Gable③，她說外國人像這樣很好，中國人像這樣就「流氣」。我問她Gary Cooper（她最近看過《戰地鐘聲》）④，她僅覺得「還好」；關於Boyer⑤，她說「上海很多人都喜歡他，可是……」，她覺得亦不過如此。女明星，關於黛德麗⑥，她問了我一些問題，似乎還關心。她房裡掛了兩張Danielle Darrieux⑦的相片（並無別的明星的相片）。她僅知道是《巴黎尤物》⑧的主角，不知道她叫什麼。《巴黎尤物》給她的印象必很深。

---

① 柯柏爾（Claudette Colbert, 1903-1996），美國女演員，代表影片《一夜愛情》（*One Night of Love*, 1934），《棕櫚灘的故事》（*The Palm Beach Story*，1942）等。

②《亂世佳人》（*Gone with the Wind*, 1939），劇情片，根據小說家瑪格麗特‧米切爾（Margaret Mitchell）的同名小說《飄》改編，維克‧佛萊明（Victor Fleming）導演，費雯‧麗（Vivien Leigh）、克拉克‧蓋博（Clark Gable）主演，米高梅出品。

③ Gable（克拉克‧蓋博，1901-1960），美國演員，代表影片有《一夜風流》（*It Happened One Night*, 1934）、《亂世佳人》、《怒海清波》（*Adventure*, 1945）等。

④ Gary Cooper（賈利‧古柏，1901-1961），美國演員，以演英雄人物出名，代表影片有《約克軍曹》（*Sergeant York*, 1941）、《戰地鐘聲》、《日正當中》（*High Noon*, 1952）等。

⑤ Boyer（Charles Boyer查理斯‧博耶，1899-1978），法裔美國演員，代表影片有《愛情事件》（*Love Affair*, 1935）、《煤氣燈下》（*Gaslight*, 1944）、《偷龍轉鳳》（*How to Steal a Million*, 1966）等。

⑥ 黛德麗（Marlene Dietrich馬琳‧黛德麗，1901-1992），德裔美國女演員、歌手，代表影片有《摩洛哥》（*Morocco*, 1930）、《藍天使》（*Der Blaue Engle*, 1930）、《上海快車》（*Shanghai Express*, 1932）等。

⑦ Danielle Darrieux（達尼埃爾‧達里尤，1917-），法國女演員、歌手，代表影片有《梅耶林》（*Mayerling*, 1936）、《巴黎尤物》（*The Rage of Paris*, 1938）等。

⑧《巴黎尤物》，喜劇電影，亨利‧科斯特（Henry Koster）導演，達尼埃爾‧達里尤、小道格拉斯‧范朋克（Douglas Fairbanks Jr.）主演，美國環球影業

　　我覺得童芷苓配你是最適合，她身材高大，說話多風趣，性情和順，聰明絕頂，都適合你的條件。她改變了我對女人的看法的一部〔分〕，但我總不能愛她。她的精力充足，我怕跟不上。你假如在北平，可以多去追求，她會 enjoy 這種事，絕不會忸怩作態，我相信她亦會喜歡你。

　　她對人生已經有點厭倦，覺得去美國也沒有什麼意思。很怕老，現每天打荷爾蒙針；她問我，「打針是否可以使人不老？」並說「聽說法國有些女人寧可不吃飯，針不可不打。」

　　上海現在的京戲情形，是天蟾梅蘭芳、楊寶森①，中國李萬春（去年年底出獄）②、童葆苓。芷苓於電影拍完後將往接梅蘭芳的後。

　　我所關心的女人還只有董華奇一人。我所認識的女人如李珩、施松卿、童芷苓，臉色都黃，如果不化裝，我是不敢對她們注視的。童芷苓臉黃的時候很少，因為她總常化裝得容光煥發。不塗胭脂，但臉上總有一種光彩，口紅（帶一點紫），和她的膚色配得亦很適當。施松卿不知如〔為〕何難得化裝，常常顯得很憔悴（她長得有點像 *Devotion* 裡的 Ida Lupino）③，sex appeal 簡直毫無。李珩未見我的時候亦常常黃了臉，她真是笨，如果她多打扮打扮來見我，我一度可能會給她引誘去的。一次給人的壞印象會破壞十次的好印象，許多女人非但長得不美，而且還不肯或不屑化裝，宜其嫁不掉

　　（Universal Pictures）出品。

①　楊寶森（1909-1958），老生演員，原籍安徽合肥，生於北京。1930年代末與馬連良、譚富英、奚嘯伯被稱為「四大鬚生」。

②　李萬春（1911-1985），武生演員，原名伯，號鳴舉。原籍河北雄縣，生於哈爾濱。1939年創辦鳴春社科班。

③　*Devotion*（《魂斷巫山》，1946），傳記影片，柯帝士‧伯恩哈德（Curtis Bernhardt）導演，艾達‧盧皮諾（Ida Lupno）、保羅‧亨里德（Paul Henreid）主演，華納（Warner Bros. Pictures）出品。

了。但我對於董華奇並不在乎這些，她化了裝固好，不化裝黃了臉我亦喜歡她。我反對女人戴眼鏡，但我相信她戴眼鏡我可以不在乎（她戴過我的眼鏡，我看亦很好看）。

我現在不想同華奇談起婚嫁之事，因為一則反正訂婚解決不了問題，再遲幾年亦不妨；二則同一個小孩兒訂婚會惹起朋友們的笑話，我恐不能忍受；三則我心底下還是喜歡一種自由的生活（「自由」看你如何解釋），訂了婚，束縛多，我現在還不想受這些束縛。

從鍾莉芳那裡知道，李彥現臥病長沙湘雅醫院（亦是Yale辦的），患肺癆甚劇，常吐血，一次曾吐過200cc，且暈厥過去，醫生說非靜養兩年不能見愈。她的朋友們全怕她會死去，我不知道應該怎麼辦。今天想寫封信給她。

學校罷了兩個星期課。紅樓曾為反共遊行群眾所包圍（那天我一早就出去很晚才回），擲石擊窗，好幾家房間的玻璃被擊破（如工友室、潘家洵室）。當局似乎決心要戡亂，學校內潛伏的共產份子非逮捕不可，學潮恐怕還要發生。華北局勢目前還穩定，傅作義打共產黨比較有辦法，但如果東北局勢再惡化（瀋陽失守），關外共軍入關，傅部於數量上將占劣勢，恐怕亦不能長久支持。胡宗南最近屢戰屢敗（洛陽已失，延安已還給共黨），聲譽掃地，聞將被更動。國民大會總統已選出，這幾天競選副總統非常熱鬧，忽然程潛、李宗仁（他頂有希望）都「被迫」退讓，剩下一個孫科，無人和他競爭，亦自動退讓，因此政治局勢很不穩定。大家覺得國民黨恐怕快要分裂了。副總統將要誰來幹，我發信時還不知道。總而言之，中國民主憲政還談不到，根本沒有fair play，一切還憑陰謀手段來決定。胡博士誰［雖］不十分精明強悍，倒亦相當乖覺，明知別人想捐他出來做民主招牌，這種官做得無意思，他恐怕未必會接受。現在也謠傳他可能出任新政府的第一任行政院長（prime minister）。

下學期我的出路未定，反而比前兩個月更不定，好在我亦不大去想它。周其勳在中山大學自己都不穩，下學期將脫離，我當然更薦不進。江南大學在裁員減薪，楊蔭渭與許思園不睦，已被辭（楊於四月初在滬結婚），英文系聞將不辦，我去仍可以去，但不過教普通英文，而且薪水將不復是國立學校的一倍，那亦沒有什麼意思。錢學熙的主任更成問題了。錢學熙很想逃難，但江南大學的事很使他灰心，他覺得很徬徨。他正在埋首研究Eliot，現在用中文寫一篇一萬字的Eliot研究，他還想一遍復一遍讀Eliot，一定要弄通他的思想才歇。我讀了 *Of Mice & Man*，近在讀 *Grapes of Wrath*。Steinbeck① 我很喜歡。我對自己的小說還很有自信。只是沒有寫下來。你的法文讀得怎麼樣了？袁家驊② 已飛滬，首途赴英。Empson、朱光潛兩人已好久沒有去看他們（有一度我把光陰都分在童家和董家，一天在此，一天在彼，錢學熙那裡都不大去，近日生活已恢復正常——像你所知道的那樣）。*Time* 去年10月27日期請速寄下，因為我欠了美國新聞處那本書，我答應還他們，還不出我不好意思再去借書。別的再談　專祝。

　　春安

　　　　　　　　　　　　　　　　　　　　　兄 濟安 頓首
　　　　　　　　　　　　　　　　　　　　　四月廿六日

---

① Steinbeck（John Steinbeck約翰‧斯坦貝克，1902-1968），美國作家，代表作有《人鼠之間》（*Of Mice & Man*）、《憤怒的葡萄》（*Grapes of Wrath*）、《伊甸之東》（*East of Edeh*）等。1962年獲得諾貝爾文學獎。

② 袁家驊（1903-1980），語言學家，曾任西南聯大、北京大學教授，著有《漢語方言概要》等。

17. 夏志清致夏濟安（1948年5月16日）

濟安哥：

　　四月廿六日來信收到已近兩星期，沒有作覆，甚歉。五月的第一個星期，忙着打字，居然四天之內把五十頁的Peele打完，過後想想很不容易。上星期寫了一篇Chapman's Imagery，根據他翻譯的*Odyssey*。五六篇papers寫下來，批評的技術大有進步，diction、imagery、structure都能講得頭頭是道。主要的原因還是細讀text。錢學熙從思想着手，總不免空泛。他研究Eliot長文很希望能一讀，不知有何心得。二十世紀的creative writer大多代表各種attitudes，沒有什麼系統的思想，把一首詩，或一個人的全部作品，從rhyme、meter各方面機械化地分析，最後總有些新發現，並且由此漸漸可脫離各家批評家opinions的束縛，得到自己的judgment。我覺得這是正當criticism着手的辦法。聽羅常培說，錢託他買批評書，最近看到一本新出的*Hudson Review*，第一期有Blackmur① on *The Possessed*②；Herbert Read③ on *Art*，其他投稿人有Josephine Miles、Mark Schorer等，預告有Yvor Winters on Hopkins、Allen Tate: The New Criticism、Herbert Read on

---

① Blackmur（Richard Palmer Blackmur理查・帕爾默・布萊克默，1904-1965），美國詩人、文學批評家。

② *The Possessed*（《附魔者》，1872），俄國作家杜思妥也夫斯基（Dostoevsky, 1821-1881）的代表作之一，塑造1840年代自由主義者和1870年代初民主青年的群像。

③ Herbert Reed（赫伯特・里德，1893-1968），英國詩人、藝術批評家和美學家，代表作品有《藝術的真諦》（*The Meaning of Art*）、《現代藝術哲學》（*The Philosophy of Modern Art*）等。

Wordsworth①等，確是精彩。沒有 *Sewanee Review* academic，而較
PR、*KR* 着實，出版才第一期，北大應當訂閱一份，三元一年。
Address: *The Hudson Review*, 39 west 11th St, New York 11, N.Y.。
*Sewanee Review*②下期是 Ransom 專號，Brooks、Matthiessen 都寫文
捧他。Oxford 出版的 *Review of English Studies*③，不看重 philology，
載文都關於伊莉莎白時代及以後的文學，北大亦應訂閱一份。

　　附上照片一幀，是五月一日去 Derby 看賽舟所攝，我臉部表情
相當 intellectual，穿的就是在北平製的那身法蘭絨。你沒有見到我
去夏在上海 gain weight，照片上大約沒有比在北平時瘦了多少。在
我旁的是吳志謙，武漢英文系多可以認識他。今天吃晚飯時問我
（始讀 Eliot: "The Use of Poetry"），Eliot 認為那首 Keats④的詩最
好，我答 *"Ode To Psyche"*⑤，他大為佩服。學期將結束，還有兩星
期，得準備大考。來 Yale 後，眼界確大為開拓，國內時自與新派批
評接觸後，stagnant（停滯不前）已久。買了一本前哈佛大教授
Kittredge 的莎翁全集，Gina 出版，一九三六，公認為最好的 Single
Volume Shakespeare；一本 Patterson 編 *The Student's Milton*, India
paper 一千餘頁，包括大部 Prose，預備到 Kenyon 去讀兩大詩人，
Kenyon 的圖書館太小，研究很不方便。我一向吃藥顯效，國內時

---

① 華茲華斯（Willam Wordsworth, 1770-1850），英國浪漫主義詩人，「湖畔派」詩
　人代表人物。1798年與柯林律治（Coleridge）合作發表《抒情歌謠集》（*Lyrical*
　Ballads），後獲「桂冠詩人」稱號。
② *Sewanee Review*（《塞萬尼評論》），美國文學季刊，創刊於1892年。
③ *Review of English Studies*（《英語研究評論》），由美國牛津大學出版社出版的研
　究英語文學和英語語言的學術季刊，創刊於1925年。
④ Keats（John Keats 約翰・濟慈，1795-1821），英國浪漫派詩人，代表詩作有抒情
　詩作《夜鶯頌》（*Ode to Nightingale*）、《秋頌》（*To Autumn*）。
⑤ *Ode To Psyche*（《賽姬頌》），濟慈於1819年創作的頌歌之一，詩歌借希臘神話
　中靈魂女神賽姬為愛受苦的遭遇來喚醒自己懶散未經琢磨的靈魂。

維他命都沒有什麼 visible effect；一月來吃了一種長條維他命丸，成分 vitamin A 有 2,5000 units，很濃，成績很好，讀書至深夜不倦；在 Yale 的中國同學都去健身房運動，使身體 fit，我卻倚靠吃補藥，保持健康。

California 大學新出一本書 *Criticism: The Foundations of Modern Literary Judgment*，為 Miles‧Schorer 所編，一頁有兩 column，分 source、form，etc 各方面講，從 Plato，Aristotle 到 Blackmur，Brooks，很厚，$7.50，很可作錢學熙文學批評的教科書也。

我的法文一月來無暇顧及，除了每星期上一次課外，沒有自修的功夫。暑假內或可有進境。暑假內還得弄 Latin，只好等 Kenyon School 結束後再着手。

下學期的出路未定，甚為 concerned。上星期父親來信云：「渠對童頗贊成，稱其私生活甚嚴肅，……過從甚頻，時在其家吃飯，頗不寂寞矣。」父親意思還是勸你返南，改就江南大學。北方不安寧，可是江大的 prospect 也不怎樣 bright；這學期結束後你一定較去年有更多的考慮：北京的 attachments 較去年更強，是否能離開，還是問題。我覺得你的 emotional life，暫時很豐富，但不 make commitment，漸漸也會 routine 化。Sensuality 可以有自由，emotion 的要求是 decision。假如決定和董華奇結婚，也無不可，但總覺她年齡太輕，幾年來不能 materialize；同童芷苓友誼可否更進一層？李珩臉色雖黃，結婚後少女的黃氣也會褪掉。一方面身心生活多苦悶，一方面受了北大女生大家不打扮的累，沒有握住你的興趣，但還可能是最實際的女友。施松卿我不認識。我覺得這半年你生活最 significant aspect，既是同女人的友誼，也應當有個決定。李彥的信寫了沒有？措辭一定很困難。她的身體如此，很可憐，她我只見過兩三次，印象不深。臺灣大學有無熟人？有辦法不妨勸錢學熙一同去臺北，既是樂土，圖書又豐富，生活又可較 rich 而自由，不比北

京的枯瘠、上海之有家庭拘束也。臺灣我覺得是最 hospitable 的地方。美金一元已超過百萬元，物價的高不堪想像，不知目下收入每月夠用否？來美後還沒有買過一身西裝，一件襯衫，不敢瞎用。父母親去杭遊玩，想必母親感得［到］很寂寞，不然她不會出遠門的。*Time* 想已收到，洋娃娃不日想亦可到。美國氣候很濕，好太陽日子不多，四、五月仍不日下雨，沒有暖氣，屋內即感不舒服；美國人屋內不斷生火，可以去掉濕氣。來美後除掉感到屋內生火的舒適外，別的一無歐化：照樣的不愛吃羊肉、cheese 和有氣味的東西。Graduate Hall 吃羊肉的日子較豬肉為多，只有大加 pepper，以解其臭。昨日看王爾德的 *An Ideal Husband*，全片對話 epigrams 都已 out-of-date，非常難受，更不像電影。你的小說有空可以寫下來，沒有 assignment 的期限，容易受 perfection 要求的限制，不肯多寫。在學校念書，「壓生」的唯一優點是可以使你多 productive。袁可嘉仍預備去江大否？Empson 何時動身？我應當給他封信，沒空寫，見他時謝謝他。卞之琳①今夏返國否？近況想好，即請

　　春安

　　　　　　　　　　　　　　　　　　　　弟 志清 頓首

　　　　　　　　　　　　　　　　　　　　五月十六日

---

① 卞之琳（1910-2000），詩人、文學評論家、翻譯家，新月派代表詩人，代表詩作《斷章》、《無題》等。

18. 夏志清致夏濟安（1948年3月22日）

濟安哥：

　　兩星期內前後收到兩信，悉抵平後心境很紊亂，遠水不救近火，除代你concerned外，沒有辦法。我想最好向董嬿嬿直陳，她是懂事的女人，但為人practical，不會拒絕你的offer，至少會得到她的understanding，可減少過分的self consciousness。華奇既enjoy你的company，不要讓目下的心境停頓了一向animal式的遊戲。女孩子從舞臺和生活上的觀察，早知戀愛這回事，有適當的moment，不妨告訴她，你愛她，我想最多她當面jeer你一下，心中也會培養love的inception。我想此事不會有什麼阻礙，她的弟弟恐怕會jealous：將來的他倒是「姐夫」的一個負擔。讀文學後增加分析的力量，讀陶斯道後，生活的看法難免serious。我在滬時確實受了不少陶氏生活嚴肅態度的影響，可是對戀愛並不增加action的impetus。現在讀的多是十六七世紀的詩和戲劇，同生活多少脫離關係，除訓練scholarship和批評力量外，生活的course讓work和vacancy佔據了，兩年來沒有新的illumination。寄名的儀式已舉行否？從此同華奇兄妹相稱，可以減少猜忌。要不要女孩子的洋服和定［訂］閱 *Life* 畫報之類，我可以代辦。

　　來Yale後已進第七星期，日子過得很快，讀的功課頗能應付。就是每兩星期一篇essay，比較局促些。Renaissance Poetry這隻course算是難的，李賦寧、吳志謙①都勸我不要選，Louis Martz為人頗fastidious（挑剔），可是我的papers和critical perception確高人

---

① 吳志謙，夏志清留學時的同學，後任教於武漢大學，曾與周其勳等合譯《英國文學史綱》。

一籌，上星期寫了十頁 "Tension in Poetry"（about Drayton's Muses Elizium），今天取回，頗得他讚美。美國學生寫 paper 多應用 cliché，很少有 original thought，沒有什麼了不起。不過上星期打這 paper，從晚上七時半直至深夜三時半，足足八小時工作，過後人很疲倦。我的缺點，起稿時造句 phrasing 很馬虎，一上打字機，sense of style 立刻 alert，在打字時把句子重造，花時很多。Drama 不日將把 Ben Jonson① 大部分讀完。我讀了 Peele 覺得不值得寫 term paper，或想改作 Webster② 的 imagery，可有些新發現也。

下星期起有兩星期春假，可把功課整理一下，我的法文半途插入，要全部趕上，非花兩星期功夫在文法、生字不可。實在抽不出空，又不忍把它 drop，在半生不熟中進行。聽 Brooks 的 course 也是一個累，我已有兩星期未聽（預備下半年選他）。明天 Brooks 預備了一個關於 *Four Quartets* 的 lecture，要去聽它一聽。春假兩星期間預備去紐約一次，住兩天，耳目可以 refresh 一下。

蒙 Ransom 寄來了 Kenyon School 的 Bulletin，我去信後，非但 admission 答應了，必且 grant 我 $50 的 scholarship，是 tuition 的一半，Kenyon 待我也算不薄。好在學期從六月二十四日至八月七日，耗時不多，還有休息的機會。Kenyon School 英文系的 Dean 是 Charles M. Coffin，為人很好，寫過一本 *Donne & The new philosophy*。Summer session 的 courses 是：

Eric Bentley: Studies in Drama, as Literature & as Thought

Brooks: Milton

---

① Ben Jonson（本・瓊森，1572-1637），英國劇作家和文學批評家，著有18部戲劇。

② Webster，可能指約翰・韋伯斯特（John Webster, 1580-1634），英國雅各時期劇作家，以寫悲劇知名，如《白魔鬼》（*The White Devil*）、《瑪爾菲女公爵》（*The Duchess of Malfi*）。

Richard Chase: Hawthorn [1] & Melville [2]

Matthiessen: 20th Century American Poetry

Empson: The Key Word in the Long Poem: Shake，Pope [3]，Wordsworth

Ransom: The Study of Poetry: Shakespeare's Dramatic Verse

Austin Warren: Donne & Other Metaphysical Poets

Allen Tate: The Novel Since 1895

我預備選Brooks的Milton和Ransom的poetry，Empson同Ransom時間相同，或選Empson也不一定。上星期I.A. Richards來演講Emotive language，事後才知道，頗遺憾。四月春假中Johns Hopkins University將有一特殊的Symposium in Criticism：代表英、法、意、美的是Herbert Reed, Croce, Gide, Ransom和Tate。每人on一個critic，從Aristotle起，Longinus [4], Boileau [5], St. Beuve [6]等，Ransom講Aristotle。公開討論三天，門票五元，所討論的與錢學熙

①　Hawthorn（Nathaniel Hawthorne納撒內爾‧霍桑，1804-1864），美國小說家，代表作有《紅字》（*The Scarlet Letter*）等。

②　Melville（Herman Melville赫爾曼‧梅爾維爾，1819-1891），美國小說家、散文家和詩人，代表作有《白鯨記》（*Moby Dick*, 1850）。

③　Pope（Alexander Pope亞歷山大‧蒲伯，1688-1744），18世紀英國重要詩人，善於寫作「英雄雙韻體」詩，並使此一詩歌體式達到空前完美，曾用它翻譯荷馬史詩。代表作有《論批評》（*An Essay on Criticism*）、《捲髮遭劫記》（*The Rape of the Lock*）等，譯有荷馬史詩《伊利亞特》和《奧德賽》。

④　Longinus（朗基努斯），古羅馬修辭學家，有殘稿《論崇高》（*On the Sublime*）面世。

⑤　Boileau（Nicolas Boileau尼古拉‧布瓦洛，1636-1711），法國詩人、文藝理論家，代表作有《詩的藝術》（*L'Art poétique*）。

⑥　St. Beuve（聖伯夫，1804-1869），法國文藝批評家，代表作有《月曜日叢談》（*Causeries du lundi*）等。

的 scheme 相仿，想必引起他的興趣也。我想兩年中我英美大 critics
都可看到，在中國人也算相當 privilege 的了。英美的 quarterlies，到
Yale 後已沒有空閱讀，惟近來 *KR, PR, SR*，內容皆嫌單薄。當時
1939、1940、1941、1942年 Cleanth Brooks 等編的 *The Southern
Review*，內容非常充實，每期名文如林，並且很多還沒有集入書
內，較 *Criterion* 為充實，非常不容易。英美除新派 critics 外，老派
教授的 organ 是 *PMLA*（*Publication of Modern Language Association*），
Modern Language Notes, English Studies 等等都是很好的學術性季
刊，北大、江大都應當定［訂］閱。

　　英文系的李、吳，及其他吃飯時見面的十多位同學都很談得
來，吃飯時 indulge 一下中國幽默和 sex 之類，很 relieve 工作的緊
張，李不大 commit himself，惟告訴我在 Oberlin 的楊秀貞①，他仍追
求過。那位姓吳的，為人老實，好爭辯，沒有城府，他自承來美前
他是個賣力的教員，可是 Eliot 之類一點沒知道，兩年來學到了不少
（Ransom，李賦寧還不知道），所以對我很佩服，稱我為「內行」。
第一年讀 Elizabeth drama 不及格，他也告訴我（兩年前或不如徐世
詔）。李賦寧教過趙全章、袁可嘉、施松卿，他對金隄②的印象極
不佳，以為他驕傲，而沒有什麼了不起。知道袁、施 Romance，為
人很 prudent（謹慎），有一次我把錢學熙 disparage（貶低）一下，
他毫不同意，而極端擁護。施松卿曾來過美國一次，不久即返國，
你可問問她。

　　張心滄③在愛丁堡讀得很好，他讀一隻 Bibliography（伊莉莎白

① 楊秀貞，中央大學畢業，夏濟安聯大的同事，師從真立夫讀 M.A. 夏志清1947年
　　在 Oberlin 見過。
② 金隄（1921-2008），浙江吳興人，著名翻譯家，譯有《尤利西斯》、《綠光》、
　　《女主人》、《神秘的微笑》等。
③ 張心滄（1923-2004），上海人，畢業於上海滬江大學、英國愛丁堡大學，獲愛丁

時期manuscripts）old English和意文（已讀Dante原文）；上學期old English一班七十人，他考第二名，卻較朱光潛、周一良①等為distinguished；主任教授Renwick，但J. Dover Wilson②現在愛丁堡，答應有閒時看他的寫作，做他的tutor。張心滄對criticism沒有多大興趣，對於正統scholarship頗有respect，能在Wilson手下讀書，頗為難能，他已能寫字Elizabethan hand，當時的怪體。丁念莊讀Chaucer、Old Eng.、Italian，我也很佩服。

我工作的rhythm是星期一——星期五，work很忙，到星期六、日，雖仍讀書，tension較鬆。看看電影，美國電影出產少而不佳，好的影片都是討論問題和documentary type，前兩年的心理melodrama不多見。去年的最佳片《君子協定》③，我認為沒有什麼好。考爾門（Oscar, 1947）④的 *A Double Life*⑤演技也並沒［不］好，

堡大學哲學博士、英國文學博士學位，主要有譯著六卷《中國文學》（*The Chinese Literature*）。下文提到的丁念莊為其夫人。張、丁二人為夏志清42屆同班同學。

① 周一良（1913-2001），歷史學家，對日本史和亞洲史造詣尤甚，代表作有《亞洲各國古代史》、《中日文化關係史論集》等。

② J. Dover Wilson（約翰‧多佛‧威爾遜，1881-1969），文藝復興戲劇研究專家，代表作有《新莎士比亞》（*The New Shakespeare*）、《莎士比亞的英格蘭生活》（*Life in Shakespeare's England*）等。

③ 《君子協定》（*Gentleman's Agreement*, 1947），美國愛情片，伊利亞‧卡贊（Elia Kazan）導演，格里高利‧派克（Gregory Peck）、多蘿西‧麥姬爾（Dorothy McGuire）主演，福斯發行。美國電影史上第一部直接以反猶太主義為題材的影片。

④ 考爾門（Ronald Charles Colman 羅納‧考爾門，1891-1958），英國演員，代表影片有《鴛夢重溫》（*Random Harvest*, 1942）等。1947年憑藉《死亡之吻》獲得奧斯卡最佳男主角獎。

⑤ 《死亡之吻》（*A Double Life*，又譯《雙重生活》，1947），黑色電影，喬治‧庫克（George Cukor）導演，羅納‧考爾門、塞恩‧哈索（Signe Hasso）主演，環球影業發行。

反而給了我蒼白的印象。John Garfield①的 *Body & Soul*②倒是一可看的影片。我臉龐稍瘦，多讀了書，臉上有了很和善的表情。

這星期來大地回春，路上的雪都融解不見了，天氣很和暖，夾大衣不穿也可以。我的landlady是七十七歲的老Old Maid，愛爾蘭人，是most ignorant of woman；她的兄、姐、妹，十年前都死光，一個人生活。程度的惡劣超過任何美國人。她不知道中國有吃飯、吃茶的習慣、蔣介石，住了一個月還記不住我的姓。住了幾星期，她聽懂我的英文，製造了一個fiction，在朋友前讚美我初來時一句英文也不會講，現在講得這樣好。有一次給我看幾張卡片，問我 "Do you ever read English at all?" 我桌上英文書這樣多，並且每次看她的晚報，她腦子的缺乏聯想，令人討厭。不過每晨供給咖啡，替我整理床，每星期換被單，還算肯找事做。

北平情形聽說很不好，燕京、清華教授的家眷都搬進了城。真還有危機，不妨不等學期完畢就返南。潘家洵的上早課，想一本「小暴君」的作風，平日改卷想仍舊很忙。我唯一的luxury就是早晨的起床，上午沒有功課，用不到緊張。可是起床的時間較在北平時為早：8:30-9:00。因為法幣的貶值，我對中國的生活，已缺乏估計的能力，飲食想都好。為念。

在Kenyon時，一人寂寞，很想念但慶棣③，來Yale後很忙，應該寫封信給她，可是自那次Christmas Card後沒有寫過隻字。近日

---

① John Garfield（約翰‧加菲爾德，1913-1952），美國男演員。代表影片有歌舞片《華清春暖》（*Footlight Parade*, 1933）、《出賣靈肉的人》等。

②《出賣靈肉的人》（*Body & Soul*, 1947），美國黑色電影，羅伯特‧羅森（Robert Rossen）導演，約翰‧加菲爾德、莉莉‧帕爾默（Lilli Palmer）主演，聯美公司發行。

③ 但慶棣（1930?-1987），祖籍貴州，後改名為吳玉鳳，是著名導演但杜宇（1897-1972）之女。

想寫封信給她，她們想仍在國會街上課。錢學熙的兒女想同她熟
識，可是我不抱任何希望也。

講了許多我的話，對於你的苦悶沒有多mention。上封信我勸
你另擇love，必是招你反感。你的choice既已定，只有好好進行。
家中想好，即請

春安

弟 志清 上
三月二十二日，一九四八

錢學熙捨不得北大，也是個性的限制。我覺得他應把English
Poetry從十六世紀到二十世紀從頭讀一遍才是。

19. 夏濟安致夏志清（1948年4月12日）

志清弟：

　　三月廿二日來信收悉。春假過得想好。北大又罷課，復課恐尚遙遙無期。罷課期間有一種不方便，即是校門由學生把守，出入均須受他們的注視，假如不是盤問。這幾天我在外面很忙，而且需要穿很挺的西裝，有時回來還得很晚，在許多目光下由門縫裡走出走進，我常覺得很尷尬，因此希望還是早日復課恢復常態的好。

　　你以前常歎息北大生活的無聊與枯燥，我近日生活卻產生了小小的變化，我交到了一個使得紅樓同人們非常豔羨的女朋友：童芷苓。我和童芷苓的認識，當然全由程綏楚的介紹。現在我同她們家裡已經相當熟，在她們家裡吃過幾次飯，同芷苓一同去看過電影，替她們照過兩卷軟片（上天保佑，我的起碼照相藝術居然能派大用場，而且還混充得過去），還同她們玩過牌。昨天下午我在她家打羅宋牌九，這個玩意兒是她教我的，我問她怎樣押法，她開玩笑地說：「一億兩億的押」，我裝做大驚失色的說：「那是吃不消的！」事實上，我是五千一萬的押，她頂多亦只押兩萬（北平近日《華北日報》一份價九千元），結果我輸約二三十萬元。芷苓是怎麼樣一個人，我還沒認識清楚，有一點我敢說：她總能使人很舒服。她連程綏楚這種人都能容忍，涵養功夫之好可想。她絕不驕傲，小手段稍微有一些，但為人並不厲害，說話時眼睛和酒窩的表情豐富極了。皮膚其實是黃而粗，但常常化裝得總很可愛。她是知道如何裝飾，如何談話，如何「媚」的少有的中國女人。看見了她，北大那些女人大多簡直糞土耳。你常說我不喜歡身材高大的女人，她是絕對的高大（她自以為比我高，事實上還是我高一點），比起她來，葆苓便小而嫩得多，但芷苓具備了差不多全部女人所應有的 charms，

葆苓不過是普通一個黃毛丫頭而已。兩個人之間，芷苓可愛得多，
簡直不能相提並論。葆苓像普通女人一樣，並無wit可是歡喜在口
齒上爭勝；照相的時候，葆苓很fluttered（無措），臉紅紅的，站好
了手腳都沒處安放（這點也可算葆苓可愛處），芷苓則站上去無不
合適，一下子可以換了個姿勢，說道：［再照一個！］我以前同她
說北平話，現在則說上海話的時候多——使程綏楚吃醋的原因之
一。聽程說，她很喜歡跳舞，現在沒有什麼人陪她去跳（北京飯店
有舞會），不過賀玉欽①之流偶然陪陪她而已。我想假如你在北平
你將成為她的一個好舞伴，而你和她的intimacy更可勝過我同她
的。像她那樣過慣上海豪華生活的人，必定覺得北平生活的枯燥與
無聊。她在北平無疑缺乏男友，因此像我同程綏楚這種人亦得備位
侍從。有程綏楚，連帶的我亦占不少便宜，他面皮厚，吃白食看白
戲不算回事，我亦順便叨光，他又想盡方法去追求，連帶的使我同
她亦接近起來。

　　我對她毫無passion，因此我在她面前可以at ease。我絕不想擺
闊（在她面前無從闊起），更從不賣弄學問（程綏楚則三句不離本
行），只是裝做一個老實人而已。老實，可是並不dull，我同她的
mutual acquaintance，我想來想去只想出一個江政卿②。她說她同他
的兒子做媒，介紹了許多女朋友，都不成功。她確有野心遠征美
國，已請我把《紅娘》譯成英文，可是我還沒動工。這件事太麻
煩，不知該怎麼做（俠苓的意思是把對白譯成英文，唱詞仍舊）。
她貼《紅娘》那一晚，送了我一個包廂，由我約請潘公、Frankel、

---

① 賀玉欽（1924-?），武生演員，以《伐子都》享名，以北戲南技、長靠短打、台
　風勇猛、翻打撲跌殺而聞名京劇舞臺，逝世於文革期間。
② 江政卿，江蘇蘇州人，南京中央飯店創辦人，曾任上海、南京等地商會會長，
　1960年代客死香港。

金守拙（George Kennedy ——耶魯中文系主任）、王岷源諸人參觀，他們看得都很滿意。潘公有些着迷（他自稱"I'm too old to be fooled."），曾當眾限我七天之內送他一張童芷苓的簽名照片，否則要同我「劃地絕交」。Frankel承認她是個genius，Kennedy對《紅娘》之前的那齣《戰太平》（童祥苓）直皺眉，對於《紅娘》則認為非常好，美國人可以歡迎。王岷源認為我的「taste很高」，大約是指的我交了這樣一個朋友之故。

你的那篇文章已由程綏楚打好（打好後變成by Ching-yü Ch'eng了），我拿去請Frankle校閱一遍，改正幾個小毛病。我預備再打一遍，尋尋 *Life* 駐平訪員，看看能否會用。

我和童芷苓往來，其實還是同我一貫作風一致。我怕結婚，因此凡有同我有結婚可能的女子我總逃避，我當然亦想有female company，可是怕引上了結婚的擔子，所以從不敢大膽地軋女朋友。董華奇我同她好，因為至少在目前我們絕不會結婚。童芷苓亦然，我不能想像我同她會結婚，反正不會結婚，同她來往可以不負責任，我的膽就大起來了。

有幾天我很得意。照那幾天的mood，大有見人就講童芷苓的傾向，可是在董家我極力避免不講。董嬸嬸頂恨唱戲女子（這和她的宗法教育亦有關係），自從董先生娶了一個川劇女伶（即馮英）之後。她一向認為我老實，我不想破壞她這個印象。我還是認為華奇做我的妻子頂合理想，假如董嬸嬸以為我這個人不可靠，我們這段姻緣她是可以破壞得掉的。有一次我告訴她童芷苓要我翻譯《紅娘》，過了兩天我又碰見她，她說：「這兩天童芷苓把你的米湯灌足了吧？」我聽見為之一懍，從此以後，說話就非常謹慎，不大說起童芷苓（不然我還想請她們聽一回她呢！）在華奇前，我還不時提起，她對於唱戲人並無偏見，多少還有點英雄崇拜，我有時還故意惹她妒忌。她看見我要走的時候，常說：「去，去，去，到你的

童芷苓那裡去吧！」有一次，我僱三輪回去，我說是沙灘紅樓，她搶着說：「不，不，是西長安街大柵欄……」（童宅地址）。華奇已經給我訓練成為一個戲迷，她在無線電裡已聽過遍《四郎探母》、《紅鬃烈馬》等戲（我的《戲考》①大多放在她那裡），戲的唱詞，有幾齣比我還熟。可是唱戲天才不如我。有一天我在哼《平貴別窯》不知還是《武家坡》，她說你為什麼不登臺唱一唱，我說：「還差一個王寶川呀！」她說：「找童芷苓。」我說：「她是代戰公主，王寶川是你！」她聽見嘴一撇不作聲了。她知道我一定有什麼事在瞞着她，可是董孃孃還沒有什麼猜疑。照董孃孃的看法，女戲子都是掘金者（gold-diggers），專門騙富商巨賈的錢的，我既然無錢可騙，童芷苓和我決計亦不會有什麼超過翻譯以上的交情。

附上相片幾張，一張是趙燕俠②（不知誰着的色，很cheap looking）乃程綏楚的割愛（反面恐係親筆簽名）；一張是我在頤和園所攝，姿態尚稱英俊；一張是我同童氏全家合影，背景即為童氏姊妹之香閨；一張是我同華奇合影，這張最為名貴，因為華奇很self-conscious，通常不肯替我照在一起的。童氏姊妹的照片我照的還有，都很漂亮，你要我可以洗幾張送上，這裡選上兩張。還有但慶棣的考試題紙一張，是我去年閱卷時沒收，一併送上。別的再談，專祝

學安

濟安

4/12

---

① 《戲考》，京劇劇本集，近人王大諾編。1915年開始初版，1925年出齊，共四十冊。收錄京劇（包括部分崑劇、梆子）劇本單齣六百齣，以傳統老戲為主。並附故事提要、考證和評論。

② 趙燕俠（1928-?），京劇旦角演員，常演劇碼有《白蛇傳》、《玉堂春》、《紅梅閣》等，著有《燕舞梨園》、《我的舞臺生涯》。

[又及] 董嬸嬸要一雙大號玻璃絲襪，她說要還你錢的，買就後請作郵件（不必作包裹）寄下，洋娃娃與去年10/27 *Time* 如何？

王金鍾在Michigan大學。袁家驊下星期去英國旅行，定暑假後返國（英國文化協會邀請）。

20. 夏志清致夏濟安（1948年5月2日）

濟安哥：

　　上星期的來信及附件看了幾遍，很感興趣。和童芷苓有如此友誼，足見你的role在上流社會名媛貴人中走動，最為相宜，教書inhibition太多，self-conscious太重，不能給予同樣身心的舒服和發展。童芷苓的友誼，父母知道了也一定喜歡。假如回滬時，能夠在家中請她吃飯，母親一定很驕傲。和華奇攝在一起的，表情很像Alan Ladd[1]，總覺得華奇年齡太輕，雖然懂得妒忌，真正respond to愛情，還需時日。童的關係，可以initiate你到男女的mature relationship；我的Machiavellian counsel（餿主意）：不妨另找結婚對象，華奇的love，十年後recapture不遲。謝謝但慶棣的考卷和趙燕俠的照片（相片正面紅色，「燕」字為程手筆，着色恐亦程君所為），給但的信，還是still-born，沒有時間和適當的mood，關係的tenuous（疏遠）已難以收拾了。童芷苓的幾張照片，都拍得很清晰明朗，姊妹都很unsoiled的樣子，很值得esteem的女朋友。

　　上星期三，*Time*十月二十七號已由TIME Subs. Dep.寄來（通常business correspondence很prompt，這次*Time*卻特別遲），當日寄出，不日可到。董嬙嬙的玻璃襪夾在*Time*內，不准，有customs duty的，只可包裹郵寄，我寄給你，慢慢的也可收到：所費一元五角，我不須［需］要，讓嬙嬙付給你吧。洋娃娃在紐約寄出，時已一月，想不日可到。功課忙碌，託辦的事，都沒有趕忙地辦，為歉。Peele的paper寫了五十頁，下星期打字，預備剋日趕完，上星

---

① Alan Ladd（艾倫・拉德，1913-1964），美國演員，代表影片有《劊子手》（*This Gun for Hire*, 1942）、《藍色大麗花》（*The Blue Dahlia*, 1946）等。

期又寫了一 *Comus* ① 和 Jonson *Masques* ② 的比較，人很疲乏。昨天五月一日 Derby Day，New Haven 郊外 Derby 鎮有一年一度 Yale 和別的大學賽舟的比賽：undergraduate 都很起勁，帶了女友，一個個到了郊外，我也和中國同學的 group 同去，換換鄉村的空氣。賽舟並不緊張，看看奇裝，fun-loving 的美國青年還夠興趣：男的都戴羅克式的草帽，汽車上裝了一筒一筒的啤酒，男女狂飲，結果木棚的女廁所外排長隊的等小便，都是中國不見的奇事。同日李賦寧赴紐約，去會他的 future father in-law；他是 Minister of Conscription，蔣的親信，這次出國養病，足見非常 rich。李定於今夏返國結婚。清華人才都送國外，陳福田 ③ offer 他三隻吃重 courses：莎士比亞，英國文學史，Elizabethan Prose，較王岷源榮耀得多了。另外一位吳志謙，身體奇劣，牛奶水果都不能吃，來美後換了一副假牙，一天只能讀九小時書，有好學精神；預備今夏去紐約做 waiter，積蓄一兩千元再來 Yale 讀書。國外學生對於李宗仁的被選，都大感興趣，認為國家有希望的象徵。李聯絡北方教育界人士，本人 intellectual power 看來並不太高，面目可憎。北方局勢想好，今夏後計畫已決定否？甚念，我已答應去 Kenyon，只好去忙他五六個星期。這一屆諸教授中，以 Empson 號召力最大，佩服他的人極多，他的 class 罷課已結束否？正像從臺灣到北平，回想臺灣的生活，來美國後，覺得北平的生活很有 variety，並不如當時想像的枯燥，來 Yale 後 variety 又更深一層。New Haven 的春天很可愛，草木苞青開花，

---

① *Comus*（科摩斯），希臘神話中司酒宴之神和慶祝之神。此處指英國詩人約翰・彌爾頓的假面劇《科摩斯》（1634）。

② *Masque*（《女王面具》，*The Masque of Queenes*），英國劇作家本・瓊森的戲劇作品。

③ 陳福田（Fook-Tan Chen, 1897-1956），出生於夏威夷，西方小說史專家，曾任清華大學外文系和西南聯大外文系主任。1948年離開中國回到夏威夷。

Yale建築一帶，漸漸變成綠城。冬季路政惡劣，汽車都很dirty，回春後，新汽車都很可愛。樹木葉子很細，和北平相仿。《紅娘》劇翻譯如何了？我以為童芷苓和童家班合演，一定減低她的身價：童祥苓的老生，童壽苓的小生，都可使觀眾 stay away from her。最好勸她同張君秋一樣，組成一個像樣的戲班：重請紀玉良、裘盛戎①、賀玉欽加入，全部戲碼可以有entertainment。錢學熙的批評進行如何？Ransom年齡較大，我離Kenyon時，他在着手Poetry III，這次春季號KR並未刊出，大約和錢有同樣的predicament。這期 *Sewanee R.* 刊Eliot的Milton。

每星期晚上看一次電影：雷米倫②的 *The Big Clock*③，Maureen O'Sullivan④被with，還不顯蒼老，全片很熱鬧、緊湊，John Farrow⑤導演大有進步。看過Huxley⑥的 *A Woman's Vengeance*⑦，一部有趣的小說變成一張極嚴肅moral的影片；刻畫moral evil近於陶翁，女主

---

① 裘盛戎（1915-1971），銅錘花臉演員，原名振芳，北京人。花臉演員裘桂次子。

② 雷米倫（雷·米蘭德，1907-1986），英國演員，代表影片有《失去的週末》（*Lost Weekend*, 1945）、《大鐘》等。

③ *The Big Clock*（《大鐘》，1948），黑色電影，約翰·法羅（John Farrow）導演，雷·米蘭德、查理斯·勞頓（Charles Laughton）、莫琳·奧沙利文主演，派拉蒙影業發行。

④ 莫琳·奧沙利文（Maureen O'Sullivan, 1911-1998），美國女演員。代表影片《大衛·科波菲爾》（*David Cooperfield*, 1935）、《安娜·卡列尼娜》（*Anna Karenina*, 1935）。

⑤ John Farrow（約翰·法羅，1904-1963），美國導演，1957年以《環遊世界八十天》（*Around the Word in Eighty Days*, 1956）獲奧斯卡最佳導演、最佳編劇獎。

⑥ Huxley（Aldous Huxley，阿道斯·赫胥黎，1894-1963），英國小說家、散文家，代表作有《美麗新世界》（*Brave New World*）等。

⑦ *A Woman's Vengeance*（《情天劫》，1948），阿道斯·赫胥黎編劇，祖爾丹·科達（Zoltan Korda）導演，傑西卡·坦迪、查理斯·博耶主演，環球影業發行。

角Jessica Tandy①表情極好。該片在美賣座惡劣，在New Haven映時，算是second feature（正片T-man），水準太高也。數星期前Robert Frost②來演讀自己的詩，我準時去聽，已經客滿，門外都是人，聽客不是graduate students，卻都是高中女學生慕名而來，我見的只是個白髮紅顏的老人坐着讀詩。

同童芷苓來往，對女人的tact想更近自然。事實上我對女人應酬功夫並不好，沒有patience陪女人購物侍候，跳舞更無天才。目下每天的情形同你教書疲乏後差不多，沒有什麼雜念。明後數天要一天到晚的打字，就此作罷。下學期計畫如何？預備去江大否？念念，即請

　　康健

弟 志清 上

五月二日

---

① Jessica Tandy（傑西卡‧坦迪，1909-1994），美國女演員，代表影片有《永遠的琥珀》（*Forever Amber*, 1947）、《情天劫》等，1990年以《為黛西小姐開車》（*Driving Miss Daisy*, 1989）獲奧斯卡最佳女演員獎。

② Robert Frost（羅伯特‧佛羅斯特，1874-1963），美國詩人，代表作有《少年的意志》（*A Boy's Will*, 1913）、《波士頓以北》（*North of Boston*, 1914）等。

21. 夏濟安致夏志清（1948年5月21日）

志清弟：

　　來信收到已多日。洋娃娃亦已收到。五月十四日北平市開春季運動會，華奇的學校表演一段舞蹈，我冒充記者，替她照了不少相片（我近來攝影藝術大有進步，只是軟片沖曬太貴，不能多拍）。回家看見包裹單，十五日領出（納捐九十餘萬元）送去，在那個Angel skin商標圓牌的反面，我寫了這幾行字「華奇妹參加北平市運動會獎品　夏志清贈」，她會真的當是你所寫，非常高興。我們現在的感情，可說與日俱增，我很快樂。她的mood常有變化，我有時亦會自怨自艾；但我覺得沒有她我的心腸會全部硬化，她是我心裡唯一的tender spot，現在更引起了我對人生的希望。她雖然從沒有熱烈的response，但就是這點亦夠回味，夠鼓勵，夠陶醉的了。

　　暑假我可能不回去，職業大致仍在北大。江南大學內部糾紛多，楊蔭渭免職後，近來聽說校長亦已易人，待遇亦不若以前那樣的優厚，錢學熙（他已好久未上紅樓，我亦難得去看他）和我都認為絕對去不得。此外無別的機會——張芝聯有信邀我去光華，我看光華目前還辦不出什麼名堂來，待遇就少得可憐。暑假回去反而生出種種問題。如決定留在北大，暑期還是在北平過的好。真有好機會我亦會去接受，但盲動與我無益。這一兩個月內的戰局發展亦可有助於我的決定，如果真的要逃難，那末南邊無論什麼事（即使是光華）我都可以做了。

　　童芷苓下星期飛滬，登臺天蟾，將有紀玉良、裘盛戎等為輔，陣容很如你的理想。我同她的關係不會很密切，因為此人精力充沛（天賦已厚，再常打先靈洋行德國荷爾蒙「保女榮」Polygnon），在攝影場白天工作十二小時，夜裡還可以唱雙齣京戲。在沒有工作的

時候，她玩起來你可以想像得到必定也是很起勁。我沒有這許多精
神（且不說沒有這許多錢，她是很儉樸的，攝影場上「別［瞥］腳」
小菜照樣可以劃三大碗飯），奉陪她。常同她在一起，而腰包裡挖
不出錢，別人和她雖不以「跟班」目之，自己總覺得好像是「跟
班」——程靖宇就少這種self-consciousness，但程靖宇近來興趣大
減，嘗喟然歎曰：「可憐連一次手都沒有握過！」他近來一想做
官，二想言慧珠。童家班的藝術我認為祥苓的老生大有希望，近來
多看幾次以後，覺得除嗓子尚嫩（因尚未發育完熟）外，舉手投足
（所謂「台風」）唱腔等都有道理。芷苓的好處是嗓子圓潤豐滿，表
情細膩，唱腔似乎還不夠第一流（我常覺得你那篇英文文章捧她太
過分，換我來寫，不會這麼說），不能與梅程相比。葆苓、壽苓則
都不能演重頭戲也。

　　我現在頂熟的朋友是趙全章，往返甚密，每天至少我到他那
裡，他到我那裡各來一次。我每看一次童芷苓，必把情形描寫給他
聽，他很能同情地欣賞，但他不知道有董華奇。此外和施松卿談起
來，亦覺得沒有什麼隔膜，但她在灰樓，我們不常見面。和袁可嘉
的關係如舊，偶然表演一些witticism，講講有什麼新書等。別人簡
直毫無來往（潘家洵那裡一兩星期去一次），和金隄、許魯嘉的關
係都變成很緊張，不知何故。校外人來往較密者為汪樹滋[①]（光華
蕩客——汪公），與童俠苓（這位先生唱戲讀書都不成，但頗好交
友，他是我的朋友，芷苓只算是「朋友的妹妹」）（他是芷苓的
press-agent）。

　　戰局發展如何，現在還難測。北大決不會搬，瀋陽（Mukden）
的東北大學至今未搬。政治方面，陳立夫最近頗受些打擊，這樣不

[①] 汪樹滋（1918?-1960），夏濟安在北大時的朋友，1949年後任北京編譯社翻譯，
　　1957年被打成右派，1960年死於河北清河農場。

過表示國民黨的分裂更明顯，於大局無補。

　　最近聽說有 Rockefeller Foundation ①留學機會，派選方式不詳，西語系大致要派袁可嘉出去。我當然亦很想出去，但是今年恐怕沒有希望。

　　近來上課以外，瞎白相花時間很多，因此讀書毫無成績。人雖並不覺得疲倦，但也沒有多餘的精力可做有意義的工作。這種生活方式我很想改變一下。暑假留在北平，或許可以做些事情。但是我什麼計劃都沒有，一切看事情自然發展。總之在上海在北平，各有利弊，我也決不定應該在哪兒。再談　專頌

　　近安

兄　濟安　頓首
五，廿一日

---

① Rockefeller Foundation：洛克菲勒基金會。美國實業家、美孚石油公司創辦人約翰・D・洛克菲勒（John Davision Rockefeller, 1839-1937）設立的基金會組織。該組織的資助關注點主要在於教育、健康、民權、城市和農村扶貧等。

22. 夏濟安致夏志清（1948年5月31日）

志清弟：

　　來信並照片均已收到，照［片］上看不出比以前胖，只覺得很年輕，很serious，很intellectual。你這樣專心讀書的生活，我很羨慕。我這半年來，交際太忙，沒有好好地做些事情，從最近開始，我相信我也許可以把自己關得住。暑假我也許不回去，至少不一放暑假就走，要在北平耽一個月看看再說。董華奇的事如何發展，現在還難說。大約十天之前（今天是星期一，是上上星期五5/21），我在她們家吃飯，嬸嬸又提起給我做媒之事，我總是一百個搖頭（嬸嬸好像總有意把我「留作己用」，說做媒時是開玩笑的成分多，華奇也是在旁打趣，說些：「你看他臉紅了」「笑了」「幾時請吃糖」之類的話）。飯後我們要去看葉盛章的頭二本藏珍樓（白眉毛徐良捉拿白菊花），她在衣架上拿衣裳的時候，我走上前去說：「剛才你媽媽為什麼有一件事沒有提？」她說：「怎麼的，是你跟童芷苓訂婚了嗎？」我說：「不，她就沒有提起你，提起你我就答應了。」衣架上掛了一個書包，她就順手拿下來打我的頭一下，很生氣的說：「告訴你乾媽去！」（這種恐嚇的話她是常用的）我說：「不願意嗎？」我當時有些怔住，我期望的是她的含羞低頭的姿態，想不到她相當鎮定，她也許還說一句什麼別的話，我沒聽清楚或者是不記得了，但是這一句話在我腦筋裡很清楚：「你自己去對你乾媽說去！」我說：「還早，等過幾年你讀幾年書再說。」她就拿了衣服走了。從那時候起，她就沒有好好的理過我。我問，她是一定有答的，但是很客氣很疏遠的樣子。她並非不敢說起我的名字，上一回嬸嬸叫我「夏少爺」，她說：「怎麼你叫他夏少爺？」總之，她對我似乎還是有好感，可是她的self-consciousness已增

加，以後進行更難。我已經是夠 self-conscious 的了，她假如再一留神，一做作，我將變得更尷尬，她這樣不理我，我很苦悶。一度我真想鼓勇去對嬸嬸說去，說穿了使我有個着落，成功她以後可以拿未婚夫待我，至少可以使我定心，失敗我就再閉門讀書，謝絕一陣世事再說。我考慮下來的結果，還是認為維持現狀的好。我終是太驕傲，我現在所能做的是儘量 give 不太明顯的 hints，說親還得讓她們主動，我提不出什麼要求。我心理上還有一個很大的阻礙，就是怕別人議論；我同一個十三歲的女孩戀愛，你都不能同情，朋友之中更將當作奇事笑話流傳。你知道我是不能容忍別人笑話的，別人的議論會引起我不良的反應（或則很 ashamed of myself，或則同一些朋友絕交），我怕這個，所以還是等華奇大幾歲再公佈我的 passion。其實華奇長得很快，現在比你上回看見時已長高不少，我想至少已有李珩那麼高（也許已比她高），胸脯已漸漸雙峰凸起，至少比張祥保的還顯明一點，她做女朋友並不坍我的台也。我對華奇的興趣，嬸嬸和嫂嫂（大媳婦）當然都早已經看出，不過我一向出以玩笑的態度，她們不知道我 serious 到什麼程度。她們想不到一男一女有二十歲年齡差別的會發生戀愛，她們想不到我真有決心等她長大了再娶她，但日子過去，她們慢慢亦會知道。等到她們知道了，我的命運亦可以決定了。我現在的政策：儘量當我沒有 propose（那次等於是 proposal）過，使她忘記那回事，減少她的 self-consciousness。假如她繼續不理我，我就拼命的忍受痛苦，繼續軟性的追求。雖然如此，你得知道我已經到了訂婚的邊緣，我只要一忍不住，向嬸嬸一說，可能就會訂婚的。有時候心裡一發火，想把牌攤開來亦好，可以少受痛苦，但是我總還是設法忍耐的。

　　我知道華奇有種種缺點，她的 intellectual 似乎比我的低，讀書是沒有什麼希望的；脾氣很特別，容易鬧「蹩扭」，結婚以後兩人吵嘴恐免不了（還是嫁一個年紀大一點的丈夫像我那樣的對於她有

利，我至少多懂得一點人情世故，可以多原諒，而且我的涵養功夫亦是與日俱增）。她的最大的好處是能引起我的desire，同她結婚，可以擔保有一個快樂的性生活（吵吵鬧鬧亦是快樂婚姻生活所必需的點綴）。我這樣一個老bachelor，suppression的習慣太深，對於大多數女人已不動心，對於若干能動心的女人，總是心一動就給我壓下去了。我在civilization和nature之間不能取得平衡，我對於女人肉體的要求，總是當着犯罪傾向的嚴防着，這種態度將大有害於婚姻的幸福。對於華奇，我似乎沒有什麼怕懼——她恐怕是天下唯一我所不怕的女人。所以如此，因為從一開頭我們就沒有防備。你還記得她撲到我身上來搶我的帽子嗎？她假如不是一個小孩（今年她就不會做這種事了），她就不敢同我這樣親近，因此我亦永遠不敢同她發生什麼肌膚之親，因為我是永遠防備着的。沒有董華奇，我也許還會在女性間周旋，但頂多不過賣弄賣弄我的wit，滿足我的vanity，恐怕不會易[引]起嚴重的結果（對於李彥的passion是不正常的，主要的原因是我不敢同她說話，現在我面皮很老，任何女人都敢approach，那種passion不致再發生）。我現在是in love，有幾點徵象：（一）我一看見董華奇，心裡就喜歡，她的一顰一笑都引起我的莫大興趣；（二）我總想法討她的喜歡，讓她高興；（三）我很妒忌。現在天下還沒有別人在我心裡占這樣一個地位。即使是你，我看見了你也許會很高興，但我不至於想法來博你的歡心，我也不會因你而妒忌。但我的情形並不很嚴重，因為我還差一個徵象，就是我在不看見她的時候並不怎麼想看見她。我同她若有個較長時間的分離，我也許會忘了她，但是再要找一個別人來填補她的位子，很不容易。

她的弟弟對於我並無損害。他的良心其實不壞，人亦還聰明，脾氣確是暴躁，但我是天下少數能同情他的人之一，這點他早已明白。我有耐心陪他玩，我從不對他生氣，這幾天華奇不理我，我只

能找他去了。他雖然不能幫助我，但不會妒忌我，因為他對於姊姊的attachment並不強。將來他假如不能靠父母生活了，能倚傍的人不是他的大哥（他怕他極了），而是他的姊姊with我as姐夫。這個consideration會促使嬸嬸來接受我。（又，她們的先生早已換人，你沒有出國時，已不在了。）

童芷苓已飛滬，登臺天蟾。她待我不差，但我自己知道，我的地位等等都不配做她的朋友（比了做朋友，我沒有更大的claims）。在北平，我有我的海派作風（領帶就可以每天換一條，她總很羨慕我的領帶），加上父親是銀行經理的聲譽，儼然氣派不小，到了上海她的朋友多，我成了nobody，擠都擠不上。她從來沒有表示在乎這一些，但一個sensitive的男人當覺得在rivals前自己的地位。在北平，我可以說沒有rival，她所來往的男子中，西裝都沒有我的挺，派頭都沒有我的大，我只引起別人妒忌，我沒有過妒忌什麼人。同她來往的，我沒有看見比我更密切的男人（因為她知道我毫無追求之意，所以雙方關係不緊張）。到上海，我連pocket money都常成問題，如何配同她來往（在上海我永遠感到經濟壓迫）？除非在北平我不想再同她有何來往，否則硬撐場面，自討苦吃而已（她是各種男朋友都有，但無形中我是屬於最上一級的，程靖宇就得比我低兩級，到了上海我知道我非降級不可，這個我受不了）。

我現在沒有野心，作風實事求是。職業釘牢北大，做一個好好的教書匠，再要做些研究工作，表示不忘上進之意；女人方面，釘牢一個平凡的董華奇，別的一概謝絕。這是我瞎蕩半年下來的決定：安分守己。但是命運難測，或者別地方來什麼offer，或者強迫逃難，我的決定又要付諸流水了。目前我想花一兩月功夫把我的Wordsworth來refashion（重做）一下，把這件事做完再回上海去。Rockefeller Foundation名額太少，北大恐怕無人能入選，我們這些同事還得在中國挨着，別的再談，即祝

學安

兄 濟安 頓首

五·卅一

23. 夏志清致夏濟安（1948年6月7日）

濟安哥：

五月卅日來信昨日收到，廿一日信亦於前數日收到。我的功課已於上星期五結束，Martz的Renaissance Poetry沒有大考，一共寫了七篇paper，大約可得honours（相當滬江的one）；Prouty的drama在前星期四考了三小時，二十個小題目（dates, facts, etc.）；二個大題目，Jonson[1]的theory & practice；討論Revenge Tragedy。事前整整預備了三天，所以二十個小題（除了一個item，Zion college，全班都不知道）都答覆得正確詳細（遺憾的是漏掉了一題），五分薄紙寫了近三十頁，結果得92分，為全班二十人中得honours三名之一。我的Peele paper寫得極好，較一般同學水準為高。拿回來一讀，覺得presentation很清楚，我的critical paper常常太ambitious，用字險，而每句涵義太多，在Yale不適合。三個月來，念了四十個戲，寫了百餘頁的英文，應該好好地休息一下，可是既無真切的友誼，又無其他感情的牽掛，這幾天生活反覺無聊，除了在圖書館翻書和看電影外，沒有什麼消遣。我的兩門課，成績優秀，在Yale已留下個很好的印象，以後讀書就便當了。六月廿四日，Kenyon就要開學，可休息的日子祇兩星期，Yale同去的有三位，一位是Iowa的M.A.，文藝青年Louthan。New Haven天氣惡劣，常下大雨，非常潮濕。我屋內的那個老太婆臥床已有三星期，不能給我真正relax的機會。前天去訪Brooks，他聽我Prouty課得92分，很高興，證明新派人弄老派東西，比老派人強。他這次教Milton預備demonstrate

---

[1] Jonson（Samuel Johnson約翰遜，1709-1784），英國詩人、評論家，以《詩人傳》（*Lives of the Most Eminent English Poets*）知名。

Milton的 imagery是 functional而不是 decorative。他對詩的 approach
很簡單而 naive（他在 prepare 一本 book on Milton），是個好的
expositor，對於 theory 和 criticism 本身的貢獻恐怕並不大。

最近來信說明你的 position：能夠一方面讀書，一方面從董華
奇那裡得到生活的鼓勵、意義，未始不合理想。我覺得暫時不受名
利的牽制，這生活是很 ideal。我以前對華奇的 objection 是她給我的
印象，年齡太輕。現在既已漸長大成人，盡可耐心追求她，不要顧
到旁人的議論。她既是你生平最大的 emotion，一切顧慮，應該除
掉。你第一次 proposal 並沒有失敗，她回答你去問她媽，和以後的
reticence，都很合 decorum，並沒有包含 dislike 的意思。我猜董嬸嬸
恐早已看到你的心事，雖然母女間還沒有談過這件事。她家平日客
人很少，我在北平時，華奇時打電話來，你對她已是很需要，何況
現在。Patience 和 persistence 一定使你得到應有的 happiness。

我在這裡朋友很少，最可講話的是吳志謙，他已去紐約飯館作
事，預備賺數百美金返國。李賦寧雖對我的學問和記憶日益佩服，
可是他為人太 prudent，不會很 intimate，他也要返國了。他近代批
評和近兩三百年文學，都很生疏，不能算是好教員。此外哲學系愛
好 Auden 的方春書①，數學系姓許的，尚可談話。學期結束後，大家
漸失去聯絡。前天看 *Duel in the Sun*②，三個年青［輕］演員都非常
impressive，Jennifer Jones③飾白種 Indian 女人，非常 passionate，同

---

① 方春書（?-1959），曾譯古希臘哲學家盧克萊修之《物性論》。

② *Duel in the Sun*（《太陽浴血記》，1946），西部片，金・維多（King Vidor）導
演，詹妮弗・瓊斯、約瑟夫・科頓（Joseph Cotten），格利各萊・派克（Gregory
Peck）主演，塞爾茲尼克國際影片公司（Selznick International Pictures）發行。

③ Jennifer Jones（詹妮弗・瓊斯，1919-2009），美國女演員，曾五度提名奧斯卡金
像獎，並於1943年獲得影后。代表影片有《聖女之歌》、《太陽浴血記》等。

你所看的 *Bernadette*① 大不相同，全片演出 violent 為近年所少有。上星期看 *Scudda Hoo! Scudda Hay!*②，女主角是 June Haver③，覺得她的身段、面龐、頭髮特別美麗，可惜她的影片我以前一張也沒看過。好萊塢公司中，仍以福斯美女最豐富。我的性生活已恢復到高中時代，看看銀幕上的美女已滿足，不再有其他要求。DeMille④ 的 *Samson & Delilah*⑤ 女主角選定海蒂拉瑪⑥，覺得有些不智。

　　你 recast 華茲華斯，甚好，只是北大圖書太少，達到湯用彤 scholarship 目標，得大量買書和雜誌；Cambridge Bibliography 上列的書目照理想應該都有。新出一本批評書，是 *Criticism of Criticism*，對錢學熙很有用。Stanley Hyman: *The Armed vision*⑦，全書分章批判

---

① *Bernadette*（*The Song of Bernadette*《聖女之歌》，1943），劇情片，亨利・金（Henry King）導演，詹妮弗・瓊斯、威廉・艾斯（William Eythe）主演，福斯發行。

② *Scudda Hoo! Scudda Hay!*（《斯庫達，謔！斯庫達，謔！》，1948），喜劇片，弗雷德里克・休・赫伯特（Frederick Hugh Herbert）導演，瓊・哈弗、朗・麥克卡利斯特（Lon McCallister）主演，福斯發行。

③ June Haver（瓊・哈弗，1926-2005），美國女演員，代表影片有《家在印第安那》（*Home in Indiana*, 1944）、《桃麗姐妹》（*The Dolly Sisters*, 1945）等。

④ DeMille（西席・狄密爾，1881-1959），美國電影導演與製片人，其執導的《戲王之王》（*The Greatest Show on Earth*, 1952）獲得奧斯卡最佳導演獎提名，並獲得最佳影片獎。曾獲奧斯卡終身成就獎等獎項。代表作品有默片《闖人》（*The Squaw Man*, 1914）、《埃及豔后》（*Cleopatra*, 1934）、《霸王妖姬》（*Samson & Delilah*, 1949）、《十戒》（*The Ten Commandments*, 1956）。

⑤ *Samson & Delilah*（《霸王妖姬》），浪漫宗教史詩電影，根據《聖經》中的故事改編而成。西席・狄密爾導演，海蒂・拉瑪、維克多・邁徹（又譯維多・麥丘，Victory Mature）主演，派拉蒙出品。

⑥ 海蒂・拉瑪（Hedy Lamarr, 1914-2000），美國女演員，代表影片有《俠義雙雄》（*Boom Town*, 1940）、《齊格飛女郎》（*Ziegfeld Girl*, 1941）等。

⑦ Stanley Hyman（斯坦利・海曼，1919-1970），美國文學批評家，代表作有《武

近代批評家 Eliot, Richard, Empson, Blackmur etc 的方法。Yale 大半學生批評的訓練極差，平日功課太忙，paper 都是不加細［思］索地打下來，都夠不上 professional 的水準。出來的學生都去小大學教英文，能出頭的很少。Kenyon 去的學生寫作水準一定較高，所以我相當有些 diffident（缺乏自信）。

此次暑假我仍勸你回上海去一次：家裡你我都沒在，一定很寂寞，母親的 energy 也無處發洩，玉瑛也應當有個哥哥去伴她；離平一二月也不會影響到你同華奇的發展。Yale 的生活同在紐約中國學生的生活完全不同：他們那邊白相和戀愛的空氣極濃：international house 都是中國人的世界。我預備二十號動身，到 Kenyon 去過那 monastic（修道院式）的生活，不知燕卜蓀何時動身？我的性情不歡喜同 intellectuals 合在一起，預測六個星期的生活一定很不舒適。此地房子，假如老太婆答應我在不在期間，不付房租，不預備退租。

幾天來感到張芝聯所感到的無聊，張芝聯不念 degree，讀書就不會緊張，無怪其寂寞。看到 *Times Literary Supplement* 五月分［份］廣告沈從文①的短篇小說集：*The Chinese Earth*②，大約出於金隄的大筆，可以去問問他。近況想好，不要把情感和對方的 reaction 分析得太清楚，慢慢地追求，一方面專心讀書，一定有很

裝起來的洞察力》（*The Armed Vision*）。

① 沈從文（1902-1988），作家和文化史家，著有《沈從文全集》32卷，代表作有小說《邊城》、《長河》、《三三》等，研究著作《中國古代服飾研究》等。

② 沈從文的小說集 *The Chinese Earth*（《中國大地》）包括了 *Pai Tzu*（《柏子》）、*The Husband*（《丈夫》）、*San-San*（《三三》）、*Under Moonlight*（《月下小景》）、*Lung Chu*（《龍朱》）、*The Frontier City*（《邊城》）等作品，由金隄和 Robert Payne 翻譯，倫敦 G. Allen & Unwin 公司 1947 年初版，後由美國哥倫比亞大學出版社再版。

好的成績。數星期前Matthiessen來演講美國近代文學，很籠統，沒有什麼特出；Matthie黑髮，精神很飽滿的樣子。下次來信請寄c/o Ransom, Kenyon, Gambier, Ohio。再談，即頌。

　　康健

弟 志清 頓首

六月七日

24. 夏濟安致夏志清（1948年6月9日）

志清弟：

　　前上信，報告我同董華奇弄僵的經過，想已收到。今日接到華奇一信，特抄錄如下：

　　夏大哥：你上次說我媽媽不知道你的心思，除非像我一樣的才要，還有一次說餅乾筒裏的紙條灑在我們倆人的身上多好，這些話及你一切的行動和態度太不對了。你簡直是豈有此理，我根本沒有想到你會這樣糊塗可惡，況且我又是小孩子，我本想告訴爸爸媽媽，又怕你的面子上下不去，我現在寫信給你，我以後決不再理你了。董華奇六月七日

　　收到此信以後，心裡很難過。學生正在為「反對美國扶助日本」罷課，我本可好好地念書，但心思飄忽，只有寫信給你的事還能做。她寫這封信，一定考慮了好幾天才下的決心。我上次說過的那句話是在五月二十一日，此後我並沒有做過甚麼冒犯她的事。只有普通的會話而已。她是六月七日寫的信，六月七日是星期一，六月六日我還去看她，說了沒幾句話，不知怎麼她第二天就寫了這封信。她那信寫得很好，表示她頭腦很清楚，我真想不到她的程度已能寫這樣清楚有力的信。「媽媽不知道你的心思，除非像我一樣的才要」，我也許說過這句話，但我上一封信所報告的那句，並不是這樣說的；兩者一比，她的version可能準確而合乎情理。事情發生在幾個月以前（那時你也許還在上海），想不到她竟還記得這樣清楚。餅乾罐頭裏的紙條不是很像結婚禮時所丟的confetti嗎？那

天她開一個罐頭，把裏面的紙條往我身上丟，我說「應該我們兩人站在一起，叫別人來丟的。」她當時的反應我不記得了。這一類的hints我給了不止一個。這個記得，別的她大概全記得。現在她的resentment一定很深，老帳都翻出來了。她罵我所用的epithets：「豈有此理」，「糊塗可惡」用得都很得當，只有「我根本沒想到」一句稍有問題，是甚麼時候沒想到呢？她上面舉了兩件例子，應該在第一次的事情發生以後，就想到有第二次事情的可能了，何況在她所舉的第一次事情以前和以後，都有很多別的事情呢？「況且我又是小孩子」這句話稍給我一些希望，似乎她的objection還在年紀太小，但是她說「我以後決不再理你了。」

　　我的情形當然很糟。我自己太self-conscious，連累的把我所愛的人也化成self-conscious。假如我的intentions不是這樣清楚，或者我雖有intentions，而修養到家地能忍住不說，我們很可能再快快樂樂地玩幾年，那時再提出proposal，也許不致碰這樣一個釘子了。現在她是on guard了，我們很難恢復以前那種intimacy了，這對我是很大的損失。現在我心裡覺得很空虛，還摸不清是怎麼樣一種反應。她雖然說「決不再理我」，但是我們是乾親，她至少為civility上還得理我。我想ignore這封信，學我弗雷亞斯坦追求你琴述羅吉絲的辦法同她牛皮糖式的纏下去，以後當然得十分謹慎，不可再冒犯她了。這個辦法我有兩樁心裡根據，第一，人很少對於別人的獻媚，會真正拒絕，嘴上儘管說得兇，心裡總是活絡的。尤其像她那種斬釘截鐵的信，寄出後自己常容易後悔，所以我只算沒有收到，以免以後使得她窘。第二，她有些怕敵不住我的追求。她說決不再理我，事實上明知我同她說話，她不好意思不答覆的（否則她媽媽要詫異而且責備的！）。她希望我自動的不跟她說話，我如真照她的話做了，豈非中了她的計，所以我將只當嘸介事，還是照樣同她說話。我想這一兩年來我下的功夫，不致完全白花罷？我總已經在

她心靈上佔了一個地位了吧？她總對我還有一些好感吧？

雖然如此，我再要同她無猜無忌地一起玩，這種日子是不會有的了。我看不出我再會有甚麼我進步，連溫溫老文章都不可能了。在desperate的時候，我也許會向嬡嬡正式提出，這樣不論成敗如何，我的牛皮糖式的追求總得停止了，但是我想暫時我還是牛皮糖的好。咳！追求的結果總是失戀。她這一封信影響我下學期的計劃很大，一時我還沒想定，過兩天再談。她可以使我脫離或留在北大，現在還想不出究竟如何。專祝

　學安

兄　濟安

六，九

P.S.寫完信後，我去錢學熙處閑談，聊以解悶。聽見加利福尼亞來[的]傅漢斯（Frankel）就將同卞之琳的愛人張充和①結婚。我早就聽說傅在追求張，不料成功得如此之快（傅已對我承認如有房子即結婚）。同時在錢處看到卞的信，仍是一片癡情。他說已買七月三十日船票，在英國尚佳，小說可以出版，再住幾個月還可以，不過為了「生活重心」，寧可早日返國。卞為人極天真，誠摯，朋友中罕有，追求張充和，更是可歌可泣，下場如此，亦云慘矣。我很同情他，因此自己的苦悶反而減輕些。但我覺得癡心追求下場如此，實在可以此為戒。華奇我還是決心捨棄了的好。我此次還是吃了serious的虧，為人愈來愈不serious，以後對女人決不抱甚麼追求之心，遊戲人間，逢場作戲，一生不結婚亦罷。人當然愈變

---

① 張充和（1914-），書法家、崑曲家，祖籍安徽合肥，著名的蘇州張家四姐妹（張元和、張允和、張兆和和張充和）之一。張充和1949年隨傅漢思赴美，1961年傅漢思任教耶魯大學，張充和也在該校傳授中國書法和崑曲。

愈 shallow。你同女人愈不認真，女人對你愈好。錢學熙對 true love 亦已灰心。華奇當然不 deserve 我。其實世界上女人都不過如此。我相〔想〕像我下次看見華奇，仍舊可以笑嘻嘻因為我的臉皮已相當厚。

　　P.S. II 寫完 P.S. 後，我又想還是覆華奇一封信的好。信已寫好。今天擬面交與她。全文如下：

　　接到你的信，我心裡又是難過，又是高興。難過的是你竟為我生了這麼大的氣；高興的是你的國文寫得真不壞，文章清楚有力，句句話有道理，真不像你的年紀的人所能寫得出的，我看了很佩服。媽媽國文好，舅舅國文也好，你將來的國文可能比他們還要好，希望你好好努力。

　　我的婚姻問題，承蒙媽媽和大哥大嫂都很關心，我十分感激。似乎你也很替我關心，上回餅乾罐頭的事，還不是你先說要給我灑紙片的嗎？我想你們一定都希望我能娶一位又美麗，又聰明，又正直，又是頭腦清楚，又是勤儉能持家的好妻子。其實天下只有一個人夠格，我有時沉不住氣，便老老實實把這個人是誰給你說了，惹得你很生氣。我非常抱歉，以後決不隨便亂說，你告訴媽媽打我好了。

　　我們認識不到兩年，一向在一起玩得很好，從來沒有吵過架，有時候我看你待我比你自己大哥都好，我一直十分感激，不知道怎樣報答才好。去年我生日那天，你要請我看戲《傷財惹氣》，媽媽因為那個戲名不吉利，沒有答應，害得你又生老大半天的氣。結果「財」沒有「傷」，「氣」可「惹」了。有一回你替我畫一張肖像，非但畫得神氣十足，上面還寫了六個大字「英文教授真好。」（這張圖畫比天下無論甚麼畫都名貴，我將永遠珍藏），可見得你以為

我還算是一個好人（媽媽也沒有說我是壞人吧？）。我就是有時候沉不住氣，因此不免有得罪你的地方。但是人誰沒有過失，只要肯改就好。我現在立志改過（此七字加密圈），以後對於說話種種地方，都要特別留神，決不會再得罪你。我說話是算數的，你瞧着好了，只要請你饒了我這一遭。我們還是可以在一起玩，一起用功。結婚甚麼撈什子，以後大家不許再提，我只當你是我妹妹，咱們講和，好不好？好的，就此握手，這兩天過節，大家要和和氣氣，高高興興。專此敬祝

　　快樂

　　　　　　　　　　　　　　　　　　　　　愚兄　xxx

　　我能寫出這樣一封信，你大約看得出我的臉皮是夠厚得了，而且大約我對於成敗利鈍也不大關心。我就是用這個態度混下去。

　　覆信如早發仍寄平。

25. 夏志清致夏濟安（1948年6月21日）

濟安哥：

　　來信及錢學熙附信已於大前天收到，讀信不勝感慨，一年的功夫，差不多又是白費，華奇本祇小學生程度，不能瞭解 passion，假如專心一意地追求，反應不會太好。唯一恢復她對你的好感和信心，祇有恢復你的 popularity with girls，多同別的女人來往，出名的，漂亮的，使她會羨慕你，尊敬你。一般女人都缺乏 judgment，有一個男人向她獻殷勤，她往往 at a loss，不知自己 precise 的 reaction。她們覺得有同別的女子來往的男人靠得住，對一本正經專心追求的男人，不免有些戒心。一般女子如此，何況女小孩。最要緊的不是表示你對對方的 admiration，而是 excite 對方對你的 admiration。所以要使華奇愛你，單單 devotion 會不夠，祇有多同別的女孩子來往，看戲，溜冰，而去董家敘述你的 exploits，甚至帶一兩個女孩到董家去吃飯。假如你要 recapture 華奇的 trust，祇有這個辦法。另一個問題：idyllic spell once broken，我覺得是否值得再去恢復到過去的關係，並不是不可能，可是 involve 的 risks 太多，不值得五六年的 waiting，沒有一個女子值得這樣的 attention。這次的錯誤，還是你缺乏勇敢，afraid of woman as a sex-object & marriage-object：李彥的一段是你對 beauty 的崇拜，這次是 infantile worship，都不是成熟的愛情。不成熟的愛情是從精神到肉體，成熟的愛情是從肉體到精神：發現對方的 spiritual qualities，應該 belong to later stage of development, D.H. Lawrence[1] 的 love 和中國的舊式婚姻都看重這一

---

[1] D.H. Lawrence（勞倫斯，1885-1930），英國小說家、詩人及文論家。代表作品有《查泰萊夫人的情人》（*Lady Chatterley's Lover*, 1928）、《戀愛中的女人》（*Woman in Love*, 1920）等。

點。以前我給你幾封信不大贊成你對華奇的愛情，也是這個意思，年齡懸殊，不會產生convincing的love。你預備adopt的厚臉皮態度，我覺得很對，不再當她愛人看待，儘可因此引起她對你的羨慕和愛情。另一方面我反對你對別的女人「遊戲人間」的態度，至少你認識的女人中，李珩、施松卿都show sincere regard，假如你擴大你的acquaintance，可以給你選擇的女人一定還多。我勸你漸漸忘卻對華奇的一段passion（或者十年後再pick up不遲），同時仍stick to你ethical man的ideal。

前兩天沒有立刻給你的回信，是Kenyon School開學期近，決不定去不去，兩天內寫了信給Ransom，決定不去。你和學熙一定要責備我，放棄這樣的機會，可是一方面我想在下一年暑期得到M.A.，下學期除take三個courses外，還得讀拉丁，時間太匆忙，拉丁一定讀不好，決定暑期內把拉丁讀好。英文系的director Robert J. Menner以為我對modern criticism相當熟悉，還是讀拉丁為對。另一方面我很怕Kenyon的環境：monotony的生活和同文藝青年在一起，使我非常self-conscious（上次在Kenyon沒有一天過得舒服）；Kenyon書又少，卻要不斷寫paper，我又認為苦事，不如在New Haven自己讀書，稱心過三個月沒有壓力的生活，把拉丁和下學期想修的course（如莎士比亞）多加準備。Brooks: Milton和Ransom的Shakespeare不久都要出書，所以沒有多大損失。心裡感到不舒服的是對不起Ransom，他待人極好，我不應使他失望。可是旅行經濟inertia種種困難，使我不動。上星期我想了一星期，還以不去為妥。已購 *Latin Fundamentals*，在自己讀，或許上summer course。Academically，比較安全。去Kenyon真能得到的並不多，有卞之琳的mentality到這種環境最為相宜。我到每一地方，總覺得我勝過旁人心裡才舒服，去Kenyon很難得到這種recognition，不如不去。上學期Martz的課給我high pass（=2），沒有給我honor，使

我很失望；我的critical thinking確勝過他人，大約每篇文章，都是當晚打起，不免有expression和連接不妥的地方，使我不能在兩三人honors之列，下學期一定要work for三個honors。

New Haven相當大，學期間一直沒有explore過。前星期六晚上同哲學系方去Sevin Rock，是New Haven很出名的地方，相當［於］中國的玄妙觀、夫子廟。各種vaudeville（雜耍）、遊藝都有，地點在海灘（最鉅型的遊藝場是紐約的Coney Island），很熱鬧。最使人感覺到的是美國的worship of speed和violence。我同方坐了一下小型coach，Sky Blazer，以後不敢每［再］嘗試，起初很慢，一下子衝下七八十度的垂直的規［軌］道，又上升，再下降，如此七八次，在breakneck speed中，人覺得很危險，透不過氣來。很多種遊藝都是這種性質，如乘B29，人坐在小氣機內，機器一開，飛機就按軸心飛快轉動，把你轉上天去，頭身向地。男女一同玩，可以從女人的慘叫中，得到快樂。到了Vaudeville院子花了四毛錢看些吃火、魔術表演，再花了二角五到後臺看了剝衣表演。昨天星期天同中國同學去海濱Double Beach，我游泳褲未買，沒有游泳，在海濱上basking，看看bathing beauties也很舒服。天還不太熱，以後預備多去幾過［個］afternoon，把身體弄弄好。我中國帶來的藥都已吃完，最近衹好買些三溴片，調整神經，效果沒有帶來的physoval好。

錢學熙的信已讀過，預備下次給他個答覆，我對criticism as speculation沒有多大研究，不過他還是吃北大圖書的虧，在Yale一下子可把關於Eliot criticism的批評兩星期內都看完。解釋Eliot批評的書遠不如解釋他的poetry的多。最近有劍橋印度人Rajan編的 *T.S. Eliot: A Study by Several Hands* [1]，Brooks有一copy，已從reserve

---

① 該書名為 *T.S. Eliot: A Study of His Writing by Several Hands*，拉贊（B. Rajan）編，1947年初版。

shelf取去。Yale英國出版的書買得不全，Yale Library還沒有（其中有幾篇如by Miss Bradbrook的關於他的批評）。Ransom在 *New Criticism*［中］稱Eliot為historical Critic，全文把Eliot的criticism translate到Ransom的terminology，因為Eliot文章中technical terms太少，不夠嚴密，全文沒有多大貢獻。另外Yvor Winters在 *The Anatomy of Nonsense*① 中有一文 "T.S. Eliot, or The Illusion of Reaction"，亦批評Eliot的批評，態度有玩笑的性質，同W. Lewis ② 的 *Men without Art* 相仿。最新的當推Stanley Hyman的 *The Armed Vision*，可惜我沒有看到，附近書店不見，我想order一冊，看過了送給錢學熙。該書對重要的critics都有一個批判，對錢為invaluable。我相信錢對Eliot, Richards不斷ponder，其結果一定可超過外國人了。近況如何？不要太despondent，每年夏季總要有個climax，下學期有無任何決定？不妨先回上海換一下環境再說。我sex urge不強，紐約也不想去，花費太大，就在New Haven過一夏季，過一個比較快樂的生活。上次的覆信若已寄Kenyon，Kenyon會轉來。希望這次沒有李彥那樣嚴重，好好recover，即祝

　　近好

弟 志清 頓首

六月廿一日

　　［又及］這幾天行畢業典禮，Yale老同學都來New Haven，有1888、1898級的，都已七八十歲，來參加熱鬧。

---

① 該書名為 *The Anatomy of Literature Nonsense*, New Directions, 1943.

② W. Lewis（Percy Wyndham Lewis珀西‧溫德姆‧里維斯，1882-1957），英國畫家和作家。《無藝術的人》（*Men without Art*）是其1934年的批評理論著作。

26. 夏濟安致夏志清（1948年6月21日）

志清弟：

　　接來信知考試成績斐然，為中國人爭光，甚為欣慰。你能夠支持長時期連續的緊張工作，才放暑假，又要去開寧讀暑期班，intellect方面可說盡量發揮，總算光陰沒有虛度。燕卜蓀這半年來我沒有去看過他，他離平那天早晨我去送行，他還要同我來討論慈禧太后，我說你趕快到航空公司去吧，慈禧太后等你美國回來後再談吧。

　　上信我表現得很苦悶，這兩天心裡倒還平靜。董華奇到底還是個小孩，她說「不理你了」並不認真，我發現她又開始理起我來了。我寫了回信以後的那天晚上，開窗睡了（心裡不痛快亦［也］許亦有些關係），受了些涼，生了三四天病。肚子不舒服，不能吃飯，光喝粥，似乎稍有發燒，身體很軟，我沒有躺下，還是照常到董家去。我一向在董家所表現的總是很buoyant的樣子，那幾天忽然飯亦不能吃了，話亦說不動了，頭亦抬不起了，董華奇很可能想到是她害了我了，因此多少引起了她的一點惻隱之心。我想學弗雷亞斯坦，結果無此精神，以melancholy的姿態出現，收效亦不差。有一天我真想抱定決心去向嬸嬸declare了，到那裡看見嬸嬸自己身體亦不好，心緒不佳（做生意蝕本，經濟困難，想賣房子逃難等問題），我沒有提。暫時我想亦不必提了。對於董華奇，我是死馬當活馬醫，算是已經失敗了，以後再不追求，她要我就要我，她不要我就算了。我對於男女愛情，很灰心，抱獨身主義的念頭很強，認為追求總無好結果。話雖這麼說，董華奇給我做老婆我還是要的，我認為可以有快樂。但我懷疑命中是否有此福氣，不敢妄求，以後對於董華奇還是melancholy下去。我同她的關係，我連算命先生都

不敢confide in，怕算命先生笑我竟會愛上一個小孩子。

這兩天董華奇又慢慢地在恢復她在我心裡的地位，有一度我簡直變成了一個女人都沒有了。假如真把華奇丟了，我的disillusionment（幻滅）之大可想。我將一點illusion都沒有，對於女人將有徹底的敵視和鄙視。日趨硬化的心腸，很難容納別的女人，或將枯寂以終。假如真能枯寂以終，我認為亦不差，總算很徹底。現在我已經prepared過一個枯寂的生活，看上帝怎樣打算吧！

最近物價大漲，大家皇皇然不可終日，心緒都很壞。麵粉漲得特別快（影響我每天的飯錢很大），我們以前每月領薪水加上兩袋麵粉，薪水沒有算過，大致可用以買五六袋麵粉，現在配售麵每月只發一袋（為此我們曾罷教三天），而薪水還不夠買三袋麵，好像原來已經很低的收入，再打了個對折。照這個漲風來看，下星期下月將有什麼樣的高峰出現，現在都很難說，大家更為將來擔憂。今年春天，我有一度經濟很寬裕，那時拍了不少照，現在照已好久不拍，京戲已好久不看，什麼東西都不買（奶粉已吃完亦不買了），香煙亦戒了，收入單單吃飯還成問題。我現在每月總收入，不到十五元美金。各校以燕京待遇最可羨，他們以美金計薪，講師可拿五十以上，教授可拿一百以上，比我們好多了。李賦寧回國來教苦書，情境殊可憫（除非他的岳父能繼續幫助他）。

經濟困難影響mood，mood不好，更不想交女朋友。

還有一椿事情，亦引起我的煩惱的，是我在北大的階級。我這學期還是「講員」，下學期不知道能不能改「講師」呢？聘書快發了，我想假如他們不給我升級，下學期我一定脫離北大。即使給我升了，我對於北平這種窮困的生活，亦引起很大的反感，我亦很可能脫離。我暑假後不就走，就是預備把七月的薪水領足後，把行李全部搬走。我現在脫離北大的可能性大極了，雖然南邊還沒有適當的職業。光華、江南之間我是歡喜光華（無錫鄉下的生活我受不

了），只是光華待遇比公教人員（i.e.比北大）還要低不少，我如何能夠用？我歡喜上海，但是在上海沒有錢，寧可在北平沒有錢。我暑假先把東西都搬回去，職業到南邊去看看再說，我不相信找不着好的。

　　戀愛，金錢，事業，沒有一方面有什麼成績，光陰真是虛度。

　　到上海後和童芷苓不擬再有什麼來往（她在北平時我經濟尚足），她決沒有想到我會如此窮法，我現在已經窮得自己好像抬不起頭來了。反正她在上海有的是朋友，決不會少我一個人（她並沒得罪過我，她是不大會得罪人的，她連程綏楚都不得罪）。再則我和童芷苓來往，徒然引起華奇的不快（已經引起種種誤會）。我既然預備只討華奇一個人的歡心，別的女人一概謝絕。

　　前天看一英國片 Great Expectation ①，很滿意。有個叫做Jean Simmons ②的小姑娘，我認為有點像華奇（她在那片中得銀像獎）。上星期潘家洵請我看了一次蹦蹦（戲）：筱白玉霜 ③的《狀元圖》（即《馬寡婦開店》改名），結果是出乎意外的滿意。故事是狄仁傑未中時，宿馬寡婦店中，馬夜往挑之（這段很合理），為其所拒，後狄中狀元，馬亦決心守寡撫養其子，其子後亦中狀元。時狄為宰相，妻以其女，不料親家太太即當年夜奔寡婦也。Happy ending。蹦蹦的音樂單純遠不如京戲，但亦不難聽，而且有一好

① Great Expectation（《遠大前程》，1946），根據英國小說家狄更斯（Dickens）同名小說改編而成的電影，大衛‧里恩（David Lean）導演，約翰‧米爾斯（John Mills）、安東尼‧韋傑斯（Anthony Wagers）主演，GFD電影公司發行。

② Jean Simmons（珍‧西蒙斯，1929-2010），英國女演員，代表影片有《暴雨梨花》（Uncle Silas, 1947）、《哈姆雷特》（Hamlet, 1948）等。《遠大前程》中飾演年輕時候的埃斯特拉。

③ 筱白玉霜（1922-1967），原名李再雯，評劇女演員。1943年白玉霜病故，她作為「白派」藝術傳承人，組成「再雯社」演出於京、津一帶。

處，唱與說白的界限不甚明顯，因此可以多唱，說白亦容易有力量。《馬寡婦》這戲絕不俗氣，至少比《大劈棺》、《翠屏山》之流好得多，很sober，很human，全戲發展平穩得很，合情合理。筱白玉霜表情身段都極好，臉長得有點像趙燕俠，但是比趙穩當，表現豐富合理，臉上胭脂塗得沒有趙燕俠那樣紅。總之一切都是有規矩而sober，勝過一般京戲很多，真是怪事。覆信請暫寄北大。再談。專頌

    旅安

兄 濟安 頓首
六‧廿一

27. 夏志清致夏濟安（1948年7月2日）

濟安哥：

今晨接到Kenyon轉來父親的信和你六月廿一日的信，悉你近日身體不適，甚為關念，還望飲食寒暖自己小心，不要過分憂慮。董華奇的事，回南後不妨暫時擱一擱再說。你現在的經濟情況，想已遠不如去年我在的時候，上午我去銀行打了一張二十元的draft，可以補助你近日的零用和旅費，信十天可到，大約你還不會離開北平。北平想有美國銀行，可以兌現，不然可帶回上海用。我下半年的經濟不如上半年，六月底李氏寄來七百元，存摺上還餘二百元，可以保持每月一百五十元的水準；來美後七月內約用去一千三百元，旅費，學費，購打字機都占了相當數額；暑期內除房飯前[錢]外，不預備有任何額外支出。寄錢學熙的 *The Armed Vision*，日內可看完，確對錢教批評極有用處，不知錢的詳細地址，假如你已不在，預備寄袁可嘉轉交。昨晚去看羅常培，他今晨動身，七月半開船，七月底湯亦起程；羅文字根底好，來美後英文已講得極好。他給我代錢訂閱 *Sewanee Review* 一年的收條，假如錢學熙還沒有收到，我可以寫信去問。

暑假決把行李搬回上海，甚好。回南後不一定教書，不妨多學如何賺錢，好好地生活一下，得到些應有的享受。我在臺灣最後數月，不大念書，把will relax，至今還是我生活上最快樂的一段，你亦不妨暫時relax一下，從另一方面得到self-assurance，在時局安定後再回教育界不遲。李賦寧近來和Rockefeller Foundation接洽，大約仍可留美，讀他的Ph. D.；另外一位吳志謙去紐約中國飯館洗碗，供給膳宿外，月進一百八十元，預備去英旅行一下回國。Empson在美國名氣極好，這次來美或可stimulate他多寫幾本書。

周珏良上星期從芝加哥來，他相貌很英俊，衣飾很漂亮，同周煦良①不同，周煦良現在武漢教書。我大約兩星期內要搬出，住在Hall of Grad. Studio內，住在老太婆那裡，木頭房子很熱，每天吃飯跑很多路，非常不方便，預備搬進吳志謙住的房間2771號（寫信寄Yale Station 2771）。住在校內，一方面多了和中國同學的閑談的distraction，可是另一方面比這裡自由得多。那老太婆已請了三星期特別看護，隨時可以死掉，搬出後可減少磨［麻］煩。老太婆數十年前第一次看見中國人是李鴻章，她是Yale校長太太的hair dresser；那年Yale給李honorary degree，穿了清朝衣飾，在校長家裡，那女人見了立刻scream，李拍拍她的肩，說："Little one, little one, don't worry." Jean Simmons是*Hamlet*內的Ophelia，最近*Time*封面上刊出，她在*Great Expectation*內演得確實很好。十天來讀了七八十頁*Latin Fundamentals*，還得好好用功。近看竇萍②的*Up in Central Park*③，還同以前一樣的年青［輕］，說話清脆。隔幾天預備寄你給錢學熙的回信，身體自己保重。祝

　　旅安

　　　　　　　　　　　　　　　　弟　志清　頓首
　　　　　　　　　　　　　　　　七月二日

---

① 周煦良（1905-1984），安徽至德人，學者、翻譯家，譯有毛姆《刀鋒》、高爾斯華綏《福爾賽世家》等，著有《舟齋集》等。與周珏良是堂兄弟。

② 竇萍（Deanna Durbin狄安娜‧德賓，一譯竇萍，1921-2013），美國女演員，代表影片有《每個星期天》（*Every Sunday*, 1936）、《春閨三鳳》（*Three Smart Girls*, 1936）等。

③ *Up in Central Park*，百老匯音樂劇，西格蒙德‧隆貝格（Sigmund Romberg）配樂，赫伯特‧菲爾茲（Herbert Fields）、多蘿西‧菲爾茲（Dorothy Fiels）編劇。

28. 夏濟安致夏志清（1948年7月5日）

志清弟：

剛剛接到你的電報，甚覺詫異。打開一看原來是Stay in Peiping Till Receive JO（？）Dollar Draft。你的盛情，我十分感謝。這幾天還不忙着走，等到收到匯票後再說。不過有一點很麻煩，官價外匯一元美金，才合四十幾萬元法幣，黑市美鈔約合四百萬元以上，我拿了你的匯票如果向銀行兌取，豈不損失太大？如果黑市賣不掉，我只有退還給你。我認識一個美國朋友，名叫Joseph Nerbonne，是賀玉欽、張椿華①的徒弟，票友武生兼武丑，人很魁梧。你的匯票到了，我當請他想想辦法。這位美國朋友，家在波士頓，下半年要回國，他很想到New Haven來看看你。他是美國政府獎學金研究中文［的］學生。

你的匯票如能照黑市賣掉，那末我的飛機票有了着落了（否則家裡亦可設法，我的自行車賣掉亦可湊數）：平滬C47型機票價（新價）為五千五百萬，我自己再添一千多萬即夠。明天（五日）我要領七月份的薪水二千七百餘萬，約合美金七元，鈕伯宏（即武生之華名）聞之曾大為駭怪。七月底大約還可領一個尾數約一千多萬，那時恐怕不到兩塊美金，六月份還有一袋麵粉，七月份還有一袋，每袋約值兩塊美金。我們的待遇雖少，生活約同你離平那時（去年初夏）差不多，不能算很苦。我的飯吃得還不壞，但是吃飯以外，別的開支只好儘量節省了。反正我現在交際很少，一個人看戲太乏味，請人看請不起，所以戲已好久不看。

我這兩天盼望程綏楚很殷。他已兩月未曾來平，他說南開考完

---

① 張椿華（1924-），京劇演員。天津人。1948年與張雲溪組雲華社。

後即來。我很掛念他。我承認這幾天很感寂寞（Wordsworth又成了最大的安慰），北大的朋友都不能很intimate，程綏楚來了，胸襟可以舒暢些。我很想聽聽他的苦悶（他最近苦悶極了，他的sex urge不夠，可是毫無辦法），他的議論抱負等等。至少可以一起去看看戲。北大的朋友都太正經，至少都比鄭之驤正經得多。興趣好像都很狹，把人生好像看得都很簡單。我總覺得我是不屬於這個圈子的。

學校已經正式通知要把我升級（同時聽說葉維、朱章甦、盧坤緹被解聘），在這方面總算出了口氣了。下學期如果沒有好去處，很可能還在北大。在上海做事，生活圈子未必就能擴大。沒有錢，還是只好同鄭之驤、王棣①等來往。童芷苓現在上海天蟾，從她那裡當然可以多認識些人，但是自己囊橐空空，只好同她少來往。俠苓──她的大哥──曾說要替我做媒，他們那裡自然有漂亮女人，但是認得了有什麼用？俠苓也可說是我的一個好朋友，關係不在程綏楚之下，他們現在全家在上海。你勸我擴大交際範圍，一時不易辦到。

昨天俠苓（他是芷苓的press-agent）的妻舅（brother in law）李鳴盛②結婚。李是天津中國戲院（天津唯一京派戲院）經理的兒子，年齡不過二十一二，唱老生，甚嫩，長得還漂亮，曾經追求過章逸雲③；新娘是紅生白家麟④的女兒，大約是個賢妻良母型。我送了兩百萬元禮，到了那邊因為程綏楚不在，起初很覺無聊。賀客中我只認得一個裘盛戎（他因為同高盛麟爭牌子，並且為了包銀問

---

① 王棣，生平不詳。

② 李鳴盛（1926-2002），老生演員，湖北武昌人。

③ 章逸雲，青衣花旦，為青衣演員章遏雲之妹，。

④ 白家麟，原名白鐵珊，京劇文武老生。

題，沒有跟芷苓去天蟾），裘盛戎身材小臉小（不會比朱光潛大多少），頂喜歡看好萊塢武打電影，崇拜詹姆士・賈克奈①。我曾同他一塊看過加萊古柏的 *Cloak & Dagger* ②，他看時不停地讚美古柏的英俊姿態：「真 swei！」（北平土話）梨園行似乎有個規矩，不能為同行介紹，所以我起初只盯着他。後來發現了一個人，肯定是葉盛章，我就請新郎來介紹。葉盛章臉白，多骨，說了沒有幾句話，我問他邊上那一位是不是他四弟，他才叫：「盛蘭，這是夏先生！」盛蘭（戴眼鏡）有點像周班侯，比周還要白一點，西裝筆挺，但是一打照呼，他那種笑和拱手，一望而知是個北京土著，海派作風還差得遠。後來又認識了譚小培（富英上星期三才續弦，沒有來）、蕭盛萱、林秋雯等③。李宗義④（眉濃身大，派頭不差）、江世玉（像個蘇州店裡的學徒，並不英俊）等沒有講話。趙燕俠、梁小鸞等，禮簿上有名字，不知道有沒有來，女客中似乎並無傑出之人。我覺得梨園行大多有種北平人的虛偽，禮貌之周到同戲院的茶房差不多，dignity 和 self-respect 不夠（裘盛戎的禮節似乎稍差），態度大多有點鄉曲氣（provincial），同那些人交朋友，沒有多大意思。芷苓則天賦聰明，加以見多識廣，應付人總可恰到好處。

　　我覺得運道像潮水一樣，一陣一陣來的。今年三四五月間，我手頭既寬裕，女人方面可說左右逢源，有連着好幾天，差不多沒有

---

① 詹姆士・賈克奈（James Cagney, 1899-1986），美國演員，代表影片有《國民公敵》（*The Public Enemy*, 1931）、《勝利之歌》（*Yankee Doodle Dandy*, 1942）等。

② *Cloak and Dagger*（《斗篷與匕首》，1946），弗里茲・朗（Fritz Lang）導演，賈利・古柏、莉莉・帕默爾（Lilli Palmer）主演，華納發行。

③ 譚小培（1883-1953），老生演員。原名嘉賓，湖北武昌人，生於北京。譚鑫培第五子。蕭盛萱（1917-2000），文丑演員。字仿萊，祖籍江西新建，生於北京。蕭長華長子。林秋雯（1909-1956），江蘇南通人，京劇名演員。

④ 李宗義（1913-1994），老生演員，天津人。

一天不陪着女人玩（快樂嗎？不見得！）。那時董漢槎①的大女兒忽然來平遊歷，我對她當然毫無興趣，但為多接近華奇起見，也陪了她大逛山水，大拍照。最近一月以來，既窮，女人差不多一個也沒有了。華奇我可以不想念她，苦處是她家裡我非去不可（否則事情顯得太嚴重了），去了平白添了些愁。我可以不要她，但假如要我說真心話，我所愛的還是華奇。她們要是搬走了（嬸嬸也在計劃逃難），我的問題就簡單得多。每次看見她，回來就要難過一兩天。看不見她我倒並不想念。我倒希望有個長時期（五六年吧）不看見她，她現在正處在從 child 變到 woman 的 critical age，可能因此特別 shy，等她成熟了，再去追求，反應可能不同。我現在裝作沒有事，還是一星期去一次。李珩的質地較粗，對於人生看法等等，受北大的惡劣影響太深，絕對談不上 culture，不如華奇之全都不知也，待我是不差，但是我有點怕她。我覺得她太認真，我不敢 trifle with 她的感情，也不敢 raise 她的 hopes，所以老是不敢同她多來往。她對於結婚太有興趣，這或者是種健康的態度，但我的態度是不健康的，我希望她能找到一個比較對她合適的人。她在男同學中間的朋友不少，但她有一種盲目的驕傲，似乎有點看不起他們。上星期我在她家裡吃飯，她說起有一個女醫生，很出名，很有錢，但到五十幾歲還沒有結婚，現在很苦，生病的時候連個探望的人都沒有。當時有她一個做軍人（已結婚）的親戚說道：「做醫生的頂好不結婚！」（此人是個粗人）我冷冷地接着說：「做教授的頂好也不結婚。」她說：「做教授的結婚有什麼關係？還不是使他太太多受點罪？」她這一句答覆頂住了我，但使我覺得：我們間的距離越發拉遠了。她假如說：「難道一定要做教授嗎？不可以改行的？」

---

① 董漢槎（1898-1995），浙江餘姚人，企業家，中國保險業先驅之一，是夏濟安父親的老闆。

（這是我們母親的態度）我會對她括[刮]目相看。我認為她並不瞭解我。她的charm在別人心上可以發生更大的作用，她既很想結婚，我想她會降格以求，在畢業前後結婚。假如華奇離開北平，而我還在北大，我一定得謹防與李珩少來往。

　　華奇喚起了我少年時的夢想，使我嚮往，李珩總以現實提醒我，使我退縮。我想我的追求華奇所以失敗，大致她也有她的夢想，而我是代表現實來嚇她的吧？施松卿已是羅敷有夫，不可同日而語，但女人中頂欣賞我的spiritual qualities的恐怕還是她。端午節後我曾小病三天（沒有臥床），別人都相信我的受涼吃壞的理論，惟有她說：「我看你有點心事。」她倒也是個不平常的女子。覆信請仍寄北大。專頌

　　暑安

濟安

七‧五

　　[又及] 不讀暑期學校隨你便。

29. 夏濟安致夏志清（1948年7月10日）

志清弟：

　　掛號信並匯票廿元剛到，鈕伯宏說美國匯票可以照大約黑市九折的價錢出售，我暫時沒有用，先放一下再說。如果沒有人要，當寄還不悞［誤］。去過美國的人都說，這些年拿一百五十元一月讀耶魯一定很不夠用，所以請你以後少寄東西或錢來，因為我在中國可以借錢的地方多，決不致太窘，可是你在外國可以接濟的人少，一定要多預備些錢，以防意外之事如生病等。

　　這兩天我一心在想做文章，精神很緊張。去年那篇 Wordsworth 現在看看差不多句句要改，見解並非沒有精彩處，但要在文章裡站得住，說得中肯，可並不容易。現在已決定不改老文章，另立新題目，是「*Tintern Abbey* ①的分析」，自以為發現不少，可以同 Brooks 的論 Ode 相比，關於 symbolism, ambiguity, paradox 等處可以有些發前人所未發的話，結論歸到 Wordsworth as Mystic-poet，材料已經搜集得差不多，明天大致可以開始。但是好久沒有寫英文，拿起筆來好像很沒有把握，不知道幾天才可以寫完。我同你一樣，讀了 *Seven Types* 以後，對燕卜生很佩服，而且讀詩時每有新見解，這篇文章如能寫成，大致可歸入燕卜生一派，至少是受了燕卜生一派的訓練的結果。今年是北大五十周年紀念，校方要出一本論文集（原定造大禮堂等計劃取消），截稿期各系不同，哲學系要等湯先生回來後再定，英文系是七月十五日，相差沒有幾天，不知道我趕得上趕不上。寧可趕不上，因為論文集要拿給全世界看的，做得不像樣，只有坍自己的台。寫好了如果來不及印，預備給燕卜生看看。

---

① *Tintern Abbey*（《丁登寺》），英國詩人華茲華斯的詩作。

我一定得好好的寫。今年而且是 *Lyrical Ballads* 的 150 年紀念，寫出來有雙重紀念價值。

我們系裡袁可嘉不預備寫，別人寫什麼我不知道，只是燕卜生的是 "Wit in Essay on Criticism"，據他統計，wit 一字在 Pope 這詩裡，一共有廿二種不同意義，大約同他的「word=contracted doctrine」一說有關，我沒有讀到，不知其詳。錢學熙這兩天也在埋頭苦寫，題目是 "Dissociation & Unification of Sensibility"（〈情感的分離與統一〉），大意是 Dissociation 並非 thought & feeling 的 separation，而是 suppression of either——這是心理學的研究；Unification 只有從宗教上可以獲得——拿 Eliot 自己為證。他這篇主要的還是研究 Eliot，歷史上的材料很少。

這兩天興趣全集中到寫作上去，頗有點廢寢忘食之概（身體很好，不吃補藥）。回上海的事不大想起，女人也不想（但所以有如此之勁道，大約同女人有關係，我在昆明有一度寫作興趣也很濃）。如能繼續下去，文章可以出名，生活也許變得單純或單調。我常瞎下決心，今年上半年是決心娶董華奇為妻，現在的決心只是決心獨身——能守得住守不住還不知道，但我近來的確回避女人。心裡一本正經，倒亦有一種快樂。回上海則因為旅費已不愁，有你的美金（父親寄來了三千萬），什麼時候文章寫好就去想辦法走，寫不完就留在北平。我大致一定要回去，不回去似乎太對不住玉瑛，她在家裡很寂寞。

下學期在北大的可能極大。北大別的都還不差，尤其對我這樣一個決心獨身的人很適合，只是學生瞎鬧，越看越氣。學生目無法紀，開會時口號完全是共產黨的話，政府拿他們沒有辦法，讓他們跋扈，我看了很生氣。最近暑假一星期內開了兩次「大會」，一次是追悼開封被炸死老百姓的會（其實沒有炸死多少，他們硬說是炸死十萬），一次是追悼被打死東北流亡學生的會（打死了七個），

並出去遊行，惹得軍警包圍北大，我差點不能出去吃晚飯。我真不相信政府當局為什麼拿學生沒有辦法，他們只求息事寧人，能夠不鬧大就算完事；或者糊裡糊塗瞎打死幾個人，反而把事情弄僵。我看了很生氣。（尤其那種女生，本來就醜陋，在烈日底下遊行開會亂叫亂唱，滿頭大汗，皮膚曬得像牛肉一般，看之作嘔，男生之醜陋更甚。）

回信請寄北大。程綏楚已來，這兩天戒嚴，沒有戲看，我因忙於寫作，也沒有什麼功夫陪他玩。芷苓不在北平，他的精力有無處使用之苦。趙隆勷及其夫人已抽到東齋之簽，現已搬出；你的房間現在由王達津①及其夫人住着。

錢學熙地址是府學胡同北大宿舍：Prof. Chien Hsüeh-hsi, Peita Faculty Dormitory, Fu Hsüeh Hutung, Peiping。你的書寄那裡或寄我都可以。他的 *S. Review* 已收到。末了，謝謝你的匯票！專此　祝

學安

兄　濟安　頓首

七・十・晚

Time 及襪早已收到。

Jean Simmons 的封面國際版印得不清楚，你如有剩下的原版 *Time*，請用平信寄上海。

程綏楚極力勸我早日結婚，這種熱心北大朋友都沒有。他畢竟還是個好人。

北平物價一般：小小食堂半斤麵炸醬連一碗湯約四十萬元；《華北日報》一份四萬元；長安戲院前排五十萬元，*Time*（好久未

---

① 王達津（1916-1997），畢業於西南聯大，先後任教於中央大學、北京大學、南開大學，著有《唐詩叢考》、《王達津文粹》等。

買）一本一百五十萬元，美金一元已在五百萬元以上。

　　［又及］你那篇 *Old Peking Drama* 文章，*Life* [①]駐平特派員 Tom Burke 看後，說恐怕美國人不發生興趣，不要。我已交鈕伯宏，託他帶到美國去想想辦法。

[①] *Life*（《生活》），美國發行的老牌週刊雜誌，1936年由亨利．盧斯（Henry Luce）正式創立，以新聞攝影紀實為主，屬於時代華納公司。2007年正式停止發行印刷版，將內容全部轉移至網路。

30. 夏志清致夏濟安（1948年7月15日）

濟安哥：

上次寄出二十元匯票後，應該就寫信給你，可是上星期忙着搬進宿舍，這星期初又忙着搬出來：非但有四五天沒讀書，連寫信的空也沒有。匯票想已收到，是New Haven本地小銀行打給Chase Bank的，大約兌現還容易。假如北平按黑市價兌現不容易，不妨返滬後由父親換去，暑假內也可多些零用，手頭活絡些。請不必退還，二十元在這裡什麼地方都可省掉。上星期三搬進2771號房間，房子當然比紅樓或Mansfield St.木頭房子好得多，都是石頭砌的，夏天很陰涼。2773號就是李賦寧的房。可是窗沿街，日夜汽車的聲音不絕，不能入睡，也不能工作，試驗了五天，這星期一重新搬進了老太婆的家。老太婆固然討厭，可是她學問一點沒有，住在她那裡，好像住在家裡，精神可以不緊張。住Grad. Hall好像住旅館，要敷衍的人太多，每日三餐都得上館子，費用太大，用公共廁所也感不方便。朝夜同中國同學在一起，占去時間太多：上星期五天中，去過一次海濱，一次電影，一次Savin Rock。搬回來，讀書efficiency可保持原狀，*The Armed Vision*已看完，以後不看閒書，專攻拉丁。（*The Armed Vision*內最捧Blackmur, Empson, Richards, Burke，對Eliot比較unfair，完全看重scientific criticism；書已於日前寄兆豐別墅，由你轉交錢學熙。）

我有一種beguiling innocence（具有欺騙性的單純），常常受人信任，接收人家的confidences。這次我住吳志謙的房，我不住後，他得撤退，免得多付房錢。他人在紐約，叫我代pack行李，他不特抽屜內信札文件一點沒有藏去，並把箱子的keys都寄給我。今天上午我把他東西都整理就緒，安置另一同學的房間內。人家這樣相信

我，這種經驗我生平還是少有。此人腦筋昏亂，記憶惡劣（第一次
寫信給我，信封上：Mr. Janathan Hsia, c/o Miss O'brien，信內又
repeat一下，英文usage的不熟悉可想）。他看不起李賦寧，可是成
績遠不如他，我一來，他就有了崇拜的對象，我的話差不多他都
聽。我勸他買Harrison新編莎翁的Plays，他就買；我買*Armed
Vision*後，他也買了一本。現在李賦寧佩服我的程度已不下於錢學
熙對我的佩服：有一次，我同他看電影出來，喝啤酒，他問我他在
北平昆明所看已忘片名主角的影片，我一一回報得出，使他大為詫
異。暑假後每天吃飯時談話多，對我學問的廣博益發佩服。他本人
記憶平平，常識極缺乏，英文寫得也一無distinction，政治智識和
周班侯一樣昏亂。昨天他發表議論，要叫清華政治系主任張和錢端
升輩來執政，一般地反蔣和mild的左傾。他比我多的就是四年的
class work，沒有take過courses的東西一點也沒知道。有一次飯廳
內他問外國人什麼小說是*Moby Dick*，另一次他請教外國人關於
Kafka①。Yale研究院的文科學生intellect都差不多，比我低。哲學系
的方書春在中國南方也算個新詩人，力捧穆旦②；有閑時不時研究
Auden, D. Thomas③，所讀過的英詩大約不外莎翁的Sonnets, Omar④，

---

① Kafka（Franz Kafka弗蘭茲・卡夫卡，1883-1924），奧地利現代主義小說家，代
　表作有《審判》（*The Trial*）、《變形記》（*The Metamorphosis*）、《城堡》
　（*Castle*）等。
② 穆旦（1918-1977），詩人，原名查良錚，祖籍浙江海寧市，生於天津。九葉詩
　派成員之一。代表作有《穆旦詩集（1939-1945）》等。
③ D. Thomas（Dylan M. Thomas托馬斯，1914-1953），英國詩人，以《死亡與出
　場》（*Death and Entrances*）最為知名，被認為是奧登之後的重要詩人。
④ Omar（應該是指Omar Khayyám歐瑪爾・海亞姆，1048-1131），伊朗詩人，英國
　詩人愛德華・費茲傑羅（Edward FitzGerald, 1809-1883）選譯其《魯拜集》
　（*Rubaiyat of Omar Khayyám*），在英語世界影響甚大。

A.E. Housman [1], Auden, Thomas。他同我很親近，比較最不客氣。語言系的張琨[2]，是羅先生的高足，是清華國文系轉攻語言學的。他在linguistics中國的地位占第五位，人很好，去年讀了一年希臘文。數學系的許海津，同程明德[3]一樣在美國也發表過paper，英文程度差極，菜單、報紙都看不大懂，有一次看到一個戲院的話劇招牌"A Fireman's Flame"，他說「Fireman的名譽」並問我Fireman是什麼意思。這幾人都是吃飯時天天見面的。最近新來一位孔子的嫡裔孔德成[4]，在國內是特任官，這次出國每年有一萬數千元美金。他沒有受過普通教育，英文差不多一字不曉，人生得魁梧，很直爽，一點沒有孔子的wit，發現我同他的common ground只有京戲可談。他的計劃大約是旁聽Yale的哲學，能夠聽懂教授的lecture大概還得待以時日。

我搬回Mansfield St.後，計劃每天在外面吃飯一次，早餐午餐在屋內吃。中午跑一趟太熱，花費又多。昨天order了一隻切成塊的生雞，一打雞蛋，一罐頭peas，一罐橘汁，牛油，麵包，共四元一角五分。Chicken每天要吃，在煤氣灶oven內烤一塊，又嫩又入味，有冰箱就方便。同學在宿舍內也有一年四季同許魯嘉一樣在室

---

① A.E. Housman（Alfred Edward Housman阿爾弗雷德‧愛德華‧豪斯曼，1859-1936），英國學者和悲觀主義抒情詩人，著有《什羅普郡一少年》（*A Shropshire Lad*）。

② 張琨（1917-），美籍華人，漢藏語言學家，台灣中央研究院院士，1947年留學美國，1955年獲得耶魯大學語言學博士學位，任教於西雅圖華盛頓大學，1963年至加大柏克萊分校，為趙元任的接班人，著有《藏語口語讀本》等。

③ 許海津，生平不詳。程明德（程民德，1917-1998），江蘇蘇州人，數學家，中國科學院院士。1949年獲得美國普林斯頓大學博士學位。

④ 孔德成（1920-2008），字玉汝，號達生，是孔子的第76代嫡長孫。襲封31代衍聖公、大成至聖先師奉祀官，曾任教於臺灣大學、臺灣師範大學、輔仁大學等，曾任考試院院長等職。

內煮菜的，靠一隻電爐做世界，在國外更顯寒酸。你同平劇界交情已很深，也是一件 achievement；前次寄來趙燕俠的彩色照片，已失去她的 girlishness，很老成的樣子，大約照片拍得不好。我在 New Haven 不想什麼女人，Grad. school 有一位經濟系的 Shirley Miller 生得還可愛，已有固定的男友了，最近在電梯上同她通了一次姓名。

這次升級講師，在北大可抬得起頭，假如北方情形不惡化，要教書恐怕還以北大為妥。華茲華斯的 revision 已寫就否？甚念；一年多的研究，一定對華有了新的瞭解。李珩的確很 crude，說話舉止沒有你所欣賞 Joan Leslie, M. O'Sullivan 的 modesty；華奇那方面也不妨暫時擱一擱，你的 proposal 反正在她腦裡已留下很深刻的印象。回滬一趟，幾月不見，再見面恐怕會更親密一層。錢學熙的覆信還沒有寫，真不應該。預備今晚寫就，同時寄出。SR 的 Ransom 專號已出版，南派人都寫文讚揚他，可惜討論的都是他的詩，而不是他的批評；Ransom 喜歡弄 theory of poetry，不能得到公共的同意；錢弄 theory，也有同樣的危險。夏季號 KR 有 Ransom 的 "The Literary Criticism of Aristotle"，沒有特殊貢獻（Johns Hopkins Symposium 的講稿），可是很長，可補充錢的講義。前星期看了 Emperor Waltz [1]，Billy Wilder [2] 導演有劉別謙 [3] 作風，這星期看

---

[1] Emperor Waltz（《璇宮豔舞》，1948），歌舞片，比利·懷爾德導演，平·克勞斯貝（Bing Crosby）和瓊·芳登（Joan Fontaine）主演，派拉蒙出品。

[2] Billy Wilder（比利·懷爾德，1906-2002），美國導演、製作人與編劇家，也是美國史上最重要和最成功的導演之一，曾六次獲得奧斯卡獎。代表影片有《異國鴛鴦》（Ninotchka, 1939）、《失去的週末》（The Lost Weekend, 1945）、《璇宮豔舞》等。

[3] 劉別謙（Ernst Lubitsch, 1892-1947），猶太德裔美國人，導演、演員、製片人。1946 年獲得奧斯卡終身成就獎。

MGM（Irving Berlin①）的 *Easter Parade*②，J. Garland, Fred Astaire③
合演，恐怕是近年米高梅最好的歌舞片，看得很滿意。何時去滬，
我近來除讀拉丁外，不作任何打算。即祝
　　康健

弟 志清 上
七月十五日

---

① Irving Berlin（艾文‧柏林，1888-1989），美國猶太裔詞曲作家，被認為是美國
　歷史上最偉大的詞曲作家。
② *Easter Parade*（《復活節遊行》，一譯《花開蝶滿枝》，1948），歌舞片，查爾
　斯‧沃特斯（Charles Walters）導演，裘蒂‧加蘭（J. Garland）、弗雷德‧阿斯
　泰爾（Fred Astaire）主演，米高梅發行。
③ Fred Astaire（弗雷德‧阿斯泰爾，1899-1987），美國演員、歌手兼舞蹈演員，代
　表影片有《花開蝶滿枝》、《金粉帝后》（*The Barkleys of Broadway*, 1949）。

31. 夏濟安致夏志清（1948年7月15日）

志清弟：

這兩天感情動盪，不能自主，現在半夜十二點已過，猶草草寫封信給你，必定有不能不告你之事。

我近日正忙寫 "Tintern Abbey" 研究，惟程綏楚時來打擾，文思時斷時續，加以我自己的種種弱點，文章進步很慢，大約還要半個月才能寫完。半個月後，是否去滬，現在還難說。

近日有一個新的女性，進入我的生命，後果如何，現尚難言。她叫劉璐，是南開西文系二年級學生，因嫌南開不好，要轉北大三年級。由程綏楚之介紹來見我，我（七月十三）看見了一怔，因為她實在是個美人，不在李彥之下，可能在李彥之上。程綏楚早就對我說要帶一個漂亮女子來見我，我以為他吹牛，從沒有認真。一見之後，我很有點窘（我在室內只穿一件汗衫，雖然程綏楚曾提醒我早晨十點他要陪她來看我的，他住在三樓309號）。那天談談兩校西語系的比較之後，我請她及他吃飯，飯後程陪她去報名。第二天她來拿北大的文學史與 *Golden Treasury* [①]，準備考試，又坐了一回。最近她還會來，要拿她的作文等等讓我看看。

她第一回看我之後，我整天昏昏沉沉，結果還是說獨身主義的好。第二回我決定打破獨身主義了，那天神清氣爽得很。mood 和決心的變化以後反正還多着。

要追求她，當然不容易，她是美人，必定 self-conscious 得屬

[①] *Golden Treasury*（《英詩金庫》，1861），英國帕爾格雷夫（Francis Turner Palgrave）編，全書收入144位英美著名詩人寫於16世紀末至19世紀末的共433首抒情詩。

害。假如完全是我一人進行，我必定手足無措，現在有程綏楚在一起，事情比較簡單。因為他已經同她和她的家庭混得相當熟（她的哥哥是南開史學系學生），而且他臉皮厚，可以說些我所不敢說的話，那天沒有他，我一定請不動她去吃飯的（女人先總推辭，男人得堅持）。程綏楚預備在北平度夏，他希望我不走，等她考完後，一同出去玩玩。程綏楚不是情敵，他嫌她太溫柔，沒有豪邁之氣，不如他的「四姊」（他稱童芷苓），不大有興趣。他是心裡藏不住話的人，所以我很放心（他追求過南開另一位女生，她在天津讀過他的西洋通史，據說成績為全班之冠）。我希望能打進她家庭裡去，她父親是天津律師公會會長（在平津兩地掛牌），也許認得娘舅，慢慢的可以搭關係。可能我也會突然灰心，往上海一走。身邊有錢覺得行動很自由。

今天晚上程綏楚又來瞎談，他說起追求劉璐，不大容易，我心裡冷了一下。他又說了一句話，這句話使我痛心了好大半天，至今我不去睡而在這裡寫信者，就為了這句話。他說，「還有一個人將來一定是個大美人，可惜我們年紀不對了，就是你那親戚匯文小學的那位。」他還說，「她一定有個姊姊，你想追，追不上，所以老往大柵欄裡去轉。」（大柵欄是童宅所在）我突然瞭解我所損失的是多麼寶貴！因此心中大為難過。後來他又講起童芷苓等等，我猛然把童芷苓天蟾舞臺的戲單說明書（就在桌上）撕破了一張，惹得他大生氣。後來我把頭埋在手臂裡，半晌不說話（這種表情我在人前是不常做的）。他很同情地說，「我知道你是在想四姊了。我看你痛苦得很。」我說我只是瞌睡，把他送下樓去。

他還以為我頂care的還是童芷苓，因此常常瞎吃醋，其實我自始至終，從來沒有對童芷苓或葆苓起過愛慕之感。華奇我已不想了好幾天（我去了封信給嬸嬸，說我在趕寫論文，沒有功夫出來），想不到今天還可以陷我於這麼大的痛苦。明天想抽空去走一次。正

是：最可歎功敗垂成，有何心另闢天地？

　　劉璐皮膚白中微紅，眼睛是鳳目，鼻子端正得很，小口，下巴微翹，舉止打扮言笑都有大家風範，身材不大不小，一看誰都認為是美人，勝過童氏姊妹（她們到底是風塵中人），北大無有其匹。

　　我這幾天不大出去，整天躲在「繡樓」上，用錢很省。生活應該很簡單，想不到如此波濤起伏也！匆匆　即頌

　　旅安

濟安　上

七月十五晚

　　你自己的生活平凡，聽聽我的苦悶，想必有趣。覆信仍寄平。

　　虧得有程綏楚。沒有他我的生活要變得同趙全章、袁可嘉一樣枯燥了。

32. 夏志清致夏濟安（1948年7月28日）

濟安哥：

　　上星期五晚上在信箱取出你的兩封來信，一路讀回住所，很是興奮，當晚沒有念書。最近你的生活離不開女人，這次又有新的女人進入你的生命，希望好是［自］為之，不要讓她輕輕跑出。劉璐，在你的account上，的確較別的你所認識的女子為理想：她既是美人，值得把［花］功夫上去，你近來學會的patience和gallantry，可以討她歡喜，不會再有和李彥那種緊張和不自然。她進北大英文系，以後和你接觸的機會更多，只要你不以為她是tangible（真實的）結婚的目標而退縮，希望很大。北大男學生和同事間很少可以同你intellect和appearance相比的。暫時不妨一方面多指導她的英文（到你房間補習也無不可），一方面偶爾date她，表示你對她的興趣不單是學問上的。很關切這幾天來進展怎麼樣了。

　　我很瞭解你十五日晚上的心境：由一段對話，一樁小事，突然reveal所忍受的full extent of misery，這是好小說的技巧，也是實生活的情形。董華奇雖然好，究竟還是小孩，暫時可不必考慮她。我相信你對她已留下極深刻的印象，你不去她家裡，她一定感到很寂寞。可是她還沒有到能接受你愛的年齡（Alyosha的Lise恐怕已是十三四歲），所以對於what might have been不必有太大的regret。人生capacity for emotion時間不多而為精力限制，所以應當把emotion bestow在比較practice的地方，不應該浪費。我勸你進攻劉璐，當她是結婚的目標而進攻。可喜的事，你在對女人的excitability方面較我強得多，較我年青［輕］得多，我對於女人美的感受力已較前差得多了。

　　*Tintern Abbey*已完稿否？甚念。該詩確需一番大大的分析工作，是apparently華氏一個很好地focus，希望能趕上北大紀念刊。暑期來你的生活可算得rich，寫作上和愛情上都有新的發展，這樣生活才有意義。我的生活平凡得很，大部分時間都花在讀拉丁，有時整天不出門，很是寂寞，去Grad. Hall看中國同學可以散散心，也無多大意思。不敢多花錢，吃飯也力求節省，生活的派頭已不如在北京時。New Haven天氣很風涼，最熱也還不過九十度左右，每天出門可以打領帶穿coat，夜間睡覺要蓋被，北平、臺灣都比New Haven熱。每星期看一次電影，最近看華納的*Key Largo*[1]，由Bogart[2]、Robinson[3]、Bacall[4]主演，很是滿意，Bacall這次是第二次看她，很impressive。今夏預備返家否？我想雖然和進攻劉璐的計畫衝突，也得抽空回去一次，否則，正如你所說，有些對不住玉瑛，也使父母失望。我身體很好，最近檢查一次血壓，已降至一百二十度，大約美國吃飯極少鹽分的關係，使我很放心。程綏楚有夢想，講派頭，不失為「真」人；他寫的和童芷苓離別之情，雖是老式文章，大約本人情感很豐富。錢學熙的「Dissociation & Unification」

---

① *Key Largo*（《蓋世梟雄》，1948），據安德森（Maxweill Anderson）1939年同名戲劇改編，亨弗萊‧鮑嘉、愛德華‧羅賓遜、白考爾、克萊爾‧特雷弗（Claire Trevor）主演，華納發行。

② Bogart（Humphrey Bogart亨弗萊‧鮑嘉，1899-1957），美國演員，代表影片有《馬耳他之鷹》（*The Maltese Falcon*, 1941）、《北非諜影》（*Casablanca*, 1942）、《夜長夢多》（*The Big Sleep*, 1946）等，1952年以《非洲女王號》（*The African Queen*, 1951）獲奧斯卡最佳演員獎。

③ Robinson（Edward G. Robinson愛德華‧羅賓遜，1893-1973），羅馬裔美國演員，好萊塢黃金時代頗受歡迎，代表影片有《小凱撒》（*Little Caesar*, 1931）、《蓋世梟雄》，曾獲奧斯卡終身成就獎。

④ Bacall（Lauren Bacall白考爾，1924-2014），美國女演員，代表影片有《夜長夢多》，《雙面鏡》（*The Mirror Has Two Faces*, 1996）等。

想寫得很好，代問候。自己身體珍重。即祝
　　暑安

弟 志清 上

七月廿八日

Simmons封面的 *Time* 當寄上不誤。

33. 夏濟安致夏志清（1948年7月26日）

志清弟：

接來信知已搬回曼殊斐爾街，我曾有兩信寄2771號，想已收到為念。

上信提起劉璐之事，現此事已稍有發展。程綏楚的確為我幸福着想，替我開路，殊應我弟兄二人同聲感激。

劉璐的英文並不好，如果考取了北大，也會拿六十幾分及格畢業（在南開拿七十幾分，但南開的英文系大二英文仍讀Tanner，水準很低，的確不像個英文系），但轉學北大非常困難，照她那點成績，朱光潛絕對不要的，她的錄取希望很微，我們要在北大朝夕相見恐也不能實現。

昨天（廿四）她的轉學考試，一天考畢（上午英詩、文學史，下午英散文、中文），我們一天接觸了好幾回，我的印象大致是她考得不行。午飯是我請她吃的。我監了三堂新生考，共六小時，已覺疲勞非凡，她共考了八小時，加以女孩子的特長滴水不飲（因此也不出汗），天氣又熱，我想她一定也很疲乏。我四點鐘監完，洗了一個澡，在程綏楚室內（309室，現為程所獨佔）等她。她六點鐘國文考畢，我叫了三客霜淇淋在程綏楚室內吃掉，我本來想這樣就算完了。可是程綏楚堅持非要大家一塊去北海不可，他早晨睡晚覺，下午又大睡午覺，精神十分充沛。他早就要我同她到北海中山公園等處去補習，他說：「她現在要利用你補習英文，你就得利用她！」她來了四次以後，他就問：「已經四次了，你kiss她了沒有？」虧他問得出的！我想考前去浪費她的光陰實非正人君子所應為，沒有聽他。他覺得考試那天是最後的機會，必定要抓住，否則考完了我同她就將漸漸疏遠，很難補救。他命令我上樓去換衣服，

並帶照相機下來，劉璐幾次要走，都被他喝住。程綏楚常常對她瞎橫一陣，他自己英文是個大外行，未必比她好，偏喜歡瞎指導她。他自己故意換了身中國短衫褲，外加夏布長衫（他後來說，為了要表示他是並非去追求的）。（他後來又說，我在樓上換衣服的時候，他丟了只梳子給她，說道：「你看夏先生去換衣服了，你快快把頭髮梳梳，一塊去吧。沒有鏡子，你就在玻璃窗裡照照得了！」她果依言而行！）我本來穿的是中裝，換了身香港衫西裝褲，我不敢太漂亮，一則時間來不及，二則她今天來應考，穿得樸素，我不能outshine她。到北海已七八點鐘，爬了一陣山（我不疲乏，她似乎一點也沒有什麼），照了五張相。照相的成績不會好，天色已晚，加以多雲，我好久未拍，照來毫無把握。又到漪瀾堂去喝些可口可樂，吃些點心。我想請她吃夜飯，但看天上有雨意，她要回家，我想今天興致已盡，不再強留，送她到門口，讓她走了。

程綏楚的斷語是：她芳心已動。他說：「你們江蘇人真厲害，真會獻媚。」大致我所說的話還能使她覺得有趣，她不斷的笑，露出一口雪白整齊的牙齒。我屢次碰釘子之後，對付女人的技術多少總得進步些。程綏楚在漪瀾堂四處瞎看女人，我的眼睛卻很少離開她。程綏楚說：「她以前不知道我們之間到底誰在追她，今天她明白了。」

回到學校已九點鐘，我想草草吃點夜飯，晚上還可以看點書。程綏楚說：「今天晚上還要用什麼功？我請你到一個地方去晚飯，吃你們蘇州的油豆腐線粉，快去快去！」我對於吃還有點好奇心就跟他走了，他不許我坐腳踏車，以15萬元一輛的代價，坐兩輛三輪到西柳樹井（華心戲院之西）。下車以後，他領我走了兩條黑沉沉的胡同，卻巧碰着停電，我跟了他瞎走。走到一座門口，門上有「春X院」三字（應該是「春豔院」），他朝裡直闖，我才想這不像是飯館，一進去立刻明白原來是到了妓院來了。他很熟門熟路的

（似乎有個人領他），走進一間小房間有個女人進來，他介紹說：
「這是翠弟」，又問我：「像不像Fourth sister？」這個女人第一眼給
我的印象並不好，他看我反應不怎麼起勁，解說道：「現在停電，
等一回你再看吧！」電來以後，我們移到一間較寬敞的房間，這是
翠弟的sitting room（她的bedroom裡似乎另有一客）。翠弟的面孔
生得笨頭笨腦，我很不喜歡，不過肌肉的確豐腴，臂腿都是圓而
嫩，乳峰也是圓而挺，身材比我略矮，程綏楚的taste還不差。那裡
是南方堂子（韓家潭胡同都是第一流南方堂子），一片蘇州口音。
我們吃了兩碗油豆腐線粉，線粉中並無油豆腐，有雞、肚子、肝等
為佐，味甚鮮，有點江南味道。附近有南方小館子，專做堂子生
意，價不貴。程綏楚希望我"choose one"，我毫無興趣，劉璐那段
經驗還來不及咀嚼，怎麼能再去找一個？他希望我正派邪派女朋友
各來一個，但是我對於妓女絕不會發生興趣，她們知識太低，只有
一樣可談：中國電影。她們都很虛偽，虛偽得討厭，因為太笨。我
的lust不強，並不想憑妓女來解決性欲。我假如要去嫖，只有一個
可能：向女性報復，但我現在心裡很滿足，並不恨什麼人。程綏楚
有我在旁，不便動手動腳，事後很抱怨。但一次「茶圍」，只花了
兩百萬塊錢（點心錢另算），還抽了她們幾枝飛利浦馬力斯（市價
一百三十萬元一包），總算便宜。過夜聽說從六百萬到兩千萬，視
妓女之demand而定，像翠弟那樣聽說很忙，不容易留宿，每次大
約得花一千萬元以上（現在美金一元市價已達壹千萬）。

　　回到紅樓已十二點半，我一點多鐘睡。次日（廿五）六點多鐘
即起，又監了六小時考，人倒還不覺得怎麼疲倦。

　　我不回上海的可能愈來愈大，拿回滬的旅費（頭等艙一億以
上，霸王機兩億以上），在北平同劉璐一塊兒玩，可以很快樂的過
一個暑假。劉璐是個「善人」，同想像中的瑪琳與莎莉文一樣的
sweet，其intellect大致亦相仿。我看她是比較passive的，追求得要

逼得緊，但我常常「想」多於「行」，懶得去追，所以恐怕難有結果。至少在我主動的採取任何動作以前，還得靠程綏楚拉攏幾次。我現在沒有什麼 passion，只有一點可談，我是 enjoy her company 的。我同時也是 proud of her company，所以趙全章、袁可嘉等都已經知道我有這樣一個女朋友（以前他們只知道我有童芷苓）。我現在相信 passion 亦得漸漸而發，如多來往幾次，心情當有變化。

劉璐做我的妻子，認為已夠幸福，但我現在理智進步，理想中的女人頂好還能夠俏皮刺激一些（cute-poignant [伶牙俐齒]），光是 sweetness 似乎還不夠。我現在的 dream girl 是 Jean Simmons。

程綏楚在南開追求過一個廣東女生，結果失敗，他做了首長詩（七言），以志其事。這首詩寫得很 sober，很深刻，我看了很感動，我已叫他鈔 [抄] 一遍給你看看。他在我們前似乎一向扮演丑角，現在我才知道他實在比我 romantic。我幾次的戀愛經驗，那裡有他那樣的文學作品來記錄下來？他說，他要替童芷苓寫一首詩，總是沒有靈感——這是真話，passion 是不能勉強的。

我寫華茲華斯時的 distraction 之多，你當可想像得到。但我無論如何要在本月底寫完它，下月起可以行動自由。程綏楚很反對我這種寫作，他說：「你實在是想做湯用彤的乾兒子了！」

有一次李珩來，碰見程綏楚。程綏楚對她大表不滿，說她「目露淫光，口吐淫火」，「恨不得想把你吞下去」，而且說話的口氣儼然以未婚妻自居。事實上，我同她已好久沒來往，放暑假後，只去過她家兩次，她就只來了這麼一次，只是她 tact 太差而已。程綏楚對她頂大的 objection 是醜陋。華奇已好久未見，上回我去她家，她已到天津去了。嬸嬸最近因董先生久未寄錢給她，而生活日漲，心境很壞。董先生近在上海用廿五根條子造新房子，她性子驕傲，怕人家說她投靠於他，故意不搬到上海去，事實上雖然她亦很怕共產黨。華奇雖然曾引起我很強烈的 passion，但我始終沒有下決心，否

則我不會這樣忍住不去對孃孃declare的。孃孃說算命的說她五六月份很倒楣，七八九月有喜，不知道有些什麼喜？她三四月間算命的也說有喜，結果她的媳婦添了一個女小孩。我想利用她的迷信，陰曆七月以後去求婚，以應她的「喜」，但現在有了劉璐，我想我不會再去求華奇之婚了。我相信華奇亦能appeal to my imagination，但她到底是屬於將來的，而劉璐則是已經ready了。

鈕伯宏已離平，繞道歐洲返國，約十月可返美。他很想在美國多認識幾個中國朋友，我已把你介紹給他（地址寫的是2771號）。他是個善人，年紀還輕，返美後還要從大一讀起。他行前曾請我看兩次戲，一次尚小雲①的雙齣——李三娘（《白兔記》）、《大破天門陣》plus小翠花②的《大劈棺》）；一次是趙燕俠的《紅娘》plus《刺巴傑》。兩次都乏味得很，尚小雲還是討厭，小翠花的《大劈棺》我看不如童芷苓，雖然童的也沒有意思。趙燕俠變得惡俗不堪，《刺巴傑》尚可一看，《紅娘》極壞，唱調不知唱些什麼，每個要拉長的字的下面都加了不少嘿嘿之音，唱時拗頭力頸，似乎在學尚小雲，而且常常無緣無故將頭側着，眼皮翻上翻下，以待台下的大叫其好。我對於京戲的興趣，漸漸的減到快沒有了。我本來有幾天覺得做人的pleasure只剩下去寫文章一事（但是寫文章太吃力，幾個鐘頭一寫，人就exhausted了），此外什麼都沒有意義。現在又將入戀愛之門，不知將混些什麼結果出來也。專祝

　　近安

濟安

七月廿六日

---

① 尚小雲（1900-1976），京劇演員。名德泉，字綺霞。河北人。四大名旦之一，尚派藝術的創始人。

② 小翠花（筱翠花，1900-1967），花旦演員。原名于連泉，又名紅霞，號桂森。祖籍山東蓬萊。

34. 夏濟安致夏志清（1948年8月1日）

志清弟：

　　與劉璐的愛情仍在順利中進行，這是我生平第一次懂得什麼叫
courtship，也是我生平第一次正式的享受到feminine intimacy。沒有
程綏楚，我自己決計弄不到現在這點成績，他說，沒有他，我半年
都不會和她這樣熟。我看是如叫我一個人進行，我是一點辦法都沒
有。程綏楚用了不知多少哄嚇騙的手段，才能佔用她這許多時間。
他說女孩子一定要騙出來，騙了出來就慢慢讓她回去。最近的發展
可略告如下：

　　七月廿八：下午她來這兒，與錢學熙及程同在學校附近吃西
瓜；錢回去，三人同去逛市場，吃霜淇淋；前門外吃飯，看毛世
來①《十三妹》；晚上我一人送她回家。

　　廿九日：中午我去她家吃午飯；下午同去中山公園品茗，程已
先在，拍照，在西單吃晚飯，在長安看張君秋的《起解會審》，我
一人送她回家。

　　卅日：程返津（去看考卷，亦許還有別的原因，約有一星期耽
擱），我因疲倦且經濟上亦不敷，一天未出外。

　　（昨日）卅一日：我中午去她家，飯後同出取相片，在「大華」
看 The More the Merrier ②（J. Arthur ③，J. McCrea ④，生平第一回一男

① 毛世來（1921-1994），旦角演員，祖籍山東，生於北京。

② The More the Merrier（《房東小姐》，1943），喬治・斯蒂文斯（George Steven）
　導演，珍・亞瑟、喬爾・麥克雷、查爾斯・柯本（Charles Coburn）主演，哥倫
　比亞影業發行。

③ Jean Arthur（珍・亞瑟，1900-1991），美國女演員，1930、1940年代當紅影星。

④ Joel McCrea（喬爾・麥克雷，1905-1990），美國演員，參演超過90部影片。

一女的看電影），逛書店，我買了一本七月份的 *Photoplay* 送她，又買了三張教廷（梵蒂岡）郵票（她是基督徒，非天主教），在東安市場吃霜淇淋長談甚久（以前因程的話太多，我說話機會不多）。她自回家吃飯，但晚上另有其他發展詳後。

程綏楚的計畫之周密令人佩服。他對這件事的興趣，除了要玉成我們這對璧人以外，還有二點：一是 malicious（蓄意的）的，他要打倒劉璐早先認識的一位男同學，他認為他不 deserve 她，這幾天因為劉璐常常在陪我們說，此君一定很痛苦。二是他對於自己計劃的得意，看見他每一個計劃無不實現，認為自己的理智真了不起。

他計劃之周密可舉一例：那天毛世來的座位，他把我們兩人排在並排，在過道的這端，他一個人坐在那端，成（ ）這樣形狀。戲散後，他命令我送她回去，但他說忘記叮囑我一句話，就是在她門前我應該和她握手。所以第二天看張君秋以後還是我送她回去，我因為腦筋有點糊裡糊塗，臨時居然有膽伸手出去同她握。我回來後，程綏楚詳細問我這手是如何握的，還是她伸直了給我握呢？還是她亦握我的？握的時間？強度？他在同我研究這個問題時，同我大握其手，以求知道當時的確切情形（情形我認為是不差）。他去天津之前，叮囑我兩件事一定要做到，一件是我請她全家去聽一次戲（這件事待做，但不難）；一件是我一個人約她出來看一次電影，看電影的時候，應該做兩件事，第一把橡皮糖剝了紙皮送到她嘴邊去（我已做到），第二我應該利用黑暗之際摸她的手，摸法有二：一是左手將她手拿着，右手輕輕地拍她手背；二是我的手心同她的手心纏綿摩擦。我在「休息」之前不敢做，怕她中途一怒而走；「休息」之後，我是依計而行，她沒有什麼抵抗。程綏楚已定下兩個大題目，一是 kiss，二是求婚，這得等他回來後好好安排。照他的計劃，兩三個月後可以訂婚，我完全依計而行，自

己一點計劃都沒有。這件事情如能成功，也可說天下一大奇事。

劉璐這人真好，sweet極了，脾氣溫柔，態度嫻靜，表情可是亦很豐富。明明知道程綏楚大弄陰謀，她從沒有想過用什麼counter-plot來對付他。我昨天問她在南開是否常常有人寫信給她。她說有。我問她迄今為止已有多少，她不肯說，我說是by hundreds？還是by thousands？她想了一想說，大約一千封不到。她都讀過，而且還保存得好好的。我說：「請你同情他們，我假如早幾年認識了你，我也會寫那種信給你的。」她待我可算不錯，舉了一例：那天在中山公園品茗，程綏楚要替我們兩人照一個合影，她非但不反對，而且自動的把籐椅向我這邊一移，我自然也向她那邊一移。我相信這件事會成功，因為發生得太蹊蹺，我自己沒有用什麼功，也沒有轉什麼念頭，居然會發展得這樣順利。不是造化弄人，豈是姻緣有定了。

前兩天我心頭有一件事痛苦，就是論文之事。我已答應在七月底做好，可是連日如此之忙，那有餘力從事寫作？所以想起論文，我就難過，白相也白相得不痛快，而且心中有點恨程綏楚（他如果再晚兩個禮拜把劉璐介紹給我，那多好呢！）。做論文是很辛苦的，男女社交也是很辛苦的，我生活的緊張使得朋友們擔心我的健康，金隄勸我放棄論文，我想要放棄還是放棄戀愛。結果當然戀愛是一點也丟不掉，論文差一點要丟掉。經錢學熙力促後，如果朱光潛讓我晚點繳卷，我還是想法趕完它（有幾天，我想兩樣都放棄，回上海一走了事）。

我的經濟情形並不甚佳。你的匯票尚未易成美鈔，大約幾天內可易成可得18元。換來後我有點捨不得用掉，父親那裡接濟還沒來，他近來經濟情形還不差，如果暑假裡肯讓我用掉二億（霸王機票一張），你的美金則放在一傍，作臨時救急之用，我相信今年暑假一定可以過得很痛快，追求也許可以成功。

　　還有個好消息：董華奇已經同我重歸於好。我同她已經一個多月沒見面，昨天送劉璐上車後，我帶着很愉快的心情，去至董家。我早就要學弗雷亞斯坦，昨天倒做像了。我說：「好久不見了」，她只「m」了一聲，隨即把頭低垂，我蹲下去看她的臉，兩人視線不得不接觸一下。後來我釘住她很肉麻的訴了一陣苦，我說「你笑一笑，好不好？」她雖然把頭別過，但忍不住噗哧的笑了一聲。她天津的表姐（「福爾摩斯」）和表弟亦在，我們玩了一會牌，她先極力避免同我的手接觸，可是有些遊戲兩個人手非拍在一起不可。我們打 bridge 是 partners。有一次遊戲我輸了要懲罰唱什麼的，她點了段《拷紅》。我認為華奇是始終愛我的，但是她脾氣大，容易生氣，而且容易把氣悶在肚子裡。我假如同別人結婚，她一定非常痛苦，我認為她很有點像林黛玉，劉璐則像薛寶釵（並非故作多情，我真有此感）。兩個人我得了任何一個，我都是很幸福的。只要有董華奇，劉璐的事成功不成功，我並不怎樣關心。上海當然是不回去的了，再談。即頌

　　暑安

兄　濟安　頓首
八月一日

　　PS：八月一日下午同去中山公園，在來今雨軒喝冷飲，吃大菜，拍照，飯後一直步行到故宮，始雇車送她回家。問光華大學的汪公借了錢出去的。

35. 夏志清致夏濟安（1948年8月11日）

濟安哥：

上星期收到七月廿六日的信，昨天又收到八月一日的信，每封信都重覆［複］看了好幾遍，我近來生活平凡沒有事情比你的courtship給我更大的興趣。你進展的順利和迅速是我寫上一封信時所預想不到的，我以為你不肯很快除去做先生的尊嚴，但這次卻純粹的以suitor姿態出現，進攻的勤和response的好，使我着實高興。我想這件事大部分是成功的了；除非是姻緣，不然你不會這樣docile（溫順）地接收程綏楚的指導，對方也不會這樣willing接受你的courtship。寄來三張相片，劉璐都顯出很溫柔而sweet，態度端正，尤其以和你合拍在一起的那張最好，雖然看不出她的complextion，照片上也可看出她手臂肌肉的均勻。我生平沒有過這種追求的經驗，也不會很舒服地伴女友吃飯看戲；你能夠有程綏楚這樣實際的朋友，確是God send。你們愛情的speed已超過一般男女普通的友誼，她一定很歡喜你，我想你們二三月後可以訂婚。暑期間應當儘量伴她玩，多用錢，美金和父親寄來的錢可以足夠你闊一下。用錢lavish一向是你人生快樂之一，今年暑假應該lavish一下。又，你已去她家吃過二次飯，這也不是普通男友會有的privilege。電影 *The More the Merrier*（《二房東小姐》）在滬時，我同父親、玉瑛在國泰看過，該片敍述Charles Coburn[1]湊合Jean Arthur和Joel McCrea的好事，程綏楚的role相當於那老頭兒的role。Jean Simmons封面的 *Time* 已寄出，假如需要最近的 *Life* 和電

---

[1] Charles Coburn（查爾斯・柯本，1877-1961），以《房東小姐》獲得奧斯卡最佳男配角獎。

影雜誌作裝飾你房間之用，當每月寄上數本（附上最近*Look*內Jean Simmons在*Hamlet*溺死的相片，該片已在Boston首次獻映了）。

我最近的生活沉悶得很，New Haven的夏季不熱，每天出門盡可打領帶穿coat，加以多雨，天氣很damp。每天讀拉丁、吃飯（不論在屋內和外面）都很monotonous，想去紐約一玩，又不敢多花錢，所以暑期來非但體重沒有增加，似乎精神較前稍差，實在太缺乏發洩的緣故。文藝青年Louthan已從Kenyon School回來，他聽Empson的課，講的多是structure of words，不易follow；Iowa大學有聘書給Empson，Empson以為北平一日不失守，一日留在北平。有一次dinner，Allen Tate正式把最近一期*Sewanee Review*獻給J.C. Ransom，並讀獻詞。Kenyon School究竟是Summer School，功課很鬆，在Empson的課上，Louthan只寫了三篇paper，兩篇兩頁，一篇六頁，可說輕鬆之至，女生也占不少。近日幫忙吳志謙開書單買書，供回國教書之用，他送了我一本Yvor Winters的*In Defense of Reason*，是他三本批評書（*Primitivism and Decadence*、*Maule's Curse*、*The Anatomy of Nonsense*）集本，很合算；最近新出一本Leonard Unger篇［編］的*T.S Eliot: A Selected Critique*，有近五百頁，我看它內容充實（Wilson, Lewis, Matthie, Ransom, Brooks和許多*Southern Review*①上以前未收集的好文章），價錢便宜就買了一本（$3.75）。New Haven有兩家club，其中有許多professional girls在那裡喝酒，可以伴她們喝酒，跳舞，晚上也可伴宿。兩星期前去參觀了一次，喝一些啤酒。可是跳舞技術太差，怕花錢太多，沒有approach她們。鈕伯宏如來紐海文，當招待他；Yale有一位學生Betz來北平做事，能講兩句中文，我曾給他你的地址，他恐怕會來

---

① *Southern Review*（《南方評論》），季刊，創辦於1935年，以發表小說、詩歌、文藝評論為主。

看你（我同他交情不深）。華茲華斯論文已寫就否？不要過分緊
張，慢慢的寫；董華奇我知道她並沒有恨你的地方；我暑期內受經
濟限制一無行動，還是多讀你的愛情報告。自己珍重，即頌

　　暑安

　　　　　　　　　　　　　　　　　　　弟 志清 頓首

　　　　　　　　　　　　　　　　　　　八月十一日

36. 夏濟安致夏志清（1948年8月13日）

志清弟：

　　這幾天劉璐在鄉下參加什麼基督徒靈修會，我忙的是看入學考卷。昨晚（8/12）程綏楚約我去訪童葆苓（芷苓在滬），十一點鐘返，在程的309室又檢討我和劉璐的局勢（他到天津去了約十天，回來後我一直還沒有同他詳細談過）。他說一等劉璐返城（約在本月十六日）後，他立刻要替我去求婚。他預備用的一套話很毒辣，譬如說：「你同夏某人已經kiss了，還不嫁給他？這還算基督徒嗎？」「你還嫌講師地位低？不知道人家還是遷就的呢！你要嫁給處長，處長頂多只要你當姨太太！你要系主任？系主任的女兒都有你那麼大了！」他對她的父母預備好了另一套話，也非常厲害。我一聽之下，覺得真是無懈可擊，一方面固然佩服，一方面不免慌張起來。想不到情形已經這樣嚴重！劉璐是個善人，平日又怕程綏楚，她如果對我還有三分好感的話，真會給程綏楚唬住，答應這件婚事的。程綏楚很有把握地叫我預備戒指聘禮訂婚筵席費用等，預備在本月內一定把婚訂掉。我唯唯應命，上樓後心思大亂，在金隄室內坐着討論到兩點鐘始去睡。

　　金隄勸我非但早日訂婚，而且應該早日結婚（此事亦在程綏楚計畫之中，如果訂婚成功，他一定有計劃來促進早日結婚的）。我對劉璐作為「終身伴侶」是十分滿意的，只有一點我有些對不起自己的良心：就是我還沒有fall in love。也許因為有這點nonchalance（漠不關心），我對她的言語態度都很自然，而且或者顯得特別charming。我並不在乎，然而我的愛情都快完成了，這是多大的一個irony！對於程綏楚我無法反抗，他是一片好心，劉璐我又承認可以做一個很好的妻子。今天早晨我作了一個新的決定，反正我的

獨身主義是守不住了，今天我要大膽的去試一試我的命運。今天下午要看卷子，晚上我預備一人去看嬙嬙，正式提出我的proposal。我如果被接受，我有話對付程綏楚了，說我已經訂了婚，不能領他的情了；如果被拒絕（緩拒也算拒絕，我要的是立刻準備訂婚），劉璐的事我就全權交他辦理。這兩天我的生活緊張可想：可能就要訂婚了，可是同誰訂，今天還不能告訴你。

我對於劉璐竟然態度並不很緊張，我自己也覺得奇怪。上信報告八月一日我們二人遊中山公園，在來今雨軒吃的晚飯。晚飯前我們遊園拍照，她說怕人多，專挑僻靜去處。晚飯後她領我從後門出去，也挑的是很冷僻的路。我那時想她一定有用意，可是周圍似乎有人，似乎沒有人，我的腳步又快，又沒有發現一張可坐的凳子，所以就糊裡糊塗的走出了園門；雖然還走了一大段路，走到故宮以東才雇車子。八月三日星期二是約定的補習英文時間，十二點補習完了，我請她去吃飯，她不肯，站在那裡，態度很動人。我竟然很大膽的把她抱住接吻，她一點也沒有反抗，眼睛是閉住的，我們先親了嘴，依偎了一下再親第二回。沒有照你的辦法做：她的嘴沒有張開來，我的舌頭無所使其技。吻後我還費了不少唇舌，才勸動她一塊去吃飯。八月五日她應該再來，臨時她差人送來一封信說到青龍橋迦南孤兒院靈修去了，信裡說：「接近宗教在我看來是唯一對我有益的事，十日小別，希望有點收穫。」青龍橋是在頤和園邊上，八月七日我帶了大批款項（六日發薪水一億多）下鄉，在頤和園內的南湖飯店開了一間房間。十二點半約她出來，到晚上八點以後才送她回去。談了很多話，我因為旅館很髒，把她的被單借來鋪在我的床上。第二天我們本來約好要到香山玉泉山去玩的，臨時她堅執不去，說要回到城裡來再一起玩，原因是她怕教會（迦南孤兒院是長老會所辦）老處女對她的批評。她第一天就告訴我，靈修會對於她的燙髮、花旗袍很表不滿，她如果再天天跟着像個dandy

（你知道我的領帶和西裝的漂亮）樣子的男子出去遊玩，豈不大犯清規？我因為不大在乎，所以並不生氣。第三天就回城了。你寫信勸我可以偶爾date她一下，想不到我竟然會大發狠勁，大大的追求一下，而且進行還算順利，這件事我看來冥冥中似有天意。

王岷源和張祥保已於八月十日結婚，現在香山度蜜月。我的朋友們都推測next on the list應該送禮的大約是給我送禮了。

今天晚上正式地去向董華奇求婚。我因為這幾天太忙，沒有功夫多考慮，做任何事情都沒有什麼顧忌，膽子大得很，和以前不同。如果求婚成功，我希望能夠清靜幾天，搬到董家去住，寫我的Wordsworth。在紅樓程綏楚給我的麻煩我也夠受的了。

程綏楚的年輕未婚姑母（約24歲）又來平，聽說非常漂亮，照他看來遠勝劉璐，童葆苓也看見過她，認為她漂亮。我相信湖南可能出絕色美人，他預備把她撳給你，像撳劉璐給我一樣，他老是歎息你不在北平。他怕我認識她後，要移愛於她，所以一定要等劉璐回來後，把她介紹給我們兩人。

再談，這個暑假對於我發生的事情可真多！即頌
快樂

兄　濟安 頓首
八月十三日

PS：胡適告訴你，K.C. Li有信給他，獎學金只有兩年，決不能續。希望你能自己設法第三年以後的錢，並且通知程、孫二位。

37. 夏志清致夏濟安（1948年8月18日）

濟安哥：

　　今晚回來，看到你八月十三的信，很是興奮。你和劉璐已超過了kiss的階段，離訂婚確已不遠。你去頤和園住三天，很romantic。寄來照片，劉璐的兩張都比上次為美，的確是風度極好的中國女郎（有些黃宗英味），你的游泳照片，胸部很闊，大腿比較稍瘦。戀愛沒有response，行動受到inhibition，情感上自以為很深刻；有response後，胸襟開拓，的確可改變性情，但一方面情感有開導後，反不顯得intense。你同劉璐就是很好的第二種case。matrimony將近，當然免不了有些reluctant的感覺，但是你向嬸嬸前去要求訂婚，我認為是unwise move。最近戀愛得意，不妨test一下自己的virility：究竟董華奇愛不愛你。可是假如嬸嬸答應了你，事情就弄得很麻煩，把realistic happy的生活來換十年的waiting，我認為大不上算；何況劉璐已給你kiss，implicitly已把終身交託於你，你也對不起她。假如嬸嬸答應，還是好好地回絕她，好在嬸嬸很prudent，不會貿然答應你，董華奇雖愛你，也不會答應訂婚的儀式。我看你同劉璐進行得這樣順利，的確是姻緣，逆天雖是一種romantic assertion of ego，卻是大不智。結婚的injunction是love & cherish你的妻子，你仍可保持對華奇和其他女人有illusion的權利。程綏楚的bluntness，劉璐的不夠coy，進展的速度和順利，或者使你覺到沒有得到充分courtship的快樂，一種克服困難的感覺。事實上，這種驕傲和情感的luxury並不需要，健康的男女，互相有興趣，應該很快結合，這一方面，劉璐還很天真而保持真性，沒有那種失掉passion後女人的indecision。我看courtship很理想在暑假前結束，秋季搬出紅樓，過一年快樂而比較奢侈的結婚生活。我想

你的訂婚對父母一定是最 exciting 的消息。我覺得程綏楚式的訂婚不夠 solemn，不妨你自己向她 propose，以後再由程綏楚辦訂婚的手續。程的 argument 太 unflattering。

吳志謙從紐約回來，浪費我不少時間。上星期五他請客到紐約的車票，那天我剛從銀行領了四十塊錢，一時受不住 temptation，就同哲學系方、吳到了紐約。吳自己去買舊書和西裝，我同方先去 Radio City Music Hall 看了 M-G-M 的 Pasternak 監製的 teenager 歌舞片 *A Date with Judy*（Jane Powell & Elizabeth Taylor）①，stage show 並不太好，舞女跳舞極平凡。晚飯後去 Latin Quarter 看 floor show，沒有坐位子，站在 bar 櫃檯上叫了三瓶啤酒，二人花了三元；girls 卻是絕色，表演 modernistic，很有 celestial 的感覺，可惜站得太遠。出來後進了一家有舞女的舞場，在美國，這種舞場比較低級，都設在二樓；那天生意清淡，花了一元十七分（門票八張舞券）上樓，一位較大的 blonde 就來 approach 我，cheek to cheek，緊抱跳了約有十分鐘。那女人叫 Pat，皮膚很滑，比我略高，跳舞時她 tip 我散舞後一同去 breakfast。以後就坐檯子，三元七角半小時，但舞場散場在 3a.m.，要帶她出去非耗二十元不可，所以坐了半小時就出來。美國各色女人待人都很舒服，所以尚稱滿意。那方書春結婚已數年，見了聲色場女人，都 shy 非凡，不肯跳舞，後來 Pat 介紹他一位身材小的 brunette（棕髮女郎），他才滿意。這個女人叫 Tiny，回旅館後他告訴我他非常愛 Tiny，大半夜沒有睡熟，所以結婚同着迷並沒有關係。教育界的人生活都很 timid，我已算非常 bold，大多數人都沒有去過夜總會的。隔天到 Coney Island 去了一次，是紐約附近最大最通俗的海濱和遊藝場，遊人可容兩百萬，那天（星期

---

① *A Date with Judy*（《玉女嬉春》，1948），音樂劇，理查・托比（Richard Thorpe）導演，簡・鮑威爾、伊莉莎白・泰勒主演，米高梅發行。

六）約有一百萬，地方很cheap-looking。因為第一天花錢較費，所以那天差不多沒有花錢，回來後到central park走走，印象給我很好。動物園內看到了Seals和Polar Bears，後者相當魁梧可怕。晚飯我想去小型night club，方反對，乘車返New Haven，兩天內連車費宿費在內已花了十七八元，所以很不上算。最近紐約來了一個印度小國王，每天換一個blonde，住最大的旅館，較有意思。

吳志謙今晨六時動身返國。他要在上海住二三天，我介紹他給父親，讓他在兆豐別墅住下；他窮苦出身，對於我們的家境一定很羨慕，一方面也可報告美國情形。我買了一領帶夾（可作自動鉛筆之用），二盒Pond香粉，一瓶雪花膏，一件sweater帶回給父母、玉瑛，花了五元。昨天伴了他一天，今天上午看醫生（我常常疑心有病），結果沒有什麼病，浪費了四元錢（這次背脊骨有些pain，二月前乘roller coaster，突然下降，過後頭部很不舒服，至今尚未全部正常）。下午看了MGM的歌舞片 *The Pirate* [1]（Judy Garland & Gene Kelly [2]），Kelly舞藝相當於中國武生的武功，很滿意；附片馬克斯兄弟 *A Night at the Opera* [3]是已看過的舊片，Sam wood [4]導演。這次對白全部聽懂，滑稽非凡。

明天起要開始念中世紀拉丁，不知開學時能否考過。李氏獎金

---

[1] *The Pirate*（《風流海盜》，1948），彩色音樂劇，文森特・明奈利（Vincente Minnelli）導演，裘蒂・加蘭、金・凱利主演，米高梅出品。

[2] Gene Kelly（金・凱利，1912-1996），美國歌手、演員、電影導演，代表影片有《起錨》（*Anchors Aweigh*, 1945）、《花都豔舞》（*An Ameican in Paris*, 1951）、《雨中曲》（*Singin' in the Rain*, 1952）等。

[3] *A Night at the Opera*（《歌聲儷影》，1935），喜劇，山姆・伍德導演，格勞喬・馬克斯（Groucho Marx）、奇科・馬克斯（Chico Marx）、哈勃・馬克斯（Harpo Marx）、基蒂・卡萊爾（Kitty Carlisle）主演，米高梅發行。

[4] Sam Wood（山姆・伍德，1883-1949），美國導演、出品人，以導演《歌聲儷影》、《洋基隊的驕傲》（*The Pride of Yankees*, 1942）最為知名。

完畢後，能夠買到官價自費，就等於一分不花（把匯票寄上海，黑市賣出，官價匯美，$30就可賣一年$1800）。那些自費學生除了出國前買了二三百塊錢美金外，以後就一錢不花，也是一百五十元一月。李賦寧的續請獎金，Rockefeller方面尚無有正式肯定。你這次戀愛，使你最不高興大約是文章不能及時趕完，但這也不能勉強，我想訂婚後，反可有一下安定的時間。我生活平凡，祝你按計劃進展，不要因為太容易而有什麼顧慮。祝

　　成功

　　　　　　　　　　　　　　　　　　　弟 志清 頓首
　　　　　　　　　　　　　　　　　　　八月十八日

38. 夏濟安致夏志清（1948年8月18日）

志清弟：

接到八月十一日來信，我很慚愧以後恐怕很少有好消息奉告。我同劉璐的關係還是維持着，我看很難再有什麼發展。頤和園這一段是我們關係上的climax，以後恐怕要走下坡路。程綏楚背後大罵她不該在熱戀期間去「靈修」，我是相當indulgent的，當然讓她去做她所喜歡做的事。

這一段靈修對於我有三方面不利：讓她剛點燃的passion冷靜下去；她在靈修期間不免懺悔有點對不起她的舊情人；她的靈修同伴們對於我的批評極壞（我可以想像得出），她們可能認為我完全是一個浮滑少年，而劉璐是個沒有什麼主見的善人，可能很受她同伴們批評的影響。

她回城以後，雖然還肯同我一塊兒玩，但我看得出她的reluctance。程綏楚的意見：女人都這樣，你表明了你有追求的意思，她就會搭架子。她現在就有點搭架子，她不想同我斷絕，她要使我成為「眾星拱之」中的一星，她希望我在她決定之前，我還得多下點苦工追求她。架子當然是女人處世的唯一防身法寶。我假如肯甘心做一個普通的男朋友，我會很快樂，但是我還是太任性，獨佔欲太強，太認真。對於她，我可以放棄先生的尊嚴，但我不能容忍有學生做我的rivals，他們是低於我的人。假如我興趣已淡，程綏楚計策再好都沒有用了。我是個很驕傲的人，而且已經飽經滄桑，她又從來沒有引起我半點passion，我當然不會像以前追求李彥那樣的去追求她。她的response如果冷淡一點（這是她的不聰明處），我這裡就會冷淡得很多。我預備隨時同她斷絕，我想這個斷絕決不會給我什麼痛苦；我是說實話的，董華奇所給我的痛苦我都

承認，我認為劉璐是不能給我痛苦的。這樣雙方冷淡下去，前途一定沒有什麼希望。假如她對我如同鍾莉芳的對許魯嘉，這樣才像是姻緣，這樣我會答應同她訂婚。對於她的coyness我現在有時很憤怒，怒氣我相信是一點沒有表現出來（一表現當然兩人立刻就斷了），因為我對她不大在乎，所以還同她敷衍下去，她要是個明白人，當然也會看出我是在敷衍她了。訂婚的事虧得程綏楚聽我的話，等她回來看苗頭後再作定奪，至今尚未提出，以後恐怕也不會提出了。

我追求總是很難成功，因為第一我的ego太敏感，太容易hurt，因此常常化「愛」為「憎」；第二我的獨身主義傾向還是很強，總捨不得丟棄獨身生活的自由。何況放棄這個自由之前，還要使ego受很多次的傷。我上信說要去向董華奇正式求婚，結果那天晚上下雨沒有去，最近一直也沒有去，下次去我想也不會提出求婚什麼的話來。還是獨身主義的好。對董華奇我所以不能下決心，還是為了虛榮：我認為假如求之失敗，固然丟臉，求之成功，以一大學講師去和中學才畢業的孩子訂婚，豈非亦不好聽嗎？至於我的心，還是屬於她的。

我現在還有一點和劉璐的關係非破裂不可的預感。她的轉學考試成績很壞（我已知道，但沒有告訴她），決計轉不進。她是個有點虛榮的小姐，她的轉學她的同學已經有人知道，她如考不取，她認為很丟人。這個忙我是無從幫起（朱光潛不比袁家驊，一點不能通融），她下學期還是在南開，你想假如我們在暑假期內弄不到像許、鍾或金隄、朱玉若那樣的熱絡，開學以後，她在天津我去找她還有什麼意義嗎？一開學我們就完了，除非是暑假裡把婚訂掉。附上近影一幀，可見我最近之英俊姿態。北平最近死了兩個人：朱自清①，

---

① 朱自清（1898-1948），字佩弦，作家、學者，代表作有《背影》、《經典常

享年五十一，金少山①，享年五十八。餘續談，即頌
  暑安

                                        兄 濟安 頓首
                                          八月十八

　　[又及]附上照片一張，乃是童葆苓與程綏楚的姑母的合影。
程綏楚很願意做你的內侄；此人我已見過，認為並不怎麼了不起，
個兒相當高，相當摩登，好像飽歷風塵的樣子。她的美不是和順的
一種，intellect不詳，因為沒有同她多談話，你對她意見如何？對
此事意見如何？請寫一封信覆程綏楚。他常常sentimental，很想念
你。他自己追求到處失敗還在努力替人幫忙，這點你該着重感謝他
而且安慰他。

　談》、《新詩雜話》等。
① 金少山（1890-1948），銅錘花臉演員，名眾義，北京人。著名花臉金秀山之子。

39. 夏志清致夏濟安（1948年9月7日）

濟安哥：

　　八月十八日來信收到已有一個多星期。因為開學將近，忙讀拉丁，遲遲未覆。附來照片，的確非常英俊，我在美已不講究穿着，這夏天草帽、白皮鞋都沒有買。同劉璐的事不能迅速順利進展，頗有些遺憾，可是你對她既沒有什麼passion，也不必take it too seriously：當她普通女朋友看待，陪她玩玩，假如她要回天津，不能再有碰面的機會，也就任她去算了。這次戀愛approach和方法都很對，因為沒有passion，所以沒有恐懼，以後盡可同別的女孩子這樣地來往。只怕別的女孩子沒有她那樣漂亮，這是唯一可惜的事。劉璐很可代表中國一般女子，並不太聰明，戀愛時自己沒有主見，可是愛情很可能在婚後滋長，她也可能是很好的妻子。你這暑假過得沒有理想那樣的痛快，可是同往年的暑假比較不同些，只恐怕開學後就沒有這樣閒情逸致了。華茲華斯論文已寫就否？甚念。你寫文章時mood太緊張，效果反而不快。寫好後不妨打一份來信給Brooks看看。

　　前信提起程綏楚替我代［介］紹她的姑母，這次寄上她的相片，想不到他會這樣認真。漂亮的女人，看了照片，我也不好貿然有什麼答應；照片上的姑母並不漂亮，有些像程本人，相當的蒼老，所以只好請你謝絕程的好意。

　　上課後反而可以多些discussion。拉丁大約可以考得出，中世紀的拉丁並不難，syntax同近代文字相仿，沒有古典拉丁那樣結構完整緊湊。我讀完 *Latin Fundamental*，讀一些Caesar；起初讀中世紀拉丁時稍有困難，現在就比較容易。下學期選課尚未定：Brooks的二十世紀文學，不好意思不選他，事實上他教些Hemingway、

Fitzgerald，我都沒有讀過，沒有什麼興趣。Pottle是耶魯的大教授，中國學生自柳無忌①以來，一直經過他的手，我不去上他，好像也不好意思（他教 Age of Johnson）。Old English為Director of Studies Menner所教，為讀Ph. D.所必修。中國學生讀Old English的成績都很好，我不去上，好像是畏怯。此外Prouty的莎士比亞，我已讀過他的Drama，頗能駕輕就熟。Yale的assistant professor都比較新派，上半年我選的Martz是一位，還有一位T.W. Copeland②，這學年教Introduction to Modern Criticism，不外Eliot, Richards之類，對我非常容易；另一位W.K. Wimsatt③開Theories of Poetry，是很着實的一門，人很用功，已相當露頭角，他哲學根底極好。程的覆信，因為中文措辭不佳，一時難以着手，這幾天也沒有寫信的心境，只有你替我道歉。

北大何時開學？這裡九月二十日就開學上課，還有一個多星期的時間，開學後我仍擬搬回學校，圖書館、上課都比較方便，大約還是2771號，下次來信可寄那裡。文學青年Louthan這次聽Empson回來，預備以後來中國教書，很願意同我合住一房，雖多一浴室，可是那房間並不大，隔開後聲音仍聽得出，不自由，不預備同他

---

① 柳無忌（1907-2002），學者、詩人，是近代著名詩人柳亞子之子，生於江蘇吳江，畢業於北京清華大學，耶魯大學英文系博士，曾任教於南開大學、西南聯大，1945年赴美，執教於耶魯大學、匹茲堡大學，印第安那大學等美國大學。著有《西洋文學研究》、《中國文學概論》、《葵曄集》、《曼殊評傳》《柳亞子年譜》等。

② T.W. Copeland（1907-1979），曾編輯多卷本 *The Correspondence of Edmund Burke* 出版。

③ W.K. Wimsatt（維姆沙特，1907-1975），美國文學理論家、批評家，「新批評」理論的重要人物，與布魯克斯合著有《文論簡史》（*Literary Criticism: A Short History*, 1957），與門羅·比爾茲利（Monroe Beardsley）合著《語象》（*The Verbal Icon:Studies in the Meaning of Poetry*, 1954）。

住。李賦寧已得Rockefeller獎金，月得175元，很舒服。改用金圓後，每月收入想可較充實些。下學期基本英文外，想另開course否？錢學熙近來研究些什麼？甚念。最近買了本Oxford的Third Edition, Gerard M. Hopkins的詩集，係W.H. Gardner所編，較以前兩edition所收的詩為完全。

上星期看 *A Foreign Affair* [1]，Billy Wilder導演，Jean Arthur、M. Dietrich兩蒼老明星合演，全片幽默，很是滿意。Empson想已回國，在美國時我同他沒有什麼通訊，請代致候。我現在生活習慣，夜間愈來愈遲（2a.m.），早晨起來不起，企［亟］宜改正，有礙健康。這暑假能把Latin弄得差不多，也很滿意，下學期暑假預備對付法文。近況想好，董家仍常去否？劉璐那裡進展如何？甚念，即請

　康健

弟 志清 頓首
九月七日

---

① *A Foreign Affair*（《柏林豔史》，1948），浪漫喜劇，貝尼‧懷爾德導演，珍‧亞瑟、瑪琳‧黛德麗主演，派拉蒙出品。

40. 夏濟安致夏志清（1948年9月9日）

志清弟：

　　好久沒有寫信，想必很惹你掛念。你所關心的劉璐之事，已經無聲無息地結束。她於八月底返津，現在已經一個多禮拜了，我還沒有寫過信給她。這件事情的成或敗，程綏楚都有責任。劉璐經我一個多月的追求，發現我是個非常矛盾而古怪的人。我自己你知道是個相當害羞懼怕 flesh 而容易傾向 intellectual 的人，對於女人有一種藐視的尊敬，可是經過程綏楚指導的我，加以自己的 buoyancy（輕浮），我也會骨頭輕，而且也會大膽。我一個人她已經不容易瞭解，加上程綏楚的 diabolism（惡行），她更不知道我是怎麼樣一個人。她的 innocence 使她對我怕懼和猜疑，而我的浪漫作風還不夠 fascinate 她，使她盲目地愛我。我把我們中間的事，毫不遺漏全部告訴了程綏楚（他要做我的「參謀長」，我不得不照實告訴），他遇見了劉璐，常常很 knowingly 而且也很 sadistically 的諷刺她。非但如此，他還四處宣傳，以為這樣可以幫助我們的成功，讓大家知道我們的親密，其實這樣引起她很大的 resentment。可惱的是她不知道誰在做那些宣傳，我一向的口齒謹慎，或者會使她覺得我為人不夠誠懇，偶爾我有一兩句嘴快，加上程綏楚的諷刺和宣傳，使她懷疑我是專門欺騙了女人而在朋友面前炫耀的人。程綏楚還有兩大毛病，一是好使詭計，二是好求刺激，他不肯讓她平平穩穩地過日子，非要想法子麻煩她不可。結果他的詭計好像都變成我的詭計，而他的不斷的電話，也好像我不能原諒她，不肯讓她安逸，才叫他去打的。這些的誤會，加上我自己的大毛病 egotism（不知不覺中我在 expect 她絕對服從我），和 egotism 所發生的 sullen anger，使得這件本來可以很圓滿的美事很不光榮地結束了。這些壞印象，我無法

說清，而且今後也沒有什麼機會了。我始終沒有 fall in love（因為 love 的力量沒有蓄積就已經發洩掉），所以並不很難過，只是覺得很對不起她。我也不知道該如何替自己聲［申］辯，我怕講自己太多惹她討厭（更證明我的自私），而且把責任大半抵給程綏楚，不是顯得我 as lover 的不中用（假如她相信我的話是真），即是顯得我的卑鄙，不認錯還要委過於人！所以我不知道該如何寫信給她。這件事從開頭到結束，我的意志都沒發生作用，好像完全是命運在支配着，所以我覺得成功亦不是喜，失敗亦不是憂。我現在又恢復到一個女人都沒有的生活了（照我命運的傾向看來，我在最近與女人的糾纏還是不會少）。

我沒有感覺到任何失戀的悲哀——因此我覺得更對不起她。我同她 kiss 過兩次，她的美不知怎樣已經對我失去魔力，我相信如有人所說的性交之後的女人都會變成不稀奇（但是真的着迷的事還是有）。比較 sentimental 的程綏楚是當我做失戀的人看待的，我看見他就總要講起劉璐，他覺得我很多情，其實我要是真為了一個女人受了創傷，我是不喜歡在談話中多提起她的。

Wordsworth 的文章（題目恐怕太 smart，"Wordsworth By the Wye"）已經打好，現在在重打中，明後天可以脫稿。暑假做了這一件事情，總算還有成績。文章大約六千字長，文字技巧自己覺得很差，但是發現總算不少，困難的是如何把這些發現集合成一篇有條有理的文章，因為我不能逐行逐句的討論。我自己的計劃是下學期少與女人來往，多讀書。自從董華奇跟我疏遠以後，我在北平感情上已沒有什麼牽連，可以勻很多時間出來讀書。

許魯嘉日內去南京（改讀中央大學），他昨天請我及錢學熙在市場樓上的「森隆」吃晚飯，他叫我們儘雞鴨的點，他現在很闊氣，比你在時大不相同，他的華文學校學費每月就要五十美金！飯

後我本想請他們（鍾莉芳）看李（少春）①袁（世海）的《連環套》，臨時沒有好座，去真光看了阿倫臘特的 *Calcutta*②，此片不如《中華萬歲》③，沒有多少武打，情節亦沉悶。所謂「走私美人」的 Gail Russell④並不美，有點學 Hedy Lamarr，但還差得遠。最近我想請許、鍾一對聽一次戲，再想約金隄騎自行車郊遊一次。

中國近來的大事為幣制改革，我現在每月可拿一百廿元金圓（G.Y.=Gold Yuan $120），照官價等於卅美金（G.Y. $4.00=U.S. $100）。生活似乎好轉了一些，政府不許物價上漲，上次捉了好些人去（蔣的兒子蔣經國在管經濟監察的事），連江南大學的老闆榮鴻元⑤（申新紗廠）、杜月笙的兒子都捉了進去。事實上物價還在上漲，香煙比八月十九日（物價應該凍結在那一天上）漲了一倍多。飛利浦現在每包四百萬法幣，等於 G.Y. 一元三角三，我已改抽前門每包一百六十萬，等於五角多。小菜亦漲得很多，因為小菜菜販多，政府無法統制，但是小菜（豬肉、雞蛋等）的價格影響人民的生活及別種物價很大。商業銀行恐怕亦很難做，政府先規定銀行資本至少一百萬金圓（等於廿五萬美元），許多銀行都說拿不出（我想億中亦必拿不出），現在規定縮了一半——五十萬金圓，仍舊相

---

① 李少春（1919-1975），武生演員。名寶琳，祖籍河北霸縣人，生於上海。李桂春（小達子）之子。妻子侯玉蘭為著名程派弟子。

② *Calcutta*（《走私美人》，1947），犯罪片，約翰・法羅導演，艾倫・拉德（Alan Ladd）、蓋爾・拉塞爾（Gail Russell）主演，派拉蒙發行。

③ *Captain China*（《中華萬歲》，1950），動作片，弗斯特（Lewis R. Foster）導演，約翰・佩恩（John Payne）、蓋爾・拉塞爾、傑夫・琳（Jeffrey Lynn）主演，派拉蒙發行。

④ Gail Russell（蓋爾・拉塞爾，1924-1961），美國電影、電視演員，曾出演《海蜂突擊隊》（*Wake of the Red Witch*, 1948）。

⑤ 榮鴻元（1906-1990），名溥仁，江蘇無錫人。交通大學畢業，歷任上海申新第二紡織廠廠長，申新紡織總公司總經理等職。

當大的一筆數目。

上兩星期政府當局發表了一些共產學生的名單，紅樓附近有幾天很緊張，出入都要檢查，但是政府還是糊裡糊塗讓名單上百分之八九十的人都「逃匿無蹤」了（那些學生同時亦為學校所開除）。在沙灘區戒嚴之時，但慶棣亦被捕去，但因名單上無名，上午進去，下午即出來。我知道她的被捕是看了學生壁報上的佈告，後來我碰見程孝懿（趙全章的親戚），我託她代致我的問候之意。但慶棣不認得我，她想必一定曉得我是代你問候的。聽錢學熙之女說，但慶棣的確很活躍，在四院辦壁報為健將云。

羅莘田返國，我已見過他一次。他雖然稱許你，但他似乎稱許張芝聯和李賦寧還在你之上。他逢人便勸學「語言學」，雖然為人熱心可感，但是心腸未免狹仄些。為什麼一定要把自己所好掫給別人一起享受呢？熱心人如錢學熙、程綏楚都有此病。湯先生亦已返國。

*Armed vision*已自上海轉來，已送交錢學熙，讓他看了我再看。錢學熙給你那封信，你寫了回信沒有？不妨再寫一封安慰安慰他，因為他很牽記你的回信，希望你能捧捧Eliot。

送上照片三張，一張是王、張新婚之影（不是我所照），他們現住紅樓，祥保似比前更瘦。反面的字是王岷源寫的，我很喜歡他的字，想不到他有一套書法的絕技。還有兩張是程綏楚預備介紹給你的程嘉遂小姐（他的姑母），她的簽字是程綏楚騙來的，關於這件事，希望你能直接寫封信給他。

好久沒有接到你的信，我亦很掛念。別的再談，即頌

秋安

濟安 頓首

九‧九

［又及］九月十七日即下星期五是中秋。

41. 夏志清致夏濟安（1948年9月30日／10月1日）

濟安哥：

好久沒有給你信，一定惹你掛念。九月九日信來時，中秋節已過一天，那天走回曼殊斐街，覺得月亮很白。這兩星期來（學校九月二十一日開學）忙着搬場［家］選課，多下的時間忙着讀拉丁，沒有空寫信。前天（廿八日）晚上拉丁翻譯已考過，考了Geoffrey of Monmouth①，King Arthur故事的一段——某國王請魔術家建造城樓，Merlin出世——比我所讀的prose稍深一點，可是不難，故事全部明瞭，只有小地方有些須要猜測。今晨問Menner，考試已及格（Ph. D. requirements，吳志謙讀了一年undergraduate的拉丁，加上暑假的準備，只pass了M.A. requirements），一暑假來的準備，總算沒有落空，心中着實快樂，很輕鬆。要讀Ph. D.，可以毫無問題，恐怕就是經濟沒有辦法，或者精神受不住。現在中國人中intimate的朋友簡直沒有，下午雨天中去看了Rita Hayworth的 *Love of Carmen*②，買了一份 *Vanity*，晚飯後在床上休息看 *Vanity*，洗澡，洗了積了一個星期的內衣。在Graduate Hall生活的routine較紅樓枯燥得多。讀書或relax，都很solitary。

今年的選課：Old English為保持讀Ph. D.可能性起見，不能不選，星期二、四，九時至十時。此外本來預備選莎士比亞，Brooks

---

① Geoffrey of Monmouth（1100-1155），威爾士神職人員，英國歷史標誌性人物，其《大英帝國史》（*Historia Regum Britanniae*）以拉丁文書寫。

② *Love of Carmen*（《胭脂虎》，1948），劇情片，據梅里美（Prosper Mérimée）1845年小說《卡門》（*Carmen*）改編，查理斯·維多（Charles Vidor）導演，麗泰·海華絲、葛蘭·福特（Glenn Ford）主演，哥倫比亞影業發行。

的廿世紀（Brooks，Kenyon回來看過一兩次，不好意思不選），可是兩課都排在星期三，影響星期四的功課，所以放棄了莎翁，選了Milton。莎士比亞需要research，寫paper較多，選Milton實在是偷懶（The age of Johnson①要讀的material 太多，我連*Life of Johnson*都沒有念過，吃力不討好），所以今年雖然選了三課，恐怕還沒有上半年那樣忙，上半年的兩課都相當難的。本來再想加一門更容易的Modern Criticism，可是一年後M.A.穩拿到手，不想把自己逼得太緊。Milton是Yale老人Witherspoon②教，很舒服，上課時他不大需要學生講話，我十七世紀很熟，所以不需要多準備。這course的好處，讀完了Milton的prose works，可以把十七世紀的內戰、宗教等background弄清楚；讀Milton的拉丁和譯文，可以keep up我的拉丁。Brooks我有些不情願選，我對近代文學最近不感興趣，另一方面，Brooks的教授法我不喜歡，他專任學生亂發表意見，自己不肯多講話。選他的人有二十餘人，在Yale教授中號召力算是最大。他預備一年中讀七人，Hemingway, Faulkner, Joyce, Yeats, Eliot, Auden, Conrad，其中除Eliot外，我都沒有好好看過，所以也可從他那裡得到不少。Old English是language course，並不難，forms & syntax都沒有拉丁那樣複雜，就是一星期要上兩次早課，使我相當緊張。現在一日三餐都在學校吃，暑假中吃了館子和自己煮的苦飯後，覺得很好吃。早餐很豐富，你一定會喜歡：average day有吐

---

① The age of Johnson，18世紀後半期為約翰遜爵士為文壇祭酒，因此被稱為「約翰遜時代」（1744-1784），下文提到的《約翰遜傳》（*Live of Samuel Johnson*）係英國著名傳記作家鮑斯威爾（James Boswell）所著。

② Alexander M. Witherpoon（亞歷山大‧威瑟斯彭，1984-1964），耶魯大學的碩士和博士畢業，著有《羅伯特‧加尼亞論伊莉莎白時代戲劇的影響》（*The Influence of Robert Garnier on Elizabethan Drama*）。

司、butter、牛奶、咖啡、雞蛋（一至兩顆）、bacon、水果、麥片粥；我暑假中早餐只吃兩片吐司和咖啡，現在有這樣豐富的早餐，不捨得放棄，還得養成早起的習慣。我上課的時間是：

4	3	2
Old E Milton		Old E
	Brooks	

星期五至星期一都是我的時間。

你和劉璐的事已告一結束，雖然有些不能說明的misunderstanding，也不必有什麼遺憾。以後戀愛，還得多保持些privacy。父親最近有信來，很關切你的婚事，希望你能早日訂婚。我想劉璐去津後，暫時還不會有replace她的對象，這事又要擱下幾個月。你今年命運中既然要同女人纏在一起，不如跟着你的命運，分一部分energy在女人身上，找到一個着實的對象，在年底前訂了婚再說。幾次戀愛的經驗，romanticism的傾向想已減少，對結婚不再有什麼恐懼。謝謝你幾次三番關心到但慶棠，雖然一暑假來讀拉丁使我不大想念她，我仍認為她是國內所認識女人中最可愛的。假如能回國後能同她結婚，我不會object，可是可能性極小。至於別的已見過或未見過的女子我是不會consider的，所以謝謝程綏楚的好意。他貿貿然把他的姑母介紹給我，似乎是bad taste，也太不顧到旁人的will。我該寫封信謝絕他，只恐怕寫不出來。但慶棠今年想已是大二，已搬進灰樓否？你碰到她的機會一定會很多。在出國前沒有弄到使對方有好感的程度，現在有（又）不寫信給她，白白地讓命運從手指中漏掉。

　　羅常培因為我考李氏獎學金出國，佔據了北大人的名額，對我很不滿意，以後還是聽了李賦寧等人說我學問好，漸漸有些好感。我住了外面，同他不熟，半年中一共沒有講滿半小時的話。李賦寧今年選Middle English literature, History of Modern English，Shakespeare，其中以「莎士比亞」較忙，History of Language是善人Kökeritz①所教，最易。今年中國同學走了不少，Grad. Hall內沒有上半年熱鬧。

　　暑假中沒有好好地休息過，開學後讀書的zest不如上學期。最近發覺眼睛容易疲倦，經醫生檢查，兩眼的光度已不equal，左眼稍弱：左眼新配了四百度的鏡片，右眼照舊，約三百六十度左右。頸肩部有時仍發酸，醫生也找不出病來。每星期仍看一次電影：Alan Ladd劣片一張一張出來，號召力仍然極大。最近走過Paramount Theatre門口，在映Ladd的 *Beyond Glory*②，戲院外站了一長排等着買票，同時在New Haven映的Betty Grable③和Tyrone Power的新片就沒有這樣風頭。好萊塢新進的小女明星很多，都很美麗，在北京時看的 *The Miracle of Morgan's Greek*④內Betty Hutton⑤的小妹妹

---

① Helge Kökeritz（黑格・考克里茲，1902-1964），瑞典人，耶魯大學教授，著有《莎士比亞的發音》（*Shakespear's Pronunciation*）、《喬叟發音導論》（*A Guide to Chaucer's Pronunociation*）。

② *Beyond Glory*（《赤膽雄心》，1948），劇情片，約翰・法羅導演，艾倫・拉德、里德（Donna Reed）主演，派拉蒙出品。

③ Betty Grable（貝蒂・葛萊寶，1916-1973）美國演員、歌手，1940、1950年代福斯著名影星，代表影片有《願嫁金龜婿》（*How to Marry a Millionaire*, 1953）。

④ *The Miracle of Morgan's Greek*（《摩根河的奇跡》，1944），喜劇，普萊斯頓・斯特奇斯（Preston Sturges）導演，埃迪・布萊肯（Eddie Bracken）、貝蒂・赫頓、戴安娜、琳主演，派拉蒙發行。

⑤ Betty Hutton（貝蒂・赫頓，1921-2007），美國舞臺、電影、電視女演員，歌手。以《飛燕金槍》（*Annie Get Your Gun*, 1950）最為知名。

Diana Lynn ① 和 *Confidential Agent* ② 中卻爾斯鮑育住在小旅館內的婢
女 Wanda Hendrix ③，都已長得很美麗，後者是派拉蒙很重要的新
星。看 *Best years of our Lives* ④，其中兩個女主角 Teresa Wright ⑤，
Cathy O'Donnell ⑥ 都演得很溫柔，Joan Leslie 脫離華納後，和華納
訟事不斷，很不得志。

　　學校想已上課，今年教那兩班英文？錢學熙想仍教「批評」，
批評事實上很難教。Yale 的 Copeland 教 Modern Criticism，把一年
的工作分成三期：第一期教三人，Croce, Aristotle, Richards 代表三
種 theories of poetry；第二期教 Freud ⑦, Marx 及其他影響文學批評
的哲學家；第三期才講 Eliot, Ransom 等當代 critics。錢學熙所 cover
的 material 也同他差不多。欠錢先生的信已經很久，所以預備寫好
他的信後一同發出。你華茲華斯寫就，甚好，希望打一份給 Brooks

---

① Diana Lynn（戴安娜‧琳，1926-1971），原名多洛絲‧琳（Dolores Lynn），進入
　派拉蒙後改名為戴安娜‧琳，美國女演員，以《少校和未成年人》（*The Major
　and the Minor*, 1942）獲得關注。

② *Confidential Agent*（《機密的代理》，1945），間諜片，赫爾曼‧沙姆林（Herman
　Shumlin）導演，查理斯‧博耶、勞倫‧白考爾主演，華納兄弟發行。

③ Wanda Hendrix（旺達‧亨德里克斯，1928-1981），美國電影、電視演員，《機密
　的代理》為其第一部參演的電影。

④ *Best years of our Lives*（《黃金時代》，1946），劇情片，威廉‧惠勒（William
　Wyler）導演，瑪娜‧洛伊（Myrna Loy）、弗雷德里克‧馬奇（Fredric
　March）、特雷莎‧懷特、凱茜‧奧唐內主演，雷電華影業（PKO Radio
　Pictures）發行。

⑤ Teresa Wright（特雷莎‧懷特，1918-2005），美國女演員，1943年以《忠勇之
　家》（*Mrs. Miniver*, 1942）獲得奧斯卡最佳女配角獎。

⑥ Cathy O'Donnell（凱茜‧奧唐內，1923-1970），美國女演員，以出演黑色電影
　（film noir）而知名。

⑦ Freud（Sigmund Freud 西格蒙德‧佛洛伊德，1856-1939），奧地利精神病醫師、
　心理學家，精神分析學派創始人。

看看。今年我得着重小說批評，這方面的書，我看得太少。身體想好，你的生日想已過去，看些什麼書，念念，即祝

　　秋安

　　　　　　　　　　　　　　　　　　　　　弟　志清　上

　　　　　　　　　　　　　　　　　　九月三十日，十月一日

　　謝謝王岷源、張祥保給我的照片，並代致賀。

　　今年Yale印度人增加，中國人減少。來了一位曾在Oxford同錢鍾書同學的印度人。

42. 夏濟安致夏志清（1948年9月27日）

志清弟：

　　好久沒寫信給你，近日發生的大事，為徐璋的自殺。附上剪報一段，可知自殺發生的經過。報上的照片，即是他同你在我室內合攝之影，他低着頭像在看書。後來他對於這張照的downcast look很滿意，把底片上的你除掉了，留他一個人，添印很多張，廣送朋友，所以死了還有一張給報館拿去發表。他自殺的原因，在報紙所說之外，我還可以補充一點。他在今年五月間，得肋膜炎，在醫院裡，我曾去看他兩次，他那時的確很衰弱，話都說不大動。此後他搬出醫院住在清華，或進城住在前門外南柳巷他乾媽家，我一直沒去看過他，直至他死。那時我相當忙，加以心事很重，我又不知道該怎樣安慰。我去「頤和園」浪漫的時候，他那時已在清華養病，我很有功夫去順便看他一次，但我那時的mood很不適宜於探望病人，我的情形或者更促進他的傷感。他死前幾個月，聽說身體仍很衰弱，比在醫院時雖好得多，但仍舊不該多勞動。醫生囑咐他躺在床上靜養，他有時雖然立起來都腳軟，還要掙扎到城裡來玩。他自殺的蓄意已久，決定採取這個方法（服用氰化鉀）大約是這三個月的事。他先到處覓，覓到了曾經有封信給趙全章，說「我要找的東西已經有了，我現在是天不怕地不怕的了。」兩星期前曾有一度alarm：他忽在清華失蹤，室內書一本都沒有（已還掉或送掉），幾天不回，可是門沒有上鎖，開着的。當時我們怕他已經自殺，但是他在南柳巷被發現，後來安然回到清華。據推測他那次回到清華就想自殺，可是偏偏碰到清華發薪，他拿了錢再進城來浪費，在南柳巷住了幾夜。廿號夜住在哪裡，至今還是一個謎（不在南柳巷，也沒有回清華），廿一號回清華，廿二號即發現氣絕身死了。你離平

以後，他有兩椿戀愛事件，一椿是同燕京的一位俄文女講師，聽說關係弄得很好，後來不知怎樣他又厭倦了，那位女士同別人訂了婚；還有一椿是同他乾媽的女兒，他原意拜乾媽並不為了其女，倒是確為其母，他想有個家庭的溫暖。拜了之後同乾妹（中學教員）漸生感情，她們待他聽說的確很好，為他死而覺得頂悲痛的，世界上恐怕還是這母女二人。我們這些朋友們都沒有落淚，他的自殺似乎都在我們的意料之中。他在死前故意地同朋友們疏遠，在清華把自己關在宿舍──陰森森的小平房一間──裡面，別人去看他，他都不大理會，因此探訪他的人日少。這學期陳福田讓他不教書領薪水，讓他休養，我想好好的養他會養得好的。我早就知道他藏有氰化鉀（potassium cyanide），但是從來沒有去勸過他不要自殺，連信都沒有給他一封。因為我不知道自殺是不是一種罪惡，有一種因一時氣憤而自殺的，我們應該勸阻，因為他們如死後有知，一定會後悔，好像那種因氣憤而摔壞東西的人，氣平後往往後悔一樣。徐璋的是經過很長時間的考慮和計畫，他有決心有步驟有哲學根據，他做了一椿他認為應當的事，我不能指出它的不應當。他的享樂心比我們多得多（他在印度時為colonel，收入甚豐），所受的痛苦也比我們多得多（自幼沒有家庭親人，盲腸炎都開過兩次，等等），他的 boredom 感也該比我們大得多。我可以猜測到他的心情，但不能瞭解他，我想我不配勸導他。他的身體的突然衰弱使他不能繼續他的 dissolute（放蕩的）生活（對此他或本已厭倦），他又沒有決心來改變他的生活（他除預備自殺外，很少下決心做過一件像樣的事，看他的考留學），他又不甘心做一個平庸的教書匠，過平凡的生活，自殺似乎是必然的結果。橫一橫心結束了自己的生命，和抱「做一日和尚撞一日鐘」態度乏味地活下去，我不知道哪一種可取。

　　我的文章早已做好，一共有 double space 打字紙廿四張，最近我還不想花許多郵票（約三元 G.Y.）寄到美國來給你看。過幾天也許

會寄來，但無論如何將來的鉛印抽印本我一定會寄上。Wordsworth
我想就此告一段落，以後當開始讀Byron①。

　　我的功課大約要於十月一日開始，這兩天遊玩時多。看了兩張
非常滿意的電影：（一）*The Man Who Came to Dinner*②（Monty
Woolley③, Bette Davis④, Ann Sheridan⑤）噱得不堪，為 *Mr. Deeds*⑥
以後，十年來我認為最滑稽之片，Monty Woolley的蠻橫自私，在
文學上是一個成功的角色創造。（二）*My Dear Clementine*⑦，約翰福
特導演，非常緊張，攝影極美。林達達妮兒表情勝過以前（我沒有
看過*Amber*），維多麥丘居然亦會一點表情，亨利方達如舊。這是
我所看過的頂好西部片，勝過《鐵馬》⑧。平克的《碧雲天》（*Blue*

---

① Byron（拜倫，1788-1824），英國19世紀初期偉大的浪漫主義詩人。以《唐璜》
　　（*Don Juan*）和《恰爾德·哈洛爾德遊記》（*Childe Harold's Pilgrimage*, 1812-
　　1818）最為著名。

② *The Man Who Came to Dinner*（《不速之客》，又名《晚餐的約定》，1942），喜
　　劇，威廉·凱利（William Keighley）導演，蒙蒂·伍利，貝蒂·戴維斯，安·
　　秀麗丹主演。

③ Monty Woolley（蒙蒂·伍利，1888-1963），美國影視演員，以《不速之客》知
　　名。

④ Bette Davis（貝蒂·戴維斯，1908-1989），美國影視演員。

⑤ Ann Sheridan（安·秀麗丹，1915-1967），美國女演員，代表影片有《一世之雄》
　　（*Angles with Dirty Faces*, 1935）、《戰地新娘》（*I Was a Male War Bride*, 1949）。

⑥ *Mr. Deeds*（*Mr. Deeds Goes to Town*《迪茲先生進城》，1936），喜劇，弗蘭克·卡
　　普拉（Frank Capra）導演，賈利·庫珀、珍·亞瑟主演，哥倫比亞發行。

⑦ *My Dear Clementine*（應為 *My Darling Clementine*《三岔口》，一譯《俠骨柔
　　情》，1946），西部片，據司徒雷克（Stuart Lake）傳記小說《懷特·厄普：西
　　部警長》（*Wyatt Earp: Frontier Marshal*）改編，約翰·福特（John Ford）導演，
　　琳達·達尼爾、維克多·邁徹、亨利·方達（Henry Fonda）主演，福斯出品。

⑧《鐵馬》（*The Iron Horse*, 1925），美國無聲西部片，約翰·福特導演，喬治·奧
　　布萊恩（George O'Brien）、馬奇·貝拉米（Madge Bellamy）主演，福斯出品。

Skies）①我認為沉悶，看了一半即退出。我對不輕鬆的歌舞片，殊抱反感，米高梅的 *Holiday in Mexico* ②亦是看了一半即退出。聽過兩次李少春（plus 袁世海）都很滿意，一是《連環套》（總覺得他的黃天霸不是竇爾墩的對手，然而孫毓堃③的黃天霸鎮定自信氣魄都勝於他），一是《跨海征東》（鳳凰山獨木關），袁世海飾尉遲恭。李少春十分賣力，比譚富英對得起觀眾多矣。北平自改幣以後，戲院營業大好，差不多天天客滿，梁益鳴④等滑頭戲已不能立足，不知躲到哪裡去了。上海天蟾請童芷苓（plus 唐韻笙、紀玉良、高盛麟及大批配角，including 賀玉欽），中國請言慧珠、葉盛蘭（加王和霖⑤、馬富祿，其他配角很少，連武生都沒有一個），雙方對台頗為熱鬧。童芷苓那邊人多戲複雜，唐韻笙⑥在天蟾掛過兩次頭牌，有關外麒麟童之稱，拿手戲聽說為《豔陽樓》（武生）、《逍遙津》（老生）、《走麥城》（紅生）、《目蓮救母》（老旦，遊十殿有跌撲功夫）等等。言慧珠那邊每晚只有三齣戲：一閻世善⑦的

---

① 《碧雲天》（*Blue Skies*, 1946），音樂喜劇，史都華・海斯勒（Stuart Heisler）導演，平・克勞斯貝、弗雷德・阿斯泰爾、瓊・考爾菲爾德（Joan Caulfield）主演，派拉蒙發行。平・克勞斯貝（Bing Crosby, 1903-1977），是美國流行歌手、演員，曾獲第17屆奧斯卡金像獎最佳男主角。代表作有《與我同行》（*Going My Way*, 1944）、《鄉下姑娘》（*The Country Girl*, 1954）等。

② *Holiday in Mexico*（《墨西哥假日》，1946），彩色音樂劇，喬治・西德尼導演，沃爾特・皮金（Walter Pidgeon）、簡・鮑威爾主演，米高梅發行。

③ 孫毓堃（1905-1970），武生演員。祖籍河北河間。名旦孫棣棠之子。

④ 梁益鳴（1915-1970），老生演員。北京人。常演馬派劇碼，有「天橋馬連良」之稱。

⑤ 王和霖（1920-1999），老生演員。原名瑞霖。妻李榮芳工旦角。

⑥ 唐韻笙（1903-1970），老生演員。原名石斌魁，祖籍瀋陽，生於福州。

⑦ 閻世善（1919-2007），武旦演員。原名閻慶珍，出生於梨園世家。1927年入富連成科班。

《盜仙草》之類；二王和霖的馬派戲；三言、葉的《玉堂春》、《翠屏山》、《得意緣》之類，比較簡單。這樣搭配，葉盛蘭不能發揮所長，頗為可惜。言慧珠的拿手梅派戲似乎都還沒動。

這學期南開嚴屬地執行體格檢查，凡有T.B.嫌疑者都不准註冊。北大對於新生凶，老生可通融。劉璐很不幸地亦在其內，她就此被強迫休學一年了，她可能回北平來休養，我們似乎還不能斷。

程綏楚那裡希望你能去一封信，長短不論，中英文不論，他很崇拜你，你的英文信他會翻字典大讀的。字儘管用得難，不要緊，瞎幽默亦可，不要放低程度，就照你寫慣的句法寫信給他可也。我會替他解釋。他沒有女朋友很可憐，你可安慰安慰他。

附上與許魯嘉等合攝之影一張。九月廿三日晨我趕去清華，替在床上的徐璋屍體（法院尚未驗屍）照了幾張相，洗出來後當奉上。別的再談，即頌

秋安

兄 濟安 頓首
九月廿七日

另附上徐璋屍首照片兩張（可給李賦寧看看）及我在清華實驗飛機前所攝一張，並趙全章等四人合影（汪曾祺為施松卿的未婚夫）。

這學期潘家洵大發慈悲，排我兩天班大二，一星期才六小時，都在紅樓，十分方便。

43. 夏志清致夏濟安（1948年10月18日）

濟安哥：

　　前星期四接到來信，得悉徐璋自殺，不勝感慨。看了他死後的照片使我unsettle了一下午，一晚上。徐璋是個好人，我在平時，朋友中覺得只有他和許魯嘉可以不談學問，informal地容易接近。我是不相信死後有知覺的，所以覺得willingly把自己的生命destroy，更是可惜，一種沒有補償的waste。對於他，生活沒有意義或者是更可怕的事。在Yale知道他的，除李賦寧外，還有吳訥孫①（聯大和他、趙全章英文系同學，現讀美術史）、李田意②（清華英文系，轉讀歷史系），都頗為嘆惜。Yale開學已有三個多星期，又開始了寫paper的routine，所以雖然得到徐璋的消息，到現在才寫回信給你。

　　今年三門課，以Brooks需要reading的時間較多。三星期來讀了海明威的短篇小說，*The Sun also Rises*③和FWTBT④，現在開始念Faulkner，還要寫一篇關於海明威的批評文。Milton每星期assignment不多。可是每兩星期要寫篇paper，也浪費不少時間，

---

① 吳訥孫（鹿橋，1919-2002），著名華裔作家、學者，先後就學於西南聯大及耶魯大學，係美術史專業博士，任教於耶魯大學及聖路易的華盛頓大學，著有《未央歌》、《人子》等。

② 李田意（1915-2000），河南伊陽人，耶魯大學歷史系哲學博士，先後任教於美國耶魯大學、俄州州立大學、香港中文大學、台灣東海大學等。著有《哈代評傳》、《現代英語》等，並輯校了《古今小說》、《警世通言》、《醒世恆言》、《拍案驚奇》等。

③ *The Sun also Rises*（《太陽照常升起》，1926），美國作家海明威長篇小說。

④ FWTBT，即海明威的另一部長篇小說*For Whom the Bell Tolls*（《戰地鐘聲》）。

Old English每星期兩次，每次需要一個晚上或一個晚上一個下午的
準備，平時不大理它。

　　——（信沒有寫完，今晨去信箱，看到你十月十一日的信，信
中的mood不大好，大約是經濟狀況不好，各種問題不能解決的緣
故）我的經濟狀況也極不好，除了香煙、洗衣、電影和少不了的書
外，已到一錢不花的程度。去年來學校太遲，沒有apply免學費的
scholarship，否則用錢可以手鬆得多。本想買件羊毛衫sweater送
你，暫時不想多花錢，或者過年後送你。Hand Book當為訂購，由
他那裏直接寄北平。我雖窮，可是學費，膳宿都是整筆付出，沒有
每天為吃飯花錢感到經濟的壓力。有錢的同學，除了多買西裝和無
線電之類外，也不比我有多大的享受。我的「自我實現」的哲學，
恐怕早已放棄了，現在還是對讀書最有興趣，女人也不想，我的身
體，因為營養很不錯（每餐一杯牛奶）還能維持日夜的工作。眼睛
並不［沒］有近視了多少，舊眼鏡光度約三百六十度，左眼換了四
百度外，右眼並沒有換，兩鏡片凸度並沒有看得出的分別。上次換
眼鏡還是在海關的時候，所以進步並不快。"Panteen"在北平藥房
外陳列了文雅廣告我還記得，頭髮還得好好保養。我覺得美國人吃
的meals同中國人吃的營養成分差不多，祇多了牛奶。我想北平的
牛奶還便宜，不知現在你服用否？看來信，經濟情形似乎較以前更
糟，上海恐怕還沒有北方情形那樣嚴重。人心恐慌，非特北平的學
生，一般留學生差不多都已左傾，我同孔氏後裔恐怕是在Yale極少
數對共黨有惡感的人。

　　你的戀愛問題沒有什麼結果，而董華奇的obsession老是念念除
不掉，一定很苦痛。暑假的熱鬧已過，恢復上半年那種的寂寞，我
也無法幫忙。不如在mood好的時候，多同女孩子來往，雖然沒有
意義，也可減少些gloom。我因為工作忙，情感的luxury已沒有，
過着機械化的生活，沒有despondent的mood，也沒有什麼可

complain。Yale研究院，因為研究生名額較別的大學少，功課的忙，英文系中，確為全美之冠。Harvard的undergraduate功課比Yale緊，研究院因為人數多，就沒有那樣緊張。哥倫比亞讀M.A.，大課堂，平日沒有paper，祗憑大考，時間的分配可以有自由的多。有位英文系同學，在Yale念 Drama School，這次轉哥倫比亞英文系，一選課有五門之多（Mark Van Doren, Krutch①）之類，在Yale是不可能的。

錢學熙把文章寄給Eliot，如蒙賞識，在中國學術界地位可以穩固了。Empson的書大約已具體，最近文章發表很多，這期 *KR* 有一篇，下期 *SR* 刊 "Fool in Lear"，*Hudson Review* ②刊 "Wit in Pope"。Faulkner在近代小說家中較特殊，recreate早年美國密西西比河流域的黑人，印第安人，白人的生活，想像力很高。最近讀一篇 "Red Leaves" ③，描寫一個黑人逃性命，一路吃活老鼠，螞蟻時鼓腹，相當impressive。海明威早年故事文筆很乾淨，你歡喜的Steinbeck的筆調，大約是從他那裏學來的。《戰地鐘聲》則不能給我一個清楚的印象，因為作者寫小說時，自己沒有一個明確的概念。讀Robert Penn Warren④的Hemingway一文，極好，Warren的批評文都未集起，但他確是一個了不起的批評家。

---

① Mark Van Doren（馬克・范・多倫，1894-1972），美國詩人、作家、批評家，代表作有《詩集》（*Collected Poems: 1922-1938*）等。Krutch（Joseph Wood Krutch，約瑟夫・伍德克魯奇，1893-1970），美國作家、評論家，哥倫比亞大學英語教授，代表作有 *The Modern Temper, The Measure of Man*。

② *Hudson Review*（《哈德遜評論》），季刊，1947年成立於在紐約。

③ "Red Leaves"（〈紅色的葉子〉，1930），美國作家威廉・福克納的短篇小說，首先發表在 *Saturday Evening Post*（《星期六晚郵報》）。

④ Robert Penn Warren（羅伯特・佩・沃倫，1905-1989），詩人、小說家、批評家。「新批評」理論的代表人物之一。曾參與《南方評論》雜誌的創建和編輯工作。代表作有小說《國王的人馬》（*All the King's Men*）。

給程綏楚的信還沒寫。祇好留在下次了。我的Milton paper（關於他的拉丁，Italian Verse）寫好後，還沒有type，星期四後還要寫海明威，所以一時抽不出空來。寄來的照片，許魯嘉較前stalwart（結實）得多，趙全章如舊，金隄melancholy，很英俊的樣子。好久沒有照片給你，下次當去拍一張automatic自動照片寄你。Byron已開始否？念念，希望你的mood不要這樣不快樂，即祝

　　康健

弟 志清 上
十月十八日

44. 夏濟安致夏志清（1948年10月11日）

志清弟：

多日未接到來信為念。接父親信說你近視加深，甚以為念。你雖有機會專心讀書，然而你的「自我實現」的哲學不能實行，也是大堪惋惜的。我的體力不如你，恐怕將來即使出洋，也不敢讀耶魯等難學堂。這兩年你是只好為了學問犧牲別的了。我的健康一般而論同以前差不多，惟自覺頭髮有「掀頂」（同父親一樣）的危險，現已用了兩瓶瑞士Roche產的 "Panteen"，現在用第三瓶，長頭髮之功尚未見，但髮的確落得少一點。我自信臉部長得還嫩，只要頭髮能保持得住，四十歲還可以做新郎（每星期或十天我的頭皮還去照紫外光，足見我對生活還有野心也）。

近日物價又大漲。政府限價限得凶，商人有東西也不敢賣，偷偷摸摸地買〔賣〕，因此物資似乎更缺，價錢更往上漲。麵粉一袋似乎已在五十元G.Y.以上（我的薪水才一百廿元G.Y.），飛利浦馬利斯一包約六元，肉非常難得，我因在外零吃，仍可有肉吃（菜館裡總要設法買些肉來，即便要走許多路，到很遠地方去買來）。普通人家已不大吃肉，我的香煙差不多已經戒掉，否則一月薪水只夠兩條飛利浦，太是笑話了。這次物價之漲，同以往各次漲風不同：第一我們的薪水以前也跟着調整，現在政府不承認物價漲，只承認限價，而且把我們的薪水也凍結了，成了收入有限、支出日增的局面；第二以前物價雖然漲，店裡貨並不缺，隨時可以買得到，現在許多東西都不容易買着（米就非常難買）。一個蹬三輪車的蹬了一天三輪，還要走很多地方，花很多時間，才擠得到一點雜糧，因此現在人心的恐慌勝於以前。我們本來每月配給一袋麵粉，自本月份起聽說將改作十元代金，而我這裡一袋存麵都沒有。我並不恐慌，

因為我不大往遠處去想，只是用錢不大自由，心裡總有些不痛快（政府還要開始鑄造一分銅幣，我不知一分錢還有什麼用處？）。

劉璐的大姐（她還有個二姐），於十月九日在北平出嫁，她大約在北平（你知道她因有 T. B. 嫌疑被南開勒令休學，南開在這點比北大凶），我叫工友送了十元錢去。結婚那天我去了怕沒有「落場勢」（因為男客裡沒有熟人，一個人擱在那裡是很窘的），因此沒有去道喜。最近我想到她家去走一次，探望於她。事實上，我們的關係不會再有什麼發展，可以說是已經結束了（因為雙方都沒有什麼感情，事情推動不起來）。董華奇還繼續地給我痛苦。我又有幾次差不多要向嬙嬙求婚，又都自己遏制住了。董華奇的 illusion 一日存在，我怕不能再愛別的女人。對董華奇的愛不能實現（或徹底的受破壞，如對李彥的一樣），我還是生活在緊張之中，對於女人還是沒有自信。要我的精神進入健康，大約總得在我們分居兩地之後（如她去上海），我相信我還是健忘的。

中央電影場（廠）三廠攝影師錢渝想買一本書（附上文件一通），請你寄五元錢去，信也請你代寫一下。錢我在這裡已收下，又得請你破費一下，真對不起。吳志謙已去武漢，石峻①本學期去，武漢任副教授，他們可以見面。別的再談，即祝

快樂

兄 濟安 頓首
十月十一日

---

① 石峻（1916-1999），湖南零陵人，著名中國哲學史專家、佛學家，曾任教於武漢大學、北京大學、北京師範大學、中國人民大學等，著有《石峻文集》、《近代中國知識份子的道路》、《范縝評傳》等，主編有《中國佛教思想資料選編》、《中國近代思想史參考資料簡編》等。

　　PS：十月一日來信收到。悉拉丁考試及格，一暑假有如此成績，大堪自傲，我亦為之欣慰。看Yale的課程有難有易，大約只要把文字弄好，讀Ph. D.並不很難。我的華茲華斯論文擬請燕卜生看後，再寄到美國來（燕才回國）；錢學熙的論文已寄至英國Faber給Eliot看了。今年你不在，董華奇又同我疏遠，我的寂寞可想。我現在有兩個傾向，一是self-pity；二是感情麻木，都不很健康。最近生活中並無女人，算命所說的似只限於暑假那一段。除非再有程綏楚那種「無事忙」，我不會單獨地去追任何女人。我的決心是抱獨身主義，真有什麼婚姻要來，我是逃不掉的。我只是決心不追求任何人，似乎沒有一個女人值得我追求。有了劉璐使我有個方便，逢到別人要替我介紹女朋友，我即以劉璐為擋箭牌（程綏楚也以為我醉心劉璐，不敢再拿別的女人來介紹給我了），說我已經有了對象了，其實我同劉璐早已完了。——所謂別人指的是童遐苓，他是同程綏楚（同樣的sentimental）相仿的一個熱心人，他以前想介紹給我一個女人，聽說很好（我沒有見過），現在做了譚富英的填房。譚富英已經四十幾歲，他很替那位小姐抱屈（譚富英的親事是葉世長[1]做的媒人；譚富英前妻是姜妙香[2]之女）。我和你在哲學上有點不同，即我並不認結婚為一件快樂之事，我認為這是一件悲壯之事。

　　我並沒有很強的責任心使我一定要替夏氏傳宗接代，再則我沒有足夠的passion使我覺得非和某一個女人結婚不可。只有董華奇，我是喜歡她做我的妻子的，但是說親未必有把握，徒然替自己

---

[1] 葉世長，疑為葉盛長之誤。葉盛長（1922-2001），老生演員。原名葉成章。原籍安徽太湖，生於北京。葉春善之子。

[2] 姜妙香（1890-1972），小生演員。名汶，字慧波，號靜芳。直隸獻縣人（今屬河北），生於北京。

增加羞辱而已。我想我就這樣平凡地活下去就算了，不要做什麼悲壯之事了。

我不認得但慶棣，所以不知道是否曾經看見過她。

45. 夏濟安致夏志清（1948年10月30日）

志清：

　　十月十八日來信收到。承關心我的心境不佳，頗感這幾天似乎好了一點。窮還是一樣的窮，窮得到上海不能有效接濟的程度。上海由蔣經國（Gimo 的大兒子，*Time* 八九月某期有他的相片）嚴厲執行限價，物價漲得不凶，只是許多東西買不着，生活也很苦（譬如父親來信說，阿二一早去排隊買肉，一星期只能軋着一次）。但是物價還穩定，家裏一家憑父親的場面三百元一月（父親的薪水）已夠。但是北平我一個人光吃苦飯，一個月三百元還不夠！錢學熙無錫家裏賣掉五石大米（每石廿元），得一百元，寄給他貼補家用，然而一百元在北平只能買卅斤米。吃的東西太貴，我在外面另吃，近來大感生活不穩定之苦。以前在西安同鄭之驤也常受饑餓的威脅，那時我們收入少，接濟不便，常常有今天吃掉，明天沒得吃的恐慌。十月份發了兩個月的薪水約G.Y. $250（加些別的補貼）總算勉強快度過去了。下月以後不知怎樣了？東北瀋陽快撤退，許多軍隊和百姓都要退到關內來，吃的人多了，糧源有限，以後米糧恐慌將更甚。長春已經失陷。長春在圍城時期的情形，你在國外恐怕不知道，據國內報章雜誌所載，簡直慘得嚇人。共產黨把城周圍四十里全鏟為平地，粒穀不生，軍人並幾十萬百姓守着一座空城，真的吃樹皮草根和人肉！那時長春（小公務員）的收入都比同級的在關內的公務員大一百倍（因為糧食價太貴了），長春一地的通貨數目，要收回，共需三億金圓，然而全國的法幣據說用兩億金圓券就收得回了。照軍事局勢看來，華北漸成東北之續，天津將成長春瀋陽，我看我是不會在北平久居的了。據傳說，北大將遷杭州，但願

成為事實。清華有遷長沙之說，但傳說梅貽琦①校長反對；我們的胡博士是嫉共如仇的，可能贊成搬。這星期為生活問題（師生聯合）罷了一星期課，不知政府將如何改善。我看經濟軍事形勢都在使人心浮動，以後上課也不能安心，政府不替我們改善生活，罷課還會來。我只想挨到寒假，寒假回去了，總算換一個環境換一口氣。潘家洵也鬧窮，也想逃離，弄得很pathetic（可憐的）的樣子。小暴君的威風一點都沒有了。同事中袁可嘉有點怕共產黨，同時也想adapt himself；金隄想留下來看看；趙全章生活右派思想左派，不知道會不會逃，別人左派的多，恐怕還在暗中歡迎共產黨來。袁家驊在英未返，錢學熙一定走，朱光潛也一定走（我還沒有聽見朱光潛親自表示過什麼意見），將來北大英文系只會由很少的人在南方支撐起來。學校真的宣佈搬，去的人會多一點。如果光是集合幾個流亡師生在南方辦起來，人便會很少。

一窮之下，無心管戀愛。董華奇的事我想就此結束了罷，至少我想最近我決不會去propose。現在我暗自慶幸還是獨身的好，現在這樣窮，隨時又可能逃難，有了家累怎麼得了？嬸嬸很苦，董先生不常寄錢來，寄來的錢又少，北平生活如此高漲（上海人將斷斷不能realize），她支撐門面大為吃力。她已好久沒有笑容。我因糧食貴，不常到她家去吃飯了。她只有一條出路——把房子賣掉，逃到南邊去。

我的文章寄上，請你仔細批評。凡用紅墨水修改處，都是照燕卜生的意見。有幾處地方，改過了又改回來，那是朱光潛先主張改，燕卜生並不說要改，所以我又把它復原。燕卜生坐freighter回來，七海飄蕩，走了三個月，路上遇見小偷，偷去三百美金。他說

① 梅貽琦（1889-1962），字月涵，祖籍江蘇武進，天津人。1931-1948年，任清華大學校長。1955年，在台灣新竹創建清華大學並任校長。

Brooks（他講起 Brooks 時，先已忘了他的名字，用 what's his name—Brooks 開頭），在他前提起你，他說你不去聽暑期學校，是個 good sign，因為 Yale 很 serious with 你，希望造就你，所以留你在學校讀拉丁。我告訴他你拉丁已考，Ph. D. Req. 及格，他很高興。下月起郵費漲價，所以今天趁賤寄上。（"Lyrical Ballads" 朱光潛說前面應加 "the"。）

我現在不希望你來接濟，因為官價美金太不值錢，U.S. $1=G.Y. $4，黑市嚴厲取締，捉住了真吃大官司，而且我也不知道那裏去兌（王府井有一爿熟店，我曾去做過，現被破獲查封），為很少數目的錢冒此大險，太犯不着。Sweater 我那件還好，暫時用不着新的，你如要送我，請你回國時帶來，不必現在買（我因為沒有女朋友了，整天穿中裝），而且窮得精神萎〔委〕靡，無心軋女朋友。你第三年的學費，湯先生、羅先生一定會幫忙。你不必着急，臨時自有辦法。我相信命中沒有凍餒之憂，所以雖然窮，還不着急，相信somehow or other，我總有飯吃。我在暑假那一段，過得頂闊氣，有兩個月沒有進小小食堂，起碼吃福春園，飯食之講究，你在北平時從來沒有這樣長時期的享受。現在連進福春園點隻起碼菜，都變成是 treat 了，平常總在小小食堂吃麵食。

我最近精神可能有一出路，是寫白話詩。已經寫好了一些，因為沒有押韻（覺得太容易了），預備押韻重寫，下一封信希望可寄一些給你看看。我寫詩是以 wit 為主，rhythm 我力求 colloquial，imagery 則 striking（而常常 ugly，相當 impressive），中國白話詩人還沒有像我那樣寫過，可算得異軍突起。袁可嘉看了我的一篇稿子，稱我為中國 John Donne，其實我對 Donne 並不熟，也不想模仿他，不過我的冷酷（戀愛總是失敗，當然會使我變成冷酷），加以我的 wit，及對於用字推敲的興趣，會寫出些特別的詩來。我不大敢太用心，因為不要看白話詩容易，寫出味道來也會使人失眠的。

最近看到一本 Joan Evans①（此女學問極豐富）的 *Taste &
Temperament*，是講圖畫等 Visual Arts的，相當有趣。書內把人分
Quick Introvert, Slow Introvert, Q. Extravert, S.E.四種，我想我是屬
於S.I.的，舉兩個特點：（一）我的房間不整理，而且沒有擺設，
——書中用 Dürer②所畫 Study of St. Jerome 作為S.I.書房佈置的代
表；（二）我喜歡黑白，勝於彩色。我對於碑帖興趣不小（勝於圖
畫），其實對於木刻也很喜歡，現在對於攝影有些研究，更歡喜好
的黑白攝影（如John Ford的 *How Green was My Valley* 及 *My Dear
Clementine* 兩片的攝影③），對於五彩電影，從來沒有覺得有過一張
好的畫面，五彩攝影亦然。看了這本書後對於西洋畫增加一點認
識。最近看了一張 *Sea of Grass* 覺得還不差，我想起我有這本書，
你在書上寫着M.G. M.'s dull epic，翻着這幾個字，很使我感慨，想
起我們以前的種種，但是這種片子並不dull，導演 Elia Kazan 手法
平穩而乾淨，赫本、Robert Walker 等表情都好④，故事本身亦很有意

---

① Joan Evans（瓊・埃文斯，1893-1977），英國歷史學家，所提的書籍全名為 *Taste
  and Temperament:A Brief Study Psychological Types in Their Relation to the Visual
  Arts*（《品味與性格：心理類型與視覺藝術的關係研究》）。
② Dürer（Albrecht Dürer，阿爾布雷特・丟勒，1471-1528），德國畫家、版畫家及
  木版畫設計家，主要作品有〈騎士，死亡與魔鬼〉（Knight, Death and the
  Devil）、〈憂鬱之一〉（Melencolia I）。
③ *How Green was My Valley*（《青山翠谷》，1941），劇情片，改編自英國小說家理
  查・勒埃林（Richard Llewellyn）1939年同名暢銷小說，約翰・福特導演，沃爾
  特・皮金、瑪琳・奧哈拉（Maureen O'Hara）、羅迪・麥克道爾（Roddy
  Mcdowall）主演，福斯發行。
④ *Sea of Grass*（*The Sea of Grass*，《隴上春色》，1947），西部劇情片，據康拉德・
  里澈（Conrad Richter）1936年同名小說改編，伊利亞・卡贊（Elia Kazan）導
  演、凱薩琳・赫本（Katharine Hepburn）、斯賓塞・屈塞（Spencer Tracy）、羅伯
  特・沃克（Robert Walker）主演，米高梅出品。

思。還看了一張電影叫《禁城毒蕊》①（*Casbah*），想不到就是當年的《海角遊魂》②（*Algiers*），現在由湯尼馬丁扮查理鮑耶，俗氣可想，伊鳳黛卡洛扮黑女，扮白女的叫 Märta Torén ③，完全女學生作風。比海蒂拉瑪差得很多，不知道為甚麼要重拍也。別的再談，即祝

　　快樂

　　　　　　　　　　　　　　　　　　濟安 頓首
　　　　　　　　　　　　　　　　　　十月三十日

附上錢學熙給你的回信。

---

① 《禁城毒蕊》（*Casbah*, 1948），音樂劇，約翰・貝利（John Belly）導演，湯尼・馬丁（Tony Martin）、伊鳳・黛卡洛（Yvonne DeCarlo）主演，環球影業發行。
② 《海角遊魂》（*Algiers*, 1938），劇情片，約翰・克隆威爾（John Cromwell）導演，查爾斯・博耶、茜瑞・格麗（Sigrid Gurie）、海蒂・拉瑪主演，聯美出品。
③ Märta Torén（瑪塔・托倫，1925-1957），瑞士電影、電視演員。

46. 夏濟安致夏志清（1948年11月17日）

志清弟：

多日未接來信為念。近數星期以來，時局日趨變化，北方逃難人頗多。我有一度想不等學期結束，逕自回南，後來怕這樣不能得校方諒解，以後不再要我，我在南方又沒有好差使，只好等到時局真緊急或放寒假時再說。關於走的準備，已經交郵政局寄滬兩箱書，連我的大字典在內，共45公斤。書還有不少，以及暫時不用的衣服等，想陸續寄走。可是近來窮得要命寄費雖不貴，亦不容易籌措，等到稍微寬裕一點，再去一包一包地寄。

北京大學大致不能南遷，政府沒有這筆錢，也騰不出這些船的噸位，將來還是各人逃各人的。我看不搬亦好，免得那些同情左派的人老是在國民黨治下過得不痛快，那些人留在這裡，早晚必定會享受到他們所心嚮往之的「解放」生活。

上海逃難的人亦很多，人心恐慌得很，各處亂走（京滬鐵路真擠死人），非但為的是怕共產黨殺來（這到底還遠着），同時聽說為的生活太高，許多人都活不下去。上海吃的現在比北平貴得多，這倒是出人意料的事。限價的時候，上海管得頂凶，因此市場大部停頓，現在限價一取消，物價漲得也頂凶，家裡生活一定也很困難。

我窮得常常身邊只剩一兩天的飯錢，京戲已一個多月沒有看。上海大舞臺演連台《大俠英烈傳》（？），廣告上有一段精彩回目叫做《蔣大龍檢舉豪門》，現在蔣經國雖然辭職了，這一集戲還在做着。演蔣大龍的大約是陳鶴峰①罷？上海最近發表生活指數為八月十九日限價時的八倍，北平至少亦為那時的五六倍，可是我們薪

---

① 陳鶴峰（1904-1981），老生演員。原名陳鴻聲，浙江鄞縣人，著名「麒」派老生。

水只照那時加了一倍半，生活當然非緊縮不可。

窮加上想逃難，詩亦沒有寫成。看了Lonsdale & Lee的*Aeneid*散文譯本①，譯得嚕裡嚕蘇。最近在看Henry Cary所譯的《神曲》②，覺得譯出的詩很硬，很乾淨，或者很像但丁原文，我很喜歡。最近買到一本六百多頁的Boileau集，有法文譯注，想好好讀一下，同時想把他來和Pope比較一下。（去年*New York Times Book Review*有一期Auden評Viking的 "Portable Dante"，對各家譯文有很扼要的批評。）我正在照你的辦法讀classics，對於Byron的研究擬於讀掉*Faust*之後，對Pope多瞭解也可幫助瞭解Byron。我的讀書興趣雖然不很強烈，但是不論環境如何，倒是始終保持的。

中電三廠怕要搬到南方去，那本書不知道你已經寫信去買沒有？他們如有回信給你，請你寄給我，我可拿去交帳。如果他們還沒有寄出，頂好請改寄給我，由我轉遞，免得遺失。

附上《大公報·星期文藝》一張，該刊現在是袁可嘉在編。從這篇座談記錄裡你可以看見些很熟悉以前常聽見的話，和一些相當奇怪可笑的話。

聖誕將屆，我希望你能寄五張精美的空白的X'mas cards給我作為禮物。如美國此物已上市，請即購好航郵寄下。你倒不一定寄張片子來給我賀年，可是有些人，關係只能靠寄賀年片來維持，寫信沒有什麼話好說的。對於這種人，賀年片當然亦該用得講究一些。再談　即祝

冬安

兄　濟安　頓首
十一月十七日

---

① 此處係指James Lonsdale和Samuel Lee翻譯的維吉爾史詩《伊尼亞斯逃亡記》。
② Henry Cary（亨利·卡里，1772-1844），英國作家和翻譯家，最有名的翻譯即是用無韻詩翻譯的《神曲》。

47. 夏志清致夏濟安（1948年11月19日）

濟安哥：

　　掛號信和文章收到已有十天，連日忙碌，沒有空作覆。*Tintern Abbey* 論文分析極細，很見功夫，各種 distinction，如冬與夏，visual 和 auditory，兩次對景物對的印象不同，都很 valid，尤其是指出華茲華斯對他的姊姊的看法——從她的 wild eyes 中看出早年的華茲華斯，和這種 mood 的必然失掉——確是 critical insight。文章沒有失［出］奇的地方，可是極平穩，能夠維持一貫的 mood。將來出版後一定可以 establish 一下 as scholar critic 的名氣。謝謝你浪費了不少郵票，寄給我讀，下次見 Brooks 時，當讓他批評一下。信上看出北平糧食的缺乏和生活的不安，這兩星期來，局勢發展更壞，平津更是危險，想生活更是艱苦。有沒有作逃難的計畫？甚念。平津隨時可以淪陷，很可能和家中隔斷。上星期好像局勢有一發不可收拾的樣子，國外同學都很關切，好像南京、上海都要陷落在目前。最近徐州勝利後，想人心可以安定一點，但願局勢一直好轉下去。報上說平津南下乘飛機登記的人已有數千，不知你有沒有預先登記？北大會不會南遷，能搬杭州最好：不過從一般學生眼光看來，給共黨接收是最好沒有的事。父親在上海有沒有搬家的計畫？我想事實上不允許會搬家。一切自己見機行事，安全第一。我在國外，除了每天看 *New York Times* 消息外，也不能有什麼幫助。最近金圓跌價後，零吃的情形是否好一些？極念。

　　我最近幾星期來，忙着寫文章：Milton 一門已寫了兩篇，"Milton's Anatomy Verse"（in Latin & Italian）和「Lycidas 和 Epitaphium Damonis 比較」都寫得極好，和 Witherspoon conference 時，他很讚美，兩篇都是「A」。一般新學生，大學升上來，或 G. I.

出身，對大學的修養，都沒有mature，所以我很可distinguish我自己。這學期比上學期寫文章有把握得多，非特老練，並不會有文法的小錯誤。再隔兩星期要繳一篇 *The Poet as Statesman*，是關於對密翁prose的研究。Brooks那方面，讀完Hemingway後，寫了一篇論文，關於海明威的imagery和他memory的關係，寫了九頁。上次去看Brooks，我的那篇文章還沒有看，就當場看卷，看完後他說 This is definitely an honor paper，並說我寫first rate prose，使我很高興。所以這學期兩課的關係都弄得很好，衹要在old English加緊用功，不難大考時沒有良好的成績。下星期要寫一篇關於Faulkner的論文。Faulkner文章有時很難讀，rhetoric的豐富，為近代人所少有。錢學熙信上問及對於小說的批評方法，事實上目下的傾向就是把批評詩的方法搬到小說上去，最近兩年來的 *Kenyon Review* 獨多小說批評的文章，就可看得出這一點。批評方法也不外乎在故事本身上找求analogy，它的structure, imagery, symbolism之類。不過這種對小說的intensive批評，十年前還不是一種collective effort，所以一直沒有代替Lubbock①, Forster②, E. Muir③研究小說技巧的書。寫小說批評的人近有Alan Tate, Blackmur（on Dostoevsky）, R.P Warren, Richard Chase, Mark Schorer較活躍。研究Faulkner的工作，最近幾年才盛行，所以上課時，Brooks很有些話可講，Brooks講話很穩，沒有一句不加以適當qualifications。他在寫一本關於Milton minor poems的書。

---

① Lubbock（Percy Lubbock波西・盧貝克，1879-1965），英國散文家、批評家，代表作有《小說技巧》（*The Craft of Fiction*）等。

② Forster（Edward Morgan Forster佛斯特，1879-1970），英國小說家，代表作有《印度之旅》（*A Passage to India*）、《小說面面觀》（*Aspects of the Novel*）。

③ E. Muir（Edwin Muir埃德溫・繆爾，1887-1959），蘇格蘭詩人、批評家、翻譯家，曾譯卡夫卡作品，代表作有《小說的結構》（*The Structure of the Novel*）等。

Eliot得Nobel prize想已知道，他現在Princeton的institute內研究，寫書，寫一本（明年二月出版）*Notes Toward the Definition of Culture*，同Arnold①一樣，從poetic criticism，他已轉到討論宗教和文化上面去，預備十二月返英，所以錢的文章，是否由Faber轉到美國來，就不可知了。Eliot去年喪妻。今年十一月F.O. Matthiessen的父親F.W.死掉，他是Big Ben，大鵬鐘錶廠的老闆，相當有錢——可供給錢學熙上批評課時的餘興。你寫白話詩，甚好，精神可以有出路，我創作的urge已一點沒有，文章寫得太多，信也不肯多寫；你對於wit和striking imagery的興趣我一向知道，能夠寫成功詩，也可以作最近一兩年生活的記錄。有wit的詩較着實的多，比卞之琳那種讀《羅馬興亡史》的純psychological聯想而產生的詩強得多了。Ransom着重寫詩，psychological unity外，更要緊是logical unity。袁可嘉的詩好像也是由個人聯想作詩結構的基礎的。

最近因看電影後，一坐三四個小時，眼睛太酸，所以不常看。上星期六朋友請看Olivier的*Hamlet*，開始黑白攝影極好，下半部電影好像技巧方面沒有特別成就。全片最好的當然Olivier的delivery：他的command of voice，高的時候高，低的時候低，為別的actor所不能。Jean Simmons並沒有在*Great expectation*中那樣好看，Ophelia的角色莎翁根本沒有寫清楚，所以不容易interpret，發瘋後表演得很苦楚。影片內每人的服飾都很不講究，很ugly；最後Olivier鬥劍幾下，手腳很乾淨，很顯真功夫。New Haven有一家劇院Shubert Theatre，號稱美國的"Premier Theatre"。許多話劇和歌舞劇，未去百老匯以前，先在New Haven上演幾天，可以研究觀眾的reaction，有所修改，去百老匯後，就可順利演出了。上星期Charles Boyer在

---

① Arnold（Matthew Arnold馬修・阿諾德，1822-1888），英國詩人、評論家，代表作有《文化與無政府狀態》（*Cultural and Anarchy*）等。

該戲院上演Sartre的劇本*Red Gloves* ①，是Boyer第一次在美國上舞臺，他是很好的actor，值得一看，可是沒有錢和時間，沒有去看。下星期Tillyard要來Yale演講，英國學者不時有到美國來的。燕卜生、弗蘭戈等外國人要不要撤退？希望你寒假時能夠回滬，假如北平真的淪陷，也不必回去了。我在Yale最近付了學費、住食，三百八十元，還餘一百二三十元足夠維持得到年底，不買衣服也不買書。花了一元錢買了一大瓶Port酒，可以在疲倦時喝一兩口。美國人對於豬腳爪、雞內臟之類，沒有用，都放在vinegar中preserve起來，味道很鮮，相當中國的酒糟的東西或薰凍之類，可以另買，最近發現也可以買來小sensual一下。近況如何，甚念。錢學熙的回信，X'mas時有空當做覆。即祝

　　近安

　　　　　　　　　　　　　　　　　　　　弟 志清 頓首
　　　　　　　　　　　　　　　　　　　　十一月十九日

　　（照片沒有去攝，下次當寄上。）

---

① Sartre（Jean-Paul Sartre讓－保羅‧沙特，1905-1980），存在主義哲學家、文學家，代表作為《存在與虛無》（*Bing and Nothingness*）等。*Red Gloves*（《紅手套》）是其名作《骯髒的手》的英譯名。

48. 夏濟安致夏志清（1948年11月25日）

志清弟：

多日未接來信為念。北大已經決定不遷，大部分先生學生都怕搬到陌生地方去，將流落成為難民，政府未必會找很好的地方給我們住，讓我們上課，遷移的經費也恐怕拿不出來（我們的薪水常常發不出，北大也比以前窮了）。現在流亡在各處的難民學生，多數在過着流亡兼流氓的生活，上館子不給錢，看白戲，打電車賣票（北平的電車賣票給東北學生打得真苦），強佔民房等等，為非作惡，借學生招牌為護符，擾亂社會治安很大。我也不主張搬，誰要走自己想辦法走。

我在最近幾天內會離開北平，已經急電打到家裡討二千元，現在正在活動飛機，成功了就走。以後信件請寄上海。

這一走對於我也是一種犧牲，放棄了北平比較安定的生活（這種生活事實上即便留在北平也享受不到幾天了），將開始到南邊去混。職業還沒有着落，放棄了北大恐怕不再教書了。我希望能在香港或臺灣找到一個事情做。一般人的看法，京滬的安全也不大（這幾天徐州在大戰，尚未有決定的勝負），我恐怕還要逃。即使父母親不主張逃難，我一個人將永遠在共產主義的威脅前逃亡。

袁可嘉也預備走，他最近所發表的文章和詩（有一首詩是傅作義頌），大受左派人攻擊，他怕共產黨真給他來一個「清算」。金隄本來是活絡的，但自從朱玉若飛去上海之後，他也想join她一塊到昆明去。他歡迎袁可嘉同我都到昆明去。施松卿也想走，她的家是在福建。

趙全章因為經濟困難，不走。第一旅費，第二回南後的生活，許多人都為這兩個問題難倒，不能走。錢學熙也不走，他的兒子女

兒都思想左傾不肯走，再則他現在拿北京大學當他的true love，捨不得丟掉「她」。他又怕江南一旦赤化，他的地主身份將使他吃很大的苦，不如在北大還可以苟延殘喘。潘家洵很想走，可是他的責任比較重，一時恐怕卸肩不掉，他說將等到寒假走，或是等朱先生走了再走。

這一走前途茫茫，career須從頭再做起。中國情形雖然一團糟，但是我堅信共產黨是一定要失敗的（持這種信仰的現在已經沒有多少人，我的同調愈來愈少了）。你在外國切勿輕易回國，中國的亂還得要好幾年。

上海假如漸漸接近火線，我看全國商業重心會往南移，那時候父親也會搬到南邊去，就像他以前去仰光、海防一樣。

上海生活程度比北平高得多，舉一個例，一種名叫《觀察》（講時局的，我差不多期期買）的週刊，在上海賣二元五角一期，用同樣紙張印刷同樣內容的華北航空版只賣一元一期。別的再談，即頌

　　旅安

　　　　　　　　　　　　　　　　　　兄 濟安 頓首
　　　　　　　　　　　　　　　　　　十一月廿五日

49. 夏志清致夏濟安（1948年11月26日）

濟安哥：

　　前天晚上看到來信，昨天 Thanksgiving 店家都不開門，今晨買了六張賀年片，兩張小的和一張雪景的是 ¢15 一張，其他三張 ¢25 一張，在 New Haven 算是很好的了。美國印的 X'mas 卡片，把 inscription（題詞），To My Dad, To My Brother, To My Gal Friend 之類都印在上面，衹有一小半是比較疏遠的 X'mas greetings，不過仍舊附一些惡劣的 verse，是不能避免的了。上次給你信，沒有帶一句 Jackson Rose ① 那方面，三四星期前已打了一張五元支票寄去，叫他航郵直接寄 Mr. Yuu，並叫他給我一封覆函，acknowledge 已經收到我的支票。美國 business 辦事一向很 prompt，可是 Rose 並沒有給我覆函，所以無法知道那書是否已寄出。昨天又打了一封信給他，問他該書是否已給 [寄] 出，如未寄出，請直接寄 New Haven，免掉遺失，並叫他給我一封回信。你可以告訴攝影場的朋友。舊金山輪船公司十月來罷工已久，船運恐怕還未恢復，假使該書普通郵寄的話，收到該書的日子還遙遙遙無期。《星期文藝》的「方向」座談的確非常滑稽（袁的「方向」社大約是模仿美國的 "New Directions" 出版社），尤其是廢名 ② 先生那種論調，為平常人一時想不起來，他那樣沒有顧忌的 bluntness，暴露自己的 ignorance，恐怕是他「修道」的結果。錢學熙能夠在第一段話中那 [拿] 自己思想說明，最後一段中連 quote 兩段名句，較他人為強得多。最近重翻了一下

① 指美國攝影師 Jackson Rose（1886-1956），曾編撰著名的 *American Cinematographer Hank Book*（《美國攝影師手冊》），1935年初版，行銷世界，至今仍不斷再版。
② 廢名（1901-1967），原名馮文炳，現代作家，代表作有《竹林的故事》、《莫須有先生傳》、《橋》等。

*After Strange Gods*①，覺得錢雖維護Eliot，Eliot必定要認為錢的「向上」哲學是一種高級 "heresy"（異端）而不能同意的。Eliot在着手寫一poetic drama。

最近保定失守，北平更顯孤立，平滬traffic不方便，不知你飛機有無登記，否則很有暫時流落在共黨手下的可能性。東西太多，也是一種burden，想郵運的書可以安全到滬。這兩天Thanksgiving算是放假，事實上功課還是照舊。前天晚上看了派拉蒙的*Miss Tatlock's Millions*②，為Chas. Brackett所監製編劇，非常幽默，敘述John Lund③冒充了失蹤的孫子idiot，接受大筆遺產，而親戚們（橫人Monty Woolley領導）一分也沒有拿到，頗有Ben Jonson那種的殘酷幽默。昨天晚上同幾位中國同學吃了中國菜，花了兩元（Yale Graduate School現在上海人一個也沒有，所以天天講國語，祇法學院還有兩位上海人）。在寫一篇批評Faulkner的*The Hamlet*小說，把整個小說分析一下，覺得相當費力，感覺到你寫*Tintern Abbey*一定費了不少功力：找一個作家的任何一個aspect討論較分析一個整個的詩劇或小說容易得多。下星期開始讀Yeats，prose讀得太多，可以輕鬆些。開始讀密翁的prose，相當heavy而dull，不過他的prose靠自己的initiative也不會去讀它，能夠讀它也好。你讀Dante, Virgil甚好，希望自己營養注意，不要把身體弄壞。下星期Edith

---

① T.S. Eliot: *After Strange Gods: A Primer of Modern Heresy*（《追隨異教神祇：現代異端邪說入門》），London: Faber and Faber Ltd, 1934。

② *Miss Tatlock's Millions*（《塔洛克小姐的百萬美元》，1948），美國喜劇片，布拉克特（Charles Brackett）編劇，理查‧海丁（Richard Haydn）導演，約翰‧倫德（John Lund）、旺達‧亨德里克斯主演，派拉蒙發行。

③ John Lund（約翰‧倫德，1911-1992），美國電影演員，以出演《柏林豔史》最為知名。

Sitwell來演講 *King Lear*，Osbert Sitwell ① 演講 Dickens，再下一個禮拜，Tillyard要演講，都預備去一聽。家中來信很好。X'mas有較長的假期。X'mas前當再給你信。匆匆，即請

　　冬安

弟 志清 頓首
十一月廿六日

---

① Edith Sitwell（伊蒂絲‧希特維爾斯，1887-1964），英國女詩人、批評家；Osbert
　Sitwell（奧斯伯特‧希特維爾斯，1892-1969），英國作家。他們與作家、音樂藝
　術評論家Sacheverell Sitwell（薩切維里爾‧希特維爾斯，1898-1988）是英國文
　壇著名的「希特維爾斯」（The Sitwells）姐弟三人組。

50. 夏濟安致夏志清（1948年12月8日）

志清弟：

我於十二月二日飛返上海，官價票是$1905元，行李共62公斤，超過47公斤，一共付了約三千七百元。我的薪水經調整後為八百元一月，做四個月事都賺不出這張票，北大教職員中南下的至今還只有我一個人，並不足怪。我本來可以寒假回來，但怕那時局勢更緊張，買票更困難，因循坐誤，或者反而走不掉，所以提前請假回來。代我課的是一位Miss Harriet Mills①（宓含瑞），威爾士萊M.A.，專攻英文，她是得了Fulbright獎金②到中國來研究魯迅的，人並不很漂亮，但很活潑，年紀還輕，絕非教會學校老處女派頭。我的功課有人代替，對北大的責任已盡，自可早走。胡適和朱光潛都很同情我的走，朱光潛還希望他將來逃到上海時，我能幫幫他忙。

平津局勢當然比京滬緊張得多，南方共黨大軍都在長江以北，上海據我幾天以來的觀察，情形並不比以前不安定。可是平津沿線周圍，共黨大軍陸續結集，攻勢不發動則已，一發動必定平津鐵路

---

① Harriet C. Mills（宓含瑞，1920-？），父母是傳教士，出生於日本東京，在中國讀小學、中學。返美就讀於Wellesley College，1947年作為傅爾布萊特訪問學者到北大研究魯迅。1952年被捕，1955年被遣返美國。1963年獲得哥倫比亞大學博士，學位論文為 *Lu Hsün, 1927-1936: The Years On the Left*，後留校任教，1966年轉去密西根大學執教，直至1990年退休。

② Fulbright獎金，即傅爾布萊特獎學金（Fulbright Scholarship），美國政府設立的國際交流計畫，旨在通過教育和文化交流增進美國人民和各國人民之間的相互瞭解。此計畫由時任阿肯色州參議員的詹姆斯·威廉·傅爾布萊特提出，1946年通過傅爾布萊特法案。1961年又通過了教育文化交流法，即傅爾布萊特·海斯法，使傅爾布萊特獎學金計畫得以加強和擴大。

寸斷，平津孤立被圍，糧食飛漲，大落炮彈（現在共軍配備很好，錦州落炮彈達兩萬發之多，東北四十萬國軍被解決以後，他們的武器更厲害了），結果還不免淪陷。這個險我犯不着冒，所以我毅然決然地走了。

北大不會搬，必要時胡適和幾位教授或許會被「搶救」出來，他們如在南邊把招牌掛起，我要不要回去呢？這得看我在這塊招牌南遷之前，能不能找着一個好的職業。這兩個月來在北平的窮困，我覺得實在有損做人的dignity。我這次請假南下，也許是我生命史上一個重大的turning point，我非不得已不會再去教書。我覺得這個國已經沒有法子救，在這個年頭還是「保身安家」頂要緊。我想多賺幾個錢，活得痛快一點。我對父親說，我既然不願在共產黨治下生活，我希望我的新職業應該在南方，離共產黨威脅遠的地方，頂好是香港。他大約這兩天是在香港方面替我謀事，如能夠賺到港幣，大約總可以比在國內日子過得舒服點。母親看見我居然肯不教「苦書」，肯多賺錢，心裡很高興。

家裡經濟情形似乎還不壞，我花了許多錢買飛機票，到了上海，父親居然不發怨言的還讓我花二千元錢做一件厚呢冬季大衣。母親樓上樓下走來走去，看看這座房子心裡就很得意。母親的房間已漆成乳黃色，看上去舒服得多，房裡新添了一隻國貨小型五燈機，母親每天晚上固定的聽三檔節目：范雪君①：《雷雨》；楊仁麟②：《白蛇》；薛筱卿、郭斌卿（？）：《[珍]珠塔》③。她擁被而臥

① 范雪君（1925-1995），評彈演員，江蘇蘇州人。
② 楊仁麟（1906-1983），評彈演員，江蘇蘇州人。十一歲隨父楊小亭習彈詞《白蛇傳》。
③ 薛筱卿（1901-1980），評彈演員，江蘇蘇州人。薛筱卿和沈儉安（1900-1964）長期拼檔合作，擅長說表和彈唱，時有「塔王」之稱。郭斌卿，評彈演員，江蘇蘇州人，生卒年不詳。

地聽着說書的確很福氣。范雪君是個聰明人，她的《雷雨》除描寫敘述，彈唱全為老派蘇白外，對白全照曹禺原本！國語發音大有毛病，但比一般說大書的好得多，模仿話劇腔調很是逼真，而且一人一個口氣，學男人如周朴園、周萍都活靈活現，繁漪、四鳳兩人的腔調，也代表她們的個性。我昨天為好奇心聽了她幾十分鐘，又是好笑，又是佩服。她的taste當然很壞，可是把話劇同彈詞打成一片，倒是別開生面。她的話劇化彈詞聽說還有《啼笑因緣》、《秋海棠》兩部。母親頂欣賞的是楊仁麟《白蛇傳》，的確很細膩，這幾天在說白娘娘生孩子，即將合缽，母親很替她着急。

　　玉瑛長得很高大漂亮，一個人住在二樓汽車間，還算用功。英文文法用《英文津逮》第四冊，讀本用Spyri①著（英譯）*Heidi*（秀蘭鄧波兒②主演《小夏蒂》），全書約四百頁，本學期要讀完二百頁，文字很不容易，給北大freshmen讀未必吃得消。試舉一段：

On the following evening there were great expectations and lively preparations in the Sesemann home, and it was plain to be seen that the expected lady was of great importance here, and that everyone felt deep respect for her. Tinette had put a brand-new white cap on her head, and Sebastian had collected a great number of stools, so that the lady might find one under her feet wherever she might sit down. Fräulein Rottenmeier, very erect, went through the rooms inspecting everything, as if to show that even though a second ruling power was near at hand, her own, for all that, had not come to an end.

---

① Spyri（Johanna Spyri 斯比麗，1827-1901），瑞士著名兒童文學作家，代表作是《小夏蒂》（*Heidi*）等。

② 秀蘭鄧波兒（Shirley Temple, 1928-2014），美國著名童星，出演過《新群芳大會》、《小夏蒂》等演片。1935年，年僅7歲時就獲得了第7屆奧斯卡特別金像獎。

　　這種英文普通大學畢業生都未必纏得明白，玉瑛如果在聖瑪莉亞好好用功幾年，英文用好可以不成問題。她每天吃的牛奶半磅（每瓶十四元，請算一算每月多少，再參考信開頭我在北大的薪水），Parke-Davis魚肝油丸，別的補品不吃。

　　父親還是同董漢槎合坐一輛汽車辦公，他說行裡本來可以買一輛新汽車，他自己不贊成。這是他一生做人可愛處也是吃虧處。他近來一直在說共產黨好（使得玉瑛很奇怪），我回來後痛陳利害，他慢慢地有點明白共產黨同他的idealism並不一致。祖母清健如昔，只是窮得可憐：每月由乾安①給她十元，玉富②十元。我現在住在三樓前樓。

　　蚌埠一帶戰事打得還好。國軍現在發銀洋鈿做餉，京滬一帶常有香煙等慰勞品送去，士氣較前為佳。上海人心尚安定，大家都希望美國派兵上海登陸，上海美僑也在作這樣的請求。

　　我同董華奇的事恐怕不能就此完結。在我走前幾天，她待我很好。我問她：「你對我不再生氣了嗎？」她說：「不生氣了。」我再很誠懇的添一句：「小妹，我待你不錯。」她的答覆也很着力：「我知一道一。」我們是握手而別的。無論如何，下次再見面時（不知在何時何地？），我們的關係可以很好。老實說，我對於天下任何人都抱indifferent態度（對共產黨則是痛恨），很奇怪的，只有董華奇偏能大影響我的感情，她待我好一點，我就大高興；冷淡一點，我就大沮喪。這種感情不是你的理智所能解開，也不是我的意志所能克制。她還是我心上唯一的tender spot。但嬸嬸同董先生現在關係弄得壞極（差不多已不寄接濟去），她們逃離很不容易。我現在想多賺錢，有時候也是想由我的力量來撐起嬸嬸的一家人家。時局

---

① 乾安，夏濟安的堂兄。

② 玉富，夏濟安的堂妹。

如此，離合是很難說的。再談，即祝

　　旅安

　　　　　　　　　　　　　　　　　　兄　濟安　頓首

　　　　　　　　　　　　　　　　　　十二‧八日

　　［又及］金隄來信說，你的一包賀年片已寄到北平，他已給轉來，不知哪天可以寄到。但在上海買賀年片比較容易，我沒有在北平那樣的等你的接濟了。

　　上海還是言慧珠（中國）、童芷苓（天蟾）唱對台，我還沒有去看過。只看過一張電影考爾門的 *A Double Life*，考爾門的 intensity 不夠，情節也不大通。

51. 夏志清致夏濟安（1948年12月18日）

濟安哥：

　　三天前接到你抵滬後的信，着實欣慰；看到你十一月廿五日的信，很擔心能否買得到飛機票，在北平未淪陷前離開。現在能及早離開，非特家中重聚，也可在數月窮苦生活後，稍微享受一下。見報胡適也已飛南京，做蔣的顧問，共軍已兵臨北平城下，雖然沒有什麼戰爭，我想北平淪陷就想 [在] 目前。奇怪的是除了你以外同事間還沒有第二個人飛回南方；經濟固然是問題，一般人對於共黨的相信也是重要因素。我看人民的迷信，國民黨軍隊的不肯好好打仗，不久會鑄成中國歷史上最大的 betrayal。這裡的中國學生也都 in favor of 共黨，好像蔣的 regime 既已近 collapse，擁護共黨還可維持一些國家的面子。孔子的嫡裔孔德成因家眷在南京，已飛返中國，他曾去華盛頓見蔣夫人。有一次 H.H. Kung [1] 來看他，送他一盒雪茄煙。我對共黨的痛恨雖然沒有到你的程度，可是對它有同你一樣的 contempt。你決定目下不再教書，最好；在亂世祇有有錢的人還可有行動的自由，能多賺一些錢，也可好好地生活一下，補償數年的貧困。玉瑛妹給我的賀年片已於昨天收到，謝謝，那小圓相片想是最近所攝，甚好。我在 Yale，既不去郊遊，沒有拍照的機會；照相館攝影又太貴，所以沒有照片寄回家。

　　上星期五起已開始放聖誕假，廿世紀文學，Milton，平日寫短 paper 沒有 term paper，所以沒有上學期春假那樣準備 Peele 材料那

---

[1] H.H. Kung，即孔祥熙（1880-1967），字庸之，號子淵，祖籍山東曲阜，生於山西太谷縣，孔子的第74世孫，其妻為宋靄齡，蔣介石的姻兄，曾任中國民國行政院長兼財政部長。

樣的緊張，可以充分預備Old English，把文法、讀本、生字全部理
清楚。這學期功課對付得很自如，Brooks和Milton自以為都在全班
之冠：Milton沒有問題，所寫paper全得A；Brooks的海明威paper
得95分，第二篇尚未發還，想亦可保持此水準。雖然有時為趕
paper常常三四點鐘入睡，好像沒有上學期那樣緊張，原因是已習
慣於在打字機上寫文章。最近兩篇Milton paper都是不打草稿，在
打字機下打出，當夜趕完，所以節省時間不少。最近Brooks在教
Yeats，Yeats的批評書，最近新出一本Richard Ellmann: *Yeats. The
Man & The Masks*. MacM.①出版，很好，嫌價太貴，沒有買。買一
本批評文的anthology: *Criticism: Foundations of Modern Literary
Judgment*②，內容充實，$5.00，新出版時要$7.50。同時Brooks還
assign一本Waugh: *Vile Bodies*③，要寫一篇critique，想不到這學期老
是研究小說。李賦寧今年功課很舒適，同時念書的一股勁似乎也消
失。他同他的fiancée國內從見面到訂婚不過三星期，那時情景已經
早已消失，現在仍靠了這old basis，繼續不斷的通信。柳無忌
（Yale的Ph. D.）年紀還輕，現在New Haven，在圖書館內偶而見到
他，他在寫一本書on Confucius。

　　我暑假以來的生活，也節縮得很緊。昨天買了一隻電爐，寒假
期間，食堂不開門，頓頓零喫，太浪費，還得自己煮來吃。聖誕節

---

① Richard Ellmann（理查・艾爾曼，1918-1987），美國文學批評家，英國作家喬哀
　斯、王爾德、葉慈傳記的作者。

② *Criticism: Foundations of Modern Literary Judgment*（Harcourt, Brace, 1948），由
　美國作家、批評家馬克・肖萊爾（Mark Schorer, 1908-1977）等編選。

③ Waugh（Evelyn Waugh伊芙琳・沃，1903-1966），英國作家，代表作有《衰落與
　瓦解》（*Decline and Fall*）、《一掬塵土》（*A Handfull of Dust*）、《故園風雨後》
　（*Brideshead Revisited*）、《苦戀》（*The Loved One*）。《邪惡的軀體》（*Vile
　Bodies*）是作者1930年出版的小說。

雖要被邀去紐約二三天，也不會有什麼玩。同時精神上也不感十分苦悶，好像讀書愈多，身體對讀書的adaption愈好，愈efficient。昨天大雪，美國的氣候很準，每年X'mas前一星期開始下雪，去年也是如此。上海想仍很暖和。

Cinematographer Hand Book的回信已來（附上），說該書已於十一月八日寄出，不知Mr. Yuu已搬去南京否，你可把信寄給他，收到不收到我就不負責了。最近MGM出品甚多，鉅形歌舞片不斷。幾月來，紐約的Radio City Music Hall都映MGM的影片，很不容易。LB Mayer①最近新婚；老人Monty Woolley未做戲以前，是Yale的教授。上星期看了一張*Good Sam*②，是賈來古柏、安秀麗丹合演的，一貫Leo McCarey③的遲緩手法，不過對美國生活的approach很intimate，值得一看。Thanksgiving時看了一次revue: *Along the Fifth Avenue*④，在Hubert Theatre，坐在三樓，聽看比較吃力，在前排看跳舞唱歌，一定是很好的娛樂。演出的時間，除去intermission，不過二小時，沒有京戲演出那樣長。

母親的滿足和快樂，使我很高興；玉瑛妹英文程度如此高，也使我高興，我想高中畢業前，她就可以很容易地看英文小說了。你的謀業有無着落？我想即使去香港，也在上海過了年後再去，憑你的交際和intelligence，不難在商界很快受人注意和器重。不久前見

① LB Mayer（Louis B. Mayer梅爾，1884-1957），美國電影出品人，奧斯卡獎的創始人之一。

② *Good Sam*（1948），浪漫喜劇，萊奧・麥卡雷導演，賈利・古柏、安・秀麗丹主演。

③ Leo McCarey（萊奧・麥卡雷，1898-1969），美國電影導演，電影編劇及製片人，一生中參與了將近兩百部電影的製作，其中喜劇占絕大多數。

④ *Along the Fifth Avenue*（《沿著第五大道》），由Arthur Lesser製片，Nancy Walker、Carol Bruce等主演的喜劇片。

報載，Rice diet是最好治療血壓、心臟、kidney諸病的辦法：父親多吃飯、蔬菜、水果，血壓必然降低；中國人有吃飯的習慣，所以一般人高血壓、心臟病的威脅並不太顯着。

　　我身體很好，我的房間同紅樓許魯嘉的差不多，終日不進太陽光，是個缺點，可是暖氣早已開放，並不寒冷。平日除讀書外，不做什麼別的事情。北京城內最近兩天必定很緊張，錢學熙恐怕一直要在共軍局面下教書了。袁可嘉會不會飛南，他的右傾，在學校保障下，也不會有生命的危險。近況想好，即祝

　　新年快樂

　　　　　　　　　　　　　　　　　　　　弟　志清　上
　　　　　　　　　　　　　　　　　　　　十二月十八日

　　給玉瑛妹的賀年片，想已收到。

　　考爾門的 *A Double Life* 我也看過，他確已蒼老，片內他沙了喉嚨嘶叫，沒有他因［應］有的suavity，使人失望。

52. 夏濟安致夏志清（1948年12月20日）

志清弟：

　　我離開北平後十日，北平即成圍城，真是險極。現在北平城外都是共產黨，兩個飛機場、頤和園、清華、燕京等都已失陷，傅作義預備死守孤城。東單廣場已改為飛機場，暫供軍用，在天壇附近另外一個飛機場在興建中。十幾萬大軍麕集城內，恐怕食糧大成問題。水電已斷，城裡人生活之苦可想。我假如在城內，每日三餐都將大成問題。天津亦在準備巷戰中。江北方面，共黨一步步向長江移動，頂可怕的是中央軍損失浩大，一時將有無兵可調之虞。蔣氏抗戰到底，或將學英國人在敦克爾克之役以後一樣，用海空軍堵住長江，再圖大舉。父親的「惰性」很大，怕聽逃難，聽見和平謠言，即眉飛色舞。事實上，他還是會逃的。董漢槎已去廈門視察，億中在準備廈門和廣州的分行，上海所受的威脅加重了，生意沒有得做時，他也會一走。不過匆匆而走，家裡財產的損失必大。我這次飛機上帶來62公斤行李，書籍交郵政局寄的約有100公斤，還沒有收到，想都擱在天津，不免損失。錢學熙對於南方社會很抱悲觀，不走亦不會怨。袁可嘉、程綏楚很想走，可是耽誤了，恐怕走不掉了。政府於十五日派了兩架飛機去接教授，接出胡適、陳寅恪、張伯漢（北平市前副市長）、張佛泉、王聿修、王雲槐（均為國民黨活躍分子）六家。事前沒有聯絡好，只走了一飛機人，還有一隻飛機原機飛回。現在正在繼續努力搶救中（北平的飛機場還不能用），朱光潛早晚當可救出。傅斯年[1]發表為臺灣大學校長，聽

---

[1] 傅斯年（1896-1950），字孟真，山東聊城人。曾任國立北京大學代理校長、國立臺灣大學校長等職。

說就是要安插北方教授的準備，湯公、朱公間若有一人逃出，我大
約可以進台大。我本託父親薦事，他在香港方面辦法並不多，我又
認為上海不安全，只好想想辦法到臺灣去了。董華奇當然亦同北平
一塊兒完了。再談，即頌

　　冬安

濟安　頓首
十二・廿日

　　〔又及〕所寄來的一包賀年片從北平退回，尚未收到，想已遺
失。

53. 夏志清致夏濟安（1949年正月7日）

濟安哥：

　　父親和你的信（十二月廿日）收到了已有多天，家中情況很舒服的樣子，甚慰。我在寄你一包賀年片前，給你一封信，似乎沒有收到；賀年片包內附有一頁的信，想亦遺失。新年假期已過，現在又恢復緊張的工作，還有三個多星期學期就要結束，得準備大考。假期內把Old English的textbook文法讀本從頭至尾溫習了一遍。OE同初讀英文、拉丁等語言不同，因為語言本身在一種flux的state，所以得着重文法和語音的變遷（所謂morphology和phonology），不單弄通文法生字即可。我十二月廿三日下午去紐約，Li Foundation替我在Manhattan Towns Hotel定了一間房間，那旅館給假期去紐約的外國學生special rate，所以住在那裡的學生很多，地點在百老匯和七十六號街轉角，相當高。晚上去派拉蒙大戲院看了Bob Hope[1]的 The Paleface[2]，五彩西部片，以主演 Outlaw[3] 出名的Jane Russell[4]做女主角，頗滑稽，另有Benny Goodman[5]的樂隊。紐約沒有下雪，可是很冷。廿四日上午去Woolworth Bldg，見到程民德、孫禩錚[6]

---

[1] Bob Hope（鮑伯・霍普，1903-2003），美國喜劇演員、歌手，出演超過70餘部影片或短片，包括與平克合演的「路」系列等。

[2] The Paleface（《脂粉雙槍俠》，1948），彩色西部喜劇片，諾曼・Z・麥克李歐導演，鮑伯・霍普、簡・拉塞爾主演，派拉蒙出品。

[3] Outlaw（《不法之徒》，1943），西部片，霍華德・休斯導演，簡・拉塞爾主演，霍華德・休斯影業出品。

[4] Jane Russell（簡・拉塞爾，1921-2011），美國女演員，1940-1950年代之性感尤物。

[5] Benny Goodman（本尼・古德曼，1909-1986），美國爵士音樂人，樂隊領隊。

[6] 孫禩錚，與夏志清，程明德同年（1947）獲得李氏獎金，至芝加哥大學，學習經濟，1950年返北大任教。

和其他四位李氏獎金的fellows。後來又來了一位新出國的女學生，直頭髮，湖南人，不是fellow，但由李氏資助。其他四位fellows，一位在哈佛讀政治，兩位小大學工科，一位經濟。程民德今年可得Ph. D.，他紐約還是第一次來，的確很用功；孫程度較差，不斷complain芝加哥大學的功課難。李國欽①的華昌企業公司佔有Woolworth Bldg兩層，很不容易，他的下手除Hirst外，又［有］一位Dr. Wang，是王寵惠②的brother。李的辦公室外掛老蔣五彩軍隊照片，此外桌上有一張蔣和Mrs.蔣的全身黑白照，上下聯有「國欽先生惠存，蔣……宋……贈」，大約是蔣氏的親筆。K.C. Li身材矮小，英文講得並不好，可是沒有一點self-conscious，人很利害。最後一同去律師俱樂部吃飯，華昌同人都到，飯前唱美國國歌，中國黨歌，飯後唱「起來起來」X'mas Cards、「滿江紅」等中外歌曲（中國歌由一個人solo），最後李氏飯後向華昌同人致辭，慢慢地講英文。客人也不少，坐了［在］我右手（座位是派定的）的一位是Joyce徐，左手隔一位Brenda徐，是經濟部長徐堪③（第一次聽到他的名字）的女兒，年齡都不過十七八歲，在Columbus Ohio High School念書，Brenda較胖，Joyce五官端正，化裝入時，的確很漂亮。她們來美已有八九年，稍微同她們講了一些話。K.C. Li要在星期天特別請Fellows吃中國菜，所以只要留在紐約，既不讀書，也沒有什麼玩。那天晚上（X'mas Eve）我走進拉丁Quarter，本來預備花一兩元錢在Bar吃杯啤酒，不料上樓梯時逢到Yale法律系的兩位上海學生：姓王、姓夏的④，和姓王的妹妹（在Colombia，是夏的

---

① 李國欽（1887-1961），字並麟，湖南長沙人，華僑鉅賈。李氏基金會的負責人。

② 王寵惠（1881-1958），字亮疇，廣東東莞人。曾任中華國民政府外交部長、國務總理。

③ 徐堪（1888-1969），原名徐代堪，字可亭，四川人。曾任中華民國財政部長。

④ 即夏道泰，畢業後，即至華盛頓國會圖書館任職，升至遠東法律部主任。

fiancée）。他們是第一次來，一同坐table。那天X'mas價錢特別貴，一隻table minimum cover $20，加了tax，即是$24，付了小帳即成三十元。他們有錢，不在乎，我也付了我的share（八元），實在很不上算。那天的show並不精彩，送客的老太婆Red Hot Mama Sophie Tucker新從倫敦回來，齊格飛時代已是"Mama"，很胖很老，帶唱帶說，一人單獨表演，法律系兩學生都大不滿意。李氏發給了我$35元，占去車費、房錢，雖無損失，也沒有多。廿五日去Radio City看了MGM的 *Words & Music* ①，裡面歌舞節目很不錯，不過由Mickey Rooney飾音樂家Hart，因為身材矮小，沒有女人愛他，結果失戀而死，表情全部虛偽（論情節的確沉痛無比），*Time* 上也講起。星期天在一家中國館子吃飯，菜有雞、魚、lobster等等廣東菜，但是李氏在席，人又陌生，大家都不大自由。最後李國欽叫起一個個Fellow用英文報告來美後研究經過，費了不少時間。那位湖南女人講中文，由我做了翻譯。末了李氏講了一些建國的道理，並叫我們觀察美國文化，並舉出Edison、Ford諸人為模範。飯至四點多方散席，相當depressing。我即乘火車返New Haven，浪費了不少應讀書的時間。美國學生在假期差不多都回家，交通方面〔便〕的緣故。假期結束時一架飛機在Seattle起飛，天氣惡劣，在飛機場出事，死了十一個Yale undergraduates。Brooks assign我寫一篇Waugh: *Vile Bodies* 的批評，所以看了兩本小說，*Vile Bodies* 和 *Decline & Fall*。英國作家的幽默，中國人容易接近，Waugh的小說還不錯，他的男主角都同《圍城》②方鴻漸差不多，沒有主張的善人，讓events在他

---

① *Words & Music*（《風流海盜》，1948），彩色歌舞片。諾曼·陶諾格（Norman Taurog）導演，湯姆·德雷克（Tom Drake）、米基·魯尼（Mickey Rooney）主演，米高梅發行。

②《圍城》，錢鍾書（1910-1998）唯一的長篇小說，1947年由上海晨光出版公司出版。

身上發展。*Decline & Fall plot*很好，*Vile Bodies*中有一個沒有記憶力的老人Colonel Blount，可以引人大笑。我想Waugh最近的小說*Brideshead, The Loved One*，都可以值得一讀。最近我的那篇Faulkner paper發下來，得93分，上次Hemingway 95分，兩次差不多都是全級之冠，不過還要寫一篇研究Yeats的paper，的確時間很不充分。你的那篇Wordsworth我前天已交給Brooks，讓他一讀。

　　共黨自年底發表名單後，似乎愈加arrogant，國民黨的講和平，想對方已不會接受，蔣的軍隊愈來愈少，不知時局如何發展。滬平通郵否，北平友人想多安全；你的job有無定當，不知是去臺灣或香港，甚念。陸文淵①已去香港，吳新民②近來由台南運至香港五百噸糖，相當發財。張心滄在愛丁堡受Dover Wilson指導，已成Elizabeth Drama專家，楊周翰牛津B.A.讀完，大考成績僅三等（相當於pass），很不高興（袁家驊曾考得二等），此消息錢學熙一定很要聽也。

　　玉瑛妹想已放年假，家裡想很融洽熱鬧。父親億中營業發達，每月賺錢很多，甚慰。今天付去上一月半飯錢七十元，今上半年的九百元很〔已〕領到。年終銀行內尚餘四十元，身邊尚餘十元，假如扣去七十元飯費，一年deficit僅二十元，不算多。因為去年買東西、火車費（從Ohio到New Haven）等耗費較多，今年一概節省，經濟狀況可以沒有去年下半年那樣的緊縮。這星期看了張WB的五彩*One Sunday Afternoon*③，是當年我同水雲、張雪帆④去大光明看

---

① 陸文淵，夏志清滬江同班同學。

② 吳新民，夏志清滬江同班同學。

③ *One Sunday Afternoon*（《桃花美人》，1948），音樂劇，拉烏爾・沃爾什（Raoul Walsh）導演，鄧尼斯・摩根、簡尼絲・佩吉（Janis Paige）主演，華納影業出品。

④ 陳水雲，夏志清的表妹，請他的朋友張雪帆跟表妹看電影，有撮合之意，但沒有成功。

*Strawberry Blonde*①（Cagney, de Havilland②, Hayworth③）的重攝。
這次由Dennis Morgan, Dorothy Malone④主演，導演仍是舊人，手
法的惡劣老式為近片少有，可是Dorothy Malone的sweet和Joan
Leslie, Teresa Wright同型，很感動人，相形之下，Joan Leslie、T.
Wright等在銀幕已有六七年，又是上一代人了。買到一冊*Variety*
新年特刊，價仍25分，有270頁，廣告占多數。去年十大最賣座
片：*Road to Rio, Easter Parade*（Astaire）MGM.; *Red River*⑤（OA）;
*The Three Musketeers*⑥（MGM）; *Johnny Belinda*⑦（WP）; *Cass
Timberlaine*⑧（MGM）; *Emperor Waltz; Gentleman's Agreement; Date*

---

① *Strawberry Blonde*（《草莓金髮》，1941），音樂劇。拉烏爾・沃爾什導演，詹姆
　士・賈克奈、哈維蘭德、麗泰・海華絲主演，華納影業發行。

② Olivia de Havilland（哈維蘭德，一譯夏惠蘭，1916-），英裔美國（English-
　American）女演員，代表影片：《亂世佳人》（1939）、《風流種子》（*To Each
　His Own*, 1946）、《千金小姐》（*The Heiress*, 1949）。曾以後兩片獲得奧斯卡最
　佳女演員獎。

③ Rita Hayworth（麗泰・海華絲，1918-1987），美國女演員、舞蹈演員。1940年
　代個人聲譽達到頂峰。

④ Dorothy Malone（多蘿西・馬隆，1925-），美國女演員。1943年開始踏入影壇，
　以《苦雨戀春風》（*Written on the Wind*, 1956）獲得奧斯卡最佳女配角獎。

⑤ *Red River*（《紅河》，1948），西部電影，霍華德・霍克斯導演，約翰・韋恩、蒙
　哥馬利・克利夫特（Montgomery Clift）主演，聯美發行。

⑥ *The Three Musketeers*（《三劍客》，1948），彩色冒險電影。據大仲馬同名小說改
　編。喬治・西德尼導演，金・凱利、拉娜・泰納（Lana Turner）主演，米高梅
　發行。

⑦ *Johnny Belinda*（《心聲淚影》，1948），劇情片。據哈里斯（Elmer Blaney Harris）
　所著同名百老匯舞臺劇改編。讓・尼古拉斯科（Jean Negulesco）導演，簡・惠
　曼（Jane Wyman）、劉・艾爾斯（Lew Ayres）主演，華納發行。

⑧ *Cass Timberlaine*（《海棠春怨》，1947），浪漫劇情片。據里維斯（Sinclair
　Lewis）同名小說改編。喬治・西德尼導演，斯賓塞・屈塞、拉娜・泰納主演，
　米高梅發行。

with Judy（MGM）; *Captain From Castile*。MGM出名［品］甚多，營業最盛；派拉蒙最近不知何故減少出品，每月僅有一二片發行，明年計畫僅發行21張片子，不過net income還是派拉蒙最多，因為Par戲院多，收入遠超出各公司。事實上MGM gross income有$一萬萬八千萬，Par僅一萬萬七千萬，不知何故MGM的net如此的少也。十大明星：Crosby, Grable, Abbott-Costello①, Cooper, B. Hope, Bogart, Gable, Grant②, Tracy③, Bergman④。

近日生活想好，鄭之驤常見面否？舊曆新年將屆，玉瑛妹有皮大衣，很好。希望上海平平安安過一個舊曆新年。我二月初只有一禮拜休息，即開始spring term。母親大人、祖母大人想都福體康健，再談，即祝

年釐

弟 志清 頓首

正月七日

---

① Abbott-Costello（阿伯特－科斯特洛），此為喜劇演員組合，包括巴德‧阿伯特（Bud Abbott, 1897-1974）和盧‧科斯特洛（Lou Costello, 1906-1959）。

② Grant（Cary Grant加里‧格蘭特，1904-1986），英國舞臺劇演員，1942年加入美國國籍。曾獲奧斯卡終身成就獎。

③ Spencer Tracy（斯賓塞‧屈塞，1900-1967），美國演員，主演過《岳父大人》（*Father of the Bride*）、《老人與海》（*The Old Man and the Sea*）、《猜猜誰來吃晚餐》（*Guess Who's Coming to Dinner*）等，曾九次獲得奧斯卡最佳男演員獎提名，1937年和1938年以《怒海餘生》（*Captains Courageous*）和《孤兒樂園》（*Boys Town*）接連兩年獲得奧斯卡最佳男演員獎。

④ Ingrid Bergman（英格麗‧褒曼，1915-1982），瑞典女演員，主演過《北非諜影》（*Casablanca*）、《戰地鐘聲》（*For Whom the Bell Tolls*）、《美人計》（*Notorious*）、《真假公主》（*Anastasia*）等影片，曾獲得過三次奧斯卡獎、兩次艾米獎、四次金球獎和托尼獎。

買了一本 F.R. Leavis: *The Great Tradition*①，價較貴 \$4:50，是他對英國小說的 evaluation；一半講 George Eliot；1/4 篇幅 H. James；1/4 Conrad；下學期讀 Conrad 時有用。

上次來信及 Jackson Rose（Cinema Hardbook）覆信想已收到。

---

① F.R. Leavis（利維斯，1895-1978），英國文學批評家，著有《偉大的傳統》（*The Great Tradition*）等。夏志清的《中國現代小說史》（*A History of Modern Chinese Fiction*, 1961）即深受利維斯思想之影響。

54. 夏濟安致夏志清（1949年1月12日）

志清弟：

　　來信收到已有多日，近日稍忙，故遲覆。一月一、二、三日去蘇州上墳，詳細情形已見玉瑛妹長信。我們所住的「裕社」，是蘇州一個資本家（蘇綸紗廠老闆姓嚴）所開，專為招待各界要人而設，內部設備可和上海第一流旅館相比，所以住得很舒服。你在出國之前有一度對於蘇州似頗有憧憬，如果有舒服的旅館住，有小汽車代步，像我們這次這樣，蘇州亦可以玩得。蘇州到底是個老式地方，勉強要學上海，它的都市繁榮是可憐的。女人我認為並不漂亮，上海漂亮女人的確不少。餐館點心店太嘈雜，這是我所認為頂不滿意的地方。

　　我現在在一家企業公司做事，老闆姓汪，三十八歲，做紙買賣做得很大（他已進口二百萬美金的紙，可賺十萬至廿萬美金）。我的工作大約是兩三天寫一兩封英文信，或填一兩張英文表格，可算輕鬆。他給我的薪水是200元，乘生活指數約有四千元左右（同時一個國立大學教授的薪水約為八百元）。上海人不知怎麼賺錢很容易，鄭之驤、黃紹艾[1]於上月廿九託我代買五十令白報紙，價二萬一千元，今天（一月七日）賣出，得三萬八千元，除去這十天所欠的借款利息約為八千元，他們兩人合賺一萬元，每人分得五千元。他們才買五十令，買五百令五千令（不用出貨，只要一張棧單）的人發財太容易了。靠薪水吃飯，不論薪水多少總是不夠用的，經商之妙即在自己買進賣出。你老是相信我適宜經商，其實我膽子小，謹慎過度，叫我看守一爿店，或者不致拆爛汙，買進賣出總不大

---

[1] 黃紹艾，夏濟安的學生。

敢。父親的頭腦似乎比我還要遲鈍，加了他的根深柢固的樂觀哲學（永遠認為物價將大落，可以不用腦筋而坐享安樂），做生意很不相宜。近來因為常常有人把錢交給他，託他放掉，他手頭比較寬裕，事實上還同以前一樣的沒有積蓄。他用低息吸進，再用較高的利息放掉，每天進款可以不少。銀行的存放款利息都比較低，普通人都不願意存在銀行裡。向銀行要求放款手續很麻煩，數目不會大，而且未必借得着，做生意的人大多是超越了銀行把頭寸拆出拆進，父親做這樣一個經手人，額外收入比薪水可以大好幾倍。舉一個例子：黃紹艾有一天有14萬元託父親放掉（這款子也是別人託他放的），為期兩天，父親給他四角利息，計一萬一千二百元，父親用五角放出，得一萬四千元，一轉手便賺2,800元。這款因為是我的來頭，他送給我，我付了做西裝的工錢（西裝料子父親於X'mas前買好）。

時局講和想很困難，我決定過陰曆年後隻身去臺灣。北大人逃出來的很少。朱光潛還在北平。程綏楚神通廣大，於平津交通已斷之日（十二月十四日），搭最後一隻輪船逃到香港，現在香港住下。傅斯年氏現任臺灣大學校長，據說可以安插北大同人，我因為不認識他，無從接洽。我想先到臺灣去再說，頂好在台大工作（此事成功可能約有80%），否則去瞎混一陣也好。徐寄父一家已搬臺灣，他自己在上海一家海鷹輪船公司，必要時也可以去。

在上海住，還是覺得錢不夠用，而且沒有汽車，出入不便（晚上十一點鐘戒嚴），所以不大出去。返滬以來，只看過兩次京戲：童芷苓《鎖麟囊》，黃桂秋①的《汾河灣》、《販馬記》雙齣（with 王

---

① 黃桂秋（1906-1978），京劇演員，名德銓，字蔭清，自號桂蔭軒主。安徽安慶人，出生於北京。旦角黃派的創始人。「黃桂秋」是其姐妹的名字，他借來作了藝名。

琴生、姜妙香，「中國」的言慧珠已換黃、《販馬記》姜妙香as趙沖，我認為勝過葉盛蘭，我在暑假裡看過一次尚小雲、葉盛蘭、李洪春①的《販馬記》，總覺得葉的表情過火）。電影最近看了一張Bette Davis, Miriam Hopkins②的 *Old Acquaintance*③（《落花流水》），很滿意。愛琳鄧④的 *I Remember Mama*⑤是全家去看的，玉瑛看後也想來描寫描寫她的媽媽，所以寫了這樣一封長信給你。她最近常常發明「童話」，可是沒有耐心把他們寫下來。第一學期大考都及格，頂壞的是算術，得61分，英文得六七十分，鋼琴得八十幾分。她常常要求父親買鋼琴，母親也認為家裡應該有一隻鋼琴。假如不需要逃難，家裡生活是可以過得舒服的。再談，即祝

　　快樂

　　　　　　　　　　　　　　　　　　　　兄　濟安

　　　　　　　　　　　　　　　　　　　　一月十二日

　　［又及］鄭之驤定一月十五日結婚。

---

① 李洪春（1898-1991），紅生演員，原名李春才。祖籍江蘇南京，生於北京，後遷往山東武定。著有《京劇長談》、《關羽戲集》等。

② Miriam Hopkins（米利亞姆‧霍普金斯，1902-1972），美國電影、電視女演員。

③ *Old Acquaintance*（《落花流水》，1943），喜劇片，文森特‧舒曼（Vincent Sherman）導演，貝蒂‧戴維斯、米利亞姆‧霍普金斯主演，華納發行。

④ 愛琳‧鄧恩（Irene Dunne, 1898-1990），美國電影女演員、歌手，活躍於1930-1950年代早期，曾五次獲得奧斯卡最佳女主角提名。

⑤ *I Remember Mama*（《慈母淚》，1948），喜劇電影，喬治‧史蒂文斯（George Stevens）導演，愛琳‧鄧恩、芭芭拉‧貝爾‧戈迪斯（Barbara Bel Geddes）、奧斯卡‧霍莫爾卡（Oskar Homolka）主演，雷電華發行。

55. 夏濟安致夏志清（1949年1月29日）

志清弟：

　　你的「航空郵簡」已經收到。「血壓平」五瓶準於明後天託陳巧生交航郵寄上，Rutin應該亦可以吃，徐逸民說你的病可能是在腎臟裡，應該到University Hospital去詳細檢查，不是專靠吃平血壓的藥可以奏效的。你假如有功夫，不妨去詳細檢查一次。玉瑛最近病了兩個星期，先是輕熱和便秘（偶有嘔吐，眼睛有點黃），不知是何病，後來經徐逸民斷定是黃疸病，吃了幾次藥，現在已經痊癒，病狀已完全消失，不過還在忌嘴中。今天是己丑年初一，阿二收入賞金2,400元（她每月工錢為100元）。家裡經濟情形很好，父親說他本來一直有虧空，自從我回來那時候起，他開始有了積蓄，他預備積二千塊美金供給你第三年學費。看情形是很可能的，請你安心攻讀可也。他最近花了U.S. $235買了一隻Leica（secondhand）照相機（Wilh Summar F.2鏡頭）給我，這是全球最好的照相機，我得之很是驕傲（其實Mamiya很合實用，亦很好）。家裡經濟最大的問題就在父親將如何應付日益逼近的共產政權。照算命的說來，父親終會出之一走。他假如逃走，這兩千塊美金一定會賺出來（他現在賺錢很容易），假如不逃，在共產黨治下，賺美金恐怕是很困難的。我本來決定過了年初五，一人逕自逃到臺灣去，陳見山[1]已答應介紹臺灣航業公司的輪船給我坐。去台之後，可能進傅斯年為長的臺灣大學（胡適被共黨列為「戰犯」，他亦將去臺灣「講學」）。我那時擔心的是怕臺灣不能久守（海空軍可能叛變），再則公教人員生活一定日苦一日，所以對於臺灣之行，亦不大起勁。昨

---

① 陳見山，夏濟安的表弟。

天我所服務的時代企業公司老闆汪榮源①君忽然對我說，過年後要
把我送到香港去，上海office將縮小。這個消息使我和父親母親都
十分高興，香港比較太平，而汪君給我的待遇不會太低（他在上海
給我250元底薪，乘生活指數發，一月上半月的指數為48倍）。他
的公司事情很輕鬆，這一遷調之後，我可能生活漸入泰境，可以稍
有享受，你聽見了一定亦很高興。程綏楚進香港一家中學教書，膳
宿外給HK $250一月，他近來已經全新西裝寸 [襯] 衫領帶眼鏡
云，我的收入想必可勝過於他也。行期有定，當再續告。希望你少
擔憂，多玩玩，血壓或者會降低。再談，即頌

　　冬安，並賀新禧

兄 濟安 頓首
1/29 即己丑元旦

---

① 汪榮源，夏濟安父親的朋友，1949年到香港、台灣發展。似乎並不成功。濟安
　一直在其公司服務，直至赴台。

56. 夏濟安致夏志清（1949年2月14日）

志清弟：

　　給父親的信，已經收到。他已經覆你一封，前日發出。你的血壓高，雖然我們都知道沒有什麼大危險，家裡卻相當關心。父親聲色俱厲地反對「血壓平」，母親和我都比較indulgent，還是主張把「血壓平」寄給你。藥並不貴，但是航空寄費相當貴，本來已經交給陳見山，他墊不出這筆錢，等十五號我發了薪水，當立刻寄上不悞〔誤〕。

　　家裡經濟情形還好，買了一輛'41年的Plymouth（價廿五兩黃金），漆水還新，樣子亦相當流線（日內當有大批照片寄上）。你讀完Ph. D.的外匯，父親想亦可以供給。但是我的經濟情形並不比以前好多少。時代企業公司給我底薪250元，乘生活指數發給，在上海可算頭挑薪水（我的薪水比父親多，你信不信？），但是只夠買三四卷軟片，看三四次電影，吃三四頓大菜而已。*Time*每本現買$450我都不能期買。上海有辦法的人都自己做點生意，我至今什麼生意沒做過，只是拿年底賞金一萬元交給父親放拆息。這筆錢將來會變多少，我現在亦不去問它。我這公司事情很輕鬆，過年以來半月之中，只寫過兩封英文信，一封還是給電話公司的，兩封都不到半小時可以竣事。我們的老闆汪先生生意做得相當大，但是天天缺頭寸，我現在主要的任務，反而變成了「駐億中銀行的聯絡員」，問父親借錢。這位boss人是稀有的和氣，只是有點糊裡糊塗，頂不守時，缺頭寸亦不大着急，為人似乎還慷慨。這幾天他在上海的事務還不能告一段落，好在共黨不急於渡江，去香港的事我亦沒有向他催詢。局勢一緊，我當自行去香港也。

　　玉瑛的黃疸病已癒。母親覺得萬事很稱心，人家一年比一年順

當，亦很快樂。你若缺錢，幾十塊的美金，父親可以隨時匯給你。父親希望你進醫院去詳細檢查身體，所需醫藥費多少，他肯全部負擔。他只是反對你隨便買藥吃。別的再談，即頌

　　健康

兄　濟安　頓首

2/14

57. 夏志清致夏濟安（1949年2月24日）

濟安哥：

父親二月十日和你舊曆元旦後的兩封信都已收到。本預備上星期寫回信，一拖又是一星期。前次來信討血壓平，是在對付準備大考，現在學期已過，假如還沒有寄，請不要寄了；上星期日起，我已開始服用Rutin，成績很好。假如血壓平已寄出，徒然浪費你不少金錢，很對不起。Yale校醫差不多都是庸醫，好醫生都自己掛牌，另一方面，Yale的男孩子所有的病傷都是些傷風、跌〔踢〕球受傷之類，校醫不和雜難病症接觸，技能無形減低。美國醫生的權威相當〔於〕中世紀天主教的教士，你知道有適當的藥，非經醫生配方，也買不到。所以買幾顆消治龍不過幾毛錢，也得花一次門診，普通是五元。藥廠也不像中國信誼生化在報上登巨幅廣告，普通人對新藥都不知道。上一次我去看的那醫生，好像Rutin也沒有聽見過，只叫我relax，勉強開了一種催眠的Luminal。上星期我又去看病，這次逢到另一個醫生，我就問他Rutin怎麼樣，他說可以服用。他開了一種Rutin和Theobromine（「血壓平」的主要成分）混合劑。到藥房去配方，這種藥要隔兩天才有，配藥師先給了我六片Rutin。服後果然神經舒暢，入睡容易，早晨自然早醒，工作效力〔率〕無形增加。我的窗外汽車聲很多，血壓正常的時候，這聲音不覺得鬧，血壓高時即覺得聲音很鬧，所以憑汽車聲音可以測驗身體的正常。去年夏天我搬進又搬出，一定是血壓很高。最近一月來也時感聲音的吵鬧，反正這一月來靠服三溴片，早晨多睡，少吃東西（很多天早晨起得遲，一天只吃兩餐）種種辦法，把工作的efficiency維持得很好，已平穩過去了。以後預備長服Rutin，血壓的問題可以從此解決，不再去愁它。這兩天服用Rutin-Theobromine，

查字典知道Theobromine是一種利尿劑，所以這兩天小便突然增加，與身體無益，所以明天預備去看醫生，開純粹的Rutin（在中國，要買什麼藥，自己可以買，多麼自由）。我的urine，來美後檢驗過兩次，都沒有什麼病。所以血壓高是本身的，不是別的病促成的。記得我在中學大學，驗身體時，我的脈一向比別人快十數度，即表示血壓較高了。我對自己的身體很sensitive，有病很早就覺到，這樣早就發現血壓高，反是老年之福。現在身體很舒適，望家中勿念。

Old English已考過，得90分，這一次全班都考得不大好，85分即是honors，所以我考得仍在前數名之內。平常分數也是90。上學期拿到三個honors，英文系研究院director Menner很歡喜，大約明年可拿到University Fellowship一千元，至少也可免去學費，要四月中才知道。考完Old English後，忙了一個星期寫Yeats paper。記得二月八日那天（我的生日）趕寫paper，至夜三四時入睡，直至明天下午下課完畢才發覺我的生日已過去了。二月的第三星期寫了一篇Milton的paper和Brooks Evelyn Waugh的報告，所以到這個禮拜才有些空，可以寫封信。

父親大人代我積蓄美金，說不出的感激。最好當然少用家中的錢，能由別方面資助。預備明天寫信給Li獎金，能否延長一年（K.C. Li希望培養科學人才，能延長的希望不大），所以能積蓄兩千元美金最好，但不要因之太操心機，使我心中意不過。目下存摺上因為買了西裝一套和襯衫領帶，只有七百元；下星期要付這學期的房錢學費共315元，所餘的四百元僅夠至七月的飯錢。所以希望父親把已積的二百四十元匯來，經濟上可比較寬裕些，不這樣一錢不用地緊張。雖然不用它，心中可放鬆些。

家中已有汽車，甚高興。Plymouth和Ford, Chevrolet一樣，美國用的人也很多。上海想已好久無新汽車入口。在New Haven，

Cadillac, Lincoln等大汽車很多。自Kaiser-Frazer design把車身改成一直線後，現在的汽車兩旁都平坦。GM的車子好像最多，Cadillac果然好，去年和今年的Oldsmobile，在design上講來，可算最流線型。在街上看汽車，近幾年來的各種牌子，我現在一看就知道。

上星期你的朋友鈕伯宏給我一封中文信，說已收到你的賀年片，他不日要來New Haven，順便看我。Kennedy已返Yale，現在教孟子，我還沒有見過他，他班上的學生我都認識。你的華茲華斯paper，Brooks已看過，他覺得很見功力，很subtle，英文也好，不過覺得頭尾該寫得清楚些：頭上把你全文所要講的（intention）說明，最後來一個summary，把所講過的recapitulate一下。他說你和我的英文比一般英文graduate-students都好。P.3 unstability改為instability，P.8 defeated by the anticipation改為qualified by……，P.14 to sober down his sister's ecstasies的 "down" 除去。P.16 Last time he came 成 The last time he came。此外沒有小毛病。星期一Austin Warren來演講 *Meaning & Style in Sir T. Browne*，講得很好。他和Yale的Comparative Literature主任Rene Wellek新出一書 *Theory of Literature*，討論研究文學的種種approach。和錢學熙通信否？北平近況如何？聽說F. T.陳①已逃到夏威夷了。謠言李廣田②已任清華文學院院長，想不確。現在紐約華人辦的中文報（很多種）有的政府派，有的共產派，共黨辦的很滑稽，不久前看到清華、燕京教授的宣言。

共黨既不渡江，暫住上海也無妨。你的Leica照相機的確很貴

---

① 即陳福田。

② 李廣田（1906-1968），詩人、散文家和批評家，山東鄒平人，代表作有散文集《畫廊集》、《銀狐集》等。1934年與卞之琳、何其芳出版合著詩集《漢園集》，三人因而被稱之為「漢園三詩人」。

族，想不久可看到你新攝的照片。我現在讀Beowulf①和喬哀司的
Ulysses，前者一次讀二百行，要占學期大半的時間；*Ulysses*我讀
了一百數十頁，並不十分難，大約後面要難得多，文字很Rich，好
的地方可追莎翁和Jacobean drama。昨天Brooks講解了二小時，四
十頁，很好，比一向的seminar有意思得多。母親很快樂，甚慰，
祖母大人想清健。我身體很好，望家中釋念，即頌
　　春安

　　　　　　　　　　　　　　　　　　　　　弟 志清 頓首
　　　　　　　　　　　　　　　　　　　　　二月24日

　　今年New Haven天氣很暖，近一月來在街上着夾大衣即可，套
鞋沒有穿過，也沒有積雪。看到報上邵力子②代表團離滬的照片，
衣服穿得厚，想上海一定較冷。去年這時候，街上冰雪還沒有化。

---

① Beowulf（《貝奧武夫》），英國文學史中已知最早的文學作品。它是根據西元5
　世紀末至6世紀前半期流傳在北歐的民間傳說，在10世紀末由基督教僧侶，用
　古英語寫成的英雄史詩。
② 邵力子（1882-1967），浙江紹興人，早年加入同盟會，曾任國民黨中央監委、
　國民黨中央宣部部長、駐蘇大使等，主張國共合作。1949年留在大陸，任全國
　人大常委、政協常委、民革常委等職。

58. 夏濟安致夏志清（1949年2月26日）

志清弟：

　　好幾天沒有寫信給你。「血壓平」五盒託陳見山航空寄出，已有十多天，想已經收到。范伯純①有信給陳見山云：陳小姐曾問候你云。我在上海，很是無聊。經濟情形比上次寫信給你時略好，我在父親那裡放有五萬元（照今天市價不到廿元美金），放放利息，零用可以不致斷絕，但是大用場亦不能派，五萬元買不到一套西裝料子。頂多袋袋裡常常有幾個錢摸摸而已，大約每天夠吃一頓quick lunch。公司事情仍不忙，但我在幫忙「拆頭寸」，得早出來向億中去借，所以差不多天天同父親坐汽車出來，九點鐘就到公司。下午總得五點以後回去，回去後聽聽無線電或幫幫玉瑛理功課。我們的公司同銀行保險公司等不同，沒有什麼routine work，做來還不至於令人厭煩。有一種影響是我近來奮鬥精神似較以前為差，同上海一般人一樣，都是過一天算一天。香港能夠去頂好，但是共產黨如果不過江，在上海多住幾天亦好。在上海談不到什麼大享受，例如，舞場至今沒有去過。我不會跳舞，這點「怕坍台」心理使我拒絕好幾次別人的邀請。鄭之驤可以做個好嚮導，但是他新結婚，經濟情形又比我更壞，我不便拖他走入「邪路」。我對於跳舞自問沒有什麼興趣，但是我相信你在北平所勸我的話，跳舞可以成為一種教育，減少心理上和行動上的拘束。同女人的往來，可以說已全部停止，我怕父母來干涉我的私事，在他們之前我真做到了「守身如玉」的地步（這事我在北平時早已預料到，或者說是計劃過的）。

---

① 范伯純，夏志清在台灣航務管理局的同事，陳小姐可能是送他上船的女士，但不是女友。

其實我對於軋女朋友的種種「溫功」（小報用語），如看電影、呷咖啡、逛公園等都大感乏味，而俗人一定expect你這麼做，勉強做來絕不痛快。我現在很贊成老式盲目結婚法，新人只看見過一兩次，居然即行同居，這樣我認為還有點刺激。像新式大家先玩了一兩年再結婚，我認為玩已經玩得「味道缺缺」，結婚必定勉強而乏味。鄭之驤的ennui（怠倦）同我相類，他對於這次的結婚亦沒有興趣，同時很明白婚後的經濟負擔——他現在住在胡世楨舊居卡德紅小宿舍中——但是太太在婚前已經有孕，使他不能不婚。我若在最近幾年內經濟情形好轉（如：有力量頂房子，吃用開銷之外還可以添做四季新衣服等），可能來一次盲目結婚。若數年後國內局勢恢復正常，我很可能恢復對董華奇的courtship。在目前是毫無發展，亦不求有什麼發展。結婚是一種神聖的institution，我不願它受到上海一般庸俗方式的殺害（始以每週末看電影，終以在親友督促家長鼓勵陰錯陽差的乏味結婚），所以還是暫時停頓的好。父親新置的汽車並不給我多少幫忙：汽油是億中付帳的，父親和我自己都不願意瞎浪費它。要等我自己有了汽車後，才可以有些adventures也。以上不過隨便談談，回信不必多講，以免母親關心也。

正月裡有三宗生日：你的和玉瑛的都是用吃麵來慶祝，祖母八十歲生日，全家（已接祖母）到天蟾去看了一次日戲。賀玉欽、郭金元的《金錢豹》，曹慧麟、白玉豔①、姜妙香、高盛麟（八戒）的《盤絲洞》，曹口口、李萬春（八戒）的《盜魂鈴》，李萬春（向帥）、白玉豔（反串嘉祥，舞大旗，女中怪傑也）的三本《鐵公雞》。最近看了三張電影，都很好：環球的《不夜城》（Mark

---

① 曹慧麟，京劇演員，黃桂秋弟子。白玉豔（1923-2012），旦角演員，出生於梨園世家。

Hellinger's *Naked City*①），威廉鮑惠②、愛琳鄧的《天倫樂》（*Life with Father*）③及米高梅 Reissue: *Captains Courageous*④。南京、美琪兩戲院只剩了華納環球兩公司，陣容比之擁有福斯派拉蒙的大光明、國泰弱得多。國泰的大銀幕邊上最近添了一塊小幕，作放映中文字幕之用，派頭小至如此！再談，即頌

　　近安

濟安 頓首

二，廿六日

　　[又及]附上照片大五張，小三張。

---

① Mark Hellinger（黑林格，1903-1947），電影製片人、新聞記者、戲劇專欄作者。*The Naked City*（《不夜城》，1948），黑白懸疑片，朱爾斯・達辛（Jules Dassin）導演，費茲吉拉德（Berry Fitzgerald）主演，環球出品。

② 威廉・鮑惠（William Powell, 1892-1984），美國演員，曾主演《大偵探蕾克》（*Thin Man*）、《閨女懷春》（*My Man Godfrey*）、《天倫樂》等影片，多次獲奧斯卡最佳男主角獎提名。

③《天倫樂》（*Life with Father*, 1947），據真實故事改編的喜劇電影，邁克爾・柯帝士（Michael Curtiz）導演，威廉・鮑惠、愛琳・鄧恩、伊莉莎白・泰勒（Elizabeth Taylor）主演，華納影業發行。

④ *Captains Courageous*（《怒海餘生》，1937），冒險片，依據吉卜林（Rudyard Kipling）小說改編。維克・佛萊明導演，巴塞洛繆（Freddie Bartholomew）、斯賓塞・屈塞主演，米高梅出品。

59. 夏志清致夏濟安（1949年3月11日）

濟安哥：

　　二月廿六日掛號信已收到，附上七張你和玉瑛妹的照片都很好。祖母大人八十大慶，請代拜壽，祖母還同十年前一樣清健，真不容易。家中有了汽車，她也可多出門白相相。上次給你的三頁信想已收到。兩星期前我已去信請求Li Foundation Fellowship延長一年，並由Menner、Brooks諸教授寫了些testimonials，回音比我預期的好，可延期的希望極濃。不可［過］正式請求延期須在滿期三月前，現在時候太早。因為我成績好，大致沒有問題；回信說：I think you are a credit to the Li Foundation and I see no reasons why you should not be permitted to continue another year if your work continue at its present high level. 寫信的人是Arthur Young，是華昌公司的經理，也是Li Foundation的director。同時學校也在consider我University Fellowship的application；那fellowship一千元一年，很多申請的人都已被淘汰。前幾天Menner告訴我，我唯一的小困難就是法文還沒有考過，普通fellowship都是給三種文字都考過的人的，但我外國人或可另眼相待，Menner並答應support我的case，保證我的法文一定可及格。假如兩椿申請都成功，我下半年起經濟可以寬裕得多，不像目下這樣的一動不動。問題是得到學校fellowship後會不會影響李氏獎金的extension，現在且不管它。上次來信請父親大人匯$240，不知已匯出否？我存摺上只有三百五十元，要維持到暑假，得非常節省，所以能匯一些錢來，經濟可以不致恐慌。

　　現在仍在弄 *Beowulf, Ulysses* 和密翁的prose，不久將來的兩件大事是寫研究 *Ulysses* 和 *Beowulf* 的paper。*Ulysses* 上課時由Brooks

講解，沒有什麼討論，所以很得益。春假後將開始討論《失樂園》和Eliot，我都已讀過，時間一定可以空出不少。最近郵購了一本Joseph Hone的 *Life of Yeats* ①，全新僅$2，原價六元，是看 *Partisan Review* ② 上廣告的結果。我服Rutin以來，血壓已沒有問題，兩星期前去檢查，血壓是92-120；126同平常年輕人一樣；惟base須80才算normal，不過92也不高多少。我所服的Rutin，是成分20mg一片，分量很輕，有時仍服三溴片。其實假如工作不忙，身體並沒有什麼毛病也。望家中勿念。

　　看過兩張福斯的影片，*The Snake Pit* ③ 和 *A Letter to 3 wives* ④（J. Crain, L. Darnell），前者是D. Zanuck ⑤ 一年一度穩得金獎的特殊巨片，沒有什麼特別好，和去年的 *Gentlemen's Agreement* 一樣，都是

---

① Joseph M. Hone（約瑟夫·霍恩，1882-1959），愛爾蘭作家、文學史家、評論家，代表作為《葉慈傳》（*Life of W.B. Yeats, Macmillan*, 1943）。

② *Partisan Review*（《黨派評論》）是美國著名的左翼知識分子雜誌，由菲力浦斯（William Phillips）和拉夫（Philip Rahv）創辦於1934年，在1930-1960年代的鼎盛時期，一直是美國公共知識分子的重要論壇，撰稿人中包括了阿倫特（Hannah Arendt）、奧威爾（George Orwell）、鮑德溫（James Baldwin）、桑塔格（Susan Sontag）、威爾遜（Edmund Wilson）、屈林（Lionel Trilling）、豪（Irving Howe）、艾略特（T.S. Eliot）、貝婁（Saul Bellow）等著名的作家和理論家。2003年4月該刊宣布停刊。

③ *The Snake Pit*（《蛇穴》，一譯《毒龍潭》，1948），劇情電影，據簡·沃德（Mary Jane Ward）同名小說改編。李特瓦克（Anatole Litvak）導演，哈維蘭德、馬克·斯蒂文斯（Mark Stevens）主演，福斯發行。

④ *A Letter to Three Wives*（《三妻豔史》，1949），浪漫劇情電影，據約翰（John Klempner）1946年發表在《時尚》（*Cosmopolitan*）上的小說《五妻豔史》（*A Letter to Five Wives*）改編。曼凱威奇（Joseph L. Mankiewicz）導演，克雷恩（Jeanne Crain）、達內爾主演，福斯發行。

⑤ D. Zanuck（Darryl F. Zanuck札努克，1902-1979），美國電影出品人。

憑題材引人注意。今年的特殊巨片是 *Pinky* ①（J. Crain ②主演），講白人黑人混血的問題。美國法院decree已下來，把派拉蒙公司一分為二，製片和劇院業將成為兩個新公司，這是十年來美國政府anti-trust的結果。對派拉蒙很不利。20th ③, MGM, WB的decree還沒有下來，大概也要遭同樣待遇。附上今明年米高梅全部製片計畫。看了一張早場派的舊片 *Alice in wonderland* ④，全體明星，C. Grant飾一甲魚Mock Turtle, G. Cooper飾White Knight，可聽出他們的聲音。

　　玉瑛妹想好，你汪先生那裡事情想不忙。New Haven差不多已是春天。最近國內沒有什麼消息，共軍雖在江北準備渡江，恐怕不會南下。家中想好，父母親大人請安，即祝

　　　近好

弟 志清 上
三月十一日

---

① *Pinky*（《蕩姬血淚》，1949），劇情片，據薩姆納（Cid Ricketts Sumner）小說《質量》（*Quality*）改編。卡讚導演，克雷恩、埃塞爾‧巴里摩爾（Ethel Barrymore）主演，福斯發行。

② Jeanne Crain（克雷恩，1925-2003），美國女演員，1949年因《蕩姬血淚》獲得奧斯卡最佳女演員提名。

③ 即20th Century Fox公司。

④ *Alice in the wonderland*（《愛麗絲夢遊仙境》，1933），據路易斯‧卡羅（Lewis Carroll）同名小說改編。麥克勞德（Norman Z. McLoed）導演，亨利（Charlotte Henry）、菲爾茲（W.C. Fields）、奧利弗（Edna May Oliver）、格蘭特（Cary Grant）、古柏（Gary Cooper）主演，派拉蒙出品。

60. 夏濟安致夏志清（1949年3月12日）

志清弟：

　　來信收到，血壓已平，甚慰。父親已辦妥手續，240元下星期可匯上。父親做生意很順手，賺錢並不吃力，你不必擔憂。父親其實對於「吃力賺錢」一道，亦並不擅長。上海現在利息很高，譬如日息七角，一萬元錢，一天利息700元，利上滾利，十天加倍，變兩萬，廿天再加倍變四萬，一月變八萬。如把一萬元囤貨，一月後很難變成八萬。美鈔的rate漲得決沒有這樣凶。其他國債投機都不如放高利貸，父親就這樣手裡大為寬裕。利息近來都在七角以上，獲利更豐，然而上海一般商人都比父親energetic，比他restless，總喜歡買進賣出，結果反而不如把資金篤定放利息賺得多。我有十四萬元存在父親處放拆息，每天有萬巴塊零用，手裡亦比以前寬裕。

　　我昨日去靜安寺路高士滿隔壁長弄堂裡「包龍雲舞校」報名，第一期為時約一月，學勃羅斯、快Fox trot、快慢Waltz四種，學費一萬六千元，這對於我是很小的數目。地板上畫了腳步照樣走，指導得還詳細，我覺得很有興趣，先走熟了再同女人一起跳，可減少心慌。父親極力主張我跳舞，同時他一貫地反對culture，認為跳舞不用進學校，自管自下舞場去跳。你想我既不慣於異性的接觸，腳步又完全生硬，如先從「下池跳」着手，豈不將動作大為乖謬，無論如何學不會了。我現在先使自己能enjoy自己的步子，然後再同女人跳，可以較為自然。我想一期一期學下去（第六期Tango，第七期掄擺），舞場倒不一定常去，但是舞一定要跳得好。我總不大sensual，可是我很喜歡受人的admiration。父親還希望玉瑛學跳舞，這事本身可非議處尚少，然而玉瑛身體太弱，精神恐怕不夠支

持這種活動。她自從生黃疸病以後，現在每天下午放學回家，總要睡到八點鐘起來，再吃夜飯讀書。身體一般情形還好，但是精神不夠，寧可多休息。只怕辛苦以後，生別種毛病。又，我進跳舞學校，還沒有告訴家裡人，預備跳好了給父親一個surprise。

　　附上玉瑛五彩照片一張，是黃紹艾所攝。那天他同幾個朋友到兆豐公園來玩，我同玉瑛亦參加，黃紹艾帶了一卷五彩 Ansco 軟片，替玉瑛拍了三張，並奉上一張（印費是我們所出，差不多要一元美金以上一張）。黃紹艾的 taste 不高，但拍得還好。我對於拍照興趣雖很大，但太 ambitious，總對自己的成績不滿意。我總是把世界入選沙龍名作作為標準，自己所照的總覺得差得太遠，而且沒有法子及得上他們。有許多東西我都認為不值得拍。

　　我做進出口生意，其實對於所做的事不大了然。最近買了一部商務印書館大學叢書《國際貿易實務》，看後稍微明白一點我是在做些什麼事。國際貿易是一宗大行業，可以好好地幹得[的]。胡適將來美，北平信很少（昨日接童遐苓一信）。據報載生活並未見改善，物價仍上漲不已，京戲仍做，程硯秋①居然列席文化界大會云。別的再談，即頌

　　近安

　　　　　　　　　　　　　　　　　兄　濟安　頓首
　　　　　　　　　　　　　　　　　三‧十二

　　（又及）鈕伯宏為葉盛章之學生，不知已見面否？

　　底片寄美印不知每張需費若干？

　　此為我寫字間位址，寫信來亦可以寄到：ROOM 713 NO. 33 SZECHUEN ROAD（CENTRAL）SHANGHAI（O）CHINA

---

① 程硯秋（1904-1958），京劇旦角。與梅蘭芳、尚小雲、荀慧生同為四大名旦，程派藝術創始人。

61. 夏志清致夏濟安（1949年3月25日）

濟安哥：

　　三月十二日來信已收到，開始學習跳舞甚好，不進學校的確學不好；美國跳舞學校以 Arthur Murray 開得最多，差不多各地都有；Fred Astaire 學校現在也相當多，價錢都很貴。Graduate Hall 每一兩星期六晚上總有跳舞會，美國跳舞舞步複雜，加以中國同學一向不去跳舞，我也沒有去跳過。學跳舞須把 tango、rumba 學會，現在 samba 也已變得很重要，也得一學。你對 rhythm 的感覺一向比我靈敏，一定很容易學好，所能得的 enjoyment 一定比我更多。我的大缺點是 physical 的技巧運動一樣一［也］不擅長，所以不斷靠吃藥來幫助調整身體的機能，並不是好方法。你的朋友鈕伯宏已來過，三月十二日晚上抵 New Haven，十三日（星期日）伴了他一天。他從華盛頓、紐約一路旅行回來，身邊只剩了三元，去 Boston 的車錢也不夠，我借給了他廿元。十二日晚上剛從紐約倦遊來（請朋友吃中菜，耗了不少錢），有些頭痛，服 Aspirin 後 mood 好轉，講些北京劇院裡有趣的事情。他描述你和程綏楚很逼真。他中文講得很好，用左手寫字，所以中英文都寫得不好。星期天請他吃了一頓中菜，下午同看了 *Joan of Arc* [1]（Bergman 新作，導演 Victor Fleming [2]，已

---

[1] *Joan of Arc*（《聖女貞德》，1948），歷史劇情電影，據安德森（Maxwell Anderson）百老匯戲劇《聖女貞德》（*Joan of Lorraine*）改編。佛萊明（Victor Fleming）導演，英格麗‧褒曼主演，雷電華影片公司發行。

[2] Victor Fleming（佛萊明，1889-1949），美國導演、製片人。其代表作包括《亂世佳人》（1939）等。

繼W.S.范達克①、劉別謙、葛蘭菲斯②逝世），吃了頓普通的晚飯。
他已成了中國迷，因為中國享受的確比美國舒服得多，預備將來
重來中國做報館的correspondent；秋天預備進哈佛，明年預備參加
gymnastics競賽，顯顯他武功的身手。他抵家後即將錢寄還，今天
又寄來一信，附了不少童芷苓、張椿華等的照片。最近想已有信給
你。他很歡喜中國電影歌曲，盛讚李香蘭③的美，預備寫信給她，
帶來的中國唱片大都已打破，京戲的只剩了兩張。

　　程綏楚的信已看過，他熱心過度，筆下常帶情感。GWTW④小
說容易買到，已代order，價很便宜$3.00，另有一種$1.80想是報紙
本。向MGM討scenario和全套照片恐怕不會有什麼結果，明天當
去信試試。GWTW title的出點（典）一般人都以為是Dowson⑤的
詩；較relevant的出點是Ulysses, p141. 末二行有Gone with the wind,
Hosts at Mullaghmast and Tara of the kings. Tara是GWTW中的地名，
想出點［典］一定在此。玉瑛妹的彩色照片已收到，拍得很好，當

---

① W.S.范達克（W.S. van Dyke, 1889-1943），電影導演，曾參與導演《黨同伐
　異》、《霧都孤兒》等影片。
② 格蘭菲斯（D.W. Griffith, 1875-1948），美國電影導演，代表影片有《一個國家
　的誕生》（The Birth of a Nation, 1915）、《黨同伐異》（Tolerance）等名作。
③ 李香蘭（1920-2014），祖籍日本佐賀縣，生於遼寧省燈塔市，本名山口淑子。
　1944年與黎錦光在上海合作發行歌曲《夜來香》，紅遍大江南北。
④ Gone With the Wind（《飄》，一譯《亂世佳人》，1936），米切爾著，小說故事發
　生在亞特蘭大佐治亞附近的一個種植園內，描繪了美國內戰前後的南方人生活。
⑤ 歐尼斯特‧道森（Ernest Dowson, 1867-1900），英國詩人、小說家，英國唯美主
　義文學的代表人物，著有《詩集》（Verses, 1896）、《裝飾》（Decorations in Verse
　and Prose, 1899）等。此處所說道森詩的出典，見於道森的詩作 "Non Sum
　Qualis Eram Bonae sub Regno Cynara": I have been faithful to you, Cynara, in my
　fasion /I have forgot much, Cynara! gone with the wind, /Flung roses, roses riotously
　with the throng, / Dancing, to put thy pale, lost lilies out of mind……

妥為保存，美國彩色底片沖洗想亦要一元左右一張（待再打聽），普通人都保留彩色玻璃片，另買 projector，要看時將照片在牆壁上射照。昨天看了兩張很好的電影（on one program）*Treasure of Madre Sierra*①, *Johnny Belinda*，後者上半部很好，後半部故事帶勉強，可是 Jane Wyman ②的表情想可直追無聲電影時代的悲旦，父親一定會極為欣賞。華納公司自向 Selznick 借了全部明星後，另于其他明星訂了不少合同，大有振作一番的樣子。

　　上海的生活想好，對國際貿易稍有研究後，一定可對於所辦的事增加興趣；自己也不妨做些生意，不求謀利，也可增加些膽量。同跳舞一樣，都是增加 self-confidence 的辦法。我讀書外，平日也不想別的。這學期過得很快，兩個月已過去，春假（April 1-11）後只有七八星期，學期即告結束。Brooks 教 *Ulysses* 已四五星期於此，一禮拜 meet 兩次，Brooks 講解，沒有討論，所以實際得益較多。這禮拜是歌德的兩百周紀念，圖書館內陳列了不少歌德的照片、書信，dramatic club 並排演 *Faust* Part I 英譯原劇。玉瑛妹身體多多當心，平日功課請多幫忙，使她少疲乏也。春天已屆，我身體很好，五瓶「血壓平」已收到，花了九角海關稅。「血壓平」成分中除 Theobromine, Luminal 外，也有亞硝酸鈉，和「百洛定」中的六硝酸甘露醇同一性質。我的西裝都還可穿，幾星期前把北平製的一套 Sportex 改小，比較沒有以前那樣寬大。現在把上海製的一套綠西裝放大，這套西裝一直太小，沒有好好穿過，改後一定很漂

---

① *The Treasure of the Sierra Madre*（《浴血金沙》，1948），冒險片，據特拉文（B. Traven）1927年出版的同名小說改編。約翰・休斯頓（John Huston）導演，亨弗萊・鮑嘉、沃爾特・休斯頓（Walter Huston）主演，華納出品。

② Jane Wyman（維曼，1917-2007），美國歌手、演員，1940年與雷根（Ronald Reagan）結婚，1949年離異。因《心聲淚影》（*Johnny Belinda*）獲得1948年奧斯卡最佳女演員獎。

亮。共軍想不會渡江，近況想好，即頌
　　春安

　　　　　　　　　　　　　　　　弟　志清　頓首
　　　　　　　　　　　　　　　　三月廿五日

62. 夏濟安致夏志清（1949年3月15日）

志清弟：

上周發出一信，想已收到。並寄上匯票240元，祈檢收。母親叮囑你省吃儉用，父親因事忙，命我執筆。玉瑛妹希望你送她兩本貼照本和幾盒貼照角。玉瑛所需之件我可代為送她，你不必由美國寄來為囑。上海諸事如常，利息很高，銀行獲利較他業為厚。共產黨於短時期內恐尚無渡江企圖，一般人心都很安定。春日已臨，但因各處地方不靖，加以交通不便，出外旅行，尚無所聞。餘續談，專頌

學安

兄 濟安 頓首

三・十五

[又及] 出門人，第一保重身體，用功不宜過度。神經勿使太緊張，有足夠之睡眠與休息，則不服藥，血壓必可平實。寄去之匯票，宜入爾之往來存戶，以備不時之需。第三年獎學金可望成功否？宜於事前接洽，俾可早作準備。為囑。

63. 夏濟安致夏志清（1949年3月24日）

志清弟：

　　來信收到，知道獎學金蟬聯有望，殊為欣慰。上星期曾發出航掛一封，附上匯票240元，不知已收到否？如有餘款，不妨替玉瑛買兩本貼照簿，連貼照角若干枚。因為上海買不到好的貼照簿也。我現在學跳舞，已學八課，Blues和Quick Step都沒有什麼興趣，B好像在走路，Q則太匆忙，有踢痛partner之腳與自己滑跌之危險（我說這種話，一望而知是初學者所說）。Slow Waltz則稍微領略了一點跳舞的興趣，快慢適度，繞圈子亦不難，而且人跟着拍子一起一伏，很是舒服。今天Quick waltz 開了一支《維也納森林故事》，我跳得好像趕死，緊張得不得了，尤其是腳跟轉還大不純熟。每一期十課，我第一期即將學完，第二期是Blues與Quick step之第二圈，我看見別人跳過，似乎比第一圈（我所學者）來得多樂趣，我學的只是兩人腳尖對腳尖地跳，在第二期則各人走各人的步子，比較舒服。第三期是快慢Walze之第二圈，第四期是slow rhythm，第五期是foxtrot。包龍雲是個熱心的廣東人，他所用的助手對於跳舞亦都很有興趣。我精力有限，不能常到舞場去跳，要把舞跳好，不是件容易的事。至今舞場尚未去過。我因一時不容易給父親surprise，已把學舞告訴了他。母親、玉瑛還不知道。上星期我到無錫去旅行，跟中國旅行社一起走，吃得還好。那天下了一天雨，我起初想去拍照的念頭大受打擊，但是遊山玩水瞎走走，心裡也很痛快，雖然我的腳和褲腳管都濕透（一直到很晚回到上海家裡再換），我仍是興致很濃。我一個人加入的旅行團，沒有其他熟人，因為我是想改換環境也。上海天還很冷。戰事消息沉寂，從我無錫之行看出：要我快樂，非得讓我出門不可也。別的再談，即頌

春安

　　　　　　　　　　　　　　兄 濟安 頓首

　　　　　　　　　　　　　　三‧廿四日

　　［又及］上海現在缺乏現鈔，情形據說同敵偽時期相仿，大家
都開支票，銀行忙得不得了。

　　錢學熙昨天有信來，說已收到你的信，北大由湯公①代理校
長，待遇較前為優，文法學院課程在改訂中，文法學生都去參加實
地工作，他自己認為共產黨是在行孔孟之道，為民服務。

---

① 指湯用彤。

64. 夏濟安致夏志清（1949年4月2日）

志清弟：

　　來信昨日收到，今日又匯上 $100（Northwestern National Bank of Minneapolis），父親說是給你添置衣履之用。父親近來忙極，每天八點即出門，晚上總要十一點鐘以後才回家。銀行從業員差不多都這樣忙，中國交通等總管理處也許是例外。上海現在現鈔恐慌仍很嚴重，銀行裡一兩萬塊錢鈔票都不容易拿着，銀行用本票來對付支款的客戶，本票要登帳簽字蓋章，這使銀行工作忙得多。因為現鈔不易得，支票交易增加，原來有支票的要多開支票，原來沒有支票的（像我）亦得要去領一本支票簿，以備不時之需。支票出進多，銀行更加忙，每天交換票據數達九十餘萬張，因此送進「交換所」的時間延遲，交換所需的時間亦增加，常常到十一點鐘交換結果剛公佈，如果缺頭寸的，明天早晨九點以前軋進。即使億中不缺頭寸，別家銀行缺頭寸的，要問億中借，父親亦只好早一點去主持。最近（本星期）還有一樁事體，使父親大傷腦筋。唐炳麟[1]的弟弟唐明華，做金子交易，打出一億八千萬空頭支票，因為存款不足，被億中退票。金子交易所方面以為唐明華是代表億中來做投機的，億中把自己的票子都退了，豈非億中實力不足？第二天市場盛傳億中銀行動搖，我做事的企業大樓裡幾乎無人不知，謠言奇怪得很，例如，陳俊三[2]聽見說「夏大棟[3]的兄弟做投機失敗，夏大棟已避不見面」云。億中的支票本票至今外面一般人還拒收，金融管

---

① 唐炳麟（1903-1968），江蘇蘇州人，字期成，知名實業家，熱心於教育慈善事業。

② 陳俊三，夏氏兄弟父親的朋友，也住兆豐別墅，可謂近鄰。

③ 夏大棟，即夏氏兄弟的父親。

理局已經去查過好幾次帳。董漢槎和父親作風一向穩健，只有極少數戶頭是不穩的，想不到給唐明華拆了這樣一個爛汙。現在唐明華已經真的逃匿無蹤，有一家金子字號給他扳倒。他所打的億中空頭支票一億八千萬，約合一萬美金，由唐炳麟（一萬美金對於他還是個小數目）了結。億中這幾天放款加倍穩健，想不至於出什麼大亂子，可是名譽不容易恢復了。

我自己這兩天也在做點股票生意，賺了約合六元美金的金圓券。我做的很少，每天只預備約合兩三塊美金的上下，賠了，不傷元氣，賺了「不無小補」。照我的intellect，我自信即使這裡差使不做，單做股票，也夠維持生活。但是我很懶，怕用心思，怕擔風險，主要的還相信自己運道未通，不敢多做。照數字上算來，假如每計都做準，發財是很快的。

鈕伯宏已碰到，甚慰。他前言要去追求TV宋之女兒（共有三位，他說要介紹給你一位），不知有結果否？去信時可調侃之。胡世楨已隨中央研究院搬到臺灣，現在他已同美國一小大學接洽妥當，可以挈眷去美講學，正在辦理護照中。

最近看了一張殘酷電影，弗德立馬治①的《家》（*Another Part of the Forest*）②。係Lillian Hellman③原著劇本改編，徹底「性惡」主

---

① 弗德立・馬治（Fredric March，一譯弗雷德里克・馬奇，1897-1975），美國演員，代表影片有《化身博士》（*Dr. Jekyll and Mr. Hyde*, 1931）、《黃金時代》（*The Best Years of Our Lives*, 1946）等，曾兩次獲得奧斯卡獎及托尼獎。

②《家》（*Another Part of the Forest*, 1948），劇情片，邁克爾・高登（Michael Gordon）導演，弗德立・馬治、佛羅倫斯・埃爾德里奇（Florence Eldridge）主演，環球影業發行。

③ Lillian Hellman（利連・海爾曼，1905-1984），美國左翼作家、劇作家，代表劇作有《小狐狸》（*The Little Foxes*）、《搜索之風》（*The Searching Wind*）、《秋天的花園》（*The Autumn Garden*）等。

義。又看了一次蓋叫天的《惡虎村》，黃天霸同濮天雕、武天虯火
併，也非常殘酷（黃天霸內心似乎很苦悶）。這齣戲總名叫《江南
四霸天》（同我以前看過的頭本施公案一樣，那時是王虎辰①的黃
天霸，高慶奎②的施公，金少山的濮天雕），由蓮花院僧（李桐
春)③尼（曹慧麟）通姦做起，由李萬春、李仲林④、高盛麟分飾前面
的黃天霸，蓋叫天送客。天蟾天天武生大會，非常熱鬧。北平京戲
仍在演，聽說禁了五十幾齣，其中有《四郎探母》（漢奸意識）、
《奇冤報》（迷信）、《連環套》（提倡特務工作）、《紅娘》（靡靡之
音）、《鐵公雞》（「誣衊先烈」）等等。可轉告鈕伯宏，別的再談。

[此信1949年4月2日寄出，未寫落款和時間]

---

① 王虎辰（1906-1936），武生演員，河北寶坻縣人。原係梆子青衣演員，後改京
　劇花臉。
② 高慶奎（1890-1942），老生演員，原名鎮山，字俊峰，號子君。祖籍山西榆次。
③ 李桐春（1927-2014），京劇武生、紅生，擅演《古城會》、《華容道》、《水淹七
　軍》、《走麥城》等關羽戲及武松戲。
④ 李仲林（1918-1999），武生演員，原籍河北正雄縣，生於上海。藝名小小桂
　元。其父為京劇名丑小桂元。

65. 夏濟安致夏志清（1949年4月22日、23日）

志清弟：

　　四月十六日來信收到。Yale已得獎學金，生活可較穩定，聞之甚慰。北平和談失敗，你想已經曉得。長江一帶，局勢甚緊，英艦兩艘以上受到炮擊，幾被擊沉，中國海軍恐亦非彼岸陸上炮火之敵也。陸軍之腐敗，可不必談，京滬前途，實大可慮。我計畫在數日之內，再度逃難。目的地現在想得到的有三：廈門、臺北、香港。廈門億中有分行，彼處聽說極清靜，地處海濱，風景幽雅，我可以去作客小住，膳宿不成問題。臺北現在入境十分困難，必需進口證。該證由臺灣當局發給，坐船去而無證者，原船送回。坐飛機去可稍通融，可將身份證行李抵押，入境後再補辦證件。我在那邊沒有固定的膳宿之所，學校半路亦插不進，職業毫無把握（如果父親肯設法介紹，問題就較簡單）。我曾託胡世楨代辦入境證手續，他自己已經飛到廣州去辦理護照，所辦之事因此沒有下文。我相信臺灣相當安全，至少不比香港不安全，麥克亞瑟遲早一定要來干涉臺灣的。

四月廿二日晚寫

今日中午搭輪去廣州，餘後詳。專頌
近安

濟安 頓首
四月廿三日

66. 夏志清致夏濟安（1949年4月24日）

濟安哥：

這兩天局勢大變，家中想仍安好，甚念。南京已不守失陷，共軍想很快可抵上海，上海的秩序想不致和南京一樣的壞，家中早沒有搬去香港，不知現在還來得及否？共軍來接收後，上海各商業銀行業務無形要停頓，不知父親大人的朋友們作什麼計畫？家中想好，母親不必恐慌，早晨念經，自有菩薩保佑也。

上次寄來百元，已收到（上次來［去］信，想已收到），離大考只有四星期，功課很忙，所以不能好好寫信。你不知作何計畫？是否預備離開上海，或和父母親一致行動？由共軍攻擊英國船看來，香港也保不長，將來營業只有向海外發展。程綏楚和我通信，向我討MGM明星E. Taylor①, Jane Powell②照片；Elizabeth Taylor臉較東方型，這裡中國同學歡喜她的很多。前幾天看《小婦人》③，除O'Brien④太solemn外，演得都還不錯。

---

① E. Taylor（Elizabeth Taylor伊莉莎白・泰勒，1932-2011），美國演員，代表影片有《埃及豔后》（*Cloepatra*, 1963）、《靈欲春宵》（*Who's Afraid of Virginia Woolf?* 1966）等，曾兩次獲得奧斯卡最佳女主角獎。

② Jane Powell（簡・鮑威爾，1929-），美國歌手、演員，代表影片有《墨西哥假期》（*Holiday in Mexico*, 1946）和《三個勇敢的女兒》（*Three Daring Daughters*, 1948）等。

③《小婦人》（*Little Women*, 1949），劇情片，改編自美國作家路易莎・梅・奧爾科特（Louisa May Alcott, 1832-1888）的同名小說。梅爾文・勒羅伊（Melvin Leroy）導演，彼特・勞福德（Peter Lawford）、瑪格麗特・奧布萊恩、伊莉莎白・泰勒主演，米高梅發行。

④ O'Brien（Margaret O'Brien瑪格麗特・奧布萊恩，1937-），美國演員，好萊塢1940年代著名的童星，曾主演《小婦人》、《秘密花園》（*The Secret Garden*,

　　局勢的發展如此，我們immediate objects還是多賺些錢，在商界活動，可保持些行動的自由。吳新民地址是404B Chung Tin Building, Des Voeux Rd. C.，如去香港可去看他。你的Boss汪有無什麼計畫？

　　我身體很好，雖功課很忙，一下子學期就要結束，可稍微休息。玉瑛妹身體想好，念念，即祝

　　平安

弟 志清 頓首
四月二十四日

1949）等。

67. 夏濟安致夏志清（1949年4月29日）

志清弟：

　　離滬前曾發出一信，想已收到。我現在已來到香港，住在我們公司汪先生的臨時招待所。香港地方很好，滿街汽車，無三輪車，黃包車也難得見，很整潔，有山有海，氣候雖已入夏，但並不悶氣，很適宜居住，你來了一定喜歡。我現在稍感不滿的是住的地方太擠一點，假如一人有獨用一間，那是很舒服了。香港東西很便宜，恐怕美國貨比在美國還要便宜（因無稅，且競爭激烈，大家削價）。好西裝料子，好襯衫充斥市上，女人旗袍料美金一元左右一件，都是在上海少有人敢穿用的。上館子吃飯，亦比上海便宜。冷飲店多，而且便宜。我帶了一兩金子兩百多塊美金（在廣州易成港幣）逃到這裡，大約可以用相當時候。昨日去定做據說是最新出的La Conga料子夏季西裝一身，HK$110（110港幣），不到美金20元也。廣東女傭，做事十分細心周到，盡忙不發怒言，洗衣燙衣迅速乾淨熨伏，可以常換衣裳，做小菜廣東口味，都很好吃。我現在膳宿不成問題，公司裡無公可辦不知道有沒有薪水，即使沒有薪水，另（零）用也還可維持好幾個月，請釋念。今日程綏楚來，憑其三寸不爛之舌，說得我們的汪先生即刻準備去找房子，預備辦一家私立中學。香港有錢人多（工人享受都不差），辦私立中學可以收大學費，可以賺錢。何況現在上海逃難人飛機上大批逃來（每天約飛來一千人），他們都希望子女進一家好的中學也。上海情形想很混亂，詳情不知。我是23日中午上船的（上海人還木知木覺），24日早晨報上發表無錫失守，才開始了panic（據香港報所載）。父親堅持不逃，使母親、玉瑛多受痛苦，實不該應。照父親的力量，在香港頂兩間像誠德里那樣的房子，綽乎有餘。他有生意好做（唐炳麟

全家包機飛來），不會沒有收入的，而且家產可以重興。問題是香
港的安定、繁榮和公道（這三點上海本來就沒有多少，到香港後深
感上海的misgovernment，但共軍來了，將變本加厲）不知能維持
幾天，共軍可能年內打到廣州，香港地位亦岌岌可危。我走的那天
（23日）是初六，麒麟童、李玉茹、俞振飛①在中國登臺，有人請
客，我還預備去看的。那天早晨因報載江陰混亂，我想共軍已經渡
江過來了，應該快走，託父親去買飛機機票，知道飛機都集中南京
去撤退去了，不容易買到票。我知道再不走將更難走，匆匆忙忙去
看徐寄父，他們公司的臺灣船要隔三五天再開，憑他介紹到別家公
司買了張廣州票。走三天三夜到廣州（在船上知道無錫、南京失
守），在廣州新開的億中分行住了一夜（地方很好），第二天（27）
飛來香港。廣州地方我亦很滿意，繁華勝過重慶、昆明、天津、南
京，女人漂亮的很多（至少是中我意的），三十以上的都乾癟而不
打扮，穿香雲紗了，燙髮穿花旗袍的皆十八九歲人，故看之舒服
也。廣東女人robust的很少，皆苗條而眼珠甚烏。香港漂亮女人反
而很少，各式人等都穿花花綠綠旗袍，亦不順眼。上海大約還有一
兩星期可守，此後不知怎麼樣了。你明年不知道能不能回到上海。
共產黨的中國已一躍而為東亞一霸道強國，不把英美放在眼裡。宋
奇②在港，不知住在何處。柳雨生③出獄後考取中航公司，亦在

---

① 俞振飛（1902-1993），小生演員，名遠威，字滌盦，號箴非。江蘇松江人，生
　　於蘇州。出生於崑曲世家。著名崑曲唱家俞粟廬之子。

② 宋奇（1919-1996），即宋淇，又名宋悌芬，筆名林以亮，浙江吳興人。1940
　　年，畢業於燕京大學西語系。1949年，移居香港，從事著譯，並擔任《南北
　　和》、《六月新娘》等電影的製片人。與夏氏兄弟、張愛玲等人有深交，1995年
　　張愛玲去世後，遺物即交由宋淇夫婦保管。著有《林以亮詩話》、《林以亮論翻
　　譯》、《更上一層樓》等。

③ 柳雨生（1917-2009），即柳存仁，生於北京。曾就讀於北京大學，1942年後加

港，未曾找到。張世和①已見過。再談，即祝
　快樂

濟安 頓首
四月廿九日

入汪精衛政府宣傳部，戰後以「漢奸罪」被判入獄三年。出獄後移居香港。
1962年起，歷任澳大利亞國立大學中文系主任、亞洲學院長、澳大利亞人文科
學院院士等。著有《中國文學史》、《和風堂文集》、《道教史探源》、*Buddhist
and Taoist Influence on Chinese Novels*、*Chinese Popular Fiction in Two London
Libraries* 等。
① 張世和，夏氏兄弟的表兄弟。

68. 夏濟安致夏志清（1949年5月6日）

志清弟：

　　抵港後曾上一信，想已收到。你24號發出寄滬之信，已由陳俊三之次女公子帶來。渠一人逃來，寄居其叔父處，來看過我一次，適我不在。她將帶來的信留下，署名「陳良岑」而去，我不知道是什麼人，更想不到是個女人，等電話打去，才知道是她。後來我同程綏楚一同去看過她一次，此人intellect不差，英文發音亦很準，她似乎很需要別人陪着她玩，我推說等我把廣東話學學好，路認認熟再去帶她。事實上，香港地方不大，我的路已經認得很熟，廣東話則至今只會用二三十個expressions，如那裡曰「邊處？」那位曰「邊位？」（邊讀如「冰」，不知從古音那個變出來的），不會造四個字以上之句。我的語言天才似乎還不差，但因所接觸的多非廣東人，所以沒有機會學好，言語不通，很是不便。如打電話打嶺英去找「程綏楚」，這三個字廣東發音，我就讀不清楚，要說好多遍，人家才聽懂，我又不會說「禾傍程的程」這類複雜的解說話。我想我在法［外］國將要遭到遠為較少的語言困難（臺灣來的人都說，臺灣國語通行勝過廣州香港）。再說到陳良岑，我對她因無興趣，怕多來往引起家庭種種揣測，所以儘量減少來往，程綏楚對她亦無興趣。吳新民似乎躍躍欲試，異日當同他去訪她（我同別人去沒有關係，因為我推說不認得路，要別人領路）。吳新民的Chung Tin Building不容易尋，想不到他就是我的隔壁鄰居，兩家的浴室還是對着的。他的境況好，但他說陸文淵在九龍一家紗廠當總務主任，收入十分優裕云。他還在enjoy bachelor的生活，女朋友多多益善。我同他用英文會話，很覺有趣。他亦很自豪於他的攝影技術，

他有一隻Super Ikonta①，他說攝影是進攻女朋友的Bridge-head。童
芷苓來港，報上登着這消息，程綏楚因她不來通知他很是生氣，要
做文章罵她，叫做〈童芷苓來香港幹麼？〉，署名「簷櫻室主」，
此人脾氣不小。可是我在街上碰見了她，而他亦接到她的信了，信
封上赫然寫的是「程楚靖先生收」，他已經怒氣冰消了。我已經把
她介紹給吳新民，吳新民預備借汽車兜風，並一同去跳舞。我初來
香港，忙於seeing places，似乎心思輕鬆一點，但實際上對於大局很
悲觀。年內一定打到廣州，香港地位岌岌可危。上海湯恩伯作「死
守」姿態，軍隊都駐紮在鬧市，各大廈都駐兵，共軍遲遲不去進
攻，上海居民受苦必深。四日下午一時長寧路西端大火，從仁愛醫
院燒起（醫院未燒着），燒到凱旋路，陳文貴的花園村亦波及，燒
掉好幾幢，他的那幢房子不知燒掉沒有。長寧路兩旁棚戶焚燒一
空，災區比中山公園面積還要大，燒至下午六時才稍熄。那時玉瑛
妹在聖瑪琍，不能回家，家裡想必着急得不得了。我現在看R.
Graves②的*I, Claudius*，Claudius是個大善人。電影看過三張：*Johnny
Berlinda*, Elizabeth Taylor的*Cynthia*③（程綏楚請客，這張B級片倒
很有趣），Robert Mitchum④, Teresa Wright的*Pursued*（《追尋》）⑤

---

① Super Ikonta，即蔡司超級伊康泰（Zeiss Super Ikonta），德國著名的摺疊相機，
　具有當時最先進的功能。
② R. Graves（Robert Graves羅伯特‧格雷夫斯，1895-1985），英國著名詩人、作
　家。代表作有《耶穌王》（*King Jesus*）、《我，克勞迪烏斯》（*I, Claudius*）、《瑪
　麗‧鮑威爾的故事》（*The Story of Marie Powell:Wife to Mr. Milton*）等。
③ Cynthia（《辛西婭》，1947），羅伯特‧萊納德（Robert Z. Leonard）導演，伊莉
　莎白‧泰勒、瑪麗‧阿斯特（Mary Astor）主演，米高梅發行。
④ Robert Mitchum（羅伯特‧米徹姆，1917-1997），美國電影演員、歌手，以主演
　黑色電影著稱，主要作品有《恐怖角》（*Cape Fear*, 1962）。
⑤ Pursued（《追尋》，1947），拉烏爾‧沃爾什導演，羅伯特‧米徹姆、特雷莎‧
　懷特主演，華納發行。

（黃宗霑攝影，西部奇情片）。香港頂好的電影院同上海卡爾登相仿。汪先生那裡無公可辦，亦無薪水。我希望有個change。別的再談，專頌

　　近安

　　　　　　　　　　　　　　　　　　　兄 濟安 頓首

　　　　　　　　　　　　　　　　　　　五‧六

69. 夏志清致夏濟安（1949年5月9日）

濟安哥：

　　上星期一收到家裡來信，知你已動身，星期三收到你香港來信，知道你已安抵香港，甚為欣慰。香港不致受到共產黨威脅，可以好好地住下去；上海從報上看來好像準備抵抗，家中不免要受些驚嚇。陸文淵、吳新民在香港，吳新民上次來信說你去香港後看他，他的office的地址是Newman Wu c/o Chung Hua Hang, 404B Chung Tin Bldg, Des Voeux Rd. C.。他事業做得還不錯，或可有些幫忙。我已寫信給他。我這幾天極忙，離大考只有兩星期，Old English得好好準備，一點沒有空。上學期六Derby Day有賽舟比賽，附近女子大學學生都被邀來New Haven，晚上各college都舉行舞會，精神上不免受些威脅。你在香港有膳宿很方便，可以慢慢謀業，香港地方很好，父母不在，可以好好地享受一下。辦中學也是好辦法，可是最好能做生意，可謀經濟獨立。程綏楚託的電影明星照片，我這裡已購到（Gable, Leigh, Jane Powell, L. Taylor），L. Taylor的相片不夠漂亮，不日當寄出，以後有空時當代購較flattering的照片。*GWTW*不知道已收到否？以前說上海的人一半都在香港，將來上海不知成何局面？我沒有什麼計劃，也不找女人，暑假休息一下後，預備讀法文，生活相當枯燥。Milton一年來寫了八篇，上星期發下來都是A，成績想為全班之冠，Brooks也不成問題，只是OE花樣最多，需要準備。廣東女人很好，不妨多與之來往，增加些生活上的adventure。胡適已抵美，不日或要來New Haven向中國同學演講一次。看了一張*Portrait of Jennie*①，為Jennifer Jones和Selznick的

---

① *Portrait of Jennie*（《珍妮的肖像》，1948），奇幻電影，據羅伯特・內森（Robert

最惡劣影片。我身體很好，不多寫，即祝
　快樂

弟 志清 上
五月九日

Nathan）同名小說改編，威廉・迪亞特爾（William Dieterle）導演，詹妮弗・瓊
斯、約瑟夫・科頓主演，塞爾茲尼克（Selznick Releasing Organization）發行。

70. 夏濟安致夏志清（1949年5月19日）

志清弟：

　　五月九日來信今日收到。這幾天在香港的生活，過得相當緊縮。奕蔭街的房子也已讓給潘公展①居住，我有幾夜不知道將宿在何處（在吳新民家住過一晚），現已住定六國319室（大約還有一兩禮拜好住），同一位王樸［璞］合住。他是St. John's畢業生，十分老實，反對跳舞，怕與女友發生intimate關係，為汪先生在港的助手。汪的家眷已來，住在九龍，他近來經濟情形很壞，非但不給我薪水，還欠我US $50以上，他自己常常身邊不名一文。據王樸［璞］及我自己的觀察，汪先生實在已經broke，然而他很要面子，至今還在混，我跟他不會跟久。我現在還剩100元US，我不知道前途如何，非好好地省吃儉用不可。汪先生為人是十分慷慨的，然而一有錢就瞎用，所以有今日之窘境也。我住的六國飯店中住有舞女很多，其中有上海的舞「后」管敏莉②。上海的「名件」來港者頗多，有一夜我在漂泊中到一家泰雲酒店（The Tavern）開房間，發現一房內有一美女，在登記簿上該屋是王文蘭（綽號「至尊寶」）及周蘭兩人所有。舞女的開支大，據說對於客人很遷就，以謀開源，sex是開放的，不比在上海還有一點架子及種種delicacies，

---

① 潘公展（1894-1975），原名有猷，字干卿，號公展，浙江吳興（今湖州）人。曾任中國公學校長、《晨報》社長、《申報》董事長等、國民黨中央宣傳部副部長、新聞檢查處長等職。1950年抵美定居，創辦《華美日報》。著有《羅素的哲學問題》等。

② 1946年春末，江淮平原遭遇特大水災，300萬災民流離失所，其中數十萬蘇北難民湧入上海。上海「蘇北難民救濟會上海市籌募委員會」發起「上海小姐」選美比賽以助賑災民。管敏莉在此次比賽中獲「舞星皇后」稱號。

pretences。你知道我對於這種妖姬，並無興趣，我感到興趣的是帶些天真的女人。來港以後，毫無adventure，近來用錢省，更不敢有非分之想。吳新民是個很prudent的人，他自己亦不承認你所給他的 "boldness" 那個字。他做了這幾年生意，為人當然比我們這種人來得精明。據我所觀察，他並沒有什麼女友，週末看看踢球（with男友），每星期日下午剃了平頂頭的陸文淵（穿短褲襯衫）來找他消磨半天。他亦有種種無謂的sensitive points，如他說他有一個女友什麼都很好，可是家裡有一部Chrysler，他自己不敢叫了Taxi去見她，因此便不常去見她。（香港Taxi多而車好）他這樣的缺乏女性伴侶，我常常嘲笑他，他有天承認他有一個mistress，陸文淵看見過，是上海愛國女中畢業的，稱之為 "The Patriotess"。我給吳起了兩個新綽號 "Mexican Band Leader—Xavier Cugat" 及 "King Farouk of Egypt" ①。他每星期付她HK$100云。（US$1.00=HK$7.00）他白天很熱心辦公，晚上常常去打彈子。程綏楚還是vulgar & tiresome，他自以為服裝很漂亮（其實同在北平時相差無幾），而我在如此赤日炎炎之天，還穿黃皮鞋，而不穿白皮鞋，同他一起走，似乎有些叫他坍台。他自命香港通，事實上他在香港還是屬於worst-paid class（錢比北大南開多得多，但在香港比一個工人好不了多少），平常並無闊人來往，許多貴族化地方他都見所未見聞所未聞呢。他所謂High Class的標準，還是並不很高的。*GWTW*業已收到。今日遇見王雲槐②，他亦在辦進出口生意，他極力勸我到美國去。他在教育、外交兩部有熟人，辦護照很容易，他說一張護照可用三年，何不早點辦好？所以我請你在大考之後，趕快在Yale或Jelliffe的奧

---

① 意為「墨西哥樂隊主唱莎維爾‧庫加」和「埃及國王阿魯克」。

② 王雲槐，原武漢大學外文系教授，戰時任重慶英使館中文部主任，抗戰勝利後去了北平，任《北平英文時報》主筆。1949年後去香港、台灣，後來定居英國。

柏林 or Kenyon 弄一張 Admission 來，不論任何學校均可，有了學校的證明就可辦護照，幾時來美等到經濟寬裕一點再說。這點務必請你幫忙。上海炮聲隆隆，恐怕要遭受大毀滅。家裡還平安。再談即頌

　　學安

　　　　　　　　　　　　　　　　　　兄　濟安　頓首
　　　　　　　　　　　　　　　　　　　五・十九

71. 夏志清致夏濟安（1949年5月16日）

濟安哥：

　　五月六日來函已收到。與吳新民已相晤甚慰，他亦住在奕蔭街，可以多來往。他一向的習慣是於weekend帶女友去跳舞，你跳舞不知在滬時學得如何，可以和他一同去參加舞會。陳良岑我初搬至兆豐別墅時她也常來，我也對她冷淡，以後就不常來了，曾向我借過兩本英文小說。此人社交intellect都不錯，就是生得面貌不揚，很難找到steady的男友。其實和她來往也沒有關係，只是我們都不歡喜有普通的女朋友，遭人閒話。那次滬西大火家中想都無恙，共軍還不進攻，上海人一定很苦，紐約報對於國軍在上海的舉止頗多不好的批評。如果真有大戰，上海損害一定很多。上星期五胡適來New Haven向中國同學演講，講共軍在北平教育事業的設制（「南下工作團」等），並表達個人對於「自由」中國的希望。講得很brilliant，與在平時所得他的paternal印象不同，因為聽眾都很hostile，他對於他們所raise的問題回答得很好。他住在紐約的EAST 81號街一〇四號。他被北派要人包圍着（如南開校長何廉①、李方桂②等），我同他講話機會不多，以後當去紐約看他。這幾天日夜讀*Beowulf*，準備考試，二十六日考，以後就沒有事了。我有個中文系的外國同學Donald Holzman③，同我談得很投機。他想託

---

① 何廉（1895-1975），經濟學家，湖南邵陽人，1948年出任南開大學代理校長，後來美任教哥倫比亞大學，直至退休。

② 李方桂（1902-1987），語言學家，山西昔縣人，生於廣州。精通多種語言。1948年當選為中央研究院第一屆院士，西雅圖華盛頓大學教授，著有《龍州土語》、《武鳴土語》、《比較泰語手冊》、《古代西藏碑文研究》等。

③ 侯思孟（Donald Holzman, 1926- ），出生於芝加哥，曾獲得耶魯大學中國文學博

你代他購幾本中文參考書:1、《中國人名大辭典》,2、《中國古今地名大辭典》,3、《歷代名人生卒年表》,4、《中國文學家大辭典》,這幾本書不知香港購得到否?他附上美金十元,如不夠,所缺多少,包括mailing,packing,將來再附上;如有餘數,或這幾本書買不到,可購商務印書館國學基本叢書內重要的classics,《十三經》和重要的poet李白、杜甫etc(except《史記》),用你的judgment,second hand也無妨。書請寄Donald Holzman, 2759 Yale Station, New Haven, Conn.。一定要浪費你不少時間,甚歉。不知你能找到有薪水的job否?甚念。家中想常通信,上海的戰事使人憂慮。胡適對中國前途也極端悲觀,將來香港不穩固,將無去處。身體想好,已同童芷苓去跳舞否?程綏楚不會跳舞,一定要jealous。他給我的信已收到,大考畢後當寫覆函。即請

　　近安

　　　　　　　　　　　　　　　　　　弟 志清 頓首
　　　　　　　　　　　　　　　　　　五月十六日

士學位和巴黎大學中文博士學位。先後任教於密西根大學、普林斯頓大學、英屬哥倫比亞大學、加州大學柏克萊分校、香港中文大學等大學,曾任法國高等漢學研究院院長。著有《嵇康的生平及其思想》、《詩歌與政治:阮籍生活與作品》、《中國上古與中古早期的山水欣賞:山水詩的產生》等。

72. 夏志清致夏濟安（1949年5月27日）

濟安哥：

　　昨天上午（26日）Old English 大考完畢，考得很好，可得95分，說不定是全班之冠。春假來不斷的緊張可告一段落，心中很舒暢。下午看到你的來信，你住宿都沒有一定的地方，頗為你着急，希望你早日得到一個job，可以安定地住下去。今天上午到銀行去打了一張Foreign Draft，五十元，可多維持你幾星期的生活費，反正這錢是父親上次寄來的，所以請收下。我本來的預算，半年來多下三百元，可供暑期之用，下半年的九百元在開學前可以不動用它。現在剩兩百五十元，也無多大關係，因為我一年來學校record不錯，李氏獎金大約可以renew的。胡適在紐約，也可以幫忙。六月中大約可得M.A.，參加Yale的畢業典禮。

　　不斷地看報，上海的戰事算已告一結束。兩租界沒有受什麼損傷，家中想多平安，父親銀行暫時想仍可照常辦公，上海市區沒有遭到大破壞，還是大幸。最近國軍連續失地，前途實令人悲觀，香港不知能維持多久。給Jelliffe的信已寫好，明日寄出，Oberlin比較可通融，一定可以拿到admission，不果〔過〕為手續起見，恐怕仍需要你的letter of application和record。你不妨寫一封application寄Jelliffe，O. College, Oberlin, Ohio，敷衍一下面子。明天預備去看Menner，不知Yale會不會給你admission，據說去年Yale給了不少在中國的學生admission，結果一個也沒有來。那Dean很失望，所以Yale對此事是相當鄭重的。

　　家中已好久未去信，明天當去信，香港和上海想仍通信。上星期（十六日）我匆匆地寫一封信，寄你原來的位址，其中有外國朋友附上買中國書的十元（信由他掛號寄出），不知已收到否？可

到奕蔭街去問問，免遺失掉。六國飯店想是香港最貴族的旅館，每日的rent想必很高。那些名舞女一向很隨便，陳見山自稱，他和王文蘭睡過。管敏莉，我照片上的印象，並不太漂亮；不過在港漂亮的舞女一定很多，經濟充裕也可和她們來往。我暑假毫無計畫，除了讀法文，準備orals外，暫時還不用緊張，生活很空虛，因為沒有真正要好的朋友。昨天看了Astaire & Rogers的 *Barkleys of Broadway* ①，雖然兩人腳步較遲緩，仍很滿意。Ginger Rogers ② 較胖，可是仍比沒有表情的Betty Grable好得多。今天下午看派拉蒙的 *Streets of Laredo* ③，西部五彩片，目的看裡面的Blonde小姑娘Mona Freeman ④，長得很不錯。目下銀幕上不管片子好歹，我要看的有June Haver ⑤, Dorothy Malone, Mona Freeman諸人。程綏楚捧的Jane Powell我認為非常難看。他討的照片明天當寄出。

　　吳新民一向很精明，不肯多花錢。在上海時常和陸文淵去看球，後來買書成癖，別的方面也不多花。我以前和吳新民通信時老是給他一個generosity和great lover的illusion，其實他並不。最近幾星期一直吃藥，調整心臟血壓，所以雖然日夜的忙，一點沒有strain。普通的疲倦大多是心臟工作過度，我測驗服了強心臟的

---

① *The Barkleys of Broadway*（《金粉帝后》，1949），音樂劇，查爾斯·沃特斯導演，金格爾·羅傑絲、弗雷德·阿斯泰爾主演，米高梅發行。

② Ginger Rogers（金格爾·羅傑絲，1911-1995），美國女演員。1940年以《女人萬歲》（*Kitty Foyle*）獲得奧斯卡最佳女主角獎。

③ *Streets of Laredo*（《西域雙煞》，1949），西部片，萊斯利·芬頓（Leslie Fenton）導演，威廉·霍爾登（William Holden）、麥克唐納·凱瑞（MacDonald Carey）、莫娜·弗里曼主演，派拉蒙影業發行。

④ Mona Freeman（莫娜·弗里曼，1926-2014），美國女演員。曾主演《西域雙煞》、《魂斷今宵》（*Angel Face*）等幾十部電影、電視劇。

⑤ 瓊·哈弗（June Haver, 1926-2005），美國女演員，1940年代出演一系列音樂劇而知名。

Theobromine（「血壓平」內有）後，晚上二三點鐘睡，早晨仍可八時起身，並不勉強。可是暑假中要停止吃藥，保持身體原有的rhythm。我目下穿襯衫皮鞋時，體重128磅。

暑期中要搬到我對面的房間2778號，朝南，朝裡面，光線好，沒有聲音，搬時〔了〕以後再通知。希望早日找到一個job，即祝

近安。

弟 志清 頓首
五月廿七日

我Joyce paper 91分，所以Brooks和Milton一年來所有papers全是A，頗不容易也。

73. 夏濟安致夏志清（1949年6月3日）

志清弟：

多日未曾通信，今乘［趁］胡世楨夫婦飛Vancouver之便，託他帶上一信，交郵寄上。胡的地址：Dr. Sze Tsen Hu, c/o Prof. W.L. Duren, Jr., Math. Dept. Tulane University, New Orleans 15。他們在香港，曾同我一起遊覽過幾天。我在香港，差不多等於落魄，毫無興致白相，亦懶得找人。吳新民那裡已好久未去，可是有一次程綏楚請我跳舞，有一次同Boss汪去看跑馬，都碰着吳新民。他也許還以為我既跳舞，又賭馬，一定日子過得很不差，誰知道我即將成為「畢的生司」耶？

跳舞我在包龍雲那裡學了不少複雜步法，在上海時汪先生請我到大都會去過一次，請了十名舞女坐檯子，聲勢浩大。我起初想可以表現一下，不料大都會池子比包龍雲那裡大好幾倍，是圓形而非我所習慣的長方形，一下去方向都攪不清，加以我在包龍雲那裡跳時同舞伴離得很遠（標準步法），我走的步子，舞伴比我還熟，不用我指揮，因此我亦不知如何指揮。在百樂門同舞女一跳，我的步子她們不會，我既不能指揮，步子又生，走了幾圈，自己都忘了應該怎麼跳。起初很窘，後來規規矩矩走四步頭，才可勉強敷衍。我知道我的跳舞不行，更無勇氣同別人跳。程綏楚請我去的那次，我跳得比在上海時好一些，叫來的那個舞女（此人亦是包龍雲的學生）同我亦很談得落（我深晚送她返家），但是我經濟情形不佳，心緒惡劣，再亦沒有去過第二次。跳舞這件事只好暫時擱起來。我是很喜歡游泳的，香港游泳的環境這樣好，可是我一次亦沒去游過。跑馬賭錢我認為很有興趣，經濟情形如好，每次跑馬我都想去花掉幾十塊錢去試試運氣。現在什麼都談不到。香港約每兩星

［期］跑一次馬，一年三次大香檳，頭獎達數十萬港幣之巨，約合十萬美金以上，立成巨富。

Boss汪的經濟情形壞極，他欠父親500元美金，欠我50元美金，都無期償還。他現在可以說比我都窮。他一有錢便要瞎浪費（上海那一次跳舞所費即比我半月薪水為多），現在緊縮亦來不及了。他希望我同王璞（和我同住六國者，他在港唯一幫手）搬到他新頂（頂費尚欠着）的房子裡去，以節省開支。但是他家裡地方不大，小孩又多，一住進去一點privacy都沒有，我們都不願意。六國開支的確不小，我們的帳有時候汪先生付，他付不出時我付。我現在身邊只剩卅元美金及數元港幣，大約再能維持五六天，五六天後不知道要到哪裡去住，這樣情形，我的心境怎樣會好？（覆信交吳新民轉為妥，永久通訊處：香港，皇后大道中Queen's Road Central, China Bldg，華人行409號元本行張世和轉。）

童芷苓回上海去拿行頭，預備在香港登臺，去了不到兩天，空運即斷，現在困在上海。她臨行前，介紹我一處家庭教師，月入百元港幣，這是我目前唯一有把握的income。張君秋即將登臺，約我替他寫一篇英文宣傳文章，並替他寫英文劇情故事，大約亦略有酬報。這兩天張君秋常常請客，我多認識了幾個人，在香港的活動範圍稍寬，辦法可以多起來，但是只怕我的經濟力是不容我久等。如果再窮下去，我只好謝絕交際，末一步是退到上海去另謀發展了。可憐的是，人家都以為我長住六國飯店，又並非失業之人，一定境況很不差，我若真的失業，幫忙的人反可以多一點。

上海戰事時期，家裡沒有受到多少驚慌，你可以放心。共產黨目前的政策還算寬大，工商業可以照常活動，雖然利潤是一定要薄不少的，父親的億中銀行仍可維持。玉瑛當然得少讀一點 *Heidi*，多讀一點馬克思了。祖母、母親的生活可以毫不受變動，小菜亦許可以便宜點。祖母對於金圓券的崩潰，頂不能明白。乾安這個月給

她的零用錢，她下個月拿出來用，只能買一塊豆腐。她常常氣得說不出話來。照金圓券的貶值速率看來，民間疾苦太深（北平投降時，十元金圓換共幣一元，上海此次失陷，十萬金圓換共幣一元，四五個月裡邊，價值猛落一萬倍，何況聽說共幣亦在慢慢貶值），社會非有澈［徹］底大變化不可。我現在這個家庭教師 job，每月酬報一百元雖然只夠我在六國三天開支（這個事不長，因為該初中生不久就要進暑期學校），但比國立大學教授已經好得多了。Holzman 的支票收到已有好多天，現在交在張世和那裡，等 rate 稍微好轉，即兌出不悮［誤］。支票出售不易，以後若有此種事情，還是冒險寄 cash 來為妙。你想已大考考過，安渡［度］暑假了。Admission 辦得如何？其實有了護照我又哪裡來的錢去出國呢？專此　即頌
　　旅安

　　　　　　　　　　　　　　　兄　濟安　頓首
　　　　　　　　　　　　　　　　　六・三晚

74. 夏志清致夏濟安（1949年6月5日）

濟安哥：

　　上星期寄出一信，附五十元匯票，想已收到。這星期大考完畢後又寫了一篇Eliot paper，現在功課全部完畢，只待六月二十日拿M.A.文憑。你這兩天職業有無着落？甚念。辦admission的事進行很順利，Jelliffe回信來說，只要你寄來大學成績Transcript，admission沒有問題。Yale方面我見Menner後，他很歡迎你來，所以我已向Associate Dean Simpson那裡拿到應填的表格，另信寄上。Yale辦admission較麻〔麻〕煩，得照片，letter of application, transcript，及寄給你的表格。弄好後可寄Associate Dean, Graduate School, Yale U., Hall of Graduate Studies, York St. N. Haven。Admission會直接寄給你。最要緊的還是經濟問題。胡適現住104 East 81st street, New York City，不妨去信，或者經濟上可幫忙。這幾天是否仍住在六國飯店？我功課結束後，生活極為沉悶，一點沒有快樂的感覺，紐約沒有朋友，也不想去。平日看電影外，一無娛樂，不日想即開始讀法文，為減少boredom。附上兩封信，請你代寄。上海和美國最近航郵已斷，所以家信請轉寄；一封給武昌吳志謙，他一學期內給了我兩封信，還沒有覆他，覺得不好意思，所以請轉寄。

　　我已搬進2778號（下次寄信，2771對面），有陽光，無聲音，對草地，很合理想。無形中減少不少strain。Yale中國北派同學勢力堅強，我同他們不大來往，哲學系的方即將返國，所以我的朋友愈來愈少，下學年生活將更寂寞。近況想好，家中想常通信，陳俊三的女公子仍有來往否？一封寄奕蔭街附上十元買中國書的信已收到否？念念，即頌

近好

弟 志清 頓首
六月五日

75. 夏志清致夏濟安（1949年6月20日）

濟安哥：

胡世楨在Seattle轉來你六月三日的信，收到已有多日，我前後來過兩信（寄吳新民那裡），不知都已收到否？五月廿八日那封掛號信內附匯票50元一紙，想已妥收，不過沒有接到你回信，所以很掛念，不知會不會遺失。讀你上一封信知道你錢已將用完，這幾天不知道怎樣渡[度]生？甚念，能否向人家啟口借錢？如果真正找不到適當的職業，還是暫返上海為妥。上次信內附有Yale application的單子，今接Oberlin來函，謂能寄去undergraduate成績，admission沒有問題。

我這幾天生活比較不緊張，明天（21日）上午即要戴方帽子在Woolsey Hall參加畢業典禮，拿M.A.文憑。M.A.既早在預料之中，所以沒有什麼thrill。前星期看了Rbt. Graves的 *Wife to Mr. Miltion* 和C.S. Lewis[1]的 *The Allegory of Love*。上星期開始讀法文，法文較容易得多，可是每天下午被中國同學找打ping pong球，所以沒好好念書。一年半來沒有運動，打打乒乓，身體覺得很舒服。上星期五

---

[1] C.S. Lewis（Clive Staples Lewis克萊夫・路易斯，1898-1963），英國作家、學者，曾執教於牛津大學和劍橋大學，被譽為「三個C.S.路易斯」：一是文學史家和批評家，代表作包括《愛的寓言：對中世紀傳統的研究》（ *The Allegory of Love: A Study in Medieval Tradition* ）、《廢棄的意象：中世紀和文藝復興文學導論》（ *The Discarded Image: An Introduction to Medieval and Renaissance Literature* ）；二是科幻作家和兒童文學作家，代表作包括「《太空》三部曲」（ *Space Trilogy* ）、「《納尼亞傳奇》七部曲」（ *The Chronicles of Narnia* ）；三是通俗的基督教神學家和演說家，代表作包括《返璞歸真》（ *Mere Christianity* ）、《四種愛》（ *The Four Loves* ）等。

到城外飛機場看了Ringling Bros.和Barnum①的馬戲團，是美國最大的馬戲班，號稱 "The Greatest Show on Earth"，花了三塊錢，沒有什麼特別，tent裡面很熱，畜生都很臭，許多象，沒有象牙，很可憐的樣子。最重要的還是靠那些驚險表演，表演的女人，因為我眼睛近視，都看不出美醜。

香港同上海想已恢復通信，家中想好。你一個人在香港，這幾天一定很窘，但不要despondent。不知仍住在六國飯店否？父親那裡可接濟否？甚念。張世和想好，他的太太是否同在香港？吳新民、程綏楚想常見面。我搬了房間2778後，住得很好，下午晚上很風涼。看了一張 Edward My Son②，是Robert Morley③的舞臺名劇，Spencer Tracy多年未面［看］，演得還不錯。看到香港《大公報》，已經全部赤化，Yale的中國science學生在組織一科學會，也是赤化組織。明天雖拿到M.A.，前途仍是茫茫。你身體想好，父親憶中業務如何？甚念，即頌

　　旅安

　　　　　　　　　　　　　　　　　　　弟 志清 頓首
　　　　　　　　　　　　　　　　　　　六月20日

---

① Ringling Bros. and Barnum & Bailey Circus，林林兄弟與巴納姆貝利馬戲團，林林兄弟馬戲團於1884年成立，1919年林林兄弟與巴納姆貝利馬戲團正式成立。

② Edward, My Son（《黃梁夢》，1949），劇情片，據諾埃爾‧蘭利（Noel Langley）和羅伯特‧莫利合著劇本改編。喬治‧庫克導演，斯賓塞‧屈塞和黛博拉‧蔻兒（Deborah Kerr）主演，米高梅發行。黛博拉‧蔻兒以此片獲得奧斯卡最佳女主角獎提名。

③ Robert Morley（羅伯特‧莫利，1908-1992），英國編劇、演員，先後參演60多部電影。

76. 夏濟安致夏志清（1949年6月19日）

志清弟：

　　連接兩信，因生活不安定，今日始覆，至以為歉。胡世楨於六月五日飛美，託他寄出一信，想已收到。胡世楨先飛加拿大之溫哥華，票價可比飛舊金山便宜一半（飛舊金山約七百餘U.S.，飛溫哥華約三百餘），坐火車去美，現想已平安到達。你的五十元check，對我真是雪中送炭，可惜上面注明向香港Chase Bank去領，他們只肯出官價港幣（官價約四元換一元，黑市約六元換一元），吃虧太大，所以特地原封退還。你假如有餘力，請換一張向紐約Chase Bank去領的支票（那個黑市可以賣掉）寄來，以備我緩急之需。我今天身邊還有兩百元H.K.（一百元是汪先生那裡拿來的，一百元是學生補習酬勞），可以用幾天，請你放心。居然還住在六國，不久可能要搬出，如唐炳麟那裡稍微鬆動一點，我想搬去。唐炳麟住的是漂亮的花園洋房，可惜裡面住了很多逃難人，假如多搬出幾家，我去住倒是很舒服的。六國並不貴族化，設備大約同「大中華」、「東方」相仿，四周環境亦同四馬路雲南路一帶差不多，面對着海，相當於大中華對面的跑馬廳，空氣還不致太壞。香港的貴族化旅館皆洋人所開，同上海的Palace、Cathay等相仿。六國的好處是service好，茶房都懂國語與滬語，吸收很多逃難人。六國飯店似乎比上海我所講的那些飯店乾淨，常常大掃除，牆壁常常粉刷，電梯新近加了一層油漆。床上沒有臭蟲，奇怪的是香港這樣一個半熱帶地方，竟然沒有蚊子，晚上睡不用帳子。六國的住不好算貴，我的房是十四元三角一天，在外面住要出頂費，很不合算。我假如能有一千元一月收入，住旅館亦吃得消。

　　陳俊三的女兒曾經問我：Bridge打不打？我說不會。又問我關

於幾張剛開［看］過的電影，我說我都沒有看過。她說：你一天到晚作些什麼消遣呢？我一言不發從褲子袋裡面摸出一本《蜀山劍俠傳》。她想我這個人是不可救藥的了。我最近大看武俠小說，《蜀山劍俠傳》是近年中國創作小說中的一部值得注意的書，已出五十餘冊，作者還珠樓主①另外還寫了好幾十本別的武俠小說。他的書以神怪為主（法寶比《封神榜》還要多），空間時間規模極宏大，想像力是很了不起的。最近看了十幾本《十二金錢鏢》（白羽②著，未完），很是滿意。這部分有中心plot：鏢銀的被奪與奪回，《蜀山》的主要故事是峨嵋第三次各派比劍，第一次第二次隱隱約約說到，但是第三次的「大劫」據看完四五十幾本的人說，還遙遙未來。文字很sober，居然還描寫幾個特殊characters，描寫武俠事蹟，很realistic（沒有飛劍）。幾個人夜裡去探一次莊，可以描寫好幾章，很緊張。我想這種小說搬到美國來，可以受人歡迎的。你的朋友的十元錢，換得六十元，我已買了兩包書（商務印書館發票存我處）寄上（約於六月六日寄出），書價五十三元多，扣了掛號寄費後，還剩港幣一元二角，算我的奔走車資吧。Jelliffe的surname是否Robert A.？我想請你一手代辦吧。成績單的facsimile（副本）寄上，請你代譯一下。Yale的表我想不填了，因為我不一定來，怕反而壞了中國人的信用。國民政府要封鎖上海，港滬之間的通信不能很暢通。再談，即頌

---

① 還珠樓主（1902-1961），四川長壽人，原名李善基，後名李壽民。現代武俠小說作家，代表作品有《蜀山劍俠傳》、《青城十九俠》、《雲海爭奇記》等，一生作品多達4000餘萬字。與「悲劇俠情派」王度盧、「社會反諷派」宮白羽、「幫會技擊派」鄭證因、「奇情推理派」朱貞木並稱為「北派五大家」。

② 白羽（1899-1966），即宮白羽，原名萬選，改名竹心，原籍山東東阿，現代武俠小說作家，代表作品有《十二金錢鏢》、《武林爭雄記》、《偷拳》、《聯鏢記》等，被稱譽為「北派五大家」之一。

暑安

兄 濟安 頓首

六月十九日

77. 夏志清致夏濟安（1949年6月27日）

濟安哥：

　　接六月十九信，心中為之釋念。希望最近能找到job，在香港安定住下去。五十元的draft已收到，該票須進紐約Chase Bank去cancel，大約四天中可拿到refund。今天開了一張向Chase Bank去領的check，特掛號寄上。成績單繕［翻］譯後，附application一併寄去Oberlin，想應可拿到admission。Holzman得悉你書兩包已於六月六日寄出，非常感謝你。他九月初將去巴黎法國讀中文。我應該去紐約找事做，離開New Haven，不特可接濟你，自己生活也舒服些，可是惰性已深，不想找人幫忙，還是省吃儉用地住在New Haven。

　　M.A.已於六月廿一日拿到，那天天很熱，穿了深青嗶嘰西裝，外加gown，襯衫都濕透。大約有十人拿名譽學位，除General Clay①和他柏林的繼承人外，都不大出名。美國東部已久未下雨，所以天氣很熱。法文已讀了兩個多星期，還沒有上勁，預備六月底把初步文法讀完。看了Casablanca②和G-men③的reissue。G-Men中

---

① 可能是Lucius D. Clay（1898-1978）將軍，二戰期間曾任歐洲盟軍占領區最高長官，負責美國的軍火供應，在柏林封鎖期間指揮了著名的「空中走廊」計畫。曾三次登上《時代》雜誌封面。

② Casablanca（《北非諜影》），劇情片。據莫瑞‧博內特（Murray Burnett）和瓊‧愛麗森（Joan Alison）合著劇本《大家都來「銳克」酒吧》（Everyboby Comes to Rick's）改編。邁克爾‧柯帝士（Michael Curtiz）導演，亨弗萊‧鮑嘉、英格麗‧褒曼主演，華納影業發行。

③ G-men（《執法鐵漢》，1935），犯罪電影，威廉‧凱利導演，詹姆士‧賈克奈、安‧德沃夏克（Ann Dvorak）主演，華納影業發行。

Cagney已［還］年輕，全片很輕鬆有趣。看了 Esther Williams、Red
Skelton ① 的 *Neptune's Daughter* ②，非常惡劣，較《出水芙蓉》③ 小型
而無情節可言。那天舞臺上選舉 Miss New Haven，只有五人參加，
其中兩名義大利人，一名黑人，較普通街上走路的女人和 office
girls 為醜陋得多，結果一位教育程度較高的 Italian 女人得選。

　　家中想平安，世和兄前問候，匆匆，即請
　　近安

弟　志清　上
六月27日

---

① Red Skelton（雷德‧斯科爾頓，1913-1997），電視主持人、電影演員。

② *Neptune's Daughter*（《洛水神仙》，1949），彩色浪漫喜劇片，愛德華‧拜茲維
　（Edward Buzzell）導演，埃斯特‧威廉斯、雷德‧斯科爾頓主演，米高梅發行。

③《出水芙蓉》（*Bathing Beauty*, 1944），音樂劇，喬治‧西德尼、雷德‧斯科爾
　頓、巴茲爾‧雷斯伯恩（Basil Rathbone）、埃斯特‧威廉斯主演，米高梅發行。

78. 夏濟安致夏志清（1949年6月22日）

志清弟：

　　前兩日寄出一掛號信——附50元支票及成績單、照片，想已收到。我現在搬到思豪酒店45號來住，大約可以住相當長的時候，以後來信可以寄到這裡。思豪45是我們的寫字間所在，地方很寬大，住人後地方還有多餘。這家旅館稍舊一點，派頭相當大，坐落的地點約當於上海外灘仁記路一帶（離吳新民的office很近，他希望你給他信，是香港財富集中地）。住到思豪來後，可以省一筆六國的房錢。上海通過短時間的船，今天聽說又斷了。你寄給父母的家信，我已託人先帶走，想可平安送到。另寄給吳志謙的信，還有一封顧家傑①（請你轉告他為要，我不另寫信了）託我轉寄到蘇州的信，我託坐「芝沙丹尼」（Tjisadane）的朋友帶去。聽說這隻船要退回香港，但願能安全抵滬，否則由我妥為保存，覓便轉寄不誤。上海聽說管得還不大凶，上海來香港買船票還不難（只要船通的話），可是《申報》、《新聞報》都停辦了，大新公司（看見過這樣一張照片）牆上掛了毛、朱的大像，北平天安門前的英俊的老蔣也換了土裡土氣的毛、朱兩張畫像。張君秋下星期上演，我替他編的中英文說明書，印好後當寄上一份不誤。Holzman託買的書已於六月八日寄出（掛號船寄）。書名如下：《四聲切韻表》、《孟子正義》、《尚書古今文注疏》、《歷代紀元編》（記皇帝的年號）、《歷代名人生卒年表》、《宋六十名家詞》（五冊）、《陶靖節（淵明）

---

① 顧家傑（1913-1979），江蘇蘇州人。1948年獲美國丹佛大學圖書館學碩士學位，1950年回國。曾任中國科學院圖書館副館長，主持編寫了《中國科學院圖書館圖書分類法》。

詩》、《水經注》、《中國歷史研究法》（梁啟超①）正續編。各類都
有一點，只是人名、地名大辭典沒有找到。

從種種跡象看來，我近來運氣還好，內地那種窮困，還沒有嘗
過，在香港亦［也］許還混得下去。家裡想平安如舊，億中的業務
不會十分好，上海、天津、南京、無錫的都開着，在共產黨手下發
不了什麼財。廈門、廣州的分行，花了好多錢才開出來的，現在金
圓券跌得一錢不值，帳還是記的金圓帳，亦都無業可營，職員都留
職停薪。別的再談，即頌

　　暑安

　　　　　　　　　　　　　　　　　　　　兄　濟安　頓首
　　　　　　　　　　　　　　　　　　　　六月廿二日

---

① 梁啟超（1873-1929），字卓如，號任公，又號飲冰室主人。廣東新會人。著名
　思想家、史學家，有《飲冰室合集》行世。

79. 夏濟安致夏志清（1949年6月30日）

志清弟：

　　寄給吳新民24日的信，已經看到。知道你很替我着急，很是不安。我於6月18日寄上航掛一封（附退還50元check），搬來思豪酒店以後，亦曾發過航空郵簡一紙，想均已收到。你20日交給吳新民轉寄的信，亦已收到。你得了M.A.，安心讀法文，雖然生活比較枯燥，總算還安定。我近況似有轉機，近日替汪先生辦成一件大事，雖分文還沒有到手，心裡覺得還痛快。汪先生是做蘇聯生意的，蘇聯有一筆肥田粉，定價比美貨便宜，預備到遠東來銷，這筆貨大致可以賺錢（可銷臺灣、菲力濱、南洋等處），但汪先生近來經濟力量太壞，沒有銀行擔保付款，蘇聯人不肯把貨裝出。很巧的我在思豪酒店門口碰到了宋奇，同宋奇談起這件事，由宋奇介紹浙江興業銀行來擔保（四千噸約需二三十萬美金），大致已經成功。現在宋奇同汪先生fifty fifty地來合作做肥田粉，獲利必有可觀。這批做了，還要定下批。我假如是一個partner，可以頓成小康，如拿傭金，亦必可闊綽一個時候。如汪先生真是唯利是圖，至少可把欠我的薪水發還，而且把欠父親的500元美金償清，兩個月以後，我的經濟情形必大可好轉。宋奇正在苦悶，沒有生意好做，而汪先生（還有1800噸未付清價錢的紙在香港）有貨而周轉不靈，兩人合作真好。宋奇身體如舊，同我打過兩次bridge，他的腦筋敏捷，我非其匹也，現在我正在趕學Culbertson System。我現在住的思豪酒店，是香港第一流旅館（每層只有九間房間，都很寬大，廁所都很大），我的房間內白天鬧得不堪，晚上很靜。你的50元如寄來，再問唐炳麟借一點，大約可以維持一兩個月，以後想可不成問題。因為做生意有轉機，我亦不想活動教書的事了。教書在

香港仍舊是窮，而且給人看不起。宋奇造了兩幢房子，可以用來開學校，但開學校靠收學費決不能於幾年內收回造價，我怕對不起朋友，對於辦學一事，不大起勁，還是讓宋奇把房子頂出去吧。女人方面，我發覺我對於年紀小的女人已經不發生興趣，這大約和在董華奇那裡所受的rebuff（挫折）有關係。王璞（本與我同住六國，現遷居跑馬地，每日白天在思豪）有一姓朱女友，為中央航空公司空中小姐（隨機服務），常來看他。常有一姓丁的空中小姐同她一起來，我對此人還有三分興趣，我想我的wit也已相當fascinates她，而且我的對朋友熱心等good qualities，也已相當manifest。但是我窮到這步田地，加以怕碰釘子，從未attempt去追求，也沒有向王璞或汪先生表示過什麼。忽然最近有一天碰見姓丁的姨母，她不知怎樣認得我，原來她就是陳良岑的嬸嬸（陳即居其家）。假如該婦人是我們母親的話，那末陳良岑同那位姓丁的關係，就同玉富同水雲的一樣①，只是年齡長幼方面相反。這一下使我很窘，陳良岑我是想規避的，姓丁的（名叫Terry）我是想多見面的，以後碰在一起，不知將怎麼樣。我在陳良岑面前很dull，且已好久不來往。在姓丁的（她已經開始在諷刺我，關於陳良岑的事，因為她不明白底細）面前，很是談笑風生，以後想不免有點尷尬場面。但你不要expect太多，我還沒有到主動去找人的程度，可能毫無發展的。再會祝好！

兄 濟安 頓首

六·卅

[又及] 上海信不通，你給父母信已遭退還。上海大致如舊，生活苦，無生意可做，物價漲。電影Roxy做《出水芙蓉》已連映

---

① 陳水雲是夏濟安的表姐（姨母的女兒），夏玉富是夏濟安的堂妹。

數禮拜，新光做郎欠尼①與羅伽茜②合作的《豺狼精大戰科學怪
人》③，中國大戲院李玉茹、俞振飛下來換童芷苓。共產黨頂關心的
是怕壓不平物價，我看見6/12，6/13的《解放日報》（《申報》改）
都是講銀元販子和「奸商」的事。

---

① 郎欠尼（Lon Chaney, Jr.，一譯朗・錢尼，1906-1973），美國演員，代表影片有
　《人鼠之間》（*Of Mice and Men*, 1939）、《人造怪物》（*Man Made Monster*, 1941）
　等。

② 羅伽茜（Bela Lugosi，一譯貝拉・盧戈西，1882-1956），匈牙利裔美國演員，
　以出演《德古拉》（*Dracula*, 1931）知名。

③ 《豺狼精大戰科學怪人》（*Frankenstein Meets the Wolf Man*, 1943），恐怖電影。
　據瑪麗・雪萊（Mary Shelley）《科學怪人》（*Frankenstein*）及其續作改編。羅
　伊・威廉・尼爾（Roy William Neill）導演，朗・錢尼、貝拉・盧戈西、洛娜・
　馬賽（Ilona Massey）主演，環球發行。

80. 夏濟安致夏志清（1949年7月7日）

志清弟：

上星期發出一信想已收到。50元支票已收到，謝謝。肥田粉之事，尚有若干困難，只要蘇聯方面的幾點問題解決，我們這筆交易可以成功。宋奇答應給我commission，交易成事，我多少可以有點進益。汪先生最近又在進行另一件事，預備裝捲煙紙到長沙（未淪陷），再從漢口裝煙葉回來，可以獲利數倍。程綏楚有一親戚，在長沙做副軍長，家眷已搬來香港，其人這兩天也在香港，我已經介紹他同汪認識，將來走封鎖線時，可以得到他不少幫忙。這筆交易，汪先生答應給我10%的利益。做生意前途慢慢光明起來，我也不必另外再尋job。汪先生這種四處找尋財路的精神，我很佩服。想不到我能幫他這許多忙，我交的朋友對於他都有用處。別人（包括父親）都拿我當秘書人才看待，其實我的長處還是對外的交際聯絡（這點惟你識之），寫字間工作太dull，我一定做不好。宋奇說可以介紹我到American Firm去工作，我打字不快，商業文件不熟，美國人做事又要講「效率」，我想我決不能勝任愉快，雖然據說待遇可以很高，我想還是維持目前的生活，可以多一點thrill。我喜歡冒險，最近可能到廣州，甚至長沙去一次。程綏楚頂崇拜Rhett Butler①，聽說有機會可以跑封鎖線發財，也很興奮。我並不想發財，但求手頭寬裕點就好了（我這種幫人奔走挑人發財的生涯，漸漸要走父親的老路）。戰事形勢，共產黨踟躕〔趑趄〕不前，不知何故。國民黨似乎又發狠了一點，差不多天天有兩三隻飛機去

① Rhett Butler（白瑞德，一譯瑞德·巴特勒），美國作家瑪格麗特·米切爾所著《飄》中的人物。他生活在美國南北戰爭期間，是穿越封鎖線牟取暴利的商人。

炸上海。母親不免將多受些驚嚇。億中生意很慘，廈門、廣州（花了很多錢——頂費裝修等開出來的）的分行無形停頓，天津、南京的分行已停業，聽說（從唐炳麟那裡）上海行裡職員輪班辦公，每三天去一次，吃行裡伙食，略供給車馬費，幾乎等於關門。父親堅持不逃，孰知在香港還有生意可做，在上海只有坐吃而已。先是怕香港生活程度高，但是上海經封鎖以後，生活比香港高得多，香港一元美金的西餐已經很豐盛，但是聽說上海的西餐要賣五六元一客了。美國貨如Jantzen游泳衣，Botany領帶等香港價錢都低於美金定價。

　　我現在不想追求任何人。我相信我只要不追求，任何女人對於我的印象都會很好的。近來住第一流旅館，天天吃館子，雖然囊橐不豐，生活可以說很舒服。請你不必掛念。張世和仍舊是超越尋常的熱心，生活很苦，唐元芳待他亦是「吃飯無工錢」，住的地方連床都沒有——白天拆除的帆布床。再談，即頌

　　暑安

兄　濟安　頓首

七‧七

81. 夏志清致夏濟安（1949年7月15日）

濟安哥：

六月卅日、七月七日兩信都已收到，悉在香港生活已有轉機，做生意很順利，甚為高興。兩宗生意都是很大，雖然幫人發財，這是第一次在商業上發揮你交際聯絡功夫，可以增加self assurance，慢慢發展。這次在香港也可算是你生活的turning-point，不難達到affluence（富裕）的地位。兩天前收到一封六月九日父親發出的平信，大約美國和上海的郵船還通，信中略述上海戰爭經過，只有五月廿四日下午梵王渡鐵橋被炸，聲音很大，家中受些驚嚇。別的時候都很平安。

Oberlin的admission想已收到，他們把你的分數總平一下，你freshman year因轉學的關係都是60分，所以只得81分。拿到admission後，領一張護照，備而不用，想較容易。上星期同鈕伯宏通信，昨天接他來信，要我到他家去玩。他家在Brockton，來回車費即需十三元，所以已去長途電話謝辭，雖有些不好意思，不得不如此做。我在讀一本abridged的法文淺近小說，法文較德文、Latin容易得多，差不多沒有什麼生字，以後預備讀些critical prose。我在節省的原則下，沒有什麼生活可言，一天差不多花兩元錢在吃飯上，看了不少電影（Cooper: *The Fountainhead*[1]；Bob Hope: *Sorrowful Jones*[2]；

---

[1] *The Fountainhead*（《欲潮》，一譯《源泉》，1949），據安・蘭德（Ayn Rand）所著的同名暢銷書改編。金・維多（King Vidor）導演，賈利・古柏和派特里夏・尼爾（Patricia Neal）主演，華納影業發行。

[2] *Sorrowful Jones*（《傷心的鍾斯》，1949），西德尼・朗菲爾德（Sidney Lanfield）導演，鮑伯・霍普（Bob Hope）和露西・鮑（Lucille Ball）主演，派拉蒙發行。

Ray Milland: *It Happens Every Spring*①；K. Douglas②: *Champion*③）。
海濱今夏衹去了一次，能夠float，覺得很有趣，下學期想在游泳池
學游泳。

接張心滄來信，他在Edinburgh六月中已拿到Ph. D. degree，愛
丁堡的Ph. D.（普通兩年到三年，今夏英文系衹有張一人拿Ph. D.）
雖沒有Yale那樣麻煩，能夠兩年拿到，令人佩服。他寫Peele的論
文很得Dover Wilson讚賞，Renwick教授等也很歡喜他。他現在去
義大利遊歷，今秋恐仍返愛丁堡。他的好學精神，目下中國很少人
比得上他。王佐良④在Oxford拿到了B. Litt；周玨良今夏在Kenyon
School讀書。

你今［近］來生活豐富，女人也比較易接近，那位丁小姐，既
是隨機服務，一定很漂亮。在Yale將返國的哲學系方聽說你長住
Hotel Cecil，很為吃驚。我身體不錯，最近去檢查過，心臟正常，
血壓132度，沒有什麼值得憂慮的地方。吳新民、程綏楚想好。肥

---

① *It Happens Every Spring*（《鸞鳳鳴春》，1949），喜劇電影，勞埃德·培根（Lloyd
　Bacon）導演，雷·米蘭德、珍·皮特斯、保羅·道格拉斯（Paul Douglas）主
　演，福斯發行。

② K. Douglas（柯克·道格拉斯，1916-），美國演員，曾三次入圍奧斯卡最佳男主
　角獎，1996年獲奧斯卡終身成就獎。主要作品有《奪得錦標歸》（*Champion*,
　1949）、《玉女奇男》（*The Bad and the Beautiful*, 1952）、《梵谷傳》（*Lust for Life*,
　1956）。

③ *Champion*（《奪得錦標歸》，1949），黑色電影，據林·拉德納（Ring Lardner）
　短篇小說改編。馬克·羅布森（Mark Robson）導演，柯克·道格拉斯、亞瑟·
　甘迺迪（Arthur Kennedy）主演，聯美發行。

④ 王佐良（1916-1995），浙江上虞人，學者、翻譯家。1947年入英國牛津大學留
　學，師從威爾遜教授，獲B. Litt學位。1949年回國後，長期任北京外國語學院
　教授。代表作有《英國詩史》、《論契合》、《英國文學史》等，主編有《英國詩
　文選譯集》、《英語詩選》等。

田粉交易想已先完成。即請

　　暑安

弟 志清 上

七月十五日

82. 夏濟安致夏志清（1949年7月15日）

志清弟：

　　張君秋每星期在King's唱兩晚，上兩晚使旅港難民很騷動了一下。據茶房講，思豪裡的上海住客那兩晚都去「睇戲」了。我和程綏楚合送了一條大紅緞子的橫披（好像是上海天蟾舞臺所掛的杜月笙、黃金榮等所送的那樣），可惜台頂上不好掛，掛在dress circle的扶手上，風頭沒有出足。香港地方小，上海人活動的範圍有限，大家是「難民」（所謂「白華」），原來的階級分別消泯不少。做生意還是乏善相告，但總比以前有希望一點。思豪45白天很鬧，早晚很靜，前兩信已述之。近來程綏楚放暑假後，恒終日在此，使我不勝周旋之苦。晚上他學校關門早，偶而［爾］有事，住在我這裡，本無不可（他學校教員宿舍不如此地茶房宿舍）。但第二天我要陪他一天，如果晚上再不走，再住一夜，我真吃不消了。早晨請他breakfast，中午請他午膳，晚上晚膳，我如此窮法，如何能勝任？他又高談闊論，信口開河，在客氣人面前，亂說亂話，替我丟臉。他又看不出我臉上的「山色」。思豪酒店地點在香港中心，設備周全（45房有自備浴室），又常有「要人」出入，無怪他樂不思蜀，但真太不體諒我這個主人了。我陪了他昨天一天一晚，今天一上午、下午我不辭而別，在街上閒蕩，看電影，把他丟在思豪，九點半始返。看見他寫好了這一封信，並悉他於七時始走，乃補記數字如上。

濟安　上

[附程綏楚信]

志清兄：

　　前函計已達覽，所寄照片四張，於十一日收到，行一月零一天。前夜君秋在此上演《玉堂春》，昨夜《探母》。King's戲院收音最好，因演電影，九點半上場，且無茶房等售賣，清清靜靜，音調之美，無以復加。弟與濟兄同座，從臺上戲景及唱腔，頓生流離之感。樓上下為「白華」第一等大亨大官集中之大會，杜老即全家坐第一排，萬金油王龍雲之流及滬上之名流皆在，有如一堂會。說明書為濟兄譯作，連日頗忙於此，即各大亨向君秋留票，亦由弟分配，而弟與濟兄完全義務，甚且倍［賠］錢，故已不敢多熱心矣。芷苓返滬之三日，滬為共軍佔領，從收音機已知其演《鎖麟囊》，原擬在港演，想不到竟回不來，反為張君秋忙，甚覺不值得。所賜相片，以Jane Powell及Gable與思嘉為第一，而思嘉則滿面是戲，弟愛不忍釋。Vivien Leigh[1]之妙，於此片見之，聞伊肺病休養，不知在美得聞伊之近訊否？弟深盼能渡美，但別無他法，蓋非自購外匯不可也。如弟能與濟兄同到美與吾兄三人重聚，則歡快可知矣。

　　香港「白華」勢大，由此次君秋出演，可以看出。然流離聚於英國一Colony，滋味可以想見，故散戲之時，心頭沉悶，戚戚不樂，雖新腔亦有苦趣，前途茫茫，如何得了。

　　全國水災，長江中下游各省及江北全淹，湘省災情之重，無以復加，弟居此心中如焚。連日在思豪與濟兄聚，已放假，無所事事，日惟悶悶混日子耳。

---

① Vivien Leigh（費雯・麗，1913-1967），英國電影、舞臺劇演員，兩次獲得奧斯卡最佳女主角獎。代表影片有《亂世佳人》（1939）、《慾望街車》（*A Streetcar Named Desire*, 1951）等。

　　兄暑天應稍休息，或稍作旅行，學問之事在亂世亦正可不必過分，蓋人類已至毀滅前夕，陸沉之前，重有感也。

　　弟邇來理想全幻滅，但願平安歡樂而已。有極佳之小說資料，但環境不能動手，日與濟兄笑述，藉以遣愁。

　　改日有君秋照寄你，但弟等對此毫無趣味也。

　　無可多說，即祝

　　安好

小弟　綏楚　頓首

七、十五，思豪45號

83. 夏志清致夏濟安（1949年8月6日）

濟安哥：

　　好久沒有給你信，近況想好。七月十五日你和程綏楚寄出的信已收到，肥田粉交易已成功否？煙草生意恐湖南戰事激烈，已不能進行矣。我的生活還同以前一樣，沒有什麼變化，天天讀些法文。只是暑假以來眼睛時常疲倦，新配了兩副眼鏡，一副425°-400°，另一副375-350，較上次（400-375）配的較淺，供讀書之用。其實我眼睛近視並沒有增加多少，只是用得太多而已，這一次配眼鏡用去了廿元錢，在預算之外。Holzman的書已收到，上星期六和他及兩個中國同學一同到Boston去了一次，當天來回，在汽車上就花了八小時，所以沒有什麼玩。參觀了兩個museum，看到了Blake的水彩畫真跡，Renoir[1]的女人都是圓臉肥身，覺得很好看。Italy的宗教painting（聖母之類），New Haven也有些，都是千篇一列［律］，沒有給我什麼印象。Boston的建築都是紅磚的，都已相當老，隔Charles River即Cambridge，哈佛建築亦多紅磚，沒有Yale的石頭gothic建築好看。最近Yale買到了全套Boswell[2] papers（都是手稿），有五六trunks之多。該collection為Colonel Isham二十年來到

---

[1] Renoir（Pierre-Auguste Renoir雷諾阿，1841-1919），法國印象畫派著名畫家，早期作品是典型的印象派作品，充滿了奪目的光彩，後期轉向人像畫。陽光、空氣、大自然、女人、鮮花和兒童，是其畫作的永恆題材。著名作品有〈包廂〉、〈浴女〉、〈舞者〉、〈紅磨坊街的舞會〉、〈遊艇上的午餐〉等。

[2] Boswell（James Boswell詹姆士·鮑斯威爾，1740-1795），英國傳記作家、現代傳記文學的開創者，代表作為《約翰遜傳》（*Life of Samuel Johnson*）。1920年代，一大批鮑斯威爾的私人檔，包括日記、通信、手稿被發現，後由美國收藏家Ralph H. Isham收購，並轉給耶魯大學。

Ireland英國各地覓來的。Yale一向是十八世紀權威，這次又增加了許多可research的材料。

香港上海已恢復通郵否？家中想好。Oberlin的admission想已收到。紐約的中國學生大部都已自動赤化，想回國做官或和共政府聯絡。據去紐約的人說，他們開口閉口即「毛先生」、「毛主席」不絕，有兩個女生已在開始教導「秧歌」。另一方面那批左傾的第二屆自費生都由中國大使館給路費回國，我同船的那位何飛（St. John's）居然請到紐約→香港頭等票，大使館為他一個人即耗去了七百元。New Haven上星期較熱，氣候在90°以上，這星期較涼爽，又去了一次Beach，已略能游泳。最近生活如何？丁小姐那方面常有往來否？程綏楚常來纏不清，實是討厭，不知有何方法抵制。近日經濟狀況如何，甚念。宋奇、吳新民想時常見面。附上六月廿一日M.A.畢業後照片一幀，臉上神氣想同國內時相仿，即祝

　　近安

　　　　　　　　　　　　　　　　　　　　弟　志清　上

　　　　　　　　　　　　　　　　　　　　八月六日

84. 夏濟安致夏志清（1949年8月5日）

志清弟：

昨日自廣州返港，護照事大致已無問題。最棘手的是2400元美金或等值外匯存款證件一事，宋奇不能幫忙，虧得張君秋答應劃一萬五千元港幣，用我名義在中國銀行開一戶頭，才得解決。張君秋登臺，我稍微幫了些忙，他正想報答我，這樣於他無損，於我卻利益甚大。我的申請教育部已通過，還有點公文手續要辦，護照約一兩星期內可以領到。政府預備再搬家，教育部內堆滿公文箱，大約八月六日開始運重慶。教育部的公務員都是精神萎[委]靡，我昂然踱出踱進，看他們很可憐。這次去廣州，領來北大五、六、七三個月的薪水，共約150元港幣，對我不無小補。這雖是我在世上僅有的錢，但是我對前途還樂觀，想不至於窮困也。

你給程綏楚的信已經看到。他近來常去跳舞，給我的麻煩少了些。他的文才，與對童芷苓的忠心等，還受到我們房間裡幾位elders的看得起，我亦稍微之心安。他的經濟力量本不容他這樣跳舞，他的那位親戚戴副軍長（軍隊在長沙，長官在香港）常去跳，他常去揩他的油。上星期我們房裡來住了一位國民大會代表，CC巨頭蔣建白[1]，他同他聯絡得很好，亦常跟他去跳。程某揩人之油無愧色，這點我做不到，所以我不願意同他一起出去。程自己為人是很慷慨的，可惜他沒有錢。他對朋友的熱心，亦是世間少有。他最近所軋着的舞女朋友中，倒有幾個人才。我最近亦去過兩三次舞廳，都沒有下海，原因第一我不願意別人買了舞票我跳，第二我跳

---

[1] 蔣建白（1901-1971），原名蔣樹勛，字建白，江蘇淮安人，曾任中華民國教育部總務司司長。

得不好怕出醜，總之還是pride作梗。坐在舞廳看看亦很好玩，就是舞女大班的molestation（騷擾）討厭。

你不要以為我生活有了改變，我還同上海時差不多。經濟並不寬裕，社交活動（最近又發現了一個柳雨生，他於出獄後考進航空公司）亦有限得很。不知什麼道理，我同父親的朋友如唐炳麟等都不會親熱，他們對於我似乎都不瞭解，他們都根據了父親對於我的批評來看我。我的boss汪同我混了幾個月，才慢慢知道我的本領。我的局面目前並無開展的跡象。

上海信仍舊不通，聽說很苦。在香港的上海人都很苦悶：生意不容易做，同家鄉隔斷了，共產黨的威脅又是日近一日。在香港除了西菜外，吃中菜我常常不滿意。粵菜並不好吃（思豪的粵菜壞極），油膩而不夠「鹹嶄」。比較起來，川菜好吃得多，但香港的幾家川菜館，都很貴族化，點菜吃不上算。美國出有罐頭乳腐（Chinese Cheese），你可買瓶了［來］開開胃口。鈕伯宏來信很懷念北平的福春園，我亦有同感。香港最需要的是上海老正興、小常州等的館子，那種經濟客飯、排骨麵、劃水麵等等，在香港不容易吃到。在九龍有一處小鎮，倒有這樣一家館子，因為那邊成了工廠區，職員工人都是上海人。那個鎮亦變了上海人的colony了。再談，即頌

　　近安

　　　　　　　　　　　　　　　　　　　　兄　濟安　頓首
　　　　　　　　　　　　　　　　　　　　八月五日

85. 夏志清致夏濟安（1949年8月30日）

濟安哥：

　　好久沒有通信，近日經濟狀況如何，甚念。上次程綏楚來信，因顧〔故〕不在，覆信遲了一點，想惹他懸念，甚對不起。你的護照想已拿到，不知是否在進行來美國的計畫？今天去看了Brooks一次，講起你來美的事，他對各學校情形不熟，很少能幫助。可能幫忙你來美的有胡適、李氏獎金、胡世楨。胡世楨在Tulane U.或可替你弄到一個position或獎學金。李氏獎金在我fellowship未renew前不敢去驚動他。下星期考法文，考完法文後要去紐約看看胡適，不特問問他我的fellowship事，也可請他設法代你幫忙。

　　時間很快，不到三星期又要開學，暑假中除了讀法文外，沒有做什麼事。我的交際不廣，New Haven除了中國同學外，還有幾個教中文的先生太太；和何廉、柳無忌，他們家裡我都沒有去過。何廉在Columbia教書，上星期已搬去紐約，柳無忌在寫一本研究孔子的書。李賦寧在預備orals，他和北派朋友常去太太們家裡打馬〔麻〕將。我隔壁一位李田意（南開英文系）有很多平劇唱片，平時常聽余叔岩①唱片作消遣。他在紐約認識郝壽臣②的兒子（在讀書），據說唱作頗得父親家傳，偶有義務表演。紐約滬江同學一定也有不少，我因經濟能力有限，不敢瞎找人，紐約中國同學的大本營International House，都沒有去過。

---

① 余叔岩（1890-1943），老生演員，字小雲，官名叔巖（岩）。「新譚派」代表人物，世稱「余派」。

② 郝壽臣（1886-1961），架子花臉演員，原籍河北香河，隨父遷北京，創立京劇郝派藝術。

　　暑期中不斷吃便宜客飯（約 $0.75 一餐：湯 or juice，正菜，dessert，咖啡 or 牛奶），可是霜淇淋牛奶每天都吃，體重無形增加，約有136、137磅，想開學後可以減輕。生意做得怎麼樣？甚念。綏楚兄仍住了你的 Hotel 否？他想仍常去跳舞場，我來美後沒有痛快花錢過個一天，精神無〔未〕免大受影響，愈來愈 cautious 而缺乏奢望。父親有信來否？甚念，家中想好，億中不知能維持多久？玉瑛妹在家中想仍可有一些小享受和小自由。聽說袁雪芬①已下嫁陳毅②了。

　　有什麼計畫？已好久沒有接到你的信。前星期六曾和 international group 到海濱美國人家裡做了一天客人，此外看了 *Look for the Silver Lining*③，*The Great Gatsby*④，*In the Good Old Summertime*⑤等中等電影。自己珍重，再談，即祝

　　暑安

弟　志清　上

八月三十日

---

① 袁雪芬（1922-2011），越劇正旦演員，浙江紹興人，越劇袁派創始人。袁並未下嫁陳毅。

② 陳毅（1901-1972），字仲弘，四川樂至人。中華人民共和國成立後任上海市人民政府首任市長。

③ *Look for the Silver Lining*（《璇宮玉女》，1949），音樂劇。大衛·巴特勒（David Butler）導演，瓊·哈弗、雷·博爾格（Ray Bolger）主演，華納影業出品。

④ *The Great Gatsby*（《大亨小傳》，1949），劇情片，據費茲傑羅同名小說改編。由伊里亞德·紐金特（Elliott Nugent）導演，艾倫·拉德、貝蒂·菲爾德（Betty Field）主演，派拉蒙發行。

⑤ *In the Good Old Summertime*（《鳳侶嬉春》，1949），彩色音樂劇，根據1940年上映的浪漫喜劇電影《街角的店鋪》（*The Shop Around the Corner*）改編。羅伯特·萊納德導演，裘蒂·嘉蘭、范·強生（Van Johnson）主演，米高梅發行。

86. 夏濟安致夏志清（1949年9月1日）

志清弟：

　　來信並照片均已收到，身體顯得很結實，兩隻手很有勁，似乎像是用慣斧頭，而不是常翻弄書本的。附上我的近影兩張，都是在香港山頂（海拔約一千五百尺，有登山電車）所攝，神氣似乎還瀟灑。我最近的生活可說是不死不活，消極應該自殺，積極應該創造自己的生活：追求女人，尋求職業，賺錢等都應該努力去做，但是我只是過一天算一天，混下去算數。口袋裡的錢常常只夠一天用，無計畫，亦不敢作任何promise，無強烈的興趣及欲望，虧得還有Micawber①式的白日夢，前途似乎還不覺得黑暗。你的用錢有預算，令我很佩服，我知道這是需要很大的毅力的。我常常敵不住用錢的誘惑，身邊真沒有錢時乃效法宗教家之苦行。在香港賺一百元錢很不容易，可是我飛一次廣州來回可能用掉一百元（思豪每月洗衣帳達五十餘元，此數足夠買三件Arrow寸［襯］衣）。近日雖不寬裕，但汪先生營業似有轉機，可能收入會增加一點。

　　肥田粉事宋奇早已不幹。因為付蘇聯帳款要用「可轉帳蘇聯之英鎊」，而付款日期在貨到之後，據宋奇精密的調查與思考之後，覺得風險很大。這種"Russian account pound sterling"全球市場都不易買到，如果現在買來了，只怕萬一貨不到時這種£賣不出去，而他的資金化作£以後，假如£貶值，豈不遭受損失？假如不早買好，萬一貨到後，到規定付款日期買不着蘇聯£，無法踐約，有失信用。現由汪先生一人獨做，定1500噸，定洋用他的紙頭做押款

① Micawber（密考伯）是英國小說家狄更斯的長篇小說《大衛·科波菲爾》（*David Copperfield*）中的人物，Micawber式指一種樂知天命的樂觀性格。

解付。汪先生做生意，有魄力，勁兒很大，但計畫很不周到，與宋奇是兩種相反的types。他在上海時，支票退票很多。到了香港以後，亦已經退了幾次票，他的朋友都替他擔心，因為在香港，退票如經舉發（不論數目大小），是要吃官司坐牢幾個月的，而且畢生名譽可以破產，不能再做生意。汪先生很有點cunning，面皮很厚，不怕負債（為求發財只好犧牲別人），沒有錢時決不氣餒，四處張羅，有錢時一擲千金無吝色，寧可請朋友吃花酒跳舞，而不肯還債。他為人圓滑有餘，威積不足，做他的下屬不用怕他。他歡喜排場闊氣，因此亦需要人捧場，他所認識的人可以常常受到他的邀請。他又capable of extravagant generosities，捐起款來，數目總是很大，為了裝闊，是不大考慮金錢的。他這種作風，與一般錙銖必較的商人不同。

你常鼓勵我做生意，我想我實在不配。我不敢說天性近商不近商，至少我的教養使我與經商格格不合。近讀Eliot的 "Notes Towards the Definition of Culture"，我覺得我可算是社會中elite的一份子。但是我是屬於封建社會的，其elite在中國即所謂「士大夫」，他們不治生產（即對於賺錢不發生興趣，因為在封建制度下，大地主有他們的固定收入），而敢於用錢，講義氣，守禮教，保守懷古，反對革新。我在光華所交的朋友如鄭之驤、周銘謙①、汪樹滋等都屬此類。程綏楚亦屬此類。宋奇、吳新民則屬於資本主義社會的elite，趣味風格與我不同，因此我不會同他們很intimate。我認為他們把金錢看得比義氣重要，信用都須put into black or white，而不復是「一句閒話」。他們過着緊張的生活，不能夠悠閒地享受他們的財富，拼命地賺錢，很疲勞地消費他們的錢。他們的計算精明，分毫不差，而且樂於計算，財產乃可積少成

---

① 周銘謙，夏濟安光華大學同學，出版家。

多。在上海封建勢力有它的力量，在香港資本主義社會的規模都已
具備，上海人來做生意的都歡喜做香港人不過。上海人常說，你問
廣東人買貨，你先要付錢給他，他再給你貨；你要賣貨給他，他卻
要收到你的貨，驗對了再給你錢。上海人很少把支票退票向有司告
發，據說廣東人是不客氣的。在香港，大本錢做大生意，小本錢做
小生意，很難投機取巧，做生意失敗，患難時亦不容易有人來幫
忙。香港的金融幣制穩定，發財不容易，香港的華僑巨富如何東①
爵士之流，都是在香港開埠後不久就開始經商的，後起的人不容易
同他們競爭。資力雄厚的人在銀行界信用好，容易借到錢（做押款
押匯），生意可愈做愈大。資力薄的人只好做做小生意。吳新民就
不如宋奇，而在此商業競爭激烈的時候，吳新民要發得同現在宋奇
那樣的家產，不是容易的事情。美國製造富翁的時代恐怕亦已過去
了。中國抗戰製造了唐炳麟等的富翁，而父親錯過了這機會。父親
為人實在與資本主義社會亦合不大來，得過他很多幫助的汪先生曾
批評他，說他太講交情，不宜做銀行經理。一個好的銀行經理是坐
視朋友破產，而不使銀行冒着一些險去幫朋友的忙的。一個封建主
義下的好人，我奇怪他將如何去適應共產主義。據說共黨當局規定
銀行要增了資才許營業，億中看上去是要增資營業的，這個圈套是
給套上了。共產黨要共人之產，對於家裡的窖藏與逃亡在香港或海
外的資金，無法得知，更無法控制。現在以增資的方式把銀行（或
別種商號）的幾個董事的家產都登記上去了，將來非給共掉不可。
聽說上海「上海銀行」的小職員，每月收入都有一百多元美金（詠
南②即在該行服務），這亦是「共產」的一種方法，吃光資本家

---

① 何東（Sir Robert HoTung, 1862-1956），本名何啟東，字曉生，香港企業家、慈
　善家。

② 詠南，姓尤，是夏濟安的表弟

也。那些職員們當然是得共產當局的支持的，可是聽說「人民銀
行」（前身為「中央銀行」、「儲備銀行」）的職員，每月收入不過
幾塊大頭。他們是公務員，只好為「社會」而犧牲了。要做共產主
義的Elite，只有北京大學那些一下子苦哀哀地喊着「敬愛的師長
們」求救，一下子又罵胡適校長為狗的那些寶貝學生堪勝任了。

　　最近所看的幾張電影：昨日看《毒龍潭》（Snake Pit）、夏惠蘭
（港譯名）的演技果然是多方面的發揮，但戲我覺得不夠好。主角
只是under a delusion，顯不出什麼inner struggle，故事發展的線索
亦並不明顯。影片背後的哲學似乎還是黃嘉音式的改良主義，演瘋
子的戲可以更深刻，更殘酷的。馬治的An Act of Murder①（《玉碎珠
沉》）前三分之二很殘酷，後三分之一又變成社會問題劇，力量就
鬆懈（馬治另一片That Part of the Forest②我在上海所看，十分殘
酷；馬治中年後演技仍是很精湛）。華納的Sierra Madre很好，故
事像是個parable，但仍很現實。派拉蒙的Connecticut Yankee③與
Emperor's Waltz均看過，平克演common sense豐富的美國人，倒顯
得一種有趣的個性。霍伯的戲看過Paleface與Where There's Life④，
前者比後者好得多。米高梅的《三劍客》今日始演，尚未去看。墨

---

① An Act of Murder（《玉碎珠沉》，1948），犯罪電影，邁克爾·高登（Michael
　 Gordon）導演，弗雷德里克·馬治、艾德蒙·奧布萊恩（Edmond O'Brien）主
　 演，環球影業發行。

② 即Another Part of the Forest。

③ A Connecticut Yankee（A Connecticut Yankee in King Arthur's Court，《古城春
　 色》，1949），音樂喜劇片，根據馬克·吐溫（Mark Twain）同名小說改編。
　 泰·加尼特（Tay Garnett）導演，平克、朗達·弗萊明（Rhonda Fleming）主
　 演，派拉蒙出品並發行。

④ Where There's Life（《冒牌皇帝》，1947），喜劇電影，西德尼·朗菲爾德
　 （Sidney Lanfield）導演，鮑伯·霍普、塞恩·哈索主演，派拉蒙發行。

西哥有張 *The Pearl* ①（雷電華《珍珠劫》，根據 Steinbeck 小說）很好，攝影好得不像是電影攝影。Capra ② 的 *It's A Wonderful Life* ③ 令我很感動。英國片 *My Brother Jonathan* ④（《杏林春滿》）因為加演一張短片 *Story of Birth*，生意好得不得了，我好容易買到一張票，結果前者相當 dull，後者有嬰孩從女性生殖器擠出來的過程，unpleasant of revolting。香港的電影院：Queen's 像卡爾登，King's（張君秋登臺處）像南京，新開的 Roxy 像上海的 Roxy。二輪戲院不少，設備都不差。

程綏楚已開學。他是天下少數有 good heart 的人，可是他怕寂寞，要軋淘，而又不屑去軋中學教員同事的淘，硬是打破我的 privacy，到思豪來住了幾個禮拜。他的追求黎晴，完全自討苦吃，照他的經濟力量，一月只夠去跳兩次舞，如何能同人家軋熟？黎晴還算嫩，還算 fresh，人亦相當文靜（雖然健美），intellect 似乎平平。丁小姐也好久未來往，只是有一次我從廣州回港，恰好逢着她值班。他們中央公司的 Convair Liner 設備新式，往來港粵間只需20

---

① *The Pearl*（法文 *La perla*，《珍珠劫》，1947），墨西哥電影，據約翰‧斯坦貝克（John Steinbeck）同名小說改編。費南德斯‧埃米里奧（Emilio Fernández）導演，比德洛‧阿門德里茲（Pedro Armendáriz）、馬爾克斯（María Elena Marqués）主演，雷電華發行。

② Capra（Frank Russell Capra 法蘭克‧卡普拉，1897-1991），美國電影導演、出品人。曾獲奧斯卡最佳導演獎。主要作品有《一夜風流》（*It Happened One Night*, 1934）、《莫負少年頭》（*It's a Wonderful Life*, 1946）等。

③ *It's a Wonderful Life*（《莫負少年頭》），喜劇片，法蘭克‧卡普拉導演，詹姆斯‧斯圖爾特（James Stewart）、唐娜‧里德（Donna Reed）主演，雷電華發行。

④ *My Brother Jonathan*（《杏林春滿》，1948），英國劇情片，哈洛德‧弗蘭奇（Harold French）導演，邁克爾‧丹尼森（Michael Denison）、達爾西‧格雷（Dulcie Gray）主演，聯合藝術（Allied Artists）發行。

幾分鐘。那天天氣惡劣，飛了一個鐘頭，她說連飛了三天（一天是成都），都逢惡劣天氣，很覺疲乏，坐在我旁邊打了半個多鐘頭的瞌睡，倒是難得的豔遇。我那時覺得即使飛機失事，我亦死而無憾了。此後別無發展：第一，無錢乃無勇，第二，人家在上海已有密友，我又何苦插進去呢？護照已領到，已鎖好，短期內恐不致用到它。我最近接到六月廿幾日發出的家信，陳見山亦來一信，託我轉一信給臺灣郵局的楊韻琴小姐。再談　祝好

濟安

九月一日

　　［又及］香港海濱的出名沙灘泳場，我已去過幾處，有好照片當奉上。

　　上海人這十年來習慣於通貨膨漲，迷信黃金美鈔，不相信日常應用的通貨。不料港幣十分穩固，黃金美鈔反而一直在跌，做黃金美鈔多頭的都大吃虧。

87. 夏志清致夏濟安（1949年9月14日）

濟安哥：

　　九月一日的信已收到。我在九月六日已把法文考掉，翻譯一段 Maurois' ① "Byron" 很是容易，半小時即譯完。這段法文恐在八月初即可把它譯出。我在暑假中也曾讀過些 Maurois 的 "Prophets & Poets"、"Ariel" 都覺得很容易，大部分時間都花在讀 Legouis & Cazamian ② 和 Taine ③ 的文學史上（約小字三百餘頁），此外也看了些短篇小說和范樂希 ④ 的散文，我讀過的法文生字約有六七千左右。考完法文後中國同學們都勸我到紐約去玩一次，我在八日（星期四）上午動身，隔日晚上返，因為經濟能力有限不能好好地玩，在小旅館住也遠不如 Yale 宿舍舒服。星期四下午看了派拉蒙 reissue 的兩張馬克斯笑片：*Duck Soup* ⑤，*Animal Crackers* ⑥；*Duck Soup* 很

---

① André Maurois（安德列·莫洛亞，1885-1967），法國作家，長於傳記和小說的寫作，主要作品有《雪萊傳》（*Ariel*）、《拜倫傳》（*Byron*）、《詩人與先知》（*Prophets and Poets*）等。

② Émile Legouis（E·勒古依，1861-1937）與 Louis Cazamian（卡札米安，1877-1965）合著的《英國文學史》（*A History of English Literature*, 1926）。

③ Taine（Hippolyte Adolphe Taine 泰納，1828-1893），法國19世紀文藝批評家、歷史學家、哲學家，主要著作有《藝術哲學》（*The Philosophy of Art*）、《英國文學史》（*History of English Literature*）等。

④ 范樂希（Poul Valéry，今譯保羅·瓦萊里，1871-1945），法國詩人、散文家、哲學家，著有詩集《靜默》（*The Great Silence*）等。

⑤ *Duck Soup*（《鴨羹》，1933），喜劇電影，萊奧·麥卡雷導演，格勞喬·馬克斯（Groucho Marx）、哈勃·馬克斯（Harpo Marx）、奇科·馬克斯（Chico Marx）、澤伯·馬克斯（Zeppo Marx）兄弟主演，派拉蒙發行。

⑥ *Animal Crackers*（《瘋狂的動物》，1930），喜劇片，維克多·赫爾曼（Victor Heerman）導演，馬克斯兄弟主演，派拉蒙發行。

滑稽，看了下半節，*Animal Crackers*片舊而不甚可笑，即退出。晚上在夜總會喝啤酒巡視了一下，最後在舞場化［花］了五元跳了半點鐘舞。九日上午到Bronx動物園去了一次，那zoo極大，我對它很有好感，世界各種動物都有陳列，也看不勝看。下午去Metropolitan Museum of Art參觀，那museum很大，希臘埃及亞洲的古物都有，Rembrandt①真跡有好幾幅，Raphael②的聖母也有一幅，此外Velasquez③，Titian④的作品也有一些，我對art沒有學過，所以不覺有特別impressive的地方（Museum of Modern Art我尚未去過）。晚上看了兩張Mae West⑤的舊片*Belle of the Nineties*（Leo McCarey⑥導演），*Goin' to Town*⑦，相當幽默，看完後覺得紐約沒有什麼可玩，即乘車返New Haven。

　　下星期即要上課，今天上午選課，選了三課：History of Modern Colloquial English（1400年以後）（此課或將放棄，另選他課）；Chaucer; The Age of Wordsworth。History of English是讀Ph. D.必修

---

① Rembrandt（林布蘭，1606-1669），荷蘭畫家，17世紀歐洲最偉大的畫家之一，擅長肖像畫、宗教畫、歷史畫。

② Raphael（拉斐爾，1483-1520），義大利文藝復興時期最偉大的畫家之一，和達文西、米開朗基羅並稱文藝復興時期藝壇三傑，創作了大量的聖母像。

③ Diego Velázquez（委拉斯凱茲，1599-1660），西班牙畫家。

④ Tiziano Vecellio（提香·韋切利奧，1488/1490-1576），義大利文藝復興後期威尼斯畫派的代表畫家。

⑤ Mae West（梅·韋斯特，1893-1980），美國女演員、歌手，被稱為「銀幕妖女」，主要作品有《我不是天使》（*I'm No Angel*, 1933）、《九十歲的美女》（*Belle of the Nineties*, 1934）等。

⑥ Leo McCarey（萊奧·麥卡雷，1898-1969），美國電影導演，曾三次獲得奧斯卡最佳導演和最佳原創劇本獎，主要作品有《鴨羹》、《明日之歌》（*Make Way for Tomorrow*, 1937）等。

⑦ *Goin' to Town*（《進城》，1935），音樂喜劇電影，亞歷山大·霍爾（Alexander Hall）導演，梅·韋斯特主演，派拉蒙發行。

的 second linguistic course，相當無聊；不選這課，我可向別系選 Old French, Old Norse, Latin 等課，可是一年半來文字學得太多，不高興再學。Chaucer 我沒有讀過，不好不選，兩課都是北歐學者 Kökeritz 所授，人很和氣，可是他專着重研究文字，在他班上不大容易出頭。Age of Wordsworth 為 Pottle 所授，今年 Menner 休假一年，他做 Director of Graduate Studies，選他的課，可以有幫忙。預計這三課所要花時間不會比去年多。有空的時間得準備 orals，明年五月如不敢考，得在十月間考，所以能早考最好。我的 courses 這學年即可讀完：讀 Ph. D. 要選八門課，我已選了八門，雖然第一學期（半年）兩門嚴格算來只能算一門，因為成績好，可以通容[融]過去。

　　下星期要向李氏獎金申請延長一年，我已去信叫胡適幫忙，可是 Fellowship 延期的可能性不大：第一，他們 so far 還沒有 grant 過延期的請求，第二，他們不喜歡讀文科的。如不成功，我目下的錢加上了五百元旅費還可以維持到明年六月。此外只好向別的 Foundation 找辦法，大概或可得到更好的 Fellowship 也不一定，所以不容擔憂。

　　你所分析自己的個性很對，的確屬於士大夫型的 elite，不過你交際較廣，在商界也可立足。我兩年來一直讀書，交際功夫沒有培植，將來更不知如何。附來的兩幅小照，抽煙的那張較英俊，和程綏楚在一起的那張，服飾、眼鏡似沒有他來得挺。我最近兩星期，電影看得不少，MGM 的 *Madame Bovary*①，J. Jones 做得不錯，服毒後表情很可怕。New Haven 的 Poli 劇院這星期一有 Kathryn Grayson

---

① *Madame Bovary*（《包法利夫人》，1949），據福樓拜的同名小說改編，由文森特・明尼利（Vincente Minnelli）導演，詹妮弗・瓊斯、詹姆斯・梅森（James Mason）主演，米高梅發行。

和她丈夫Johnnie Johnston①及MGM歌唱新星Mario Lanza②來表演。Lanza喉嚨很大，Grayson在*Anchors Aweigh*中很得父親的欣賞，歌喉也不錯。此外看了張羅克的《戲迷傳》*Movie Crazy*③，雖沒有爬牆的驚險滑稽，全片可笑處很多。今年好萊塢大量reissue舊片，派拉蒙的劉別謙，Fields④，Mae West，希佛萊⑤等舊片都要陸續發行。馬治新片為Rank旗幟下的*Christopher Columbus*⑥。

　　今年Graduate School住的中國學生很少，除我外有李田意、李賦寧、張琨、許海津、John韋⑦（華中大學校長之子，讀物理）、Nelson吳六位，此外還有九位讀理工的住在外邊。收到一封武漢大

---

① Kathryn Grayson（凱薩琳・葛黎森，1922-2010），美國演員、女高音，代表作品《千萬喝彩》（*Thousands Cheer*, 1943）等。Johnnie Johnston（約翰尼・約翰斯頓，1915-1996），美國演員、歌手，活躍於1940年代，代表作品《華清水暖》（*This Time for Keeps*, 1947）等。

② Mario Lanza（馬里奧・蘭札，1921-1959），美國歌唱家、演員，代表作品有《午夜之吻》（*That Midnight Kiss*, 1949）、《新奧爾良的祝酒》（*The Toast of New Orleans*, 1950）。

③《戲迷傳》（1932），喜劇電影，克萊迪・布魯克曼（Clyde Bruckman）導演，哈洛德・勞埃德（Harold Lloyd）、肯尼士・湯姆森（Kenneth Thomson）主演，派拉蒙發行。

④ W.C. Fields（W.C.菲爾茲，1880-1946），美國喜劇演員、作家，主要作品有《如果我有一百萬》（*If I Had a Million*, 1932）、《銀行妙探》（*The Bank Dick*, 1940）。

⑤ 希佛萊（Maurice Chevalier莫里斯・希佛萊，1888-1972），法國演員，代表作品有《璇宮豔史》（*The Love Parade*, 1929）、《大亨》（*The Big Pond*, 1930）等。

⑥ *Christopher Columbus*（《克里斯多夫・哥倫布》，1949），英國傳記電影，據拉斐爾・薩巴蒂尼（Rafael Sabatini）小說《哥倫布》（*Columbus*）改編。大衛・麥克唐納（David MacDonald）導演，弗雷德里克・馬奇、弗洛倫絲・愛爾德里奇（Florence Eldridge）主演，環球影業發行。

⑦ John韋，即韋寶鍔（1917-1991），物理學家，獲耶魯大學物理學博士學位。其父是華中大學（華中師範大學前身）校長韋卓民（1888-1976）。

學吳志謙來的信，共黨管理下薪水按月發，他開始在讀俄文，教英文漸漸要由俄國觀點出發。吳宓已不教書，去做和尚，聽說被親友勸阻。家中有沒有常去信，父親銀行想極難做。共黨想破壞家庭制度，恐最易遭國人反感。附上照片一張，John韋室內燈光所攝，事實上沒有這樣胖。近況想好，再談，即祝

　　近安

　　　　　　　　　　　　　　　　　　　弟 志清 頓首

　　　　　　　　　　　　　　　　　　　九月十四日

　　程綏楚請問候

88. 夏濟安致夏志清（1949年9月20日）

志清弟：

　　八月三十日來信已收到多日。我曾有一較長的信想已收到。近況似較前為佳，在宋奇那裡賺到了250元（HK）傭金，且找到了一處家庭教師（前所教一家因學生開學而已停止），教湯恩伯①的三個孩子英文，兩女一男。這三個人面貌性格服飾都沒有什麼特點，只是中等程度想用功而並不能專心的普通學生，每週六天，每次一小時半（這學期他們不進學校）。他們到思豪來上，待遇還沒有談過，想不會很低。湯恩伯在上海撤退之前，謠傳曾大量搜括，上海人談起來還恨如切骨，現在防守廈門，連同了上海撤退下來的敗兵殘卒，和上海的警察局長毛森②、市黨部主委方治③等，戰績很壞。上海情形，最近據兩個從上海來的人（香港天津間有船隻來往，上海人都是從天津繞道而來）說：一陳良岑的弟弟，說我們家裡客堂裡住了兩個「解放軍」，兆豐別墅好幾家都住了解放軍，父親起初很歡迎他們住進來（祖母和母親的氣憤可想而知），這件事也許是出於父親的主動，因為虛偽陰險的共產黨並不強迫billet（安排住處），宋奇家裡並沒有住兵。二北平中央銀行的俞丹榴（「解放」時也在平）從上海來，說家裡還平安，可是父親已開始覺悟我沒有把共產黨估計錯誤，共產黨的確是像我聽說的那一套，而不是父親的樂觀的wishful thinking所想的那樣。從不斷的報告上看來，上海是民不聊生，失業日增。父親還是樂觀，據俞丹榴說，他以為

---

① 湯恩伯（1898-1954），原名湯克勤，浙江金華人，中華民國陸軍二級上將。

② 毛森（1908-1992），原名毛鴻猷，浙江江山人。

③ 方治（1897-1989），字希孔，號治傳，安徽桐城人。

共產黨必失敗，我卻看未必。暴政不一定會在短時期內失敗的。

童逈苓來信，寄來了天津的戲目廣告，有一家是「闊別津門藝壇傑才美豔優秀坤伶祭酒」趙燕俠（with 何佩華①、李德彬②、貫盛吉③）三天戲目：《新玉堂春》；全部《十三妹》；《大英節烈》plus《大溪皇莊》；還有一家孫毓堃、貫盛習④、馬富祿、李多奎⑤、陳永玲⑥的《甘露寺》——《蘆花蕩》；裘盛戎的《姚期》送客；一家是張雲溪⑦、張椿華、李硯秀⑧，劇目很熱鬧，《水簾洞》加《三岔口》；《十八羅漢鬥悟空》加「革新」《鐵公雞》；還有一家是李宗義、梁慧超⑨（趙燕俠的愛人）、王家奎⑩在唱，看之令人神往。張君秋在香港唱，賣得很好，可是爭權奪利，糾紛很多。配角很壞，馬連良帶了幾個較好配角想加入，張君秋不肯掛二牌，堅拒，可是杜月笙又支持馬連良，看來張君秋將屈服。程綏楚很眼紅他們發財，他又分沾不着，因此牢騷滿腹，得罪了些人，而且很失身份（如當眾大嘆只賺兩百六十元一月等等）。我是不期望有什麼酬報的，倒很心安理得，現在漸成劇壇幫閒要人，託我買票，向我打聽戲碼的事便漸多。吳新民對於京戲亦很有興趣，常常買樓上「中排」看。

---

① 何佩華，生平不詳。

② 李德彬（1920-），小生演員。

③ 貫盛吉（1912-1952），丑角演員。字昱昉，貫盛習之兄，名武旦貫紫琳之次子。

④ 貫盛習（1914-1991），老生演員。字昱旭，生於北京。

⑤ 李多奎（1898-1974），老旦演員。原名玉奎，字子青。北京人。

⑥ 陳永玲（1929-2006），旦角演員。原名陳志堅，祖籍山東惠民，生於青島。

⑦ 張雲溪（1919-1999），武生演員。藝名「小張德俊」，為武生演員張德俊次子。

⑧ 李硯秀（1918-2009），旦角演員。李萬春夫人。

⑨ 梁慧超（1920-2007），武生演員。

⑩ 王家奎，生平不詳。

出國的事請不必太替我亟亟，胡適我不相信他會幫這樣大的
忙。胡世楨太熱心，不肯對不起人，我如託了他，他辦不成，反而
使他不安。李氏那裡，還是你自己辦妥了「延續獎學金」的事要
緊。胡適此人太圓滑，並不合美國的民主理想。美國希望中國出一
個有聲望的人，既反蔣又反共，此人和他的政治團體，有希望得到
美援，但是胡適從不反蔣，李宗仁亦不敢反蔣，因此只好同蔣一起
毀滅了。袁家驊夫婦從英國來，我在香港遇見，現已去平（王佐良
同來同去）。那時我很窮，請他們吃飯的錢都挖不大出，假如經濟
寬裕一點，應該託他們帶些禮物送給北平的一班窮困的朋友。香港
物資豐富，隨便帶些什麼東西去，在北平都會受人歡迎的。袁太太
對於去北平一事不大感到起勁，但是他們小孩子都在北平。再談
祝好

濟安

九月廿日

89. 夏志清致夏濟安（1949年10月24日）

濟安哥：

好久沒有通信，我開學後即去請求延長獎學金，果然被准許，明年經濟不成問題，可以放心。我去信後，李氏那裡差不多有兩星期不給我回音，decision是由董事會決定的，我也寄一封信給胡適，並附成績單，恐怕也有些幫忙。現在廣州、廈門都失，不知你近況怎麼樣，甚念。當家庭教師和做生意，想收入方面還能維持。上星期父親來封信，是美國人回美轉來的，家中情形還好，可是生活費用相當高。鄭之驤帶妻子到張家口去了。上次我去信胡世楨，提起你來美事，他給了我下列information：

University of Illinois, Urbana, Ill，可apply明年春季University Fellowship七百元；assistantship（apply before Jan 15）full time $2400, part-time$1200，英文系Department Acting Head: D.N. Landis。另外Syracuse University有Research Assistantship $580-1080; teaching assistantship $530-2400（apply before Marsh 2），Department of English, 214 Hall of Language, Syracuse University, Syracuse 10, N.Y, Chairman: Sanford B. Meech。Assistantship都要在校擔任教書，恐怕中國人不會有什麼希望，普通都由在校學生擔任，新apply恐怕很困難，不知要不要試試？今年我選Chaucer, Wordsworth, Old Norse, Chaucer和Wordsworth都是一學期寫一個term paper，平日沒有小paper寫，所以生活不太緊張。來美已久，讀書的zest好像不如以前，讀了四星期Scott①的詩，很是討厭。最

---

① Walter Scott（沃爾特・司各特，1771-1832），英國歷史小說家、詩人、劇作家，代表作有《艾凡赫》（*Ivanhoe*）等。

近讀 Wordsworth，因為批評研究材料多，很有興趣，我預備弄
"Excursion"，因為對於這詩的研究還不多。Old Norse 同 old English
差不多，可是 assign 讀原文的速度較慢，所以平日也不忙。今年美
國 State Department 請到大筆款子救助在美中國學生（去年也有，
不過限於理工科學生），我也去 apply 1951 的經費，不知有無希
望。其實在美讀書，也很無聊，生活太單條［調］，我祇是無計畫
地讀 Ph. D.。中秋已過，你的生日想已過去，幾年來一直在外飄
蕩，沒有享受過普通人的樂趣，感觸一定很多。我有閒時仍是看看
電影，今天看了一張 *Jolson Sings Again*①，沒有情節，可是 Jolson②
的 voice 很有韻味，Larry Parks③做得也不錯。今年 New Haven 來了
兩位中國女生，一位在 nursing school，一位在附近小 college，沒有
去找她們，到美國來尚未 date 過女人。袁家驊想已到北平，王佐良
聽說因前在國民黨服務，清華不要他。程綏楚想好，他的圖［書］
館事情不知有回音否？我訂了 *Time* 閱讀，現在經濟較穩定，可以
多些小享受。上半年買兩套都是最便宜的西裝，假如那時有錢，應
當買五六十元一套較 decent 的 suit 才是。家裡常有信來往否？吳新
民想好。自己保重，即祝

　　近好

---

① *Jolson Sings Again*（《銀城歌王》，1949），傳記電影，亨利‧萊文（Henry
　Levin）導演，拉里‧帕克斯（Larry Parks）、芭芭拉‧海爾（Barbara Hale）主
　演，哥倫比亞影業發行。主要講述美國歌手艾爾‧喬森（Al Jolson）的一生。
② Jolson（Al Jolson 艾爾‧喬森，1886-1950），美國歌手、電影演員，代表影片有
　《爵士歌王》（*The Jazz Singer*, 127）、《華盛頓廣場的玫瑰》（*Rose of Washington
　Square*, 1939）等。
③ Larry Parks（拉里‧帕克斯，1914-1975），美國演員，代表影片有《一代歌王》
　（*The Jolson Story*, 1946）、《銀城歌王》。

弟 志清 頓首
十月廿四日

［又及］馬連良已登臺否？

90. 夏濟安致夏志清（1949年10月30日）

志清弟：

多日未通音訊為念。不知近日身體如何？開學後功課如何忙碌？我懶得寫信，並非事忙，大抵由於dejection之故。近日生活尚可維持，湯家補習每月300元，又在一家「亞洲學院」擔任大一英文三小時，每月約可得車馬費100元（400元做零用不過勉強，我現在不出房錢，大多數的飯都是吃別人的）。亞洲學院是前北大教授錢穆①（一度邀請過我們的無錫江南大學文學院院長）所創設，很窮，學生很少，只有一班大一約三十餘人。我去幫忙非為待遇，有人來請教我，總算看得起我也。我稍嫌不滿的是課本在我接事以前已經規定了用陳福田的那本，裡面好文章實在太少，教來不起勁，學生也難以得益。經商毫無長進，仍不大懂，總之覺得很難。自己做須要有「本錢」才行，所謂「長袖善舞，多財善賈」是也。靠交際可以做「捐客」，但生意不容易捐成，而捐客是商人所提防的動物，也常常給人看不起。汪先生忽然對於出版事業發生興趣，他和一個朋友辦了一家「四方書局」，在上海出過幾本書，其中有一種「三毛」連環圖畫，預備在港續印出版。另外還預備出幾種像《亂世佳人》、《基度山恩仇記》那樣的煌煌〔皇皇〕巨著，這種書非但有益於書店的prestige，且銷路亦有把握云（聞短篇小說無銷路，玉瑛曾買過一部「基督山」）。汪先生所認識的人中，要算我頂有culture一點，將來編校方面，不免要借重我。我計畫先譯

---

① 錢穆（1895-1990），字賓四，江蘇無錫人，歷史學家，代表作有《先秦諸子繫年》、《國史大綱》等。亞洲學院於1950年改組為「新亞書院」。

Moonstone 及 *Of Human Bondage* ① 兩書，兩書情節都很動人，可以
引人入勝，在文學上地位亦相當高。他預備登報請寒士來翻譯，我
將來再替他們來修改。可惜香港與中國的交通不便，否則鄭之驤、
趙全章等都可以動手，亦可稍微貼補他們一點。香港無「美國新聞
處」（七月四日亦不掛旗），因此我對美國最近的 best seller 不大熟
悉，你不妨推薦幾本。*Black Rose* ② 拍不拍電影？其他古今名著亦
不妨儘量推薦。將來如果出版事業立下基礎，我們都可以有些事做
做。我在大學剛畢業不久，曾經計畫過翻譯 *Sea Hawk* ③，亦曾同朋
友們出版過《羅斯福傳》，想不到現在竟會銷[消]沉如斯！前日同
汪先生和一位劉守宜 ④（即四方書局負責人）到一家舞校報名，汪
自詡有廿年跳舞經驗，不料走兩步表演一下，還是我的頂合標準。
我在上海學了十幾課，停頓了半年，現在又得從頭學起。我在包龍
雲那裡，只注意腳底下步子的廣狹方向，如何支配舞伴沒有研究過
（做學生養成了聽人指揮的習慣），因此毫無 confidence。你說跳舞
可增加 confidence，先得要從支配舞伴研究入手。希望這一次能學
得好一些。前日有英國人表演 *The Importance of Being Earnest* ⑤，我
帶了書去，事前我看過一遍，演時還時時對照原本，否則恐怕只能

---

① *Moonstone*（《月亮石》），是柯林斯（William Collins）出版於1868年的書信體小
說。*Of Human Bondage*（《人性的枷鎖》），是毛姆（William Maugham）出版於
1915年的名作。

② *Black Rose*（《黑玫瑰》），托馬斯・康斯坦（Thomas B. Costain）出版於1945年
的歷史小說。

③ *Sea Hawk*（《海鷹》），拉斐爾・薩巴蒂尼（Rafael Sabatini, 1875-1950）出版於
1915年的小說。

④ 劉守宜，後來於1956年曾與夏濟安、吳魯芹等在台北創辦《文學雜誌》。

⑤ *The Importance of Being Earnest*（《貴在真誠》），全名 *The Importance of Being
Earnest, A Trivial Comedy for Serious People*，奧斯卡・王爾德劇作。首演於倫敦
聖詹姆士劇院（St James's Theatre）。

聽懂一半。王爾德的妙語讀起來很容易，聽起來假如說得快，還是容易滑過。這次可以說是徹底明瞭，很覺滿意（台下光線弱，看書很傷眼睛）。看電影 *Sitting Pretty* [①]，為福斯大喜劇，很幽默，我認為還不及 *The Man Who Came to Dinner* 有勁。華納 *South of St. Louis* 中有 Dorothy Malone [②]，顯得很年輕，並不很漂亮。新明星中還以 Ava Gardner [③] 為最美，看過她和勞勃泰勒 [④] 合作的 *The Bribe* [⑤]，身段面部線條無一不佳，且顯得很年青［輕］，亦會演戲（對於我的 taste 還是嫌太健美點），有大明星氣派，很有希望。Deborah Kerr [⑥] 雖經米高梅大捧，她在 *Edward, My Son*（屈賽合演）裡雖很努力，似乎天才平平。我現在雖然毫無行動表演，但對男女關係還是很敏感，並沒有「心死」，可以告慰。只是怕坍台，提不起勁。我這種人，本來敏感，suppression 得凶，只會變成更加敏感，不會麻木。附上父親和玉瑛的來信，玉瑛的信還是這樣「天真」的敘家常，我看家裡經濟情形不很好，興致一定不會很高。上兩星期億中廈門行

① *Sitting Pretty*（《妙人奇遇》，1948），喜劇片，沃爾特·朗（Walter Lang）導演，克里夫頓·韋伯（Clifton Webb）、羅伯特·楊（Robert Young）主演，福斯發行。

② *South of St. Louis*（《碧血洗邊城》，1949），西部片，雷·恩萊特（Ray Enright）導演，喬爾·麥克雷（Joel McCrea）、亞麗克西斯·史密斯（Alexis Smith）、多蘿西·馬隆主演，華納影業發行。

③ Ava Gardner（艾娃·加德納，1922-1990），美國女演員，代表影片有《職業兇手》（*The Killers*, 1946）、《紅塵》（*Mogambo*, 1953）等電影。

④ 勞勃·泰勒（Robert Taylor，一譯羅伯特·泰勒，1911-1969），美國電影、電視演員，代表影片有《大學風光》（*A Yank at Oxford*, 1938）、《魂斷藍橋》（*Waterloo Bridge*, 1940）等。

⑤ *The Bribe*（《玉面虎》，1949），犯罪黑色電影，羅伯特·萊納德導演，羅伯特·泰勒、艾娃·加德納主演，米高梅發行。

⑥ Daborah Kerr（黛博拉·蔻兒，1921-2007），蘇格蘭出生，電影、電視演員，曾獲奧斯卡終身成就獎，代表影片有《國王與我》（*The King and I*, 1956）等。

有人撤退返滬（其中一人為顧中一之子），我託他們帶去兩瓶 Rutin，一瓶魚肝油精，一瓶眼藥水（for mother），一隻（竹柄）象牙搔背（香港象牙便宜，只要一元錢，除了搔背以外，我想不出該送什麼東西給祖母）。我自己除了 Panteen 外，不用任何藥，因為營養好，體重已接近130磅。曾去摸骨論相，據云要明年七月以後才有轉機，目前只有在香港鬼混而已。跑馬香港兩星期一次，我幾乎每次必到（都是陪汪某去的）。這件事很 exciting，每次輸得不多（我有方法包輸不多），但是可以使人忘去一切煩惱，瞎緊張一陣，花錢亦值得。人總想忘記 self，一切群眾運動所以都有人去盲從，我去跑馬當然不是為了去贏錢也。時局很壞，令人掃興。匆匆 即祝

    秋安

兄 濟安 上
十月卅日（重九）

91. 夏志清致夏濟安（1949年11月22日）

濟安哥：

　　十月卅日來信附父親和玉瑛妹的信收到已有兩個多星期，應該早寫覆信，可是這學期功課雖沒有去年忙，efficiency也較減低，不肯提筆。我自從學會review後，沒有什麼worry，前幾星期傷風過一次，多吃了Aspirin和Quinine的藥片，左耳似乎受影響，給醫生看，又說沒有病。你在兩處地方擔任教書，有固定收入也好，教freshman想必很有趣，學生的程度大約較北大的為高。我信到時，恐怕有兩包書已先到了你那裡，是武漢吳志謙在暑期來信後代他購買的六本Odyssey Press［所出］Byron的詩集（現在美國大學最通用的詩教科書，是Odyssey Press出版的，所編的Milton和浪漫詩人都非常好）和兩期 *Sewanee Review*。他寄了我十元美金，美國和中國內地寄包裹不通，所以暫時寄在你那裡，香港和武漢通郵時可寄武昌武漢大學英文系吳志謙。兩期 *Sewanee Review* 內有Eliot和Lewis講Milton的文章，可以解開包裹一讀。Empson在北平還在寫文章，*Kenyon Review* 有他一篇 "Donne & the Rhetoric Tradition"，其中提到的幾本參考書恐怕是美國帶回的。Eliot新有一篇文章在 *Hudson Review*，"From Poe to Valery"。上星期Allen Tate來Yale演講Poe[1]，Tate鼻子很小，演講字句很考究，給我印象不錯。

　　關於美國的best sellers我也不大清楚。好幾月來兩本最暢銷的小

---

[1] Poe（Edgar Allan Poe愛倫·坡，1809-1849），美國作家、詩人和文學評論家，推理驚悚小說之父，代表作有《洩密的心》（*The Tell-tale Heart*）、《金甲蟲》（*The Gold-bug*）、《黑貓》（*The Black Cat*）、《厄舍府的倒塌》（*The Fall of the House of Usher*）等。

說是Lloyd Douglas①的 *The Big Fisherman*（是講聖彼得的宗教歷史小說）和Marquand②的 *Point of No Return*（講Boston生活，中國人不會感興趣）。和Douglas相似的有Sholem Asch③的小說 *Marry*，講瑪利亞的故事，中國人也不會太感興趣。歷史小說方面 *Black Rose* 恐怕還沒有拍，福斯的 *The Prince of Foxes*（Samuel Shellabarger）④已拍好（義大利Renaissance時期），預備今年X'mas上映（Ty Power, O. Welles⑤主演），已來不及翻譯。米高梅明春決定去Italy實地攝製老小說 *Quo Vadis*（Peck，Elizabeth Taylor主演）⑥，是明年的特別片，假如該小說故事文字不太老式，也可翻譯。MGM也在計畫 *Ivanhoe*⑦。

---

① Lloyd Douglas（勞埃德・道格拉斯，1877-1877），美國神職人員、作家，代表作有《沉迷》（*Magnificent Obsession*）等。《漁夫》（*The Big Fisherman*）係作者發表於1948年的小說。

② Marquand（John P. Marquand約翰・馬寬德，1893-1960），美國作家，以系列間諜小說而聞名，曾以《波士頓故事》（*The Late George Apley*）獲得1938年的普利策文學獎。他的《普漢先生》（*H.M. Pulham, Esquire*, 1942）曾深刻影響了張愛玲小說《半生緣》的創作。《一去不返》（*Point of No Return*）係作者發表於1949年的小說。

③ Sholem Asch（謝洛姆・阿施，1880-1957），美國猶太裔小說家、劇作家、散文家。《結婚》（*Marry*）係作者發表於1949年的小說。

④ *The Prince of Foxes*（《狐狸王子》，1949），歷史片，據塞繆爾・雪勒巴格（Samuel Shellabarger）同名小說改編。亨利・金導演，泰隆・鮑華、奧遜・威爾斯主演，福斯發行。

⑤ O. Welles（Orson Welles奧遜・威爾斯，1915-1985），美國演員、導演、作家，代表影片有《凱撒》（*Caesar*, 1937）、《公民凱恩》（*Citizen Kane*, 1941）等。

⑥ *Quo Vadis*（《暴君焚城錄》，1951），史詩電影，據顯克維奇（Henryk Sienkiewicz）同名小說改編。梅爾文・勒羅伊（Mervyn LeRoy）導演，羅伯特・泰勒（Robert Taylor）、黛博拉・蔻兒（Deborah Kerr）主演，而非Peck、Elizabeth Taylor主演，米高梅發行。

⑦ *Ivanhoe*（《劫後英雄傳》，1952），冒險劇情片，據沃爾特・司各特同名歷史小

最近best seller第一名是一本 *The Egyptian* ①，歐洲學者研究據說裡面描寫較淫，是講古埃及的歷史。關於原子時代以後的世界有Huxley的 *Ape & Essence* ②和George Orwell的 *1984* ③，後者描寫幾十〔年〕後的英國獨裁政府，恐怕都太intellectual。派拉蒙在拍Dreiser④的 *An American Tragedy* ⑤，Montgomery Clift⑥和E. Taylor主演，George Stevens⑦導演，在計畫 *Sister Carrie* ⑧（William Wyler⑨導演），兩書都已是classic，不妨可以再翻譯一下。Selznick在英國拍了Jennifer

---

說改編，理查‧托普導演，羅伯特‧泰勒、伊莉莎白‧泰勒、瓊‧芳登主演，米高梅發行。

① *The Egyptian*（《埃及人》）係芬蘭歷史小說家米卡‧沃爾塔利（Mika Waltari）於1945年以芬蘭語創作出版的歷史小說。

② A‧赫胥黎（Aldous Leonard Huxley, 1894-1963），英國作家，其代表作《美麗新世界》（*Brave New World*, 1931）是20世紀最經典的反烏托邦文學之一。《猿與本質》（*Ape and Essence*, 1948）也是一本與《美麗新世界》類似的諷刺20世紀大規模戰爭的反烏托邦小說。

③ George Orwell（喬治‧奧威爾，1903-1950），英國小說家、記者和社會評論家，代表作是影響巨大的《動物莊園》（*Animal Farm*）和《一九八四》（*1984*）。

④ Dreiser（Theodore Dreiser西奧多‧德萊賽，1871-1945），美國作家，代表作有《嘉莉妹妹》（*Sister Carrie*）、《美國的悲劇》（*An American Tragedy*）等。

⑤ *An American Tragedy*（電影名為 *A Place in the Sun*，《郎心如鐵》，1952），喬治‧史蒂文斯導演，蒙哥馬利‧克利夫特、伊莉莎白‧泰勒主演，派拉蒙發行，曾獲六項奧斯卡獎。

⑥ Montgomery Clift（蒙哥馬利‧克利夫特，1920-1966），美國電影演員，代表作有《郎心如鐵》、《懺情恨》（*I Confess*, 1953）等。

⑦ George Stevens（喬治‧史蒂文斯，1904-1975），美國電影導演、出品人，代表作有《郎心如鐵》、《巨人》（*Giant*, 1956）等。

⑧ *Sister Carrie*（《嘉莉妹妹》，1952），威廉‧惠勒導演，勞倫斯‧奧利弗、詹妮弗‧瓊斯主演，派拉蒙發行。

⑨ William Wyler（威廉‧惠勒，1902-1981），美國電影導演，曾獲奧斯卡最佳導演獎，代表影片有《羅馬假期》（*Roman Holiday*, 1953）、《嘉麗妹妹》等。

Jones的 *Gone to Earth* ①，是 Mary Webb ②的舊小說，是和「苔絲姑娘」一樣的苦戲，翻譯後可嫌［賺］人眼淚。James M. Cain ③, *Double Indemnity* ④的小說短小精悍，都是講謀殺親夫之類的故事，較容易翻譯。近作有 *The Moth*，華納在攝製 *Serenade* ⑤也是他的作品。Raymond Chandler ⑥的偵探小說作風新穎，可引人入勝，近作有 *The Little Sister*。幽默小說的 best seller 最近有 *Cheaper By the Dozen* ⑦，和 *Father of the Bride*（將由 Tracy, E. Taylor 主演）⑧。Tennessee Williams ⑨的劇本 *Streetcar Named Desire* 講美國南方一妓

---

① *Gone to Earth*（《謫仙記》，1950），據瑪麗・韋伯同名小說改編。邁克爾・鮑威爾（Michael Powell）導演，詹妮弗・瓊斯、大衛・法拉爾（David Farrar）主演，塞爾茲尼克發行。

② Mary Webb（瑪麗・韋伯，1881-1927），英國浪漫小說家、詩人。

③ James M. Cain（詹姆斯・凱恩，1892-1977），美國作家、記者。

④ *Double Indemnity*（《雙重賠償》，1944），黑色電影，據詹姆斯・凱恩1943年同名小說改編。貝尼・懷爾德導演，弗萊德・麥克默瑞（Fred MacMurray）、芭芭拉・斯坦威克（Barbara Stanwyck）主演，派拉蒙發行。

⑤ *Serenade*（《小夜曲》，1956），據詹姆斯・凱恩1937年同名小說改編。安東尼・曼（Anthony Mann）導演，馬里奧・蘭札、瓊・芳登（Joan Fontaine）主演，華納發行。

⑥ Raymond Chandler（雷蒙德・錢德勒，1888-1959），美國小說家、劇作家，代表作有《長眠不醒》（*The Big Sleep*）、《再見，吾愛》（*Farewell, My Lovely*）及《漫長的告別》（*The Long Goodbye*）等偵探推理小說。

⑦ *Cheaper By the Dozen*（《兒女一籮筐》），弗蘭克・吉爾布雷斯（Frank Gilbreth）發表於1948年的自傳體小說。1950年被改編成電影。

⑧ *Father of the Bride*（《岳父大人》）是愛德華・史翠特（Edward Streeter, 1891-1976）發表於1949年的長篇小說，1950年搬上銀幕，由文森特・明奈利（Vincente Minnelli）導演，斯賓塞・屈塞、伊莉莎白・泰勒主演，米高梅發行。

⑨ Tennessee Williams（田納西・威廉斯，1911-1983），美國劇作家，代表作《慾望街車》（*A Streetcar Named Desire*, 1947）、《熱鐵皮屋頂上的貓》（*Cat on A Hot Tin Roof*, 1955）等。曾二次獲得普利策戲劇獎。

女，是近幾年來最轟動的play，最近在英國（由Vivian Leigh主演）
上演，都轟動異常①。我想這劇本值得介紹，中國人大多崇拜曹
禺②，如能把該劇改頭換面弄一個中國setting，前幾年在話劇興旺時
代，一定可以上演，和《大馬戲團》③差不多。以上所介紹的我都
沒有看過，如果香港買得到書，不妨調查一下。此外Robert Penn
Warren（Warren是Brooks, Tate的好朋友）的Pulitzer Prize小說 *All
the King's Men*（該title出點在*Alice in Wonderland*的nursery rhyme
中）不特很popular，也很得新派critics的器重，講Louisiana州的大
流氓Huey Long的一身［生］，值得翻譯。Warren, Brooks早年教書
的Louisiana University的Boss也是他。最近由哥倫比亞拍成電影④，
主角Broderick Crawford⑤不太出名。

　　今年選的Old Norse和Chaucer都不太忙，衹是The Age of
Wordsworth花的時間較多，最近一月我一直在弄"The Excursion"。
下星期一要給一lecture。今秋de Selincourt和他學生Helen
Darbishire⑥編的華氏全集第五冊已出版（這是最後一冊），有The

---

① 電影《慾望街車》（1951）由伊利亞‧卡贊導演，費雯‧麗、馬龍‧白蘭度
（Marlon Brando）主演，華納影業發行。

② 曹禺（1910-1996），原名萬家寶，祖籍湖北潛江，生於天津，劇作家，代表作
有《雷雨》、《日出》、《原野》、《北京人》等。

③ 《大馬戲團》（*The Greatest Show on Earth*, 1952），劇情片，由塞西爾‧B‧戴米
爾（Cecil B. DeMille）導演，蓓蒂‧赫頓（Betty Hutton）、查爾登‧海斯頓
（Charlton Heston）主演，派拉蒙影業發行。

④ *All the King's Men*（《國王班底》，1949），劇情片，據羅伯特‧沃倫（Robert
Penn Warren）同名小說改編。羅伯特‧羅森導演，布羅德里克‧克勞福德、約
翰‧愛爾蘭（John Ireland）主演，哥倫比亞影業發行。

⑤ Broderick Crawford（布羅德里克‧克勞福德，1911-1986），美國電影、電視演
員，代表作有電視系列片《公路巡邏》（*Highway Patrol*）等。

⑥ Ernest de Sélincourt（1870-1943），英國文學學者，曾任教於牛津大學和伯明罕

Excursion, textual & Bibliographical notes很豐富。de Sélincourt前一
兩年逝世，Harper[1]也已去世，Legouis去世已有十年，華氏的專家
都已陳謝了。家中經濟情況不太好，由已讀父親的信上看來，母親
上海「解放」後不大快樂，給家裡的回信今天恐沒有空寫，要下星
期一弄完了 "Excursion" 再寫，寫家信時講我平安並牽記。我頭
髮，右邊髮頂也有後退現象，其他衰老現象還沒有。每年秋天各大
學比football，我都沒有去看過，上星期六Harvard和Yale比，Yale
勝，晚上各colleges都有盛大舞會。我來美後沒有參加過social
dance，生活一無經驗可言。最近沒有好電影，同同學去看了一張
Garson *Forsyte Woman*[2]，Garson[3]的體態完全已是中年婦人，June
Haver的*Oh You Beautiful Doll*[4]，June Haver很好看，可是對歌舞都
無特出之處。Dorothy Malone已被華納歇生意，以後不大容易看到
她。Ava Gardner在照片上並不太好看，在銀幕上的確很好。近來
想仍有跳舞和看跑馬的消遣，程綏楚近況想好，即祝

大學，尤其致力於華茲華斯兄妹著作的編輯，編有《桃樂西·華茲華斯日記》
（*Journals of Dorothy Wordsworth*, 1933）、《華茲華斯兄妹通信集》（*The Letters of
William and Dorothy Wordsworth*）6卷本等。Helen Darbishire（1881-1961），英國
文學學者，代表作有《詩人華茲華斯》（*The poet Wordsworth*, 1949）、《彌爾頓
詩集》（*The poetical works of John Milton*, 1952）等。

[1] Harper（George M. Harper喬治·哈伯，1863-1947），華茲華斯研究專家，長期
任教於普林斯頓大學。

[2] *Forsyte Woman*（《雲雨巫山枉斷腸》，1949），浪漫電影，坎普頓·班尼特
（Compton Bennett）導演，埃羅爾·弗林（Errol Flynn）、葛麗亞·嘉遜主演，
米高梅發行。

[3] Garson（Greer Garson葛麗亞·嘉遜，1904-1996），美國女演員，以《忠勇之家》
（*Mrs. Miniver*, 1942）獲得奧斯卡最佳女主角獎。

[4] *Oh You Beautiful Doll*（《樂聲春色》，1949），音樂劇，約翰·斯塔爾（John M.
Stahl）導演，馬克·史蒂文斯（Mark Stevens）、瓊·哈弗主演，福斯發行。

近安

弟　志清　上

十一月廿二日

92. 夏濟安致夏志清（1949年11月25日）

志清弟：

　　好久沒有收到你的信為念。我在香港，近況大致如舊，沒有什麼發展，亦沒有什麼波瀾。上信提起學跳舞之事，現在確已進步不少。已經漸能領略跳舞的樂趣：配合拍子圓滑的動作。現在較有把握的是Quickstep和（slow）Waltz，Blues似容易，但我覺得如果步法太單調，跳得很難看，因此列入沒有把握的一類。Foxtrot沒有學過，Quick（Viennese）Waltz上海時學過，現在還沒有重新學過。Tango, Rhumba, Samba等舞都很流行，我都沒有學過。跳舞學校我沒有空天天去，一星期只去兩三次，就是這樣再去兩個月大約可以進舞廳敷衍敷衍了。如能跳熟了，的確能增加一個人的confidence。

　　我對於舞女大約不會發生興趣，第一因為我不喜歡濃妝豔抹的女人（有人說將來這種taste會改變），一個女人我已經喜歡了，不妨濃妝豔抹，但是我不贊成從一開頭就示我以假面具的人；第二因為跳舞的地方光線都很暗淡，難分美醜，我的眼睛又近視，我的態度就是一種不trust自己眼睛的態度，興趣就難發生。跳舞的時候秘訣大約是停止自己的consciousness，糊裡糊塗跟着拍子走，可是都得合拍，這樣大約算是跳得好的。我以前一面跳，一面在計算下一步應該怎麼樣走，又怕踏上對方腳，不合拍時走得更壞，戰戰兢兢，跳來毫無樂趣。此病一去，如再於步法身段上下功夫，跳舞進步自快。

　　上信還提起出版的事。汪先生計劃翻印《金瓶梅》（他的紙即如我此信所用者），已經登報徵求得一部明刻《金瓶梅》，條件還未談好，大致可以成功。中國近年來所出翻刻《金瓶梅》對於描寫性交地方都行刪去，香港政府對於這種東西，不知道管理得嚴格不

嚴格，假如嚴格，我們亦只好出「潔本」了（我開始在讀──亦是潔本的，我相信我不能替它寫序，因為我「淫書」一本也沒有讀過，不能有所發揮）。我自己動筆預備編一部 Bridge 研究（中國似乎還沒有這樣一部書）。我的 Bridge 打得很壞，但是我現在佩服 Ely Culbertson ①，他的 *Gold Book* 是本了不起的著作，密密的 500 多頁，每一頁都可使我得益，而我已經不好算是個完全外行了。他的設想周密，有許多東西我們想不到的，他都想到了，真天才也。他的 "Summary" 和 "Self Teacher" 太簡單，引不起人的興趣，而且不能滿足我們的求知慾。*Gold book* 編排得雖嫌雜亂與不醒目，但裡面有很多東西，是沒法節錄的，而且你如不知道亦打不好 Bridge 的。翻譯小說的事無進展，想去 approach 在臺灣的梁實秋 ②。出版公司如弄得好，我將多負點責任──這是我最近生活中，唯一引起我對事業的希望的事。

　　家中很窮，上海最近經濟有波動，黑市金鈔和食糧都往上跳，民生想必更苦。共產黨的勝利佔領，對於樂觀的人是個悲劇，他們的幻夢破碎了。像父親那樣的好人統統在經驗着 disillusionment。希望是種寄託，共產黨在上海已不復是寄託。聽上海來的人說，上海人又在希望老蔣回去了。在香港的上海人過着狹小的生活，浪費金錢同時又肉痛金錢（因為香港賺錢不易）撐場面（小帳給的比外國人或廣東人多），為過去歎息，希望過真正太平的日子，孵咖啡館，罵罵廣東人。今天起居然有家菜館請了兩檔說書：李冠慶的《英烈》和顧玉笙的《楊乃武》（這兩檔本來在杜月笙家裡長期說堂

① Ely Culbertson（埃利‧克勃森，1891-1955），1930年代橋牌活動的推動者。下文提到的《黃金準則》（*Gold Book*）全書名為 *Contract Bridge Complete: Tthe Gold Book of Bidding and Play*，1936年出版。

② 梁實秋（1903-1987），浙江杭縣人，生於北京，散文家、批評家、翻譯家，代表作有《雅舍小品》等，譯有《莎士比亞全集》等。

會）。我上回說找不到上海館子，最近三六九和五芳齋開了好幾家，我嫌他們的菜都太油。我覺得上海人很可憐。

你的Yale女同學如何？有位楊耆蓀①，你大約還記得，她不久可能來美國進Indiana大學。有一次程綏楚同我去看劉崇鋐②（清華歷史系教授，即與我們同船北上者，現在台大），在他家遇見楊。她是今年夏天畢業後離平來港的，據說要來美國。此後我沒有去看過她，我從澳門回來，在船上碰着她，因她有男朋友在，亦沒有同她講話。你若有興趣，將來不妨同她接近接近。

附上在澳門所拍照片一張。澳門離香港約三小時船程，往來還方便。我們一行近十人（汪先生等），所住的旅館還舒服，夠得上第一流標準。賭場很壞，空氣混濁，人品不齊，與電影中的Monte Carlo，固不能比，即與我們所聽說的上海敵偽時期賭場亦相差遠甚（上海賭場聽說奉送香煙大菜，還有妙齡女子招待，澳門並無此種優待）。大概廣東人和葡萄牙人都是沒有清潔習慣的民族。我沒有下注。跳舞場裡亦以賭為主要吸引，跳的人都心不在焉云。郊外倒略有風景，可以一遊。我在香港雖收入不多，但因結交者多為肯花錢之人，花錢的地方可以常去——此為普通薪水階級所不敢嘗試的。

*Hamlet*電影已看過，很好。讀書的時候，不覺得「死亡」是劇中如此重要的theme（因為莎翁文字活潑之故），電影裡覺得無時無刻不受死亡的威脅。Jean Simmons在本片中還美豔，新近的五彩片*Blue Lagoon*③中飾南海美人，反而顯得不美豔了。我現在說不出頂

① 楊耆蓀，夏濟安的學生，曾就讀於西南聯大化學系，後留學美國，獲得博士學位。

② 劉崇鋐（1897-1990），字壽民，福建福州人。1921年獲哈佛大學文學碩士學位。1949年赴台，任臺灣大學歷史系教授。

③ *Blue Lagoon*（《南海天堂》，1949），浪漫冒險電影，據Henry De Vere Stacpoole

擁護什麼明星，這亦是成熟後的悲哀。

　近況如何？盼多寫信，即頌

　冬安

　　　　　　　　　　　　　　　　　　兄　濟安　頓首

　　　　　　　　　　　　　　　　　　　十一、廿五

同名小說改編。弗蘭克・勞恩德（Frank Launder）導演，珍・西蒙斯、唐納
德・休斯頓（Donald Houston）主演，普通影業（英）、環球影業（美）發行。

93. 夏志清致夏濟安（1949年12月4日）

濟安哥：

　　今天收到你十一月廿五日來信，這封信和上一次來信都沒有 mention 過收到我什麼信，深以為念，恐怕一定有一兩封信遺失了。我最近給你的信是十一月22日發的，想已看到。我 Li Fellowship 已 renew，今年選 The Age of Wordsworth, Chaucer, Old Norse 三課，想已知道。上一月我忙着準備一小時 "The Excursion" 的 lecture，已於十一月28日上午 deliver，有25頁的樣子，結果很 sensational，是一兩年來 Pottle 班上最好的學生 lecture。系主任 Pottle 當場稱讚我的 critical insight，預備把該文打好後放在 Reserve Shelf 供學生參考，下課後同學都向我恭維不至。今天見 Pottle，他勸我把該文發表，由他幫忙，大約不成問題，認為是他教書來所聽到的最好的 Excursion lecture。前數年他才指導一學生寫 Ph. D. 論文研究 "Excursion"，該書前三章材料搜集雖豐富，最後兩章批評都極普通，沒有特出之處，不如我的有勸［觀］點而精彩。我在 Brooks 班上寫 paper 水準一樣的高，可是平日不大講話，這一次卻大出風頭。我的批評由 Coleridge 對 "Excursion" 的批評出發，其實沒有什麼特別的地方，只是 "Excursion" 的批評一向很簡陋，而美國學生的 lecture 都是馬馬虎虎，敷衍料［了］事，所以一［亦］顯我的 lecture 出色了。Chaucer 和 Old Norse 至今還沒有什麼 paper，所以今年比較閑。

　　上星期五下午，我去了紐約一次，星期日晚上回來。在 Oberlin 時，我曾 mention 一位姓楊（大芬）的小姐 Grace（另一位你在聯大的同事楊秀貞，今夏去英同人結婚了），她對我一向有好感，偶爾也和她通信。今秋她離開了 Oberlin 到了紐約學美術，我答應去看她

一次，所以上星期去伴她玩了兩天。一同吃了四次飯，看了一張法
國電影 *Devil in the Flesh*①和一場巴黎來的 Ballet Company，表演
Carmen。法國 ballet 沒有俄國 ballet 佈景的鮮豔，服飾的考究，佈景
很 modernism，服飾也很樸素，所以 effect 更像京戲裡的武生表演。
最後 Don José 殺 Carmen 時一切音樂停止，只有鼓不斷的打，兩人
的對打舞很緊張，所以很滿意。此外看了 Metropolitan Museum of
Art 內 special Van Gogh exhibition，我對於舊的油畫沒有特別好感，
Van Gogh②的畫深黃，深紅，深綠，他的各種 mood 也容易瞭解，
很滿意；和 5th Avenue Frick collection 的名畫，有 Rembrandt 四幅，
Titian, El Greco③, Van Dyck④, Bellini⑤都有，一幅 Renoir 的年青
[輕]母親帶了兩個小孩在街上走，我很愛好。我沒有過這樣長期
的 date，所以有相當快感。可是楊胸部平坦，臉也不太漂亮，所以
以後要少同她來往，免得使她情感更為增加。她人很要好，現在學
油畫，每天早晨畫三個半點鐘 nude 寫生，下午學 drawing 和
sketching。她在 Oberlin 的 M.A. 論文還沒有寫好，本來真立夫要她
比較陶淵明和華茲華斯，現在在寫 The Realism & Naturalism of
Wordsworth，用 naturalism 一字代表華氏對 nature 的信仰和愛好，非
常不恰當，小大學的論文，談不到研究。真立夫今夏喪妻，老人一

---

① *Devil in the Flesh*（《肉體的惡魔》，1947），克勞特‧烏當－拉哈（Claude
　　Autant-Lara）導演，米謝林‧普雷斯勒（Micheline Presle）、傑拉‧菲力浦
　　（Gérard Philipe）主演，Transcontinental Films 出品，1947 年法國上映，1949 年
　　美國上映。

② Van Gogh（Vincent van Gogh 梵谷，1853-1890），荷蘭印象派畫家，以《星
　　空》、《向日葵》等作聞名於世。

③ El Greco（埃爾‧格列柯，1541-1614），西班牙文藝復興時期畫家與建築師。

④ Van Dyck（范‧代克，1599-1641），英國教廷繪畫的領軍人物。

⑤ Bellini（Giovanni Bellini 貝利尼，1430？-1516），義大利文藝復興時期畫家。

人很是寂寞。

Yale的女同學漂亮的不多，不過都容易接近。有一位同我較好的叫 Ruth Stomne（Cookie），祖父是瑞典來的，所以有金髮白膚。去年算是 Graduate Hall 最漂亮的女生，今年新來的別的女生，她似乎沒有去年 popular。暑假時她曾邀我到她家去（在 New Jersey）和到她的夏令營（在 Maine）camp去，我都沒有去，所以今秋友誼沒有進展，還保持飯廳裡吃飯時談話的水準。美國的女孩子在高中時和男生在一起胡來，滿街亂叫，禮貌很不好，一到大學，性的 promiscuity（混亂）就減少，女生個個和藹有禮，待人接物好，遠非中國女子所及。此外，New Haven 有兩位中國女生，一位姓金，學 nursing，長得還不錯，一位姓王，在附近小大學讀書，我同她們都沒有什麼來往。楊耆蓀來美國倒要看看她，可是她去 Indiana，不容易多接近。其實她在北平時對你極有好感，她人品又好，何不好好地追她一下，或者可有成功的希望。她出國以前，假如沒有真正 steady 的男友，心緒一定較死，容易進攻。

來美後除在紐約低級舞場抱過兩回舞女外，沒有跳過舞。我在上海跳舞還是四年前的事，又沒有真正學過，現在早已荒疏，非下一番功夫，不能同美國女子跳舞。你最近跳舞進步甚快，值得慶賀。我來美後也沒有打過幾次 bridge，第一我沒有學過 Culbertson System，第二我歡喜打 bridge 時講話，不肯肅靜下來，所以會打 bridge 的人，不會找我打，所以我在 New Haven 除了看電影、翻翻書報外沒有什麼消遣。你可以在 bridge 方面編書，一定有了很大的研究。能夠辦出版事業，的確也很好。中國同英美不同，除了白話 classic 外，過去的名著普通人不容易讀，所以一般讀者所需要的都要由出版界供應。你知道一般市民的需要，如有穩定的經濟和時間，一定能把出版事業辦得很好。上次提起幾本小說，不知有沒有值得錄用的？*The Black Rose* 已由福斯攝成電影，惟發行時間尚

早。上星期我也看過Jean Simmons的*Blue Lagoon*, Rank五彩攝影惡
劣，Simmons顯得不好看，全片又沉悶無比。她還是在*Great
Expectation*中最可愛。同時加映正片*The Gal Who Took The West*①，
五彩，Yvonne De Carlo②主演。她也沒有*Salome*③時的風采，片中
也不跳舞，可是全片很滑稽，很使人滿意。前些日子在Second
Feature中看到Rochelle Hudson④飾一女間諜（Villain）之類，化妝
得不美觀，也顯得蒼老。銀幕上我也沒有崇拜的明星。近況想好，
再談，即祝

　　冬安

　　　　　　　　　　　　　　　　　　　弟 志清 上
　　　　　　　　　　　　　　　　　　　十二月四日

　　附上給父親、玉瑛妹的信，請轉寄。你照片上的神氣很好。

---

① *The Gal Who Took The West*（《西部歌女》，1949），五彩片，弗烈德里克・德克
　多瓦（Frederick De Cordova）導演，伊鳳・黛卡洛、查爾斯・柯本主演，環球
　影業出品。
② Yvonne De Carlo（伊鳳・黛卡洛，1922-2007），加拿大裔美國演員、歌手，在電
　影、電視、歌劇等傳媒中活躍達到六十載，曾出演《十誡》。
③ *Salome*（《莎樂美》，1945），美國浪漫電影，據霍華德・菲力浦斯（Howard J.
　Phillips）短篇小說改編。查爾斯・拉蒙特（Charles Lamont）導演，伊鳳・黛卡
　洛、羅德・卡梅倫主演，環球影業發行。
④ Rochelle Hudson（蕾切爾・哈德森，1916-1972），美國電影女演員，活躍於
　1930-1960年代。

94. 夏濟安致夏志清（1949年12月25日）

志清弟：

　　兩信均已收到。吳志謙書一包尚未收到。你生活漸趨安定，聞之甚慰。今日為X'mas，不知作何消遣。昨晚我過得還不算寂寞，在一家相當熟的上海館子「京都」吃晚飯，這家館子本來不跳舞，這幾天成了一個Quartet，一鋼琴，一鼓，一Saxophone，一Flute（？），敲打得很熱鬧，專為應景也。我們是四個男人，一個姓張，與我同年的一個很有辦法的青年商人，現與王文蘭之妹名Mary王者同居，另有兩個舞女也借住在他家裡，好像是同三個舞女同居；一個boss汪胖子，一個是劉（即辦出版社者，他與張皆武大畢業），一個我；女客兩位，一即Mary王，一位姓林。Mary王肌肉很結實，上海人所謂「吃星很重」的樣子。姓林的（one of the three）打扮得很美豔，有點像寶蓮高黛，眼睛顧盼傳神，常常虛偽地微笑，說一口北方話，自稱北平人。王是張的「朋友」，汪同林雖為初見，卻非常熱絡，我同劉沒有對象，過得也很愉快。兩位小姐先後被邀請到麥格風前去歌唱，她們又下海去表演一次較新式的舞（跳的並不好，舞名我不知，倫巴之類）。摸彩時，汪被請去做公證人，林小姐登臺頒獎，風頭出足，我在同桌似乎也很有光榮。可是我沒有下去跳舞——你當知道我的confidence還不夠。舞池很擠，我的步法恐怕不能施展，那兩位小姐太受人注意，我的舞跳得不好，怕受人注意，因此不敢下去。下星期預備再去好好研究一下，New Year Eve好表演一下。可是我也帶了蠟紙糊的帽子，相當興高采烈。

　　昨晚跳舞的人水準都相當高，很少有碰人的，相貌不揚的男女、黃毛丫頭等都能跳得很好，真是怪事，Quick Waltz, Tangle都

有很多人跳，而都能圓轉自如。我現在的跳舞程度，不過是克服了根本的恐懼，我現在敢同舞伴貼得相當緊（Blues, Quickstep），指揮得還算靈活，也enjoy這件事。可是我跳得還太生，不能應付各種situation，而且容易慌張，一步錯了，不易恢復。我還沒有同「良家婦女」跳過，相信一定跳得更壞。其實我很喜歡靈巧的動作，一向崇拜葉盛章與Fred Astaire（*Barkleys of Broadway*正在港上映，還沒有去看）。練舞的機會不多，心裡困難又太多，故一時難有良好表演。但據朋友間評論，我跳舞的經驗如此之少，而有這點成績，已經算不錯的了云。習舞之後，對於女人的taste也有改變，我已經接受了一般的審美標準，認為舞女中美人是很多。

香港過聖誕非常熱鬧，比上海熱鬧得多。我們的古老的Hotel Cecil（明年二月要拆除，翻造大廈）也掛燈結彩。程綏楚寄出很多賀年片給他的女學生，他是憑她們的姿色而定賀年片的品質，從60¢到$2.00一張都有。我只寄出兩張，一張給玉瑛，一張給鈕伯宏（昨天剛發出）。

送上相片一張，是一兩個月前所攝。這兩天稍涼，不過加一件羊毛衫而已，還用不着大衣。

玉瑛妹來信並照片兩張寄上。上海情形還是很壞，但中國共產黨是more stupid than brutal，故還沒有蘇聯的那樣可怕。鄭之驤（他是地主要罰兩百多石米，他付不出，有遭逮捕之險）逃到張家口去教英文。他來信說錢學熙已變成十足共產黨，在北大教「政治學」，已兩個月沒有給他信云。再談，即祝

新年快樂

兄 濟安 頓首
十二月二十五日

95. 夏志清致夏濟安（1950年1月5日）

濟安哥：

　　十二月廿五日來信及玉瑛妹信都已收到。玉瑛妹照片上長得很美，已和我離國時不同。你聖誕節過得很痛快，New Year Eve 想也不錯。我兩個多禮拜的假期都沒有離開 New Haven，雖然讀了些書，沒有做多少工作。最近身體調整欠佳，讀書效率極壞，往往讀了一天書，明天所 retain 的印象很 vague，所以心中不大高興，預備去 New Haven Hospital（一月十日）詳細檢查一下。New Year Eve 我也參加了一個 International Club 的跳舞會，我跳舞的技能早已生疏，同兩個年輕的女子跳，不能 lead，很是乏味；後來同一較中年的婦人跳，她舞藝很熟，我同她轉了幾個 waltz，覺得舞藝恢復了一半。可是在滬時我的跳舞沒有經過人指導，美國跳法又多，要去參加跳舞 party，實在不夠資格。New Haven 女青年會有學跳舞，我兩年來功課忙，都沒有去報名。此外 Arthur Murray 跳舞學校由美艷女教師指導，一點鐘要五／六元美金。我在美國經濟力不足，不能期望好好享受。假期內看了三張電影：Tyrone Power: *Prince of Foxes*，沒有五彩，故事導演都遠不如 *Captain from Castile*；派拉蒙 *The Heiress*, de Havilland 主演①；MGM 的 *On the Town*②, Gene Kelly, Vera-Ellen, Sinatra 主演，是極好的歌舞片。MGM 有兩個製片人：

---

① *The Heiress*（《千金小姐》，1949），劇情片，據亨利‧詹姆斯 1880 年小說《華盛頓廣場》（*Washington Square*）改編。威廉‧惠勒導演，德哈維蘭、蒙哥馬利‧克利夫特、理查森（Ralph Richardson）主演，派拉蒙出品。

② *On the Town*（《城鎮掠影》，1949），歌舞片，據 1944 年百老匯舞臺劇改編。伯恩斯坦（Leonard Bernstein）等作曲。金‧凱利，薇拉－艾倫（Vera-Ellen, 1921-1981），辛納屈（Frank Sinatra, 1915-1998）主演。

Pasternak ① 負責 Esther Williams, Jane Powell, McDonald ②，差不多片片惡劣；Arthur Freed ③ 負責 Judy Garland, Gene Kelly, Fred Astaire 等，差不多片片滿意。此外看了一對 reissues: *A Farewell to Arms* ④ 和（W.B.）愛德華・羅賓孫主演的 *The Hatchet Man* ⑤（《刀斧手》），Robinson 飾一舊金山的華僑，年輕的洛麗泰・揚 ⑥ 做他的中國妻子，像是1931或1932年的影片。Robinson 演得很好，Young 除眼部化裝過份外，生得很嬌嫩。這張片子一定算是「辱華」片，上海大該沒有演過。

今年冬天 New Haven 很 warm，同上兩年不同。附上照片一張是 Thanksgiving 時攝的，張琨是羅常培的高足，我照片上沒有夏天M.A.那張年輕有神氣，請轉寄家中。顧家傑準備三月底返國，他的 Job 或可須人接替，可同他通信。美國生活單調無比，香港如有安定生活，還是住香港舒服，程綏楚有興趣也可以去問問他。錢學

---

① Pasternak（Joe Pasternak 帕斯特納克，1901-1991），匈牙利出生的美國好萊塢電影導演和製片人。

② MacDonald（Jeanette Anna MacDonald 麥克唐納，1903-1965），美國歌手、女演員。以與莫里斯・希佛來和尼爾森・艾迪（Nelson Eddy）合作的歌舞片最為有名。

③ Arthur Freed（亞瑟・弗里德，1894-1973），猶太裔美國詞作家、電影製片人。

④ *A Farewell to Arms*（《戰地春夢》，1932），劇情片，據海明威同名小說改編。弗蘭克・鮑才奇（Frank Borzage）導演，古柏、海倫・海斯（Helen Hayes）主演，派拉蒙出品。

⑤ *The Hatchet Man*（1932），威爾曼（William A. Wellman）導演，愛德華・羅賓遜、洛麗泰・揚主演，華納影業發行。

⑥ 洛麗泰・揚（*Loretta Young*, 1913-2000），美國演員、電視節目主持人、慈善家，1947年出演電影《農家女》（*The Farmer's Daughter*），獲1948年奧斯卡最佳女主角獎。1953年退出電影事業，主持一檔以自己名字命名的電視節目，曾三次獲得艾美獎。

熙變共產信徒，不知還要不要寫他批評原理。錢鍾書①也重返清華教書了，詩人穆旦（李賦寧的同學）現在芝加哥。寄家信時，謝謝玉瑛妹寄來的照片，這次我不另寫信了。程綏楚想好，宋奇、吳新民常見面否？在美國用Leica照相，洗出來照片已是放大了，很方便，不像中國洗出來都是小方塊。再談，即祝

　年安

弟 志清 頓首

一月五日，一九五〇

---

① 錢鍾書（1910-1998），字默存，號槐聚，筆名中書君。學者、作家。代表作有
《談藝錄》（1948）、《管錐編》（1979）、《圍城》（小說，1947）等。

96. 夏濟安致夏志清（1950年1月22日）

志清弟：

　　一月五日來信收到。Byron六本已收到，今日發出寄吳志謙，粵漢路已通車，很快就可到達。*Sewanee Review* 兩本亦已收到。Leavis論密爾敦一文甚精彩，Eliot的態度是妥協的，Leavis則是透闢的發揮，這兩本書日內亦可以寄出。此種新的高級雜誌，如有多餘，請不時寄我兩本。香港有British Council圖書館，書不多，我是無系統的借閱者。我對於文學的興趣如舊，不能make strenuous efforts，眼光趣味等大致還在一般學英國文學者之上。

　　家裏情形很壞，附上父親一信可以知道。父親億中事已辭去，一時恐不易找到好事情。證券大樓的投機商號，已全被肅清，投機商人關起來的很多。第二批要肅清的大約是私立小行莊。做經理的責任太重，賬上有點毛病，就可能吃官司，辭了倒比較輕鬆。我在北平時，就勸父親辭職，改任協理。協理名義在經理之上，與經理薪水差不多，做經理亦許可以利用職權多些撈外賬的機會，但父親不是這種人，他只知賺合法的錢，他何必要多負責任同時多擔風險呢？那時億中在黃金時代，辭掉還合乎老子「功成身退」哲學，現在辭掉，反而不討俏［巧］。父親要在上海找一個苦差使（上海恐怕沒有甜差使），憑他的交際和資格想還容易。家裏房租太貴，我每月寄100元回去貼補，已有三月。母親想撐大場面的苦心，恐短時內難實現。我亦主張把房子退掉一二層，非如此家裏開銷不能維持。兆豐別墅107的客廳太暗，我總覺得不是興旺之象，將來恐還要搬家。父親近年精神實較前為差，一到家裏就要打瞌睡，而自己又不服老，在人前硬撐精神，做事不肯省力，實很危險。他其實應該做些比較輕鬆的事了。成大事業者，活躍的或堅忍的精神乃要

素。我的 Boss 汪，精神就很發旺，白天奔走了一天，晚上吃酒胡調，毫無倦容，空閒時候就大動腦筋如何賺錢，不大肯休息。空閒時候的所思所為，是表示人的真興趣所在。他自認今年四十，精神已不如前兩年，以前他可以幾晚上不睡。他那樣子雖顯不出特別有毅力的地方，但不大看見倦容倒是真的。父親在台灣時不知道怎麼樣，在上海時，一到家裏，立刻呵欠連連，顯得十分疲倦。我們的父母都是驕傲的人物，母親不肯承認窮，父親不肯承認老或弱，此種性格，我亦有之，你比較天真率直，或者可以過得比較快活些，或者可以有較大的成就。

鈕伯宏——他現在在 Tufts College 讀書——回我的聖誕信，其中有論到你的地方：I saw your dear brother last summer. He was, I'm sorry to tell you, very thin & nervous. I mention the latter for I was perturbed at his seemingly uncontrollable facial and body movements. It is difficult to describe this & it was some months ago so my memory concerning this is a bit hazy. I hope he's not over studying. 想不到你的動作人家看了如是奇怪。一個女孩子看見你若不能同情，將更覺奇怪。好久沒有看見你，我想你不會變成怪物。我外表上仍是 indifferently suave（老於世故），我的人生觀愈來愈近 non-attachment。Enthusiasm 愈來愈少，對世事看得愈來愈淡。看我過去所為，凡是追求任何事物，去 attach myself 者，我總是滿懷恐懼；反之，若是脫離任何束縛，detach myself 者，我能顯得很勇敢。如抗戰時到內地去，主要的目的還是去瞎撞，享受海闊天空的自由。此次到香港來亦然。我的真嗜好恐怕還是「自由」（此字很難下定義）。以現狀觀之，我可能抱獨身主義以終。我的性慾本不強，過了卅歲以後，當更走下坡路。與女人往來，我認為痛苦遠過於快樂，而這種快樂，亦不是我所最能享受的恬淡之樂。我不想援引哲學來替我的恬淡之樂辯護，但這種哲學確是最近我的性格。最

近幾年來，我一直沒有好好的固定的地方吃飯，別人常引以為苦，希望能討一老婆或僱一廚子來代為照料，我卻從未有這種想法。這種吃飯法，唯一使我worry的，就是怕身邊沒有錢，不能「要啥吃啥」耳。我現在不想結婚，亦不與女友來往。將來如身邊多些錢，想做一個respectable citizen，或者會考慮結婚。做bachelor男有一不便處，即朋友日少是也。別人都結婚了，而你一個人還是在外飄蕩，bachelor與有太太的男人之間，總不會十分親密。

　　昨日去跑馬。我去跑馬，預備輸掉二三十塊錢，結果常常贏了幾個回來（統扯並不輸）。跑馬並沒有什麼好看，假如你不賭的話。我們眼睛不好的，即使戴了眼鏡（一定要望遠鏡），亦看不見遠處的馬孰先孰後（跑近了可以看見）。但是馬場裏人山人海，使人忘了自己，所以值得一去。我們在讀書時，從不參加群眾集會，是我們精神訓練上的一種缺陷。共產黨的成功，多開群眾大會亦是一個原因。人有許多低級慾望，一定要在群眾大會才能滿足。台灣現在管制得很嚴，任何人會莫名其妙地捉進去當間諜辦，但是台灣的國民黨當局從來不開反共群眾大會，民眾只有恐懼而無發洩，這種統治一定失敗。彼希特拉、慕沙里尼、史太林輩，即靠群眾大會來教育民眾維持政權者也。在跑馬廳裏的人，普遍有三種興趣：（一）想贏錢；（二）想看見自己下注的馬贏——爭氣；（三）人看人，人軋人。我總覺得跑馬回來神清氣爽，因為在那裏人沒有了個人的問題，你的問題與別人相同，人多少忘了自己。跑馬廳有大草地，陽光常常很好，空氣亦儘夠這些人呼吸，而且神經並不會緊張得使人疲倦，一個下午只跑大約十場，每半小時一場，每場約兩分鐘左右可以跑畢。餘時供你考慮下注，買馬買［票］與領錢。你用不着每場賭，你可以挑你有把握的馬才下注，你隨時離場或進場亦不會減少興趣，因為這不像賽球或看戲的有頭有尾。我說我預備輸二三十塊錢，因為我覺得the fun is worth the money。我常常不輸，

因為我去看以前，先把各報的tips已經好好地研究了一番，胸有成竹之故也。上海於勝利之後把跑馬禁掉，實是大不智。香港假如沒有跑馬，一般人的生活一定要更無聊，更煩躁，做更大的壞事，而且這兩個錢亦在別的壞事上面花掉。去跑馬的人都很樂意地把錢輸掉，因為他們覺得這兩個鐘頭過得還有意義。跑馬所裏人去[的]真不少，我習常立的那個地方上面的box裏，孫科差不多每次在嗑西瓜子。孫科的臉色灰黃，胖而無神。舞女到的亦很多。

　　香港的舞女生活情形並不佳。上海人在港辦的一張小報叫《上海日報》的說：「揮金之士日墮」，是真話。住在香港的人很少有暴利的機會，因此也不敢亂花錢。不像在抗戰時，一個貨車司機身上就麥克麥克，可以大膽狂嫖濫賭。香港人生活總算還有規矩。

　　前日看舊片《野風》，很滿意。西席地密爾片的娛樂成分確濃厚異常，上半段平平，結局緊張得很，法庭場面（常常是一部電影的結束）之後還接着海底探險，使觀眾意料之外地滿意。雷密倫技不差，很像會得金像獎的。約翰・韋恩①那時年紀輕，臉上風霜痕跡不夠，反顯得醜陋而嫩。陽曆新年看 *Red River*，亦大滿意，約翰・韋恩演技已十分成熟，氣派能夠像一個領導萬牛長征的人。約翰・韋恩最近得紅，使得一輩自命老資格影迷的人都覺得奇怪。他的 *Three God Fathers* 與 *The Wake of [the] Red Witch*（共和高級出品）在港都已演過②，我未去看。小報《上海日報》評他說：「尊榮（按

---

① 約翰・韋恩（原名Marion Mitchell Morrison，又譯尊榮，1907-1979），美國電影演員、導演、製片人，一生共出演180餘部電影，代表作品有《關山飛渡》（*Stagecoach*）、《萬世流芳》（*TheGreatest Story Ever Told*）、《紅河》等，是好萊塢有史以來最偉大的影星之一。

② *Three God Fathers*（*3 Godfathers*，《三教父》，1948），西部片，約翰・福特導演，約翰・韋恩、哈利・凱瑞（Harry Carey, Jr.）主演，米高梅發行。*The Wake of the Red Witch*（《寶島妖舟》，1948），劇情片，據加蘭德（Garland Roark）

廣東人叫他做尊榮，范強生譯作雲尊信）的演技可以說是『夜夜乎』得極了，但是憑他一隻『哭出乎拉』的面孔，高個的身坯，儼然是『牛仔』（cowboy的廣東話譯法）之王」云。你好久沒有看見上海人的老氣影評，可與最近 *Time* 上所講的對照一下。Carol Reed ① 的 *The Third Man* ② 已看過，編導用了很大的功夫，但是 Morbid，雖然會得很多金像獎，我總不大服氣。Graham Greene ③ 的小說總是不大通的瞎緊張，主角總是一個模糊個性的人在危險中生活，不能算是好作品。《小婦人》（*Little Women*, 1949）還滿意，Margaret O'Brien 發現 C. Aubrey Smith ④ 送鋼琴一節，我哭的。Janet Leigh ⑤ 很合我前幾年的美人標準，但是現在我不知道應該擁護

　　1946年同名小說改編。愛德華‧路德維希（Edward Ludwig）導演，約翰‧韋恩、拉塞爾（Gail Russell）主演，共和影業（Republic Pictures）發行。

① Carol Reed（卡羅爾‧里德，1906-1976），英國電影導演，代表作為《虎膽忠魂》（*Odd Man Out*, 1947）、《墮落的偶像》（*The Fallen Idol*, 1948）、《黑獄亡魂》等。1968年，憑《奧利弗》（*Oliver!*）獲得奧斯卡最佳導演獎。

② *The Third Man*（《黑獄亡魂》，1949），英國黑色電影，小說家格林（Graham Greene）先寫劇本，後出同名小說。卡羅爾‧里德導演，約瑟夫‧科頓（Joseph Cotten）、阿莉達‧瓦莉（Alida Valli）、奧遜‧威爾斯（Orson Welles）主演，倫敦影業（London Films）出品。

③ Graham Greene（格雷安‧格林，1904-1991），英國小說家，曾親身經歷第二次世界大戰，戰後出版大量間諜小說。代表作有《布萊登棒棒糖》（*Brighton Rock*）、《權力與榮耀》（*The Power and the Glory*）、《事物的核心》（*The Heart of the Matter*）等。

④ C. Aubrey Smith（Sir Charles Aubrey Smith 史密斯，1863-1948），英國演員，後在好萊塢發展，代表作有《羅宮秘史》（*The Prisoner of Zenda*, 1937）、《小婦人》（*Little Women*, 1949）、《血戰保山河》（*Unconquered*, 1947）等。

⑤ Janet Leigh（Jeanette Helen Morrison 珍妮特‧利，1927-2004），美國女演員、作家。1960年因出演《驚魂記》（*Psycho*）獲得金球獎最佳女配角獎並獲得奧斯卡提名。

誰。Elizabeth Taylor 在香港紅得厲害，不但程綏楚一個人捧她而已。June Allyson[1]我覺得不美，演技似不如當年赫本，但還可以。最近還看過一張老片 *Summer Storm*（《胭脂血》）[2]，聯美 Angelus Pictures 出品（1944），喬治山德士[3]，林達黛妮兒，霍登[4]合演。原根據柴霍甫[5]小說，雖然亦是奇情心理謀殺片，但故事很通，很動人，比近來那些都好。林達黛妮兒扮演一個不滿足的 wicked 的小家碧玉尤物，充份發揮演技，遠勝 *Forever Amber*。

我在香港生活，就是這麼平平的過去。宋奇新開了一家小型旅館「星都招待所」（Sanders Mansion），他的公司本來叫城大行。英文名稱 S.D. Sanders & Co.，他自居 Vice-president。這個 S.D. Sanders 大約是 president，但並無其人，是他發明來騙人的。有一天假如真出來一個 S.D. Sanders 去看宋奇，倒是很合乎宋奇趣味的一部喜劇題材。再談即祝

冬安

---

① June Allyson（瓊・愛麗森，1917-2006），美國影視女演員、歌手。1951年因出演《采風瑤琴》（*Too Yong to Kiss*）獲得金球獎最佳女演員獎。
② *Summer Storm*（《胭脂血》），據契訶夫1884年小說《狩獵會》（*The Shooting Party*）改編。道格拉斯・塞克（Douglas Sirk）導演，琳達・達尼爾、喬治山德士、霍登（Edward Horton）主演，聯美發行。
③ 喬治山德士（George Sanders, 1906-1972），俄羅斯出生的英國影視演員、歌手、作家，代表影片有《蝴蝶夢》（*Rebecca*, 1940）、《彗星美人》（*All About Eve*, 1950）、《十字軍龍虎鬥》（*King Richard and the Crusaders*, 1954）等。
④ 霍登（Edward Horton, 1886-1970），美國演員，長期與弗雷德・阿斯泰爾（Fred Astaire）和金格爾・羅傑斯（Ginger Rogers）合作，代表影片有《談談情跳跳舞》（*Shall We Dance*, 1937）、《仙女下凡》（*Down to Earth*, 1947）等。
⑤ 柴霍甫（Anton Chekhov，又譯契訶夫，1860-1904），俄國短篇小說巨匠，一生創作了470多篇小說，代表作有《小公務員之死》（1883）、《變色龍》（1884）、《萬卡》（1886）、《第六病室》（1892）、《套中人》（1898），等等。

兄 濟安 頓首

一、廿二日

［又及］照片已經寄家中，二月十七日為陽曆年初。

97. 夏志清致夏濟安（1950年2月9日）

濟安哥：

上星期讀你和父親的來信，悉家中經濟情形極壞，心中很有感觸。要父親再build一筆fortune，在共黨統治下，很少有可能。我們二人責任漸大，不知你能不能在香港打定經濟基礎。去年五月父親實應搬家到香港，不致有現在這樣的困難。附上五十元一紙支票，請兌換港幣後寄給家中。我經濟情形還好，因為平日沒有花錢的機會。來美國兩年，雖然讀了不少書，實在還是逃避現實，回國後還得重打爐灶。我在美國並沒有變怪，待人接物還不錯，就是無事不喜找人，所以交際不會太廣。Nerbonne的描寫比較過份，那天晚上他來找我，我也覺得他奇怪，從紐約趕來，人很疲倦，頭痛服Aspirin，並且身邊錢已用完。大約這feeling是reciprocal（相互的），第二天關係就正常很多。

這學期功課較忙，Old Norse, Chaucer都有term paper要寫。Chaucer課Kökeritz教授法極差，沒有critical approach，所以不大引起興趣。今年所選各課還是浪漫詩人最有興趣，情願放功夫去研究，已開始讀Byron。我新出版的批評書買得不多，不過有四期*Sewanee Review*，八期*Kenyon Review*，不日當寄上，其中Empson的文章也有兩三篇。

你在香港生活較有variety，還算豐富，甚慰。你想抱獨身主義，我總覺得是self-assertion不夠的表現：你所佩服的事業上成就的men of action，他們不會把結婚考慮得這樣嚴重，可是他們都覺得結婚的需要。不用Romantic眼光看，娶妻和事業上向上爬，確是acquisition instinct的表演。我們這種instinct不夠，所以容易drift着過生活。所以我勸你不要把結婚的念頭打消，有可能追的女人還是

追，一方面滿足ego，一方面也可減少human contact的可怕。我的
生活還是如舊，看了一張*All the King's Men*，故事的結構和導演都
很好，一張Maugham的*Quartet*①，四短篇小說都很短，其中一個年
輕女主角，小家碧玉的樣子，都還可以，英國的美女不如我想像的
缺乏。

　　父親想有信來，不知有沒有覓到新差使？父親信上看到一般親
戚們一個個的更沒有辦法，prospect相當gloomy。謝謝玉瑛的賀年
片。即頌
　　年安

　　　　　　　　　　　　　　　　　　　　　　弟 志清 上
　　　　　　　　　　　　　　　　　　　　　　二月九日

　　給父親的回信一時寫不出來，請代問安，並囑母親不要多憂
慮。

---

① Maugham（W. Somerset Maugham毛姆，1874-1965），英國小說家、劇作家，代
　表作是《月亮與六便士》（*The Moon and Sixpence*, 1919）、《刀鋒》（*The Razor's
　Edge*, 1946）、《人性的枷鎖》（*Of Human Bondage*, 1946）等。*Quartet*（《四重
　奏》，1948），是其短篇小說集，包括*The Alien Corn*（1931）、*The Facts of life*
　（1939）、*The Colonel's Lady*（1946）、*The Kite*（1947）四篇，後由席瑞福（R.C.
　Sherriff）與毛姆合作改編成電影，由肯‧安那金（Ken Annakin）等四位導演合
　作搬上銀幕，巴西爾‧拉德福德（Basil Radford）、納恩頓‧韋恩（Naunton
　Wayne）等主演。

98. 夏濟安致夏志清（1950年2月20日）

志清弟：

　　多日未通訊，今日已是年初四。新年裏還沒有看過電影，馬連良、張君秋合作唱戲，我又在幫忙，這回不是編說明書，而是在思豪酒店45代賣票。我們這房間常常很熱鬧，常來往的人成為一個小團體，程綏楚也是這團體中的一員。我的拜年也在這個團體裏轉。沒有到別人家裏去過。我們這房間是一個姓樊的和Boss汪合租的，這姓樊的亦很好客，他家裏我亦常去。除我以外，還有幾個別的Protéqés。湯恩伯家的家庭教師即為樊太太所介紹（可惜湯家小孩進了學校，不繼續了）。你想像中我應該和宋奇、吳新民他們混得熟，事實上同他們的關係還是同在上海時差不多，不算很熟。我現在的職業，最適當的名稱該是「食客」。沒有很多的事做，小有才幹，亦還算受人尊敬，如此而已。我在這圈子裏的第一絕技是「攝影」，大家都讚美。其次是Bridge，常常贏（沒有錢）。跑馬猜得還算正確，做人和氣，肯負責，交際還算廣闊。庚寅新年我會幫忙替馬連良、張君秋賣票，真是想不到的事！程綏楚自命內行，可是做了一點小事，不是替自己吹牛，就是怨沒有錢，而且骨子裏是看不起唱戲的，所以人家不願求教他。這次票子主要負責人是馬連良之子馬浩中（名崇政，崇仁之弟），東吳法律科畢業，說話（上海話）、相貌、神氣都有些像黃嘉音①。他的主要職業也是教書（中學），在內地混過，相當能幹，絕對不像一個唱戲人之子。他不吃

---

① 黃嘉音（1913-1961），翻譯家、編輯家，福建晉江人，曾任《西風月刊》、《西風副刊》、《家》月刊等刊物的主編兼發行人，並兼任《申報・自由談》編輯。1958年被劃為右派，1961年病逝於寧夏固原黑城農校。主要譯著有《大地的歎息》、《得意書》、《阿達諾之神》等。

豬肉，但非豬肉的炒菜他也不管是否是豬油炒的了。我這樣混下去，不一定有前途，但逃到香港的上海人本來沒有多少人，我在其中也算是活躍的了。我主要的長處大約還是交際，這是父親所想不到的。

　父親憶中已辭職，改與朋友組織糖行，規模不會大。家裏經濟情形平平，大約並不太壞，因為上海人一般的都窮了。從香港看來，解放區的工商業毫無前途，捐稅剝削太重，動輒得咎，非但毫無利潤而已也。廣州、上海（經浙贛路）間有直達火車，香港滬人有回籍者，上海人亦有來香港者，聽來的人講起來，都怨聲載道，希望蔣介石回去。這輩小市民的幻想想不易實現吧。希望常常來信，即祝

　春安

兄　濟安　頓首
二、廿日

99. 夏志清致夏濟安（1950年2月25日）

濟安哥：

今天接到二月廿日來信，我二月九日發出一掛號信，內附五十元支票，補助家中，不知已收到否？上星期我寄出了四本 *Sewanee Review*，八本 *KR*，可看到些美國文壇動態及幾篇批評文章。你在香港交際活躍，還算不錯，New Haven 中國同學多北方人，雖然同他們敷衍，沒有什麼真情感。他們所關切的都是回國後 adapt 新環境的問題，講些羅常培怎樣在北方得勢，馮友蘭發表 Recantation（改變觀點）等，對我都不關痛癢。住在 New Haven 帶家眷的有李抱忱①（算是中國的音樂家，不知你聽過他否？）和柳無忌，柳蘇州人，Yale Ph. D. 人很和氣，應當和他多交際交際。年初一平平過去，年初二中國同學聚餐跳舞會，相當熱鬧：女孩子來了不少，New Haven 有五位，一位是金城銀行總經理的女兒 Helen 全，讀 nursing，另住本地 college 的四位，其中一位是徐堪較醜的大女兒（那位漂亮的現在 Boston），前年在李氏那裏吃飯碰過的。Hartford 來了兩位讀英文、法文的 seniors，長得還不錯。在美國的中國女孩子，都是有錢人家出身，嬌養已慣，我無錢無勢，不會有［同］他們來往。我年齡已大，和你一樣，覺得打電話，找女孩子 date 的無聊，假如對方沒有興趣，更是自討沒趣。向小女孩子討好，覺得也損自己的尊嚴。我已沒有情願為了女人 abase 自己的精神，所以結婚的 prospect 反較 remote。二月十三日是前信提到過的 Ruth Stomne

---

① 李抱忱（1907-1979），著名音樂家，獲美國哥倫比亞大學音樂教育博士學位，曾在耶魯大學、美國國防語言學院教授中文。1972年定居台灣，1979年病逝於台北。代表作品有《離別歌》、《聞笛》等。

生日，我送她半打手帕，對方道謝不止，美國女人有禮貌，使人很
舒服。兩年來讀書太多，人變得 lethargic（暮氣沉沉），平日一無活
動。英國文學祇要把 Spenser①、Dryden②、Pope好好研究一下，對於
整個系統，可有相當概念，所以讀書的 zeal 和好奇心也漸漸減少。
最近讀了不少 Byron，今天下午讀了 *Beppo*、*Vision of Judgment*，諷
刺和韻仄都令人很滿意，兩星期內要把 *Don Juan* 念完③。Chaucer的
Minor Poetry 和 *Troilus & Criseyde* 都已念完④，昨天讀 Miller's Tale 和
Reeve's Tale⑤，同中國舊式故事相仿，想不到很粗。

　　最近祇看了一張電影：*Samson & Delilah*，不如理想的好。前
半部很熱鬧，大鬧結婚，和拿 jawbone of ass 打 Philistines，很有

---

① Spenser（Edmund Spenser艾德蒙・斯賓塞，1552-1599），16世紀英國詩人，主
　要作品有牧歌體《牧童的月曆》（*Shepheardes Calendar*）、《仙后》（*The Faerie
　Queene*），兩者都卷帙浩繁的長詩。

② Dryden（John Dryden約翰・德萊頓，1631-1700），17世紀英國詩人、劇作家、
　批評家，代表作有《一切為了愛情》（*All for Love*, 1667）、《格拉納達的征服》
　（*The Conquest of Granada*, 1670）、《論戲劇詩》（*An Essay of Dramatic Poesy*,
　1668）等。

③ Beppo（*Beppo: A Venetian Story*，《貝珀：威尼斯故事》），拜倫1817年寫於威尼
　斯。故事講述威尼斯婦女勞拉（Laura）的丈夫貝珀（Giuseppe，縮寫為Beppo）
　消失於海中三年的故事。*Vision of Judgment*，1822年拜倫用義大利八行詩體
　（ottava rima）寫作的諷刺詩。此詩是針對騷塞（Laureate Robert Southey）所作
　A Version of Judgement（1821）而作的。騷塞在詩中描述國王喬治三世之靈進入
　天堂。*Don Juan*，諷刺詩，據唐璜傳奇而作。詩作中唐璜不再是花花公子，而
　是被女人誘惑的人。1819年，此詩第一、二章出版，雖被批評者目為不合道
　德，但卻受到極大的歡迎。

④ Troilus & Criseyde（《特洛伊羅斯與克瑞西德》），喬叟代表作。此詩重述特洛伊
　羅斯和克瑞西德的悲劇故事，可能完成於1380年代中期。

⑤ Miller's Tale 和 Reeve's Tale 為喬叟《坎特伯雷故事集》的第二、第三個故事，分
　別由磨坊主羅賓（Robyn）、管家奧斯瓦德（Oswald）講述。

趣；下半部 Victor Mature 和 Hedy Lamarr 的愛情較冗長，兩人雖以 sexy 出名，愛情起來很勉強，沒有 passion，最後 temple 傾覆也遠不能和《羅宮春色》①最後 arena 場面可比。《羅宮春色》的 sadism 和 violence（和同時代的 *Scarface*）現在的銀幕都看不到了。地密爾的影片，除了《紅騎血戰記》②外，都令人滿意。紐約最近曾重映過 Hedy Lamarr 的 *Ecstasy* ③，Howard Hughes 接管 RKO 後再度發行 *The Outlaw*，並在紐約一百家小戲院同時開映 *Stromboli*，做了一星期，不能維持就換片了。

最近李氏獎金那裏又延長了半年，到一九五一（年）六月，假如一年中把論文寫完，即可拿 Ph. D.，所以一年半內經濟可很穩定。想不到李氏會供給我三年半。程民德得 Ph. D. 後已於今春去清華，孫禩諍想已返北大了。最近得 Kenyon School Bulletin，Empson 今夏仍要來教書，course: The World of Poetry: Studies in the English Tradition，不知此來後要不要再回北京。聽說 I.A. Richards 要來中國。半年來聽過 Allen Tate, Lionel Trilling, Archibald MacLeish ④ 演

---

① 《羅宮春色》（*The Sign of the Cross*, 1932），史詩電影，據威爾遜·貝瑞特（Wilson Barrett）創作於1895年的劇本改編。西席·狄密爾導演，弗雷德里克·馬奇、愛麗絲·蘭迪（Elissa Landi）主演，派拉蒙出品。

② 《紅騎血戰記》（*North West Mounted Police*, 1940），冒險電影，據費瑟斯通豪（R.C. Fetherstonhaugh）1938年小說《加拿大皇家騎警》（*The Royal Canadian Mounted Police*）改編。古柏、瑪德琳·卡羅爾（Madeleine Carroll）主演，派拉蒙出品。

③ *Ecstasy*（《慾燄》，1933），捷克浪漫劇情片，加斯塔夫·馬哈蒂（Gustav Machatý）導演，海蒂·拉瑪、阿里伯特·魔哥（Aribert Mog）主演，阿爾伯特·迪恩（Albert Deane）發行。

④ Archibald MacLeish（麥克利什，1892-1982），美國詩人、作家，代表作有《詩選》（*Collected Poems*, 1952）、詩劇《J.B.》（*J.B.*，1959）等，曾三次獲得普利策獎。

講。你同馬連良等來往，也是很好的交際和diversion。我的隔壁還是不斷地學習余叔岩唱片。

家中情形不太壞，甚慰。父親組織糖行，想可略有收入，也用不到一天到晚辦公辛苦。你在香港想好，兩三年不在一起，實很想念。

美國人穿西裝很講究「家常」「出客」，平日學生教授輩都穿sport coat，不像中國人一天到晚穿整套suit，不知香港怎麼樣？我中國的舊衣服還沒有穿完，所以服飾還是照舊。即祝

春安

弟 志清 頓首
二、二十五

100. 夏濟安致夏志清（1950年2月28日）

志清弟：

　　九日來信收到多日，款兌到港幣，已於22日匯300元返家。上海米價甚貴，300元不過買米三擔而已。你隻身在外，缺乏照應，亦該留些錢作緩急之需。最近家裏經濟情形如不好轉，你可再隔兩三個月寄錢。每月十幾塊錢，你想還負擔得起。我在香港因有汪家可靠傍，沒有錢亦沒有什麼大危險，可惜身邊錢亦不多，有錢多餘，當可隨時寄返家中。你返國後的職業現在可不用擔心，到香港來跟我在一起，一口苦飯總有得吃。汪很好客，照他的福分，養活幾個食客不成問題。他稱父親為「夏老伯」，可以平等待我們，你返國時，可先到香港來看看情形，再決定行蹤。今年下半年我有一個可能發展的機會。北大右派教授崔書琴①（政治系）等預備在印尼爪哇巴達維亞（現稱Jakarta）設立一大學，由華僑投資，若能成事，我或可前去。我不敢作奢望，但照我的八字上看來，似乎應該教書，在香港這種生活不過是暫時過渡而已。我做買賣，汪那裏不記賬，沒有賬簿。一年多沒有學到什麼東西，只學到一點教訓，即「資本之重要」。古人云（好像是《易經》）：「長袖善舞，多財善賈」，普通人常quote第一句，而忽略第二句。父親做人一生熱心，但終始只做「勞方」，沒有做過「資方」——老闆，故壯志難伸。要做生意，必先要有資本，否則成功的機會少極少極。上海人逃到香港來的，都帶着幾萬塊港幣，但很快地用完了。上海人（如母親之類）看不起開店，喜歡開寫字間。在香港開寫字間的多發覺無業

---

① 崔書琴（1906-1957），河北省故城人。曾任北京大學、西南聯大教授。1949年後，任教於臺灣大學、政治大學。

可營，或無利可圖，甚至大蝕其本。開一家小店的，倒是一家衣食有着落。小店變大店，就看資本如何積累了。父親沒有積蓄，無怪他不敢逃到香港來。香港頂一個像樣的 flat，約兩萬港幣，以後日常開支更不得了，而賺錢大不易。他有家庭要 support，還要維持他適合他社會地位的 appearances，將是很吃力的。香港確有大富豪（一場麻雀幾十萬港幣輸贏），而上海富豪多半空心（靠周轉靈活，不靠資力雄厚），相形之下，自然吃癟。上海最近連連轟炸，電力供給成問題。各家都攤派公債，聞將在三月底前徵齊，公債攤派數字之鉅，可以使家家成為窮人。所以上海人都想逃出來。農村征糧甚苛，農人都將拋棄田地而為流民。總之，中國情形日壞一日。與別家相較，我家還不算太壞。再談，即祝

　　春安

兄 濟安 頓首
二、廿八

101. 夏志清致夏濟安（1950年3月10日）

濟安哥：

　　二月廿八信已收到。有法律系同學託代轉信至上海，航郵寄出，特附上。兩星期來準備paper 較忙碌，看了一張1932年的舊片 *One Hour With You*《紅樓豔史》①，是希佛來、麥唐納、劉別謙的作品，是來美後最滿意影片之一。全片對白係couplets，外加希佛來有時monologue向audience講話，劉別謙手法實輕鬆異常。目下Bob Hope和Jane Russell在紐約Paramount Theatre表演兩週，第一週已打破戲院以往一切記錄。家中想常有信來，甚念。學校裏fellowship 常［尚］未發表；我這次可拿到相當fat的fellowship。今夏生活可稍微自由些了。馬連良、張君秋想已登臺，匆匆祝

　　好

弟 志清 頓首
三月十日

---

① *One Hour with You*（《紅樓豔史》，1932），音樂喜劇電影，據洛塔爾·施密特（Lothar Schmidt）劇本《一場夢》（*Only A Dream*）改編。劉別謙導演，莫里斯·希佛來、麥克唐納（Jeanette MacDonald）等主演，派拉蒙出品。

102. 夏濟安致夏志清（1950年3月8日）

志清弟：

　　錢收到寄走，已有信報告。剛剛接到來信，知道李氏獎學金可延長至明年六月。中國亂糟糟，你能晚些回來，少吃些苦，很好。回來後的出路，看那時大局再說。假如時局復常，能做一個待遇好的教授也好。在共黨統治底下的中國，我勸你不必去，去了也不宜久居。父親最近來信說起，如上海謀生不易，可能也來香港。父親為人太老實，太驕傲，絕不適宜於上海環境。虛偽的人必可混得下去，你還記得億中的一個襄理叫做張和鈞的嗎？專門和〔胡〕調，說起話來老三老四的一個瘦削青年。他現在是億中職工會的資方代表，加上一個職員做勞方代表，億中大權在他們兩人手中。總經理、經理等都形同虛設，徒負法律責任而已。朱光潛也已發表聲明，自己打自己耳光。錢學熙能站在「時代的尖端」，教起政治學來了，確是適應新環境的好方法。他的 theorization 本事加上 apparent 的熱情，必可成為紅人。鄭之驤在張家口教英文，我寫信去勸他也改教政治學，尚未接到回信。我和解放區很少通信。金隄加入「南下工作團」後，現在「漢口人民政府教育局」工作，曾來一信，我亦未回覆之。像金隄這種浪漫派，不久必將大失望（或已經失望）。共產黨提倡「坦白」，凡能假坦白者，必有辦法。

　　承你寄來幾本雜誌，謝謝。我在香港買到一本 penguin 版的 *Selected Poems of T.S. Eliot*，時常翻閱。我現在認為，英國詩人中我最佩服是莎翁，第二即 Eliot（徐璋生前雖似百無聊賴，現在想想，他對於 Eliot 也有真愛好）。我現在在寫一首詩「香港」，希望下次信中附寄給你。內容是「白華」（避港之高等難民）的也算 dramatic 心理。技巧方面，我希望做到兩點利用舊詩技巧，以做到

compression，白話力求接近口語的 *rhythm*。這種都顯得受 *Waste Land* 的影響。這幾天天天在想作詩，生命反顯得很有意義。我發現自己作詩，wit 有餘，文字技巧還不夠，文言詩差不多沒有做過，找押韻的字很困難。還有一點，似乎做人的 passion 不夠，容易走入「打油」。Eliot 有他的 solemnity, dignity，我當力求 restrain myself，再則在心底下把壓制的感情翻出來。我的理想同 Eliot 的差不多，即 poetry should be as well written as prose，這雖是 truism，但中國新詩人從胡適到袁可嘉都不大理會到。吳興華①的詩，我也不覺得其 well-written 也。我很 shy，寫詩當不求出版，但希望能常寫（*Time* 的 Eliot 號，我也於昨日買到）。

馬連良的《四進士》，為我離開北平後所見到的頂好的舊戲。昨天看電影 *White Heat*②，並不很緊張。Drama 還不夠，老太婆被殺一幕，我認為也該拍出來。Cagney 的表情如常，depth 不夠，Virginia Mayo③演技倒不差，身段之苗條，我認為是好萊塢第一（別的健美的人，給人以粗壯之感）。Bob Hope 的 *The Great Lover*④，很滿意。福斯的 *Mr. Belvedere Goes to College*⑤，大滿意，

---

① 吳興華（1921-1966），原籍浙江杭州，生於天津，詩人、學者、翻譯家，代表作有《森林的沉默》等，譯作有《神曲》、《亨利四世》等。

② *White Heat*（《殲匪喋血戰》，1949），據弗吉尼亞・凱洛格（Virginia Kellogg）的小說改編。拉烏爾・沃爾什導演，詹姆士・賈克奈、弗吉尼亞・梅奧、艾德蒙・奧布萊恩主演，華納影業發行。

③ 弗吉尼亞・梅奧（Virginia Mayo, 1920-2005），美國女演員、舞蹈演員，代表影片有《公主與海盜》（*The Princess and the Pirate*, 1944）、《黃金時代》（*The Best Years of Our Lives*, 1946）等。

④ *The Great Lover*（《風流傻俠》，1949），喜劇電影，亞歷山大・霍爾導演，鮑伯・霍普、弗雷明（Rhonda Fleming）、羅蘭・揚（Roland Yong）主演，哥倫比亞影業發行。

⑤ *Mr. Belvedere Goes to College*（《妙人韻事》，1949），喜劇電影，伊里亞德・紐

唯一遺憾是秀蘭鄧波兒是多餘的，好萊塢諷刺一切，卻不敢諷刺大
學男女生的戀愛。地密爾的 *The Unconquered* 也大滿意，褒曼的
Joan of Arc 也好。再談，即頌

　　旅安

兄　濟安　頓首
三月八日

　　金特（Elliott Nugent）導演，克利夫頓·韋伯（Clifton Webb）、秀蘭鄧波兒、
湯姆·德拉克（Tom Drake）主演，福斯發行。

103. 夏濟安致夏志清（1950年3月28日）

志清弟：

　　來信收到，託寄上海信亦已寄出。上海情形大壞，言之傷心。億中已關門，尚缺頭寸若干，在設法張羅中。汪去臺灣已月餘，他回來後當可寄些錢到上海去幫助父親。億中關門之原因，是工商界的普遍崩潰。商店工廠都在關門，銀行放出去的款子都成呆帳，當然要周轉不靈。上海（或國內）沒有一家民營工廠或商店能夠維持，苛捐高稅之下加以攤派公債，公債數目視每人之「身價」估值而定，多大的財產可以一下清算完。如童芷苓即攤派一萬分公債（約八千美金），我想她一生積蓄全倒出來都不夠這數目。劉鴻生、王曉籟①本來在港，後來看見「祖國」有希望了再回上海，現在被攤派十幾萬分公債，都在走投無路中。共黨政府更有辣手者，為不許以實物折繳，一定要繳現鈔。資本家要拿廠獻給政府，或者拿地產貨物折繳，統統不要，這樣豈不是逼死人？像周銘謙家裡所有這許多地產，快要變得一文不值，然而他們所攤派的公債一定照他們這許多地產來估計的，豈不是一下把人家攪完？這幾天香港天天逃來不少上海人，說起來都傷心萬狀，寧可到香港來做癟三，認為上海再也活不下去了。工人不許罷工，工錢隨便聽政府給，去年年底的「花紅」賞金統統強迫去買了公債，工人心頭將如何？工商界是

---

① 劉鴻生（1888-1956），祖籍浙江定海，生於上海，實業家。曾任重慶國民政府火柴專賣公司總經理、國民政府行政院善後救濟總署執行長、輪船招商局理事長等職。1949年後歷任上海市人民政府委員、華東軍政委員會委員、全國政協委員、人大代表等職。王曉籟（1887-1967），浙江嵊縣人，實業家。曾任全國商會聯合會理事長、中國航空協會總會理事長、上海市商會理事長、國大代表等職。1950年初從香港返回上海，任上海市人大代表、政協委員等職。

完了。頂重要的是農業也已全部崩潰。糧食全部被征收，農民要湊了錢到城市裡去買糧食。江北已開始在吃樹皮草根，南京也已開始在吃豆餅。上海［距］沒有飯吃也已不遠了。如無外力解救，四萬萬人餓死一萬萬，將不是突然的事。共黨控制思想、控制財富、控制武力之外，還控制全國的糧食，中國歷史上的暴政從來沒有這樣嚴酷的。最近幾年內，從中國大陸將有不斷的死亡和痛苦的消息傳來。臺灣政治還清明，經濟也還穩定（同你在時差不多）。比起上海來真是天堂了，但是一時恐怕沒有力量反攻。國民黨政府的罪，現在由大陸上的老百姓來擔負了。你看見了一定很難過。但是有什麼辦法呢？專頌

　　近安

　　　　　　　　　　　　　　　　　兄　濟安　頓首

　　　　　　　　　　　　　　　　　　三、廿八

104. 夏志清致夏濟安（1950年4月4日）

濟安哥：

　　上次給我信還沒有覆，今晨接到三月廿八信，上海情形如此的壞的確令人痛心。共黨的暴政不知什麼時候會結束，老百姓受壓迫而不能反抗，一般知識份子還在support這種政府，將來局面難想像。家中想還好，父親的糖生意有什麼進展否？附上五十元美金，請寄家中；去年今日父親還能寄我兩百數十元，想不到今天會如此窘迫。不知父親能搬來香港否？我下半年經濟情形將同現在差不多，英文系給我一個很高的E.G. Selden Fellowship，有七百元，結果發表時被Dean扣成$450。Dean以為中國同學都有ECA資助，把在我份上的錢移給了別的學生。$450祇能當學費，本來今夏生活可多享受一下，現在只好把計畫取消了。我仍將過每月一百五十元平穩的生活。

　　你寫詩最近有無進展，我想你的詩一定能寫得很好，你有wit有moral indignation，加上文字可以有驚人效果。寫好的詩，望抄一兩首寄我。我創作欲不強。現在時間被寫paper佔據，更沒有精力細讀Eliot。他的impact的確很深很大，我最近在準備Shelley①的lecture，弄 *Epipsychidion*② 和 *The Triumph of Life*③ 兩首詩，覺得很

---

① Shelley（Percy Bysshe雪萊，1792-1822），英國浪漫主義詩人，代表作有《解放了的普羅米修士》（*Prometheus Unbound*）、《西風頌》（*Ode to the West Wind*）、《致雲雀》（*To a Skylark*）、《為詩辯護》（*A Defence of Poetry*）等。

② *Epipsychidion*（《心之靈》，1820），雪萊的代表性長詩之一。Epipsychidion是希臘文合成詞。

③ *The Triumph of Life*（《生命的凱旋》，1822），雪萊生前最後一首長詩，也是一部未竟之作。

難有獨到的見解。Shelley的詩非常obscure，浪漫詩人中，除Blake外，可算他最難。他的風花雪月，對於現代人相當remote，不易給他一個just的評判。

　　這星期算是春假，可是工作成績並不顯着，預備今晚明天把Shelley初稿寫成。最近沒有什麼好電影，Jane Russell的*Outlaw*很不入俗套，Russell胸部很豐滿，片內沒有什麼太sexy的鏡頭。這兩天天氣很好，New York有Renoir和Austrian exhibitions，都值得一看，可是我也不會去了。李賦寧不管論文寫完與否今夏一定回清華，春假內去紐約同他未婚妻買金表。我對北方早失去聯絡，一向對北方無好感，所以絕不會在共黨下面過教書的生活，這點你不用顧慮。你近況想好，不多寫，即頌

　　春安

弟 志清 上
四月四日

105. 夏志清致夏濟安（1950年4月19日）

濟安哥：

　　上次收到三月廿八來信後，曾寄出五十元匯款，想已收到。四天前接到父親和玉瑛妹來信，是二月27日我生日那日發出的。玉瑛要看我的照片，我來美後沒有好好拍過照，這次由同學代拍了一卷。照片上神氣還不錯，還可看到一點Yale的建築和景物。茲一併附上，你留下一兩張後，都可寄回家中。

　　春假已過，春假後在Pottle課上gave一lecture，on雪萊的 *Epipsychidion* 和 *The triumph of Life*，成績同上次一樣美滿，Pottle是urge把它出版。Pottle在計畫prepare一本關於Shelley的書，他prepare我同他合寫，確是給我最大的honor。我還沒有答應，因為我對Shelley沒有passion，也沒有特別要緊的話要說。今天看Brooks，他也很願意指導我做論文，研究十七世紀 *Macbeth*、*Hamlet* 之類。可是Pottle對我特別欣賞，一時難下決定。有一位同學放棄一個fellowship，我明年名義上是Grant Mitchell Fellow，算是系內最高的fellow（更高的Sterling Predoctoral Fellowship）。我在Yale功課雖然好，可是所選功課都比較容易，現在學校這樣看重我，覺得受之有愧。我Chaucer和Old Norse paper都沒有寫完，這幾星期要加緊努力。

　　家裡情形想好，甚念。所派公債多少，不知已付出否？兩星期前李賦寧已乘船返國。他來了四年，論文弄中世紀的Mss[1]，方有頭

---

[1] Mss，即Harley Manuscripts，是Robert Harley（1661-1724）和Edward Harley（1689-1741）父子及其家族收藏的大批珍貴的中世紀手稿，現珍藏於大英博物館。李賦寧的博士論文 *The Political Poems in Harley Ms 2253*，即利用手稿研究用13世紀英國中西部方言寫的政治抒情詩。

目，年內寫不好，覺得清華job要緊，就匆匆回國了。中國同學替
他餞行，吃了一頓好的中國飯。我送了他一本 *Eliot Family Union*，
並給錢學熙一本批評Eliot的 *Selected Critique*，都是我書架上拿下
來的，算留過［個］紀念。你近況如何？最近看了一張Betty Grable
的 *Wabash Avenue*①，自從 *Down Argentine way*②後還沒有看過她，她
的肉體還很好；一張 *Cinderella*③，人物故事較《白雪公主》單調，
音樂也不夠悅耳。請把信寄家中，即祝

　　近好

　　　　　　　　　　　　　　　　　　　　弟　志清　頓首
　　　　　　　　　　　　　　　　　　　　四月十九日

---

① 《懷茲中學大道》（*Wabash Avenue*, 1950），歌舞劇，亨利・科斯特（Henry
　　Koster）導演，貝蒂・葛蘭寶主演，福斯發行。
② 《阿根廷漫遊記》（*Down Argentine way*, 1940），彩色音樂劇，埃文・堪明斯
　　（Irving Cummings）導演，貝蒂・葛蘭寶、卡拉・米蘭達（Carmen Miranda）主
　　演，福斯發行。
③ *Cinderella*（《灰姑娘》，1950），音樂劇，克萊德・傑洛尼米（Clyde Geronimi）
　　導演。據夏爾・佩羅同名小說改編。愛琳・伍茲（Ilene Woods）、埃莉諾・奧黛
　　麗（Eleanor Audley）主演，迪士尼出品，雷電華影業發行。

106. 夏濟安致夏志清（1950年4月21日）

志清弟：

　　奉上《三毛從軍記》①兩本。英文序言和畫題是我所加的，你看看能不能合用？不妨請英文系教授同學們參加發表意見，要不要什麼修改或增刪？我們希望於最近期內運一萬本到美國來銷，書已印好，隨時可以運出。能銷多少先不管，先去接洽接洽有什麼書店肯代賣？定價多少？如何拆帳？你這方面若不熟，可找顧家傑幫忙。

　　顧家傑兄的信已收到。他想接家眷去美國，據我知道，護照還是要到臺灣外交部去領。澳門有國民政府外交部特派員公署，只發僑民護照，不發普通護照，不知顧兄算不算華僑？香港沒有辦法，出生紙查得很嚴，查出罰得很重。此外如有什麼消息當隨時奉告。

　　家中很平安。餘再告，即頌

　　旅安

兄　濟安

4／21

---

① 《三毛從軍記》，漫畫家張樂平（1910-1992）的代表作品，1946年在上海《申報》發表，引起轟動。作者後來又創作了《三毛流浪記》等系列漫畫。

107. 夏濟安致夏志清（1950年4月30日）

志清弟：

　　上星期寄上的《三毛》兩本想已收到。你的來信都收到，錢亦早已寄回家。照片多張日內亦可寄歸。你在Yale能確定地位，很好。寫論文據我看以能出版者為上，看大勢你畢業後總得設法在海外找工作，有本出版的書，as your credit，想可有不小的幫助。出書與真學問本領無關，但找工作非得去對付俗人不可也。上海情形日壞，億中關門後，政府方面的干涉還少，但一般職工（約100人）恐慌以後生活沒有着落，變成暴民，向父親及董漢槎等其他負責人，叫囂吵鬧，父親痛苦不堪。我們亦愛莫能助。上海逃來香港之難民日多一日（五月一日起香港入口將有限制），這輩人在上海混不下去，在香港亦很可能變成癟三。香港商業不景氣，與我初來時大不同。大陸已成死地，不向香港來買東西。香港亦將漸成死港。市面蕭條，影響繁榮，聽說舞廳生意都清極。各業都不振，父親既無資力，他的朋友的境況又都不好，無能為力，他來了一定亦一籌莫展。上海的闊人凡資產留滬者，都已被「共」完，因此我家不算頂窮（兆豐別墅底下兩層已分租出），母親心還可有點安慰。香港來，香港闊人還很多，母親所受打擊將更大。香港房子頂費高，這筆錢就沒法籌。應該去年把上海房子頂掉，搬到香港來，可惜父親當時不聽我〔的〕話。我的情形平平，維持一個人勉強，養一家人沒有力量。國內有資格有本事的人齊集香港不少，如徐誠斌①向中大請假逃來香港，住在宋奇家裡。他是牛津出身，應該在

---

① 徐誠斌（1920-1973），祖籍浙江寧波，生於上海。天主教香港教區第三任正權主教，也是天主教香港教區首任華人主教，為明代徐光啟的後人。

英國人方面較有辦法，現在還是失業中。看看大局，令人悲觀得很。將來或許有好日子，但還得要挨幾年日甚一日之苦。「香港」詩一首奉上請詳細批評。我大約對於中文的genius相當尊重，不像一般新詩人之賣弄歐化也。玉瑛妹信一封請代轉。再談，即頌

　　旅安

兄　濟安　頓首

四月卅日

[又及]*Kenyon Review*兩套都收到，謝謝。

【附詩】香港

明年的太陽裝飾着你的櫥窗
浴衣美人偏抱着半瓶黑湯
北風帶不來冬天
滿海是金錢

白蟻到處為家
行人盡插罌粟花　　　　　　　　　　（註）香港街頭時有售紙花募捐者。
人山人海的鱷魚潭　　　　　　　　　（註）香港大酒店之茶室，稱「鱷魚潭」。
我只好嚥下這一口痰
　　　　★★
「不遠千里而來，中年人，亦將……」
摸摸下巴，笑，不懷好意。
烏溜溜的眼睛，我知道不懷好意。
「請先走，請，不要客氣。」
「走定了？好！吃馬，將！」

（我還以為我們下的是圍棋，
這許多黑棋圍着我一顆白棋。）

黃金地上采菽苗
肥腸進薄粥
願以明珠十斛
換還我那兩片殼

坐櫃子的人說：「對不起，
很對不起，請坐坐，
我轉轉櫃子就來。」
去轉吧！我是預備坐下去。

羊一豬一我帶來，　　　　　　　　　（註）見韓愈祭鱷魚文。
統統丟了下去，
好像丟在豆腐裡。

電話上午剛拆掉，
何來鈴響？
輸了，輸了。
再洗一個澡。
好在還有老命一條。
車呢？車呢？怎麼，逃了？
媽媽！毛毛不理我了，毛毛
打人！媽媽，你看毛毛……

百年黃白夢

碧海招幽魂

青眼—白眼—滿地紅

這個人來了沒有，老兄？

宋王台前車如水　　（註）「宋王台」，宋帝昺避元蹈海處，在九龍，遺跡不存。

荊棘呢？泥馬呢？

鐵蹄馳騁快活谷　　　　　　　　　　　（註）「快活谷」乃賽馬場。

預備坐下去嗎？

黃昏時又是一架噴火機觸山

隔海有人在哭妙根篤爺

　　　　——終——

108. 夏志清致夏濟安（1950年5月15日）

濟安哥：

《三毛》兩本收到已有兩星期，前星期打了50頁Chaucer paper，一直沒有空作覆。《三毛》張樂平先生技巧幽默恐都不在《紐約客》漫畫之下（《紐約客》漫畫手腳較乾淨），但要得一個較大的美國audience，恐不容易。美國要對一件新東西引起興趣，必定要經過一番大量廣告宣傳，否則沒有人會購買。我們不能afford把《三毛》登廣告，所以即使找到書店經銷，也很難有銷路。中日戰爭一般美國人已忘掉，他們對日本人印象很好，對於中國有興趣的是國共的內戰，如有林語堂[1]輩寫一篇序，《三毛》或可有銷路。此外《三毛》兩冊紙張太壞，不夠美國印刷標準，普通書籍沒有用報紙印的。用報紙印的只有comic strips（連環畫）、低級love故事雜誌之類，此類觀眾，興趣早有定型，不會對三毛發生興趣。美國對卡通很有興趣，Al Capp[2]的*Li'l Abner*最近特別紅，單印發售的很多，可是觀眾的培養，非一早一夕之事也。《三毛從軍記》倒可吸引不少在美的華僑，他們平日缺乏消遣，要看閒書，所以可給紐約China Town等地方書店代發售。我這學期結束後，或可代往紐約接洽，不知汪先生紐約有無熟人，辦理或較迅速妥當。其實《三毛》吸收中國讀者不會太多，最好是帶一點「sex」的舊小說或武俠小說之類，如能把《金瓶梅》運來美國，銷路一定好。一般

---

① 林語堂（1895-1976），福建漳州人，作家、學者，曾任北京大學英文系教授、廈門大學文學院院長、聯合國教科文組織美術與文學主任、國際筆會副會長等職，代表作有《京華煙雲》、《吾國與吾民》等。

② Al Capp（艾爾‧坎普，1909-1979），美國漫畫家，以《萊爾‧阿布納》（*Li'l Abner*）系列漫畫最為知名。

China Town的華僑，男多於女性，生活很苦悶，服務於飯店、laundry，生活也無意義。紐約中國報紙除國事外，就着重黃色性〔新〕聞及文言的pornography、anecdotes掌故之類。紐約出版的雜誌還登着程小青①的長篇小說，所以這一方面的書籍，能夠接洽好，（在報上登廣告後）銷路一定好。一般講來，華僑較國內的人民守舊得多。他們的生活習慣taste要比國內落後數十年。所以舊小說（如還珠樓主等）一定最受歡迎。這學期結束後我或可代你調查調查。

「香港」一詩已讀過，很rich、compact，Eliot的影響極大，下次當作詳細批評。或者因最近多讀浪漫詩的關係，我歡喜你帶文言，新舊imagery合一的epigrams，勝過你colloquial對白。你的對白不夠inevitable，而且運用聯想technique，一般不易領悟。全詩名句很多，確在吳興華、卞之琳之上。詩中"identical rime"較多，想是intentional的，假如"identical rimes"減少一些，詩可以更rich。全詩是ironic mode，在幾個不同scenes內——茶室下棋、舞場、office、賽馬場——引出白華對生活的感慨和reflections，並且表現出這生活的futility，結構上講來，這方法很好。許多地方都很subtle，如「宋王台前車如水／荊棘呢？泥馬呢？」是表示暫時逃避共黨統治的生活，miracle和martyrdom的不存在。有幾個points：「好像丟在豆腐裡」有無特別reference？「車呢？車呢？怎麼逃了？」是否refer back to 3rd stanza的下棋？「預備坐下去嗎？」想是回到5th stanza舞場的scene，假如是回到第五stanza，從第五stanza到第十stanza，要不要suppose那白華一直坐在舞場裡？假如

---

① 程小青（1893-1976），原名程青心，祖籍安徽安慶，生於上海。作家、翻譯家。他受福爾摩斯探案的影響，寫成了中國第一部白話偵探小說《霍桑探案》系列等，並翻譯了《福爾摩斯探案全集》。

那白華是坐在舞場裡，「電話上午剛拆掉／何來鈴響」是白華的回憶，或actual shift of scene？這幾點請指教。全詩舊詩用得極好，dialogue又catch *The Waste Land*的真精神，如「輸了，輸了／再洗一個澡」，image allusions都顯真功力，你的確應當多寫詩。下次當再詳評。

下星期一考Age of Wordsworth，寫Chaucer paper忙了幾個禮拜，此外還得寫一篇Old Norse paper，所以忙碌要到六月一日才可停止。錢學熙給我一封信，密密寫了兩頁，表示他對馬列的真信仰，謂「馬列主義為瞎子的明眼丹，沒有瞭解馬列主義，真如瞎子相仿」。列舉了六項馬列信條。北大英文系組組長是卞之琳，錢是大一委員會主任，代潘家洵。袁可嘉在計畫寫一本*Seven Types of Capitalist Decadence*。Empson仍在北大，弄學問不方便，假如他不離開中國，我很代他可惜。

Yale教授內很有幾個記憶同錢鍾書一樣的怪傑。比較文學的René Wellek，法文系的Henri Peyre[1]，德文系的Reichardt[2]都很厲害。Reichardt講他讀原文*Iliad*，兩下午讀six books，讀過即能背得出來。英文系的Pottle早年記憶亦好，Scott等惡劣長詩讀後都能記得。記憶力好亦是人生一大樂事，是做大scholars的條件。我們記憶實在不夠標準：我三月的Latin差不多全忘了。

看了Frank Capra的*Riding High*[3]非常enjoyable，好幾年不看他

---

① Henri Peyre（昂利・拜爾，1901-1988），法裔美國學者、語言學家，耶魯大學講座教授，代表作有《當代法國小說》（*The Contemporary French Novel*, 1955）、《文學與真誠》（*Literature and Sincerity*, 1963）等。

② Konstantin Reichardt（康斯坦丁・雷查特，1904-1976），耶魯大學德文語文學教授，過目不忘，有神童之譽。

③ *Riding High*（《香城豔史》，1950），音樂喜劇片，弗蘭克・卡普拉導演，由平・克勞斯貝、柯林・格雷主演，派拉蒙影業發行。

的電影，他實在是大導演，手法與眾不同。Bing Crosby 也好，女主角Coleen Gray①活潑天真，一無虛偽，很令人感動。*The Third Man* 我也看過，覺得導演攝影都很好，最後 Valli②在 funeral 後的走路，很給我一種 sense of desolation。你近況想好，家中想也好，甚念。我不久前配了一種同血壓平相仿的藥，加上了 Rutin，平日服少量，身體神經都很健全。一年來，目力保養得不錯，近視深度沒有多少增加。即祝

　　春安

弟 志清 上
五月十五日

　　真立夫去年喪妻，今年同一個 Oberlin 的菲列賓 grad 學生結婚，預備去菲列賓教書。

　　上次漏掉一張照片，茲附上。

　　胡世楨今夏要北上，下半年去 Princeton Institute，很掛念你。

---

① 柯林‧格雷（Coleen Gray, 1922- ），美國女演員，代表作有《玉面情魔》（*Nightmare Alley*, 1947）、《紅河》（*Red River*）。

② 阿莉達‧瓦莉（Alida Valli, 1921-2006），義大利女星，二戰後曾前往美國拍戲發展，代表作有《第三人》（*The Third Men*, 1949）。

109. 夏志清致夏濟安（1950年5月25日）

濟安哥：

　　前天接到電報，心中甚為不安。《三毛》進行代銷的事實在不知從何着手，給美國同學看了，他們也不太感興趣。我沒有給回電，因為我想上次發出的信大約這星期已到達了。我覺得《三毛》運美國是ill advise，因為不會有多少讀者。我把《三毛》兩冊給顧家傑、李田意等看了，他們都不大熱心，所以不便麻煩他們。New Haven沒有大書店，附近幾家小書鋪即是［使］代銷了，也不會有主顧。要美國讀者「三毛」concerns，不是容易的事，裝幀印刷字［紙］張較差，不容易吸引讀者，我辦事能力愈來愈差，心中很難過。汪先生那裡印了一萬本，一定等得很心焦，下星期把Old Norse Paper寫好後當去紐約代為接洽，可是不一定有把握。這三星期來忙着寫paper準備考試，沒有餘力分顧別的事情，所以擱得很久。上信提到的《金瓶梅》在華僑方面銷路一定會好，在China Town書店接洽較易，再在紐約華文報紙上登廣告後，很可暢銷。有沒有英文本的《三毛》？寄來後進行代銷事或可順利些。

　　這一月來，除出版事業外，不知做些什麼買賣，甚念。家中有信來否？父親有無新營業？我星期一考完Age of Wordsworth後功課已清，祇有Old Norse Paper未寫，這幾天忙着看sagas①，預備快些把它寫出來。卓別林②City Lights重映，相當轟動。我討厭Chaplin，

---

① Sagas，古代冰島或挪威的敘事故事或英雄傳說，以Old Norse語言寫成。

② 卓別林（Charles Chaplin, 1889-1977），英國影視演員、導演、編劇，1918年到美國發展。曾獲得英國電影和電視藝術學院獎終身成就獎、威尼斯電影節終身成就金獅獎，以及多項奧斯卡獎提名，代表作品有《城市之光》、《摩登時代》（Modern Times, 1936）、《大獨裁者》（The Great Dictator, 1940）等。

重看後覺得他藝術很高，手腳動作乾淨有科班訓練。程綏楚近況如
何，代致候。匆匆　即請

　　近安

　　　　　　　　　　　　　　　　　　　　　弟 志清 上
　　　　　　　　　　　　　　　　　　　　　五月二十五日

110. 夏濟安致夏志清（1950年6月2日）

志清弟：

來信兩封都已收到。「三毛」一電，非是我主動所發，害你不安，我亦不安。你主張銷唐人街，比較容易進行，很好。假如方便，看看能不能在中文報紙上連續刊載？我們這裡有全部版權，要怎麼辦都可以，並不急。能夠把一萬本書分裝來美國，我們的工作已做得差不多了。你所描寫的美國華僑taste，同香港的廣東人差不多，香港很多報紙的大部分篇幅都是用在登載小說。

「香港」一詩，你的批評很對。中國白話詩的colloquialism的試驗，大多失敗，我至少還沒有流入「油腔滑調」一路。identical rime的用意是要暗示生活的單調：只要看第七行第八行的「潭」、「痰」便知。前六行表示香港給人的富麗印象，第七八行起開始有單調之感。白話詩押韻很難，行往往太長，韻腳落得太遠，總使人有lame之感，假如不像「彈詞」「大鼓」那樣的滑過去的話。第二行「浴衣美人偏抱着半瓶黑湯」，指的是「可口可樂」廣告。寫詩我大約能寫得出頭，因有特別的sensibility，且對文字的技巧相當注意也。但很吃力，而不能賣錢。我現在決心寫英文小說。現在有一篇短篇反共題材，希望能早日完工。我現在的生活，repression很大，但是還是閑，靈感很多，可能寫很多東西，只是寫的勁太差——你恐怕又要勸我吃鹿茸精了。但是我知道寫作需要鼓勵，一個fit audience頂能提得起寫作的興趣，香港缺乏這樣一個人。以前錢學熙、趙全章都是我的audience，現在只好等東西完成了寄給你看。在寫作中途便少人幫忙了（「香港」我沒有給第三個人看過）。

錢學熙變成共產黨，是他個性的必然發展。他一向dogmatic，抓到一點東西便大驚小怪，認為天下真理盡在於此，自以為天天有

發現，其實至死不「悟」也。頂ironic的是，上海時有一喇嘛預言錢學熙他日必發揚「紅教」，其言固驗！據鄭之驤來信說，錢學熙在北大並不很紅，因為他的國語太差，發揮馬列主義，又不便加用英文，他的話人家都不大懂。再則他的「主義」，yoga色彩還太濃，不合正統。前月《大公報》報告，北大全部教授踴躍地報名參加「人民革命大學」去學習，經「校務會議」核准六個人參加：錢學熙、樓邦彥、胡世華①（哲學系，弄數理邏輯的）、游國恩②（中文系，弄舊詩的），還有兩個不認得。這次共產黨所挑選的六位都是比較善良之士，容易訓練，以前出風頭囂張的人，這次都沒有選上。

電影看了不少，不勝枚舉。到香港以後，有個發現：忽然對於亨弗萊鮑嘉大起愛好。他的個性在 *Casablanca* 中已定型：melancholy, love-lorn, tough-guy。來港後看過的 *Sierra Madre*，*Key Largo* 之外，又看了他的一張 *High Sierra* ③，是1941年前的舊片，他追求Joan Leslie 失敗，結果放棄了愛他的Ida Lupino④。在高山上與員警激戰中打死。華納公司對於這個故事很愛好，新片 *Colorado Territory* ⑤故事全模仿上片，佐麥克利代替鮑嘉，V. Mayo代替

---

① 胡世華（1912-1998），字子華，浙江吳興人，生於上海。數理邏輯與數學基礎專家，中國科學院院士。

② 游國恩（1899-1978），字澤承，江西臨川人，楚辭研究專家、文學史家，北京大學教授，代表作有《楚辭概論》等。

③ *High Sierra*（《夜困魔天嶺》，1941），黑色電影，據班納特（W.R. Burnett）同名小說改編。拉烏爾・沃爾什導演，艾達・盧皮諾（Ida Lupino）、鮑嘉主演，華納影業發行。

④ Ida Lupino（艾達・盧皮諾，1918-1995），英裔美國女演員、導演，女性導演之先驅。

⑤ *Colorado Territory*（《虎盜蠻花》，1949），西部電影。據班納特（W.R. Burnett）小說 *High Sierra* 改編。拉烏爾・沃爾什導演，佐麥克利、弗吉尼亞・梅奧、多蘿西・馬隆主演，華納影業出品。

Lupino，Dorothy Malone代替J. Leslie，但差勁得多，佐麥克利表演不出那種漂泊徬徨之感，導演恐同為Raoul Walsh①一人。新片 *Chain Lightning*②（with Eleanor Parker③，講噴射機的）亦很好。你講 *Third Man* 最後的desolation感覺，恐怕是最近好萊塢影片的一般作風，我最近看過這樣一篇文章（從René Clair④的 *Flesh & Fantasy* 講起）。Carol Reed還有一張 *The Fallen Idol*⑤亦是精心之作，我亦看過，魄力似比 *Third Man* 差一點。Hitchcock⑥的片子看過兩張：*The Rope*⑦很好，*Under Capricorn*⑧不大好。米高梅的 *The Great*

---

① Raoul Walsh（拉烏爾‧沃爾什，1887-1980），美國電影導演、演員，美國電影藝術與科學學院（Academy of Motion Picture Arts and Sciences）創辦者之一。

② *Chain Lightning*（《征空噴射機》，1950），據萊斯特‧科爾（Lester Cole）短篇小說改編。斯圖爾特‧海斯勒（Stuart Heisler）導演，埃琳諾‧派克（Eleanor Parker）、鮑嘉主演，華納影業發行。

③ Eleanor Parker（埃琳諾‧派克，1922-2013），美國女演員，以《仙樂飄飄處處聞》（*The Sound of Music*, 1965）最為知名。

④ René Clair（勒內‧克萊爾，1898-1981），法國電影導演、作家，代表影片有《義大利草帽》（*The Italian Straw Hat*, 1928）、《巴黎的屋簷下》（*Under the Roofs of Paris*, 1930）等。

⑤ *The Fallen Idol*（《妒花風雨》，1948），英國懸疑片，據格雷安‧格林（Graham Greene）短篇小說改編而成。卡羅爾‧里德導演，拉爾夫‧理查森（Ralph Richardson）、米歇爾‧摩根（Michèle Morgan）主演，倫敦影片公司（London Film Productions）出品。

⑥ Hitchcock（Alfred Hitchcock阿爾弗雷德‧希區柯克，1899-1980），英國電影導演、出品人，被譽為「懸疑大師」，開拓了電影中的懸疑技巧及心理敘事手法。

⑦ *The Rope*（《奪魂索》，1948），驚悚電影。據漢密爾頓同名小說改編。希區柯克導演，詹姆斯‧史都華（James Stewart）、約翰‧道爾（John Dall）、瓊‧錢德勒（Joan Chandler）主演，華納影業發行。

⑧ *Under Capricorn*（《風流夜合花》，1949），歷史劇，據海倫‧辛普森（Helen Simpson）同名小說改編。阿爾弗雷德‧希區柯克導演，邁克‧懷爾登（Michael Wilding）、褒曼主演，華納影業發行。

*Sinner*①相當好，G. Peck②演陀思妥耶夫斯基，亦［也］不像，但當他是一個普通青年作家看，很近人情。還看過一次真正opera：*Cavalleria Rusticana*③很有興趣，opera中人物感情簡單，表情亦簡單（不如京戲），容易瞭解，其中Intermezzo（間奏）一段很出名。

父親和玉瑛妹的信附上。家中情形壞得很，我們兩人又只能寄小數目回家，只能貼補家用，無力還債。母親總以為家業年年興旺，想不到今年會如此衰敗！再談　即祝

近安

兄 濟安 頓首
六月二日

---

① *The Great Sinner*（《賭徒》，1949），劇情片，據杜思妥也夫斯基小說《克里斯多夫‧衣修伍德》（*Christopher Isherwood*）改編。羅伯特‧西奧德梅克（Robert Siodmak）導演，格利高里‧派克、艾娃‧加德納主演，米高梅發行。

② G. Peck（Gregory Peck格利高里‧派克，1916-2003），美國演員，曾多次獲奧斯卡獎提名，1962年獲奧斯卡最佳男主角獎，還獲得美國電影學院終身成就獎。代表影片有《羅馬假期》（*Roman Holiday*, 1953）、《殺死一隻知更鳥》（*To Kill a Mockingbird*, 1962）、《君子協定》等。

③ *Cavalleria Rusticana*（《鄉村騎士》），義大利作曲家、指揮家彼德羅‧馬斯卡尼（Pietro Mascagni, 1863-1945）1890年的著名歌劇。

111. 夏志清致夏濟安（1950年6月21日）

濟安哥：

六月二日來信及附父親玉瑛妹信都已收到，家中情形不好，我收入有限，不能多幫助，心中亦不好過。這次附上四十元，請轉寄。另外一支票四十元是吳志謙在國外的存款，他在武大教英文翻譯，生活苦得很，這次把所有存款提出以後更沒有經濟了，請將該款換人民券後寄武昌武漢大學外語系吳志謙教授。學期五月底結束，可是寫 Old Norse paper，拖了很久，上星期才寫完，看了本sagas。一年來因為沒有考試，Old Norse 還沒有讀通，此後 farewell to Germanic language and literature，不會再去碰它了。星期來還沒有好好休息過，準備口試又得開始上進，本來打算到紐約好好去玩一次，現在把可省的錢寄家用，祇好作罷。上星期 weekend 被邀到外國同學家住了一天多，在 Conn. 鄉下，樹木很多，可是在鄉下沒有什麼可玩的節目，並不 afford 多少 relaxation。我朋友不多，中國同學走掉不少，這星期來很覺生活寂寞，影響精神。上星期讀音樂的女同學 Ruth Stomne 離［開］New Haven，下學期不再來了。我去看她告別時，最後不禁眼淚湧上來，出國後落淚還是第一次。我同Ruth 除常在食堂裡一起吃飯外，關係不深，這次湧淚實情感無寄託，生活空虛之故。一兩年前我還將想在美國 sensual 一下，最近也覺得這無意思，反覺有好好交女友談戀愛的需求。New Haven 小大學（undergraduates）內有個中國女孩子 Rose Liu，十天前在人家party 碰到時覺得很可愛，很想追她。可是金錢時間不充裕，進行很難。如能真正有個女友，我的生活可以有意義很多，不要靠 will支撐日夜讀書了。

你生活怎麼樣，來信中已好久無女孩子出現，我覺得有可歡喜

的女孩子，不要repress，不要把自己的ego看重，好好地追一下。在這secular world（世俗世界）內，男女愛情可算是最高的value，最大的intensity。來美後，愈覺得Christianity在美國生活上的無用和多餘，一切靠耶教吃飯的人，不是虛偽，即多少帶一點對自己不誠實。我的world view愈來愈secular，不相信上帝的存在。能夠創作當然好，但是最要緊還是追求自己的happiness，好好生活一下。學期間我常同女孩子同桌吃飯，不覺得苦悶，暑期反是苦悶的開始。你的敏感與壓制一定仍很尖銳，希望能把passion在生活上發現出來。我和你都沒有享受過雙方同意的愛情，實是一大shame。你的創作慾一直比我強得多，你可寫好的白話詩，希望多寫。反共題材的英文小說，美國各雜誌一定都願意登載，寄來美國倒是生財之道（唯一問題，你的名字讓共黨知道了，是否prudent），你寫英文應該沒有問題，一定很容易寫，我的寫英文除了學術性paper外，此外一無野心了。

　　Yale今年中國同學有三個Ph. D.，法科，工科博士兩位，這種盛況以後不會有了。Yale今年換校長，退任校長Seymour得LL. D，此外得名譽博士的有小說家Marquand，ECA的Hoffman。滬江George Carver的兒子今年得BA，成績特優（將去Oxford），柯佐治很高興，他自己在中學教書已沒有希望了；Byrd, Coleman等都仍在上海。我電影也常看，可是最近沒有什麼好片子，Huston[1]的*Asphalt Jungle*[2]

---

[1] Huston（John Huston約翰・休斯頓，1906-1987），美國導演、演員、劇作家，曾獲得過15次奧斯卡提名，並獲得兩次。

[2] *Asphalt Jungle*（《梟巢浴血戰》，1950），黑色電影，約翰・休斯頓導演，斯特林・海頓（Sterling Hayden）、路易斯・卡爾亨（Louis Calhern）主演，米高梅發行。

非常好，馬克斯的 *Love Happy*①還滑稽，Groucho②沒有戲，Vera-Ellen所看過她的跳舞片，都使我對她很愛好。Betty Hutton: *Annie Get Your Gun*③，Irving Berlin的歌曲非常catchy動聽，Betty Hutton做得很好，片子很長，有時滑稽不夠。派拉蒙今年很危險，過去因為派戲院最多，每年賺錢也最多。今年Theatre同Production已分離成兩公司，派的出品銷路大成問題，New York的Paramount Theatre已有六七禮拜未做派的電影（一個月內紐約Par無頭輪映出），反映U-I, Col, RKO的出品。Par除了Hope, Crosby, Ladd, Hutton外已無特殊明星，每拍一片，必借明星，花時很多。每年發行24片只有MGM一半，除非提拔新星或向外家搶明星，Par亦難追上MGM，Fox產量的豐富，華納也很危險，Wallis脫離後，留下唯一製片巨頭Jerry Wald④已被Howard Hughes搶去。Selznick把自己的明星全部賣出，要去歐洲拍片，也是大不智。

　　紐約我還沒有去，《三毛》事還沒有接洽，一無熟人，二來《三毛》的appeal對唐人街讀者也不會大，不過日內一定去一次，向書店報館詢問一下。今年Chaucer, Wordsworth兩課都是honors，Old Norse得honors想也沒有問題。家中想好。父親與玉瑛妹的信

---

① *Love Happy*（《周身法寶》，1949），音樂喜劇，大衛・米勒（David Miller）導演，馬克斯兄弟主演，聯美發行。

② Groucho（Groucho Marx 格勞喬・馬克斯，1890-1977），美國喜劇演員，是著名的「馬克斯三兄弟」之一。1974年獲得奧斯卡金像獎終身成就獎。代表影片有《瘋狂的動物》（*Animal Crackers*, 1930）、《馬戲團的一天》（*At the Circus*, 1939）、《卡薩布蘭卡之夜》（*A Night in Casablanca*, 1946）等。

③ *Annie Get Your Gun*（《飛燕金槍》，1950），音樂喜劇片，喬治・西德尼導演，貝蒂・赫頓、霍華德・基爾（Howard Keel）主演，米高梅發行。

④ Jerry Wald（傑瑞・沃爾德，1911-1962），美國編劇、製片人。1949年獲得歐文・G・托爾伯格紀念獎（Irving G. Thalberg Memorial Award）。

下次再寫了。程綏楚近況如何？即祝

　　近安

　　　　　　　　　　　　　　　　　　弟 志清 上
　　　　　　　　　　　　　　　　　六月二十一日

112. 夏濟安致夏志清（1950年7月4日）

志清弟：

　　來信並匯票兩張，均已收到。款均已匯出，請勿念。億中事已告一段落，家中情形略為安定，請釋念。吳志謙曾有信來，勸我為家人前途着想，回去靠攏。我回信說：只要整個社會有前途，個人自有前途。近來美國態度強硬，反共戰爭頗有勝利希望，我亦隨之興奮，數月來的despondency，已為廓清。我想到臺灣去，到臺灣去可以做的事很多，不像在香港那樣的局促，將來還可以反攻大陸立功。在香港至少還要住兩三個月，這兩三個月內希望父親有些生意做，減少我的後顧之憂。臺灣入境現在很困難，真有有力人士擔保，仍舊可以有辦法。我已經樂觀得多。大戰真的爆發的話，你在美國找工作亦將容易些。我比你更是一個「政治的動物」，我主要的concern是政治，而不是名利或女人也。

　　近來確甚「規矩」，與女人鮮往來，好久不跳舞。大家都窮了，用錢都得點點［掂掂］分量。程綏楚很安分地吃學校裡一日三餐包飯，不大敢出來花錢，因為他的家亦需要他的接濟了。汪胖子（boss）亦不大敢浪費。心境都很壞，提不起興趣談這個調調兒。我自信還保留不少的「朝氣」，「初生之犢不畏虎」的精神還沒有完全喪失，還是敢闖，敢冒險，敢「置之死地而後生」。但是我亦怕碰釘子，問世以來已經碰了不少釘子。我知道我的精神不好算頂旺盛，意志不好算頂堅強，相反的，個性還是偏於emotional一方面。我怕多碰釘子會挫折我的銳氣，使我衰老疲倦，而無餘力從事未來更大的事業，變成一個「漱六」。因此我在香港十分謹慎，不敢作任何偉大的嘗試。香港是商業社會，像我輩不近經商之人，很難出頭，至多做一個寄生蟲。我的志向是要「出人頭地」，若不

能，則亦頗樂於做寄生蟲，不自命不凡，不發牢騷。因此有人批評
過我，「沒有大志」，這你將覺得好笑的。無經商之大志而已。今
年下半年，你將看見我進行新的冒險，在「政」或「教」之間去打
出路。臺灣是多少封建的社會，適合我這種士大夫習氣的人的發
展。共產黨提出「階級利益」一點，倒有道理，我為了「階級利
益」反過日，現在為了「階級利益」覺得日本十分可愛。長期
prudence蓄積的力量，會有一次爆發。我雖然覺得婚結不結無所
謂，但事業順利（又是「事業」！）的話，非不可能談戀愛結婚
也。

　　上兩星期送朋友去臺灣，在半島酒店內的BOAC航空公司忽遇
見燕卜生，他是那天早晨飛美國。他absent minder，衣衫襤褸如
昔，身上多了一個校徽，紅色扁長方形，上有四個白色行書：「北
京大學」，似為毛澤東手筆。匆匆沒有談幾句，他似乎對於北平現
狀還滿意。我把你的地址寫給了他，他說他會寫信給你。

　　派拉蒙公司在香港亦久已無新片出演，*Samson*還沒有預告，
惟有卡潑拉的*Riding High*稍微像樣，但比一般水準亦低，僅片段尚
佳耳。寫小說無進展，寄了一張照片到 "Popular Photograph" 去競
選，入選可得獎頗大。我拍照頗有進步，且有taste，競選之照有
*Third Man*作風。自從五彩片發明以後，黑白片取材偏重人生之
「沒有色彩」的一部分，因此人生顯得特別bare與grim（空虛和殘
忍）。這種作風與新詩亦頗接近。

　　宋奇去北平，到協和去檢驗體格，再則要視察一下在解放區是
否能生活下去，三則整理一下他在解放區的財產。他在香港已感覺
到白華的悲哀，家產在dwindling（減少），經商困難，不大有收
入。家裡的派頭還很大，我到他家去打bridge，招待得很好，但是
汽車已經賣掉了。

　　附上剪報一則，請交給顧家傑，供他參考。《三毛》事請不必

多費心，因為我們並不重視之也。再談，祝

　　暑安

　　　　　　　　　　　　　　　　　　兄 濟安 頓首
　　　　　　　　　　　　　　　　　　七月四日

113. 夏志清致夏濟安（1950年7月20日）

濟安哥：

　　來信收到已多日，高麗戰爭給你新興奮，我也很高興，臺灣今後可很鞏固安全，可是反攻大陸一時還談不到。假若戰事不擴大，還是暫時在香港觀望一下。我極希望戰態擴大，美俄打個明白，可是Stalin目下不會願意大規模戰爭。我一月來生活除準備口試讀書外，不[沒]有什麼可述（去年三門課，都拿honors）。讀了不少十八世紀[的文學]，Pope的詩差不多全都讀完，他的詩很感動人，對於人生的statement都感其真，所以很愛好他。Dryden的詩比較起來就比較remote得多，沒有Pope感動人的力量。此外讀了些以前未讀過的classics，如 *Life of Johnson* 讀了一大半，*Gulliver's Travels* ①, *Emma, Middlemarch* ②。Johnson的conversations我覺得相當平凡，偏見很多，可是並無特別striking的地方，他的真見解、真功夫還在 *Life of Poets*。*Emma* 非常好，Jane Austen ③的prose，英國文學上數得上前幾名。你以前對 *Pride & Prejudice* 極enthusiastic，假如有時間，我也想多讀Jane Austen。George Eliot因為最近被Leavis大捧，只好把她的 *Middlemarch* 讀完，*Middlemarch* 有一千兩百頁，確是一部great novel，可是prose的distinction遠比不上Jane

---

① 《格理弗遊記》（*Gulliver's Travels*），愛爾蘭小說家綏夫特（Jonathan Swift）代表作，初版於1726年。

② 《米德爾馬契》（*Middlemarch*），英國女作家喬治‧艾略特（George Eliot）的長篇小說，初版於1874年。

③ Jane Austen（珍‧奧斯汀，1775-1817），英國小說家，代表作有《理性與感性》（*Sense and Sensibility*）、《傲慢與偏見》（*Pride and Prejudice*）、《愛瑪》（*Emma*）等。

Austin，Geroge Eliot有一種solemnity，我不大愛好。全書男女人物極多，刻畫得極好。George Eliot 極關心 how to live a good life，英國小說家中很少有她那種preoccupation。霍桑的 *Scarlet Letter*，我同你一樣不歡喜它。霍桑的imagination相當貧乏，我對他的puritan morality毫無同情。Huxley的 *Ape & Essence*，描寫第三次大戰後的世界，每年人民集體大orgy（狂歡）兩星期，平日則做工，領袖人才都是castrated，全書極短，可以一讀。上信提到的劉小姐，見過兩次，她的確很美，可是已決定專攻化學，興趣不同，不易追求。我的社交功夫太差，跳舞、bridge、拍照、開汽車一樣也不會，對付普通女人，此種技能都極需要。我除電影知識特別豐富外，關於運動、政治、音樂等都沒有informed opinion，你這方面，就遠勝於我。顧家傑專攻拍五彩相片，也是討好女人的方法。他收入較豐，辦公下來，時間空餘極多。New Haven 幾位中國太太都很歡喜他，他已決定今夏返國到北方去。

Empson，在未收到你信時，我給他一封信，他給我回信，勸我回國教書，不要做一個permanent expatriate（永久的流亡者）。看來他對共黨相當熱心，我還沒有給他回信。他最近研究complex words，不能引起別人的注意。他的scholarship一向不夠exact，如久居中國，更影響他批評寫作的前途。聽說錢鍾書在翻譯毛澤東全集，在強權壓迫下做這種工作，文人學者實一無自由，令人感慨。

你計劃去臺灣，不知有無確切面目？我想暫時還是留香港的好，免得家中不放心。你的事業的確在政教界，我想中國的共黨勢力最後必定打倒。我交際不廣，在New Haven生活相當寂寞，看小說，能enter別人的lives，實較讀poetry容易入勝。讀小說總給我一種respect for別人personalities（尤其是女人的），實生活上待人接物sympathy總是不夠，所以小說的教育功用極大。家中情形怎樣？甚念。玉瑛妹能好好學琴，培養真興趣，也很好。最近沒有好電影，

Esther Williams①的 *Duchess of Idaho*②較她過去的影片稍滿意。派拉蒙的製片主任Ginsburg③已辭職，由Y.F. Freeman④代理。William Wyler即將開拍Dreiser的 *Sister Carrie*，請到Laurence Olivier⑤，Jennifer Jones做男女主角，倒是值得注意的。近況想好？競選的照片不知何時揭曉？我紐約最近一定想去一次。即請

　　暑安

弟 志清 頓首

七月二十日

附給父親的信

---

① Esther Williams（埃斯特・威廉斯，1921-2013），美國演員，1960年代退出電影界，代表影片有《出水芙蓉》（*Bathing Beauty*, 1944）、《洛水神仙》（*Neptune's Daughter*, 1949）、《百萬美人魚》（*Million Dollar Mermaid*, 1952）等。

② *Duchess of Idaho*（《碧水飛鸞》，1950），音樂浪漫喜劇，羅伯特・萊納德導演，埃斯特・威廉斯主演，米高梅發行。

③ Ginsburg（Henry Ginsburg亨利・金伯格，1897-1979），美國導演、製片人，代表影片有《巨人》（*Giant*, 1956）等。

④ Y.F. Freeman（弗里曼，1890-1969），1950年代後期派拉蒙影業執行人。

⑤ Laurence Olivier（勞倫斯・奧立弗，1907-1989），英國電影演員、導演和製片人，曾四次獲得奧斯卡獎，代表影片有《咆嘯山莊》（*Wuthering Heights*, 1939）、《巴西來的男孩》（*The Boy From Brazil*, 1978）等。

114. 夏濟安致夏志清（1950年8月13日）

志清弟：

　　來信收到多日。我已決定去臺灣，台大已聘我為講師。我大約在香港再住一個月，到開學時去。我去台大，在事業上並不能說是一種發展，只能說是北大的延續而已。但臺灣地方小，容易出頭。我在北大時，不喜管閒事，此次預備替自己造就一點名氣和地位。北大的左派空氣，不利於創作，我這樣一個「生來反共」的人，到了死硬派的堡壘裡去，大約可以有點作為。我不屑為小官，希望能安分守己地教書，以餘力從事著作。

　　在香港所接觸到的，都是苦悶和徬徨。像我這樣別有發展，已很令一般人歆羨了。我在香港無法再住下去，人不能永遠混日子的。程綏楚迷於洋場聲色，流連不捨。其實他亦相當可憐，學校於膳宿之外，給他三四百元錢一月，他於添做西裝之餘，可以跑跑低級舞場，嫖嫖下等妓女。這兩天大家都穿香港衫，他還穿了燙得筆挺的西裝，領帶上帶了洋金鏈條，到思豪來出出風頭，似乎覺得很得意。他還算是有固定收入的，香港很多人都是吃一天過一天。他可惜上海話不會說，打不進上海人的圈子，他假如能打進《羅賓漢》小報（現在港復刊）這輩人的圈子裡去，生活可以豐富得多。汪榮源是個怪傑，其人神通之廣大，手段之圓滑，精神之百折不撓均非常人所及。我假如能把他寫入小說，可以成功另外一部 *All the King's Men*。但我的作品易流入 meditative 一路，描寫他恐力不勝任。他這次去臺灣已兩三個月，我無公可辦，但常常亦很緊張。因為他負債數十萬元，我的主要工作是敷衍各方的討債，他是個「虱多不癢，債多不愁」之人，好在碰到我這樣一個有道家 detachment 精神的人，兩人相處得很好，但是再共處下去恐怕沒有什麼意思了。

　　我下半年的命運的確將有點轉變。這半年多來的絕對不近女色之後，最近忽然又有一個女人來cross my path。我去年在錢穆所辦的亞洲書院裡教書時，有一個女生名秦佩瑾。我對她頗具好感，但沒有同她說過一句話。這半年我不去教了，以為這事亦完了。上月上海逃來了一個攝影家名秦泰來的（專拍交際花的，是個糊塗善人），天天到我們寫字間來玩，一天忽然問起我有沒有在香港教過書，有沒有一個學生名叫秦某某的。原來此人是他的堂妹，他現在就住在她家裡。她暑假要找人補習英文，他很自然地介紹了我。這個prospect使我興奮了兩天，但等她真來上課了，我倒反平靜下去。現在恐怕上了有兩個星期課了，我還是維持我的師道尊嚴。我現在對於女人看得比以前平淡得多，態度反而亦大方得多。我要追求，現在有很好的環境，小請客經濟亦不致成問題，但我想還是保持師生關係的好。我快要到臺灣去了，何必在香港留些牽絲呢？我莫名其妙地還是要抱獨身主義。她是個純樸溫柔善良的少女（今年19），並不十分美，智慧亦是中等（讀英文系），大約可以做個好太太。但是我的mind已經poisoned，她不能瞭解我。我的loneliness不是交女朋友甚至結婚所能解決。她有時倒反關心我的私生活（如問「常看電影嗎？」），我則壁壘森嚴以應付之。自己只有以Hamlet自況，可以稍覺安慰。我不知道將有什麼發展，但是能有今日的地步，亦不是我的努力所促成，天再要拿我怎樣擺佈，就聽天吧！

　　宋奇到北平去了一次，已返港。據談錢鍾書cynical如昔，將來能光復的話，他必有一部較《圍城》更devastating的satire，以罵這批在毛澤東足下獻媚的教育界人士。我每星期在宋奇家打一次Bridge，每次費時八小時以上，約廿幾個rubber。我近來的生活，感官方面的享受——很少，且不大在乎，不跳舞，吃飯什麼菜都可以騙兩碗飯下去；感情方面——一團糟，主要的情緒還是gloomy despondency；理智方面——比較發達，對Bridge比較興趣很濃，

看書亦以批評為主，偶爾看看詩，小說不大看，看了小說不知怎麼的心裡總很難過。近讀 Edith Batho①的 *The Later Wordsworth*，此書對於晚年的華翁很捧場，以為華翁晚年的長處是 self-restrain 與 humility，這兩種德性我亦很想具有，可惜沒有他那種 robustness 耳。父親近況尚佳，來信一封附上。專頌

　　近安

兄 濟安 頓首

八‧十三

　　[又及] 楊寶森、張君秋在港演出，配角有姜妙香、王泉奎②、劉斌昆③、魏蓮芳④等，極一時之盛，但票價太貴（$18），我只能在後臺看白戲。

---

① Edith Batho（伊迪絲‧巴索，1895-1986），英國學者，代表作有《維多利亞及其後世》（*The Victorians and After*, 1830-1914, 1938）、《華茲華斯選集》（*A Wordsworth Selection*, 1962）、《晚期華茲華斯》（*The Later Wordsworth*, 1933）等。

② 王泉奎（1911-1987），花臉演員，北京人，劇界淨角行當著名的「淨角三奎」之一。

③ 劉斌昆（1902-1990），海派丑角演員，祖籍河北，生於上海，有「江南第一名丑」的美譽。

④ 魏連芳（1910-1998），旦行演員，北京人，1924年拜師梅蘭芳先生。

115. 夏志清致夏濟安（1950年8月25日）

濟安哥：

　　八月十三來信已收到，你決定去臺灣，我也很興奮。希望去後多寫作活動，造就你的名氣和地位。臺灣大學想沒有什麼特殊人才，一般教授們都留在北平過着虛偽的生活，較容易出頭。臺灣人民，不知現在怎樣，我在的時候，都很和氣，容易接近。在那裡生活可以很快活。秦佩瑾的事，並不很偶然，你對事業上 decisions 都很 firm，衹對愛情方面，考慮太多，不夠 reckless。假如她對你有興趣，趁臨別時間的短促追求一下很可促進到熱戀的程度，雖然不一定要談結婚，也可有幾個很緊張、值得回憶的星期。在台大教書，一定有女生你會發生好感的，可是那時師生關係更嚴重，你更不會放決心去追求。臨別時，向她 propose，也可實驗一下自己的勇氣。能夠 commit 自己，不讓命運安排，我覺得是一種 release，一種自由。今年暑假，我想女人時間較多，可是沒有什麼結果，開學後同洋女子同桌吃飯，生活反安定得多。讀了很多的 Spencer，覺得他是最 wholesome 的 poet of love。他讚揚結婚，歌頌 Venus 在世上造化生殖的力量，都是不可多得。Billy Wilder 的 *Sunset Boulevard*① 已看過，預期太高，似不如一般批評所說的那樣好，*Double Indemnity* 還是他最好的作品。去臺灣想是乘飛機，顧家傑來港時，想看不到了。一路自己珍重，即祝
　　旅途平安

弟 志清 上
八月25日

---

① *Sunset Boulevard*（《日落大道》，1950），黑色電影。貝尼・懷爾德導演，威廉・霍爾登（William Holden）、葛洛莉亞・斯旺森（Gloria Swanson）主演，派拉蒙影業發行。

116. 夏濟安致夏志清（1950年9月2日）

志清弟：

　　八月十五日來信收到。上信提起秦佩瑾小姐的事，現在可以告訴你，進行得還算順利。我們上課的時候，什麼話都講（除了愛情），我相信我給她的印象還不錯。我在沒有把握贏得芳心的時候，心裡很難過，差點爆發。現在似乎有一點把握了，心中似乎很覺泰然。但有點糊裡糊塗，似乎知道在漸漸接近危險。我現在修養比以前好得多，我們思豪45房裡整天很多人，她又常來，竟沒有人看出我有什麼心思的（她自己我想應該知道了，就是她那糊塗堂兄秦泰來也不知道）。前兩天改她作文有天堂等字樣，我們因此談起基督教來了（她是基督徒）。我說基督教的要義是信望愛，有了這三樣東西，就是在天堂裡，我是沒有信望愛的，好像是在地獄裡；天堂的情形我不知道，地獄我倒知道一二。這種話給年青〔輕〕而心地善良的小姐聽了，大約是很可怖的。她顯出很同情的樣子，表示要同我一起去做做禮拜。這句話我沒有接下去，至今我們兩個人沒有在一起走過路。

　　我講起小時在桃塢中學做禮拜時，常把讚美詩撕毀。她小時的惡作劇竟勝過我：她把在家裡折好的錫箔紙錠丟進禮拜堂的募捐箱裡。從這一點上看來，她的智能不在我之下。

　　這件事如何發展，現在不得而知。但是假如她不到臺灣去，我們會就此一別數年不見而各奔前程了。進臺灣很難，她家裡恐怕也不讓她去，除非我對她家的身份已確定。我現在的態度是這樣：誰有人來做媒，我一定願意接受她做我的妻子。叫我主動來追求，或託人說親，我是沒有這精神了。我的思想始終是儒家的：我不能在結婚的範疇以外想像男女關係。這種觀念，加上性格上的 shyness，

幾乎使我不能做一個 suitor。現在能每天同一個可愛的女孩子面對
兩個鐘頭，我已經覺得很滿意。

你的道德觀念是西方的，你有勇氣交女朋友，從來信看來，這
兩個月來你的生活已較前活潑得多。浪漫的生活讓你去過吧，我還
是聽憑命運來安排。

寫到這裡擱了兩天，又接到八月廿五日來信。我同秦佩瑾的關
係確是與日俱增，這兩天她天天下午兩點鐘來，連上課閒談，要坐
四個鐘頭，到六點鐘才走。我寫字間裡，Boss汪尚未返，我沒有什
麼事，有她來陪我，我覺得很幸福。但是她為升學問題煩惱着，她
原在「亞洲」讀書，但亞洲太不像樣，香港幾隻洋學堂又不容易進
去。她想回上海去讀書，進 St. John's，我起初表示反對，現在也聽
她去了，可能她比我先離開香港。我相信在她決定離港之前，我們
會一同出去痛快地玩一下，更大的發展恐不可能了。這樣我們將來
的回憶可能是愉快的，這對於我也很需要。我以前不是為了行動乖
謬，就是為了感情的 untimely outburst，以致沒有一個女人可以引
起我愉快的回憶。我希望秦佩瑾能夠永遠留一個甜蜜的印象。

台大事有波折。本來我的聘約事「行政會議」已通過，但我在
系裡沒有熟人，系裡藉口不添人而拒絕。不知道結果怎麼樣。推薦
我的人是北大政治系的教授崔書琴，為一忠厚長者，他現在是國民
黨改造委員，為當今紅人，在臺灣替我找一個任何工作都不成問
題。我對於台大事並不十分關心，因為從秦佩瑾的事看來，上帝對
我，似乎有一種對我並非不利的安排，我自己便毫無主張。進台大
做講師，對我不好算是一種發展，做別的事或許有更大的發展。

派拉蒙的 The Heiress 是我到香港來後所看到的最好的電影。對
於人生的嚴肅態度與對於感情的描寫的 realism，使得這部片子迥異
流俗。它可能會引起我對於 Henry James 的愛好。楊寶森來港唱
戲，我一直在後臺看，不大痛快。那晚我自己買了票去看一次：楊

寶森的《瓊林宴鬧府》，張君秋的後部《生死恨》（with 姜妙香），楊（with 王泉奎）的《捉放曹》。看後對楊寶森印象大好，楊的表情雖差，但還比張君秋好得多。《捉放曹》我是百看不厭的，陳宮的 rash decision 與以後的 disillusionment，都是有 good will 的想管閒事讀書人的必然遭遇。像陳宮這種有良心而易犯失眼的敏感之人，實在不應該從事政治。

家裡我最近寄了 HK$500 回去（已好久沒寄去），大約可以用兩個月。父親、玉瑛來信附上，可知最近家裡情形。我大約要在九月底才離開香港。鈕伯宏來信收到，回信日內寫去。他把思豪酒店寫成 No. 34 Chater Road；又沒寫 Room 45，因此有一封信被退回去。Chater Road 的門牌寫不寫沒有關係，寫錯了反 misleading。信封上如無「夏濟安」三個中文，而又無房間號數的話，很容易遺失的。

我在離港之前，想還有幾封信給你，再談，即祝
秋安

兄 濟安 頓首

九月二日

117. 夏志清致夏濟安（1950年9月11日）

濟安哥：

　　九月二日來信附父親玉瑛信已收到。讀家信很是感動，經濟節省的程度已勝過八一三初期的生活，這次匯上五十元想可暫時補助家用。我一百五十元月收，實在不多，只是不購衣服新書，可稍有餘款，假如真正date女友，一定用出頭。沈家的Corinne一月來差不多每星期見一次，她人好，加以受美國教育訓練，待人和氣，可使你不緊張，沒有上海小姐一般的驕奢氣。我對她沒有passion，當她作很nice的女友看待，也是一種新經驗。後天（星期三）她要返紐約州Buffalo附近的Hightown College去讀書（大四），要明年暑假再能多見面，我也可定心下來讀三星期書，準備口試。Corinne的妹妹Joan為人較有手段，不信耶教，男友想極多，時常一人weekend往紐約去，個性和其姐不同，我同她也無多大交情。你台大事有波折，可多有時間考慮去臺灣之行，也好。李氏那裡已去信，雖希望不大，也是一機會。秦小姐的事，發展得很快，她待你已有深情，我覺得你應當declare你的愛，定下結婚的基礎。你說：「誰有人來做媒，我一定願意接受她」這也何苦？她同你的關係已遠勝普通靠吃飯看電影維持友誼、kill時間的浮淺之交，兩方有understanding, sympathy，何必再要別的媒介來推動這段關係的「正式」性？愛情光明正大，你應當多date她，使她的cousin，45房來往的人都知道你們「正式」的關係。關於結婚事，我已不大着重（所以程綏楚的信對我相當jarring而vulgar）人的soul，在上帝觀察下，都是微小可憐的，可是如有真正的love, humility, understanding給予它，這soul是可愛的而值得愛的。她的innocence，你的ambition，經驗，bitterness，counteract已起了火花，這樣你和她已

漸可領會到John Donne詩 *The Elegies* ①的境界。你自己undervalue
對女孩子的attention，其實你有一種Byronic mood，很易促起一半
中大女學生的同情和愛情，都是你Byronic個性的力量。我則對世
界無bitterness，也無任何一種特別態度，對自己前途也不時常清楚
define我的ambition，map out我的計畫，很難給女孩子一個positive,
clear out的picture，一下子引起深愛，至多，多來往後覺得我是個
好人而已。你的不走convention俗套，一種unconscious theatricalism
（如說「地獄我倒知道一二」這話，我不會說，因為對我沒有
conviction），自我清楚的瞭解，都是你愛情場中positive assets。能
夠清清楚楚說明自己，引起對方的同情和愛慕，是愛情最快的步驟
（Othello對Desdemona）。許多人不能贏得女子肯定的愛，因為他們
沒有「自己」可說明，須要解釋，他們愛惡的responses都是從俗
的，表現出內心的空虛和混亂。

　　寫了一大段，希望你把你的愛情向對方說明，增加兩方互相信
任，去除一切不需要的緊張和tension，而給你生命一種新的release
of energy。Blake把真假愛情說得很明：

　　　Love seeketh not itself to please,

　　　Not for itself hath any care,

　　　 But for another gives its ease,

　　　And builds a Heaven in Hell's despair.

　　　 Love seeketh only self to please,

　　　To bind another to its delight,

　　　Joys in another's loss of ease,

　　　And builds a Hell in Heaven's despite.

---

① 約翰‧鄧恩的作品，中文譯為《輓歌》。

後者是程綏楚式的肉欲享受；我希望你不管生活環境如何不利，靠愛情的力量 "build a Heaven in Hell's despair"，所以希望勸秦小姐留在香港或同去臺灣最好。

沈家的母親 Clara Shen 是少有能幹的女人。她結婚兩次（她的兩女兒不姓沈，姓湯），前夫已離婚，不便問人家，再嫁科學家沈詩章①，有六歲男孩一、一歲女孩一，家事很忙，沒有傭人，煮飯育孩都一手照料，而有餘力從事鋼琴。曾在紐約 Town Hall 單獨演過一次，上星期又在 Yale Sprague Hall 表演一次。此外雜事也很多，而能保持得年輕貌美，確是不容易的事。她的丈夫是江南人，在英國得博士位，因戰爭繞道美國返國，適美日開戰，留在美國成家立業，至今沒有返國。Clara 親戚都是華僑廣東人，他一個江南人，家中都是英語會話，我看他生活一定不怎樣快活。

我的道德觀念並沒有比你多「西方」化，對婚姻家庭的看法，都是孔教的看法。這暑假並無任何浪漫的生活可言，並且「浪漫」不是我的 ideal，我能有 reciprocal 愛情結婚，就滿足了。至於「求樂」方面，我仍是過去的「一年政策」，能夠有一年痛快性生活的 idyllic happiness，我就滿足了。結婚後更不會有其他 adventure, conquests，所以我的 sex vitality 實在並不強。美國一般靠 dating 接吻揩油所用 routine，我沒有經驗，假如有機會，我一定會覺得 uneasy，假使對對方沒有愛情，我不會有任何舉動。我覺得酒館招待，東方式妓女比美國 High School 式的 dating 文明得多。

Heiress 的導演 William Wyler 恐是目下好萊塢最細膩的導演，以前高爾溫製片有虛名，其實他的好片子（*Wuthering Heights* ②；

---

① 沈詩章，生理學家，曾就讀於燕京大學，1937年赴英國劍橋大學生物化學實驗室攻讀博士學位。

② *Wuthering Heights*（《咆嘯山莊》，1939），黑白電影。據艾米莉‧勃朗特（Emily

The Best Years of Our Lives, etc）全是 Wyler 導演的，最近三年來高爾溫就沒有一張可看的片子。此外好導演是 John Huston（*Treasure of M. Sierra, The Asphalt Jungle*），Billy Wilder。Hal Wallis[1] 加入派拉蒙後，專攻 melodrama，雖然 technical 水準仍很高，但是出品都公式化，無形中是退步。「金獎」已幾年沒有他份了。

　　給家中信，不知如何安慰鼓勵，只好下次再寫，希望父親早有辦法，能夠經濟安定。母親什麼時候六十歲大壽？你臺灣行如何，希望看定時局，有妥當決定。即祝

　　近好

弟 志清 上
九月十一日

附給程綏楚信

Brontë）同名小說改編。威廉・惠勒導演，曼爾・奧勃朗（Merle Oberon）、勞倫斯・奧立弗主演，聯美發行。

① Hal B. Wallis（哈樂德・沃利斯，1898-1986），美國電影製片人，代表影片有《北非諜影》等。

118. 夏濟安致夏志清（1950年9月10日）

志清弟：

　　九月一日來信收到。去美國固是好事，但此事太難，我不欲麻煩你或胡世楨。還是等我去了臺灣，看看政府有什麼辦法幫我忙。請代向胡世楨謝謝，他的好意我是永遠感激的。

　　台大事困難已解決，我仍準備於月底左右去台。關於臺灣的前途，我以為美國決不讓中共佔領它，美國在儘量避免與中共武裝衝突的原則下，且為向東方弱小民族表示並無侵略他國領土之企圖起見，可能提議把臺灣交聯合國託管。但這個聯合國是在美國操縱之下的，共產國家無權顧［過］問，正如蘇聯不能參與東京盟軍總部的任何措施一樣。臺灣的國民政府可能有問題，但它將仍是反共的。在地理形勢上，臺灣比香港容易守，在經濟上，它可能成一個自足的單位，不比缺米缺水的香港。

　　上次附在程綏楚信後的幾句話，顯得很消沉。其實我心境還好，給宋奇的文章已做成，題「一個沒有色彩的世界」，是討論幾部電影的。分兩節，第一節講黑白片的藝術及其所代表的世界觀，指出 The Third Man 中的世界是一個 Existentialist World。第二節論亨弗萊鮑嘉的悲劇及廿世紀對於流浪人的理想的反抗──鮑嘉是厭倦流浪，追尋歸宿的。可發揮的地方很多，沒有好好發揮，文字還能保持我一貫的流暢的水準。

　　秦小姐事進行如常。她為了下學期不能進一個好好的學校而發愁。你知道女孩子們的脾氣，一點點小事可以鬧得百般無聊，出外來還好，在家裡聽說「作」得很厲害。她同我都不是 passionate style，而都傾向於 melancholy 的，決不會鬧出什麼戲劇性的發展來。我或將勸她去臺灣，假如她不去臺灣，我們的事不會有什麼結

果。因為她的家同許多流亡在香港的上海殷實商人之家一樣，可能撤回上海，她想去考聖約翰、廣州的嶺南（周其勳在那裡教）或北大清華之類。她要回解放區，我只表示過非常微弱的反對，因為在這種亂世，我以為一個女孩子還是跟着自己的父母頂安全。她回到了上海，而我在臺灣，可能幾年不見面，恐怕連通信都不容易。且看上帝如何安排吧。

　　家裡情形還好，專頌
　　秋安

兄　濟安　頓首
九月十日

119. 夏濟安致夏志清（1950年9月19日）

志清弟：

顧家傑明天到，船已到，但因入境證要覆〔複〕驗，明天可下船，屆時當去碼頭迎接。預備給他開一個便宜清靜旅館房間，思豪這裡要住加一張帆布床亦可以，但吃飯成問題，我恐怕供應不起，只好請他自己替自己想法了。Boss汪還沒有消息，我大約十月初去台，台大事已無問題，惟入境證尚未寄下。留港還有十多天，在這十幾天內，事情可能還有發展。我現在是無可無不可，不憂不懼，但雙方漸漸廝混很熟，我們曾去山頂遊玩一次，這是秦泰來發起的（照片下次寄上）。Chaperones（同伴）：她的哥哥與我找來的一位沈老先生（此人是黃埔軍校前輩，很熱心很有趣的），興趣很濃。我亦陪她去做過一次禮拜，講道人趙世光①牧師是上海來的，很有些江湖氣，是個mountebank，很能令人感動，我亦陪着她讚美他。她承認我們的興趣很相投，她同家裡人不知怎樣都合不大來，因此她說我的瞭解她勝過她的母親。她說要算命，把她的生辰八字都告訴了我。你不要以為她已經全部相信我，她還有她的maiden pride（我不大敢請她出去玩，怕她拒絕），而且她另外有一套替自己的打算，譬如讀書求自立之類。在我這方面，我慢慢的shed off我的緊張，passion不怎麼強烈，但覺得她是我很理想的伴侶。她的脾氣相當孤僻，而我偏最欣賞她這一點，她不喜歡交際，反對跳舞——在這樣一個時代要找這樣一個女子是大不容易的。照我這兩天的情感強度看來，要爆發到propose的程度，恐怕還不容易。我們差不多已經無話不談，我相信我有勇氣面不改色心不跳的去propose（這不

---

① 趙世光（1908-1973），牧師，靈糧堂的創辦者。

是吹牛，我知道自己很清楚）。在走以前我為了要報答她的知己之
恩，可能propose。她家裡經濟情形不差，即使落難香港，還有我
們在上海最盛時代的景況。她的父親有一間漂亮的寫字間（不是在
旅館裡），她的母親早晨起來念經，下午晚上打牌，常有一兩百元
錢輸贏。她的父母我都沒見過，我怕他們心目中的女婿（她是長
女，下有一妹二弟），不知是怎麼樣一個人。我現在的戰略是拋棄
週邊迂回，直搗芳心。秦泰來前我很少談到她，你知道我的守口如
瓶的本領。思豪裡的人到現在當然漸漸知道something is going on
了。且看這兩個禮拜有什麼奇跡吧。再談　專頌
　　秋安

　　　　　　　　　　　　　　　　　　　　　　兄 濟安
　　　　　　　　　　　　　　　　　　　　　　九月十九日

120. 夏濟安致夏志清（1950年10月5日）

志清弟：

　　長信並致程綏楚之信，均已收到（程綏楚對於我的近況，一點不知道，我怕他來胡攪）。50元已匯出不悮［誤］。顧家傑來港，我陪了他一個上午，然後送他跟一批左傾留學生一同上火車，接受「反美」的政府的招待去了。我去臺灣，大約還要等好幾天，學校方面已經沒有問題，就是等入境證了。家中情形仍舊很壞，億中事糾紛未已，現在已送法庭去解決。董漢槎、陳文貴都躲在香港，唐炳麟境況很壞，在香港的事業已經破產，所以沒有人可以出頭料理，只好聽其自然。父親一個人在上海所受的壓力極重，又是窮，又是煩，境遇之壞，恐怕是他生平第一次。我很替家裡擔心事，但是有什麼辦法好想呢？共產黨是一個存心來報復的征服者，抓不到什麼資本家，只好拿小商業銀行的負責人來出氣。美國同上海如可直接通信，希望你寫信去（香港轉信可託張世和，Mr. Chang Sze-ho, Room 407, China Building, Queen's Road Central）。信裡沒有什麼話好講，我勸父母親不怨天不尤人，只有拿耶穌甘地的精神來應付橫逆逆來。父親似乎很恨董漢槎，但董漢槎在上海亦不能解決什麼問題，我勸父親「只有好人做到底了」。當初既然預備挺，只有挺下去了。

　　秦小姐的事，想亦在你掛念之中。發展情形大體還好，至少我behave得很好，絕無以前的乖謬言行，而我所顯示出來的，是我人格的頂可愛頂高貴的一方面。我已經向她表示我的愛，你上次的信（她不認得date這一個字）討論Blake的天堂地獄等等亦給她看過。她的response，分好幾次表示出來的，有如下幾點：（一）她承認我永遠是她的先生，她說我非但教她英文，而且還鼓勵她中文創

作，她將繼續往這方面發展下去。我到了臺灣去以後，她還要寄作品來給我評閱。——這是說她不願意同我斷。（二）她說她年紀還輕，「只有十九歲呢」，「這種事將來回到上海去再談吧」！（三）她說她不願意自尋煩惱，升學問題已經夠她煩惱了。——這一點我已經用暗諷方法把她駁斥。舉耶穌十字架為例：如何極大的痛苦為更大的愛所戰勝。（四）她說她的父親不是專門為利的商人，很看得起讀書人；她的母親亦常說：「夏先生英文好，中文亦好，他可惜要去臺灣，否則你可以常跟他補習。」——這表示她家長可以批准我？（五）她很怕我的愛給別人知道，esp. 她的cousin（你信中要我「正大光明」地公開），她叮囑我不可以講出去，我已經拿人格擔保答應她。大約她是怕別人給她開玩笑。其cousin因習慣於同舞女交際花廝混，看不出我們的關係中有什麼嚴重性在，他不能瞭解別人的靈魂。——上面種種大約顯出她並沒有拒絕我，但為了modesty及其他讀書等等worldly considerations，又不願給我一個肯定的答覆。她不敢正視現實，讓問題拖下去，我亦由她去。我有了她這樣一個異性的知己，已經很知足，我只要堅持下去地追求，她總有被感動的一天。

　　上面所講的是她言語中的反應，行動上怎樣呢？我們的補習於九月底截止，因為十月裡我要預備動身，不能systematic的教她。她現在在一個教會學校的school mistress那裡補習，據這位女先生說，她下學期可以幫她進她的學校Diocesan Girls' School，我一直鼓勵着她去的，她亦願意去了。我教她，先是用選文，教些《阿麗斯漫遊奇境記》、大小人國之類（那時我很維持着教師的尊嚴），後來我挑了一本小說 *Bridge of San Luis Rey* ①，於九月卅日教畢。她

---

① *Bridge of San Luis Rey*（《聖路易斯雷大橋》），美國作家桑頓‧懷爾德（Thornton Wilder）的小說，初版於1927年。

大感興趣，我亦充分發揮寂寞靈魂的痛苦，和人與人之間的不能瞭解，我們的情感恐怕在那本書上奠定基礎。我的愛情自白亦於九月間表明。十月二日我們及其 Photographer Cousin 一起去沙田大埔玩了一天，她對我一點亦不緊張，雖然她似乎還不願意同我合攝一影。我為做像 gentleman 起見，亦不敢提這種無理要求。那天算是 picnic，她及其 cousin 預備了吃的，帶了三隻同式的 plastic 旅行杯。我說要帶一隻回去，「將來在輪船上飲水方便一點」，她忽然表示她以後家裡飲水亦要用這一隻杯子了——這使我想起舊小說「雌雄劍」「文武香球」等等的信物。我們坐汽車去的，坐火車回來，都是她同我坐在一起，她一點亦沒有怕我的表示。她甚至敢在我們所租的小船船艙裡仰天躺着（這種姿勢在緊張的我是做不出來的），她有時亦嬌聲嬌氣地說話（像玉瑛有時所做出來的），這些顯得她很快活。那天我很活潑（你知道我可能很活潑 witty 而健談的），那一帶地方我比他們熟，很像一個老資格的旅行家。有一個機會我可以同她 kiss（我們兩個人同 cousin 走散了），但我極力避免。我想假如她真能嫁給我，這種機會以後多得很。除非她的頭自動地倒進我的懷裡來，我做這種事都只好算「揩油」，有損於我的人格，而無補於我們的愛情。我相信那天留給她很好的印象。昨天（四日）、今天（五日）香港都在颱風的威脅之下，昨天她本來要來的，結果怕風，打電話來說不出來了。我託其 cousin 帶去今天的兩張戲票（*Samson & Delilah*），一張給她，一張給她的一個 confidante 范小姐（據她自己說，這是她在香港唯一知己）。今天上午風很大，過海小輪停駛（Samson 電影《霸王妖姬》香港與九龍同映，我為湊她方便，買的九龍的票），我很怕我過不過去。結果很失望的，下午風小了，颱風的威脅已解除，小輪復航，我趕到她補習先生門口去接她下課（出她意料之外，因她沒想到我把她補習先生的地址已記下來了），一同去看戲。我說「很失望的」，因為

你講過我有一種theatricalism，今天假如風奇大，居然給我想出辦法渡海，找她看電影，她一定對我更為佩服，給她的印象更深。風一小，我的精神便顯不出怎樣偉大了。戲散時，天仍舊有點風雨飄搖的樣子，她不肯在外面吃晚飯，我陪她們坐公共汽車回去。她那一路公共汽車是去飛機場的，到她家那一站時，我不下去，我說要去飛機場兜兜圈子。漆黑的天，時時發作的密雨緊風，她看見我一個人去曠野瞎兜圈子，必定對我大生同情：這種行為不是一個天才，便是一個絕頂痛苦的人所做出來的。這亦好算是我的一種theatricalism吧。

她今天交給我一篇中文，是講她學校生活回憶的。她以前做過兩篇，一篇是描寫幾個太太打牌，中有一句十分精彩，她描寫某太太到別人家去打牌，午睡方醒，「臉上還留着幾條臺灣席痕跡」，這顯得她能觀察，有描寫的天才。我亦寫了七八百字評她這一句，並替改進一層：「臉上」改作「左面頰」或「右面頰上」。還有一篇是「中秋雜感」，裡面有幾句話很可怕，我已經抄了下來：

「我愛在河邊徘徊，我愛佇立在月下。那皓月清波的美景，使我流連忘返，但也給我影單形隻的難受。在漫漫的長夜中，我溜躂在街頭。只有清脆的腳步聲，傳播在這萬籟俱寂的黑夜中。偶而遠處傳來一陣狗吠聲，一下子又歸於無形。荒寂的塵土，寂寞的夜，蕩漾着這寂寞的靈魂。……我怕見那三五成群的高聲談笑而過的人們。而這好似故意地顯給我看：『我們有伴侶，我們是多麼的快樂。在這世界上，唯有你一人是孑然一身的，形影相弔的孤獨者。』我受不起這一種嘲弄。我哭泣了。雙手間埋下了我的臉。我願意埋下我自己。……」

這篇文章我不敢改。我只說，「你已經把我所要說而說不出的話說出來了」，但等我正式表示我愛她的時候，她把那一套話統統收了回去，給了我如上所述的很prosaic的答覆。（附上她的照片一

張，你不得不承認她是一個很文靜可愛的女孩子。）

我現在在讀《紅樓夢》，是她借給我的。她已經看了五遍，在我是第二遍。她本來來上課的時候，我老在看一部武俠小說《鷹爪王》①（很有趣的），於是她來借給我一部比較正當的讀物了。去台前當再有信給你，專頌

秋安

兄 濟安

十月五日

覆信請寄：c/o Mr. F.K. Wang,

No. 7 Yun Her Street, Taipei

臺北大安區古花里雲和街七號王豐穀先生轉

---

① 《鷹爪王》，鄭證因（1900-1960）舊派武俠小說的代表作。

121. 夏濟安致夏志清（1950年10月23日）

志清弟：

　　今日坐船去臺灣，買的是頭等艙。Boss汪已返，我經濟稍微寬裕，添購了些衣物，買了一隻Hermes Baby打字機（信封即為新機所打），到臺灣去還是相當闊的。昨日同秦小姐坐Taxi周遊香港全島（Fare：四十元），今天她還要來送。我們的關係很愉快（她亦承認），但她總想給我保持一個距離，我亦很尊重這點距離——這是使交情維持長久的保障。對我的求愛，她的答覆總是過兩年再談，她現在讀書要緊。現在我對她所表示的態度，亦是無求於她，只想成全她的志願，幫她讀書成功。看來這將是一個相當長的courtship，但這總算是頂近mutually agreed love的一椿事件，我有此成績，已很滿足。本來兩三個月的交情，就能發展到訂婚，是很難的，除非對方是犯性的苦悶的。現在Celia所最關心的是她的升學問題，成日為了這個而愁，她即使accept我的為人，亦不肯就此放棄她的其他理想。我這次的所以相當成功，主要還是因為我的passion很少。我的態度是冷靜的，witty還帶一點ironical，不堅持任何主張，我相信我同她很少說錯話，做錯事。至於我的其他的attractions對她當亦不致沒有作用。別的再談，家中情形平常如舊，即頌

　　秋安

　　　　　　　　　　　　　　　　　　兄　濟安　頓首
　　　　　　　　　　　　　　　　　　十月廿三日

臺灣暫時通訊處：臺北臨沂街63巷五號

後記

王德威

　　夏濟安（1916-1965）與夏志清（1920-2013）先生是中國現代
文學批評界的兩大巨擘。志清先生1961年憑《中國現代小說史》
（*A History of Modern Chinese Fiction, 1917-1957*）英文專著，一舉
開下英語世界研究中國現代文學的先河。之後的《中國古典小說》
（*The Classic Chinese Novel: A Critical Introduction*, 1968）更將視野
擴及中國古典敘事。他的批評方法一時海內外風行景從，謂之典範
的樹立，應非過譽。志清先生治學或論政都有擇善固執的一面，也
因此往往引起對立聲音。但不論贊同或反對，我們都難以忽視他半
個世紀以來巨大的影響。

　　與夏志清先生相比，夏濟安先生的學術生涯似乎寂寞了些，爭
議性也較小。這或許與他的際遇以及英年早逝不無關係。他唯一的
英文專書《黑暗的閘門》（*The Gate of Darkness: Studies on The
Leftist Literary Movement in China*, 1968）遲至身後三年方才出版。
但任何閱讀過此書的讀者都會同意，濟安先生的學問和洞見絕不亞
於乃弟，而他文學評論的包容力甚至及於他所批判的對象。特別值
得一提的是，夏濟安1950年代曾在臺灣大學任教。不僅調教一批
最優秀的學生如劉紹銘、白先勇、李歐梵等，也創辦《文學雜
誌》，為日後臺灣現代主義運動奠定基礎。

　　夏氏兄弟在學術界享有大名，但他們早期的生涯我們所知不
多。他們生長在充滿戰亂的193、40年代，日後遷徙海外，種種經

歷我們僅能從有限資料如濟安先生的日記、志清先生的回憶文章等獲知。志清先生在2013年底去世後，夏師母王洞女士整理先生文件，共得夏氏兄弟通信六百一十二封。這批信件在夏師母監督下，由蘇州大學季進教授率領他的團隊一一打字編注，並得聯經出版公司支持，從2015年——夏濟安先生逝世五十週年——開始陸續出版。

不論就內容或數量而言，這批信件的出版都是現代中國學術史料的重要事件。這六百一十二封信起自1947年秋夏志清赴美留學，終於夏濟安1965年2月23日腦溢血過世前，時間橫跨十八年，從未間斷。這是中國現代史上最為動盪的時期，夏氏兄弟未能身免。但儘管動如參商，他們通訊不絕，而且相互珍藏對方來信。1965年夏濟安驟逝，所有書信文稿由夏志清攜回保存。五十年後，他們的信件重新按照原始發送日期編排出版，兄弟兩人再次展開紙上對話，不由讀者不為之感動。

這批信件的出版至少有三重意義。由於戰亂關係，20世紀中期的信件保存殊為不易。夏氏兄弟1947年以後各奔前程，但不論身在何處，總記得互通有無，而且妥為留存。此中深情，不言可喻。他們信件的內容往往極為細密詳盡，家庭瑣事、感情起伏、研究課題、娛樂新聞無不娓娓道來。在這些看似無足輕重的敘述之外，卻是大歷史「惘惘的威脅」。

首輯出版的一百二十一封信件自夏志清赴美起，至夏濟安1950年準備自港赴台止，正是大陸易色的關鍵時刻，也是夏氏兄弟離散經驗的開始。1946年，夏志清追隨兄長赴北大擔任助教，一年以後獲得李氏獎學金得以出國深造。夏志清赴美時，國共內戰局勢已經逆轉，北京大學人心浮動。未幾夏濟安也感覺北平不穩，下一年離校回到上海另覓出路。但政局每下愈況，夏濟安不得已轉赴香港擔任商職，從此再也沒有回到上海。

　　1947年的夏氏兄弟正值英年。夏濟安在北大任教，課餘醉心電影京劇，但讓他最魂牽夢縈的卻是一椿又一椿的愛情冒險。從他信裡的自白我們看出儘管在學問上自視甚高，他在感情上卻靦腆缺乏自信。他渴望愛情，卻每每無功而返。他最迷戀的對象竟只有十三、四歲——幾乎是洛麗塔（Lolita）情結！而剛到美國的夏志清一方面求學若渴，一方面難掩人在異鄉的寂寞。兩人在信中言無不盡，甚至不避諱私密欲望。那樣真切的互動不僅洋溢兄弟之情，也有男性之間的信任，應是書信集最珍貴的部分。

　　讀者或許以為既然國難當頭，夏氏兄弟的通訊必定充滿憂患之情。事實不然。世局動盪固然是揮之不去的陰影，但兩人談學問，談剛看過的好萊塢電影，追求女友的手法、新訂做的西裝……林林總總。夏濟安即使逃難到了香港，生活捉襟見肘，但對日常生活的形形色色仍然懷抱興味。而滯留美國的夏志清在奮鬥他的英國文學課程的同時，也不忘到紐約調劑精神。

　　這也帶出了他們書信來往的第二層意義。或有識者要指出，夏氏兄弟出身洋場背景，他們的小資情調、反共立場，無不與「時代」的召喚背道而馳。但這是歷史的後見之明。夏氏兄弟所呈現的一代知識分子的生命切片，的確和我們所熟悉的主流「大敘事」有所不同。但惟其如此，他們信件的內容還原了世紀中期平常人感性生活的片段，忠實呈現駁雜的歷史面貌。

　　1947、48年政局不穩，但彼時的夏氏兄弟仍未經世變，他們直率的表達對政治的立場，也天真地以為戰爭局面過後一切總得回歸常態。然而時局短短一兩年間急轉直下，再回首新政權已經建立，夏氏兄弟發現自己「回不去了」。

　　比起無數的逃難流亡或清算鬥爭的見證，夏家的經歷畢竟是幸運的。從通信中我們得知四九年以後兄弟兩人遷徙海外，仍與上海家人保持聯絡。但我們也看出他們心境的改變。他們的信裡沒有驚

天動地的懷抱，有的是與時俱增的不安。他們關心父親的事業，家庭的經濟，妹妹的教育；匯款回家成為不斷出現的話題，何況他們自己的生活也十分拮据。改朝換代是一回事，眼前的生計問題才更為惱人。到了1950年，夏濟安準備離開香港到臺灣去，逐漸承認流亡的現實，夏志清也有了在美國長居的打算。他們何嘗知道，離散的經驗這才剛剛開始。

夏氏兄弟的通信還有第三層意義，那就是在亂世裡他們如何看待自己的志業。國共內戰期間知識分子不是心存觀望，就是一頭栽進革命的風潮中。兩人信中時常提到的錢學熙就是個例子。但如果僅就夏氏兄弟信中對共產革命的反感就判定他們對政治的好惡，未免小看了他們。作為知識分子，他們的抉擇也來自學術思想的浸潤。

夏氏兄弟傾心西洋文學，並承襲了1930年代以來上海、北平英美現代主義和人文主義的傳統。這一傳統到了40年代因為威廉・燕卜蓀（William Empson）先後在西南聯大和北大講學而賡續不斷。燕卜蓀在共產革命前夕何去何從，也成為兄弟通信中一個重要的代號。夏志清出國以後，更有機會親炙「新批評」（New Criticism）的大師如布魯克斯（Cleanth Brooks）等。這樣的傳承使他們對任何煽情的事物，不論左派與右派，都有本能的保留。相對的，他們強調文學是文化與社會的精粹。經過語言形式的提煉，文學可以成為批評人生內容，改變社會氣質的媒介。他們相信文化，而不是革命，才是改變中國的要項。

在紅潮席捲中國的時分，夏氏兄弟的論調毋寧顯得太不實際。他們出走海外，除了「避難」之外，也代表了一種知識（未必總是政治）立場的選擇。尤其值得注意的是，他們所服膺的英美現代批評與其說是形式主義的操練，更不如說是從文學中再現——與發現——充滿扞格的生命情境的實驗。文學與人生張力是他們念茲在

茲的話題。

夏氏兄弟的通信風格多少反映了他們的文學信念。他們暢談英美佳作大師之際，往往話鋒一轉，又跳到電影愛情家事國事；字裡行間沒有陳詞高調，穿衣吃飯就是學問。文學形式的思考恰恰來自「作為方法」的現實生活。夏濟安分析自己的情場得失猶如小說評論，夏志清對好萊塢電影認真的程度不亞於讀書。這裡有一種對生活本身的熱切擁抱。惟其如此，日後夏濟安在《黑暗的閘門》裡，對左翼作家的幽暗面才會有如此心同此理的描述，而夏志清在《中國現代小說史》中發掘了張愛玲筆下日常生活的政治。

在滯留海外的歲月裡，夏氏兄弟在薄薄的航空信紙上以蠅頭小字寫下生活點滴，欲望心事，還有種種文學話題。這對兄弟志同道合，也是難得的平生知己。我們不禁想到西晉的陸機（261-303）、陸雲（262-303）兄弟俱有文才；陸機更以《文賦》首開中國文論典範。陸氏兄弟嘗以書信談文論藝，至今仍有陸雲《與兄平原書》三十多封書信傳世，成為研究二陸與晉康文化的重要資源。千百年後，在另一個紊亂的歷史時空裡，夏氏兄弟以書信記錄生命的吉光片羽，兼論文藝，竟然饒有魏晉風雅。我們的時代電郵與簡訊氾濫，隨起隨滅。重讀前人手札，天涯萬里，尺素寸心，寧不令人發思古之幽情？

夏志清夏濟安書信集：卷一（1947-1950）

2015年4月初版　　　　　　　　　　　　定價：新臺幣590元
有著作權・翻印必究
Printed in Taiwan.

主　　　編　王　　　洞
編　　注　季　　進
發 行 人　林　載　爵

叢書主編　沙　淑　芬
校　　對　吳　淑　芳
封面設計　沈　佳　德

出　版　者　聯經出版事業股份有限公司
地　　　址　台北市基隆路一段180號4樓
編輯部地址　台北市基隆路一段180號4樓
叢書主編電話　(02)87876242轉212
台北聯經書房　台北市新生南路三段94號
電　　　話　(02)23620308
台中分公司　台中市北區崇德路一段198號
暨門市電話　(04)22312023
台中電子信箱　e-mail：linking2@ms42.hinet.net
郵政劃撥帳戶第0100559-3號
郵撥電話　(02)23620308
印　刷　者　文聯彩色製版印刷有限公司
總　經　銷　聯合發行股份有限公司
發　行　所　新北市新店區寶橋路235巷6弄6號2樓
電　　　話　(02)29178022

行政院新聞局出版事業登記證局版臺業字第0130號

國家圖書館出版品預行編目資料

夏志清夏濟安書信集：卷一（1947-1950）
/王洞主編．季進編注．初版．臺北市．聯經．2015年
4月（民104年）．448面．14.8×21公分

ISBN　978-957-08-4561-7（精裝）

856.286　　　　　　　　　　　　　104006060